POUR UNE
SURPRISE !

Pour une surprise !
Traduit de l'anglais par Laure Ludovic et Valentin Translation
Mannequin de couverture : David J. Harman
Photographe : Mark Mendez
Conception de la couverture : Sommer Stein, Perfect Pear Creative

POUR UNE SURPRISE !

VI KEELAND

À ma Sarah et à son amour inconditionnel
pour sa grand-mère et Harry Styles.

CHAPITRE 1

Nora

— Non mais je rêve, marmonnai-je avant de me tourner pour crier par-dessus mon épaule. Oh, et merci de me laisser payer la note !

Le barman s'approcha.

— Tout va bien, madame ?

Je soupirai.

— Oui. Il s'avère juste que le type que j'ai rencontré sur Tinder n'est pas du tout comme je m'y attendais.

Une voix grave se fit entendre à l'autre bout du bar.

— Quel scoop ! Vous devriez peut-être chercher dans un endroit un peu plus respectable...

Je lui lançai un regard de travers.

— *Pardon* ?

Le type fit tinter les glaçons dans son verre sans lever les yeux.

— Quel est le problème ? Il n'était pas aussi beau que sa photo de profil le laissait présager ? Il faut donner un peu de mou aux hommes. Vous, les femmes, vous êtes les reines de la dissimulation. Dieu sait que nous allons nous coucher avec quelqu'un ayant de longs cheveux, un beau bronzage et des lèvres pulpeuses. Le matin, nous nous réveillons à côté d'une personne que nous ne reconnaissons pas à cause de tout le maquillage, des extensions capillaires et des produits repulpants que vous utilisez.

Sérieusement ?

— Peut-être que si vous n'étiez pas aussi grossier et que vous *regardiez* les personnes à qui vous parlez, vous auriez remarqué que je n'ai pas d'extensions, que je porte très peu de maquillage et que je suis *naturellement* pulpeuse *partout* où il faut.

Cela parut attirer son attention. Le type releva la tête et balaya rapidement mon visage avant que son regard ne se pose sur mon décolleté. Cela me permit de bien le voir pour la première fois. Le visage qui accompagnait ce comportement n'avait *rien* à voir avec ce à quoi je me serais attendue. Vu son attitude défensive face à l'hypothèse que le physique de mon aspirant rencard n'avait pas été à la hauteur, j'avais cru qu'il avait peut-être un peu d'expérience dans ce domaine et que lui-même avait déçu des femmes. Mais ce type n'était une déception pour personne. Il était plus jeune que ne le laissait entendre sa voix grincheuse, avec des cheveux bruns qui mériteraient une bonne coupe. Cependant, j'aurais aimé y passer mes doigts si *lui* avait été mon rencard Tinder. Il avait une mâchoire forte et virile très légèrement barbue, un nez roman, une peau bronzée et des yeux aigue-marine bordés des cils noirs les plus épais que j'aie jamais vus.

Dommage que ce soit aussi *un con*.

Quand son regard croisa enfin le mien, j'arquai un sourcil.

— Lequel de nous deux est le plus superficiel, déjà ?

Sa lèvre tressaillit.

— Je n'ai jamais dit que je n'appréciais pas les belles choses. J'ai juste dit qu'il fallait laisser sa chance à un homme.

Je secouai la tête.

— Non pas que cela vous regarde, mais la raison pour laquelle ce type n'était pas ce à quoi je m'attendais, c'est qu'il avait l'empreinte de son alliance à son doigt. Il l'a probablement enlevée deux secondes avant d'entrer. Cela n'avait rien à voir avec son apparence.

— Alors, je m'excuse.

Il fit signe au barman.

— Son prochain verre est pour moi.

Je pointai du doigt le scotch hors de prix à moitié bu que le type de Tinder avait laissé derrière lui – sans argent liquide.

— Et si vous payiez celui-là, plutôt ?

Il gloussa.

— D'accord.

Je sirotai mon vin, toujours en train de repenser à l'abruti avec qui j'avais perdu trois jours à parler. Finalement, je criai à nouveau, m'adressant à Mister Comportement.

— Hé, qu'est-ce que vous utilisez, alors ?

— Pardon ?

— Quelle application de rencontre ? Vous avez dit que je devrais en utiliser une plus respectable.

— Oh, fit-il avant de hausser les épaules. Je n'en utilise pas.

— Marié ?

— Non.

— Petite amie ?

— Non.

— Donc vous... quoi... vous baladez dans le super-marché en faisant semblant de faire vos courses ?

— Quelque chose comme ça.

Il sourit.

— Tinder, c'est votre appli de prédilection ?

— Ça dépend de ce que je cherche.

— Qu'est-ce que vous cherchiez ce soir ?

Je réfléchis à la question. Soyons réalistes, j'avais trouvé ce type sur Tinder trois jours plus tôt et l'avait rencontré dans le bar de mon hôtel. À mon avis, ce que nous attendions tous les deux était clair. Mais ce n'était pas vraiment une question de physique, du moins pour moi.

— À oublier, répondis-je.

Le masque de supériorité du type glissa peut-être, juste un peu. Puis son téléphone sonna, et il appuya sur son écran pour répondre.

— Dites-leur que je les rejoins dans cinq minutes. Je dois monter dans ma chambre, où se trouvent le prospectus et mes notes.

Il ne dit rien d'autre avant de raccrocher et de lever le menton vers le barman.

— Je dois y aller. Je peux mettre ça sur la note de ma chambre ?

Le barman hocha la tête.

— Bien sûr.

— Chambre deux cent douze.

Le type arrogant fouilla dans sa poche et en sortit une liasse de billets. Il en jeta quelques-uns sur le comptoir et me désigna.

— Mettez aussi sa note pour la soirée sur ma chambre, s'il vous plaît.

— D'accord.

Je levai mon verre de vin.

— Dommage que vous deviez partir. Peut-être que vous n'étiez pas si con que ça après tout.

Sa lèvre tressaillit.

— C'est moi qui ai convoqué la réunion, alors je ne peux pas la manquer. Mais c'est vraiment dommage pour moi.

Je souris.

— C'est sûr...

Mais en le regardant se lever et en réalisant qu'il mesurait bien plus d'un mètre quatre-vingts et que sa chemise le moulait *parfaitement*, je me demandai si, en fin de compte, ce n'était pas dommage pour moi. Quoi qu'il en soit, il disparut avec un simple signe de tête.

Quarante-cinq minutes plus tard, je dis au barman de garder ma place – même si j'étais la seule personne dans le bar – et allai aux toilettes. Alors que je me lavai les mains en bâillant, je décidai qu'il était l'heure de mettre fin à cette soirée. Mais à mon retour, un homme était assis sur le siège voisin du mien. Et pas n'importe quel homme – le type arrogant et incroyablement beau de tout à l'heure.

Je repris ma place, avec un nouveau verre de vin devant moi.

— Comment s'est déroulée votre réunion ? demandai-je.

— Ça vous intéresse vraiment ?

— Non, mais je me montrais polie. Vous devriez essayer de temps en temps.

Je me tournai pour lui faire face et tentai d'ignorer qu'il était encore plus beau de près. Je n'avais jamais utilisé le mot *incendiaire* pour décrire un regard, mais c'était le cas pour le sien. *Un regard incendiaire lascif.* Et il sentait sacrément bon.

— Vous savez, ce n'est pas parce que vous êtes sexy que cela vous autorise à être grossier. Cela fonctionne peut-être pour vous dans un supermarché, mais ça ne marchera pas avec moi.

Il haussa un sourcil.

— Vous me trouvez sexy ?

Je levai les yeux au ciel.

— Vous auriez dû vous concentrer sur la partie *grossi-er*. J'imagine que tout ce que vous avez entendu, c'est *beau*.

— C'est pour ça que vous avez choisi le mec de Tinder ? Il était poli ?

— Il était gentil, oui. Il était drôle aussi et il me faisait rire.

Il leva son verre.

— Gentillesse et humour vous ont valu un homme marié qui vous a laissée avec l'addition. Peut-être que vous devriez essayer sexy et grossier ?

Je m'esclaffai. Il n'avait pas tort.

— Avez-vous un nom ? Ou préférez-vous qu'on vous appelle M. Arrogant ? Parce que c'est ce que je ne cesse de dire mentalement.

M. Arrogant tendit la main.

— Beck.

Quand je mis la mienne dans la sienne, il la porta à ses lèvres et en embrassa le dos. Cela provoqua un picotement dans tout mon corps. Mais je n'allais pas le lui dire.

— C'est comme ça qu'on fait au supermarché ? On embrasse la main d'une inconnue et on l'invite chez soi ?

— Chez moi, c'est à cinq mille kilomètres.

— Oh. Alors tu ne cherches pas à remplacer le type que j'ai viré tout à l'heure ?

Il sourit, visiblement peu perturbé par ma familiarité soudaine.

— Si tu cherches activement un remplaçant, eh bien, je suis là. Mais j'aimerais d'abord connaître ton nom, au moins.

Je ris.

— Nora.

Il hocha la tête.

— Enchanté, Nora.

— Qu'est-ce qui t'amène au milieu de nulle part, Beck ?

— Je suis venu voir ma famille. Et toi ?

— Un voyage entre filles. Nous ne sommes de passage que pour quelques jours.

Le téléphone de Beck vibra sur le comptoir. Il se pencha pour regarder l'écran et secoua la tête.

— Je suis parti une demi-journée et l'enfer se déchaîne au bureau.

— Tu ne vas pas répondre ?

— Ça peut attendre demain.

— Qu'est-ce que tu fais pour être un homme si populaire ?

— Je suis dans les fusions et acquisitions.

— Ça a l'air chic, mais j'ignore totalement ce que ça veut vraiment dire.

— Ça varie. Certains jours, ma société aide des entreprises de même taille à fusionner et à devenir une seule grande puissance. D'autres fois, nous aidons une entreprise puissante à racheter une entreprise plus faible.

— L'entreprise plus petite veut-elle être rachetée ?

— Pas toujours. Il y a des transactions amicales et des transactions hostiles. Celle qui a fait l'objet de tous les appels ce soir n'est pas un rachat amical.

Il prit une gorgée de sa boisson.

— Et toi, que fais-tu ?

— Je fais des beaux livres.

— Ceux qui sont épais, avec des photos de voyages ou parlant de la mode au fil des années ou autres, et que les gens laissent de côté ?

— Ceux-là mêmes.

— Alors, tu es autrice ou photographe ?

Je haussai les épaules.

— Les deux, je suppose. Même si cela me semble encore irréel de pouvoir gagner ma vie en faisant quelque chose d'aussi amusant. J'ai fait des études de journalisme dans l'espoir de devenir écrivaine. La photographie a toujours été mon hobby, mais aujourd'hui, j'écris les textes et je prends les photos pour mes livres.

— Comment t'es-tu retrouvée là-dedans ?

— Après l'université, j'ai contacté un agent dans l'espoir de vendre un roman à suspense que j'étais en train d'écrire. À l'époque, j'avais un blog pour le plaisir. Je prenais des photos de personnes vivant dans les rues de New York et, sous chacune d'elles, j'écrivais une petite histoire sur la personne. J'avais un lien vers ce blog dans la signature de mon courrier électronique. L'agent à qui j'avais envoyé les chapitres n'a pas aimé l'histoire, mais elle a remarqué le lien vers mon blog et y a jeté un coup d'œil. Elle m'a demandé si, à la place, cela m'intéresserait de proposer un beau livre sur le sujet. J'ai accepté, et durant les huit années qui ont suivi, j'ai créé vingt-cinq livres sur les gens qui vivent dans la rue dans différentes villes. L'année dernière, j'ai commencé une nouvelle collection sur les graffitis et les graffeurs dans différentes villes.

— Cela semble bien plus amusant que les fusions et acquisitions.

Je souris.

— J'en suis sûre. Je me considère comme très chanceuse sur le plan professionnel. Je gagne bien ma vie en faisant quelque chose que j'aime et je peux voyager partout. De plus, j'ai rencontré des gens extraordinaires en chemin, et je reverse un pourcentage de toutes les ventes de livres pour soutenir l'aide au logement de ceux qui en ont besoin.

Les yeux de Beck parcoururent mon visage.

— Qu'est-ce que tu essaies d'oublier, Nora ?

Il me fallut une seconde pour comprendre ce qu'il voulait dire. C'était ce que je lui avais dit que j'essayais de faire avec le type de Tinder.

— Tout le monde ne veut-il pas oublier la vie de temps en temps ?

— Peut-être.

Il se frotta la lèvre inférieure.

— Mais en général, il y a une raison particulière, comme une relation difficile, du stress au travail, des difficultés financières ou des problèmes familiaux.

Je passai mon doigt sur la condensation au fond de mon verre pendant que Beck attendait tranquillement ma réponse. Je me tournai vers lui.

— Tu veux savoir pourquoi j'aime Tinder plutôt que de rencontrer des gens au supermarché ou dans un bar ?

— Pourquoi ?

— Parce qu'il est facile d'y trouver des hommes qui sont heureux de me faire oublier, mais qui ne s'intéresse pas assez à moi pour demander *pourquoi* tout ce que j'attends d'eux, c'est du sexe.

Beck inclina son verre vers moi avant de le porter à ses lèvres.

— Compris.

Pendant qu'il buvait, je remarquai la grosse montre à son poignet – Audemars Piguet, pas Rolex. J'avais toujours pensé que le type de montre que portait un homme en disait long sur lui. La plupart des hommes utilisent les Rolex comme symbole de statut social, montrant ainsi qu'ils peuvent se permettre de dépenser le prix d'une voiture pour décorer leur poignet. Et ils savent que les autres le savent aussi, puisqu'il s'agit de l'une des marques de luxe les plus populaires au monde. En revanche, Audemars Piguet n'est pas particulièrement connu de ceux qui ne portent pas de montres et est généralement plus cher. La plupart des hommes portent une Rolex pour les autres, alors qu'une Audemars Piguet se porte pour soi. M. Comportement monte d'un cran dans mon estime.

La deuxième chose que j'utilisais souvent pour jauger un homme était la boisson qu'il commandait. Le verre de Beck était plein lorsque j'étais revenue des toilettes, alors je n'étais pas sûre de la nature du liquide ambré. Je supposais qu'il s'agissait d'une sorte de whisky.

— C'est du scotch ? demandai-je en indiquant le verre devant lui.

Il me le tendit.

— C'est du whisky. Tu veux le goûter ?

— Non, mais je suis curieuse de savoir de quelle sorte il s'agit.

Il inclina la tête.

— Pourquoi ?

— Je ne sais pas. C'est juste que j'ai toujours trouvé qu'un certain type d'homme commandait un certain type de boisson.

Mon regard se posa sur son poignet.

— Les montres aussi peuvent en dire long sur une personne.

— Donc, ma montre et te dire quelle marque de whisky je bois vont t'aider à savoir qui je suis ?

Je haussai les épaules.

— Peut-être.

Il finit ce qui restait dans son verre et fit signe au barman, qui s'approcha.

— Quelle marque avez-vous dit que c'était ? demanda-t-il.

— Ça s'appelle Hillcrest Reserve. Fabriqué à une quinzaine de kilomètres d'ici par un distillateur de troisième génération.

Beck avança son verre sur le bar.

— Merci. J'en prendrai un autre quand vous aurez l'occasion.

Une fois le barman parti, Beck me regarda.

— Apparemment, il s'appelle Hillcrest Reserve.

Mes sourcils se froncèrent.

— Tu ne le savais pas quand tu l'as commandé ?

Il secoua la tête.

— Non. J'ai demandé s'ils avaient du whisky fabriqué localement, en petite quantité. J'aime goûter les produits et le whisky locaux quand je voyage. Je vis à Manhattan. Je peux entrer dans n'importe quel bar et avoir un Macallan à deux cents dollars la gorgée. Mais je ne peux pas avoir de Hillcrest Reserve.

Je souris.

— J'aime ça.

— Mais tu as l'air surprise. Je suppose que mon choix ne correspond pas au type d'homme que tu supposais que j'étais.

— Pas vraiment.

— Qu'est-ce que tu pensais que je buvais ?

Mon sourire s'élargit.

— Le Macallan à deux cents dollars la gorgée que tu peux avoir partout.

Beck éclata de rire.

— Et quel genre d'homme commande ça ?

Je bus une gorgée de mon vin, puis le reposai.

— Le genre qui vit à Manhattan, travaille dans les fusions et acquisitions, porte un costume chic et une Rolex. En gros, tous les crétins de Wall Street qui restent plantés devant le Cipriani durant le *happy hour* du vendredi après-midi.

Beck éclata de rire, basculant la tête en arrière. Je venais de l'insulter et ça l'amusait.

— Je suppose que j'ai fait une première impression plutôt merdique.

Je restai impassible.

— Tu m'as dit que je devrais chercher un endroit plus *respectable* pour mes rencards.

— Je pensais que tu méritais mieux.

— Je pense que tu racontes des conneries. Tu te montres gentil maintenant uniquement parce que tu sais que je cherchais une histoire sans lendemain et que tu crois avoir une chance d'être un remplaçant.

— Je ne suis plus dans la course ?

Je pris un moment pour le reluquer à nouveau. *Bon sang, il est charmant.*

— Tu ne tiens qu'à un fil parce que tu es magnifique.

Un sourire lent et sexy se dessina sur son visage.

— J'aime ton honnêteté.

— J'aime ta mâchoire.

Ses yeux pétillèrent.

— Tu aimeras encore plus ma grosse queue.

Je me mordis la lèvre inférieure. La conversation venait de prendre une tournure semblable à la plupart de mes messages Tinder – une situation où je me sentais vraiment plus à l'aise que de parler de la raison pour laquelle je voulais oublier ma vie pendant un certain temps.

— Comment puis-je savoir que tu n'es pas un tueur en série ?

— Comment savais-tu que le loser de Tinder n'en était pas un ?

Bien vu. Je bus une gorgée de vin.

— Quel âge as-tu ?

— Je suis assez âgé pour savoir quoi faire de toi, et assez jeune pour ne pas avoir à prendre une pilule pour le faire.

J'eus un sourire en coin.

— C'est vrai ? Tu sais quoi faire de moi ?

Il sourit, sûr de lui.

— Oui.

L'air crépita entre nous. Pour une raison qui m'échappait, je savais que ce type pouvait tenir sa promesse. Peut-être était-ce son assurance tranquille, ou peut-être était-ce le fait qu'un homme ayant son apparence avait beaucoup d'entraînement. Ce dernier point me rebuterait si je cherchais plus qu'une simple nuit, mais cela n'avait pas beaucoup d'importance si cela satisfaisait mon but d'une histoire ponctuelle.

Je regardai ses yeux trop bleus.

— Dis-le-moi alors.

— Te dire quoi ?

— Ce que tu ferais de moi.

Le sourire malicieux qui glissa sur son visage me donna presque envie de retirer ce que j'avais demandé. *Presque.*

Beck leva son verre et avala sa boisson avant de se pencher vers mon oreille.

— Je commencerais par enfouir mon visage dans ta chatte jusqu'à ce que tu jouisses sur ma langue. Ensuite, je te baiserais comme si je te haïssais.

Oh, mon Dieu. Mes orteils se replièrent. *Vendu !*

Il s'écarta pour me regarder et haussa un sourcil.

J'hésitai, me demandant si j'étais folle d'envisager d'emmener cet homme dans ma chambre. Pendant que je délibérais, je baissai les yeux par hasard.

Bon sang. Son pantalon s'était resserré au niveau du haut de sa cuisse, et il y avait une bosse manifeste qui descendait le long de sa jambe. Une bosse *très longue et très épaisse.*

J'étais une femme qui croyait aux signes, et celui-là, je ne pouvais pas le rater. Aussi descendis-je le reste de mon vin et sortis-je de mon sac à main l'une des deux cartes d'accès de ma chambre d'hôtel, que je fis glisser devant l'homme à côté de moi.

— Chambre deux cent dix-neuf. Laisse-moi dix minutes pour que je puisse me rafraîchir.

CHAPITRE 2

Beck

— Où es-tu ? Je viens de passer devant ton bureau et tout est éteint. La réunion avec Franklin commence dans dix minutes.

J'appuyai sur le bouton pour mettre mon portable sur haut-parleur et le posai sur le meuble de la salle de bains afin de pouvoir finir de me raser.

— Je suis dans l'Idaho.

— L'Idaho ? dit Jake. Mais qu'est-ce que tu fiches là-bas ?

— Apparemment, Sun Valley est un endroit populaire pour sauter du haut de falaises. Je suis venu raisonner notre grand-mère parce qu'elle m'a bloqué et que je ne peux pas la contacter.

— Oh, mon Dieu. Laisse cette femme tranquille. Elle vit sa vie, elle fait ce qu'elle veut.

— T'a-t-elle déjà dit qu'elle voulait plonger en *wing suit* ?

— Non, mais je ne lui ai probablement pas dit que je voulais plonger dans la chatte de l'infirmière qui s'occupait d'elle quand était à l'hôpital l'année dernière. Nous n'annonçons pas tout lors des réunions familiales.

Mon frère ne s'inquiétait de rien. Peut-être parce qu'il n'avait que vingt-trois ans et qu'il se croyait encore invincible. Dix ans plus tôt et un mariage en moins, j'avais probablement eu beaucoup moins de soucis aussi.

— Je crois que l'amie avec qui elle voyage est peut-être un peu instable et qu'elle la pousse à faire certaines de ces choses folles.

— Qu'est-ce qui te fait dire ça ?

— Eh bien, pour commencer, hier, cette femme m'a envoyé un message disant que je ferais mieux de me pencher et de tirer très fort sur mes chevilles afin d'apercevoir ma tête dans mon cul.

— L'amie de mamie t'envoie des messages ?

— Mamie m'a donné son numéro pour les urgences, juste avant de me bloquer.

— Laisse-moi deviner, comme tu ne peux pas joindre mamie, tu l'as utilisé pour harceler cette gentille vieille dame ?

— Une gentille vieille dame ?

Je tendis la peau de mon cou et rasai une ligne nette. En traçant la courbe de mon menton, je l'entaillai. *Merde. Foutu rasoir d'hôtel bon marché.* Je pris un morceau de papier toilette pour arrêter le saignement.

— Cette gentille vieille dame m'a aussi dit que j'étais un vermicelle gris sur un cupcake arc-en-ciel.

Jake éclata de rire.

— Bon sang, elle t'a cerné et elle ne t'a même pas rencontré. Tu dois te détendre un peu. Mamie essaie juste de s'amuser. Si j'étais à sa place, je préférerais avoir trois mois à vivre pleinement plutôt qu'un an à attendre la mort.

Je fronçai les sourcils. Je n'allais pas me lancer à nouveau dans ce débat. Trois semaines plus tôt, notre grand-mère avait appris que son cancer du pancréas était revenu. C'était la troisième fois en dix ans, et il s'était à présent métastasé aux poumons et à l'œsophage. Les médecins disaient qu'une nouvelle série de chimiothérapie et radiothérapie ne ferait que passer son espérance de vie de trois à neuf mois. Cependant, ils avaient aussi indiqué qu'il y avait un pour cent de chances que le traitement mène à une rémission et qu'elle puisse vivre beaucoup plus longtemps. Notre grand-mère avait choisi de ne pas subir de traitement cette fois-ci, ce que nous avions tous approuvé, même si, égoïstement, j'avais voulu qu'elle saisisse la chance d'être encore là dans dix ans.

Mais elle avait ensuite décidé de faire un voyage dingue avec une femme qu'aucun de nous n'avait rencontrée, et dernièrement, elle donnait l'impression d'être en mission suicide.

— Je dois y aller. Je ne sais pas à quelle heure elles partent, et j'ai besoin d'un bon café avant d'aller discuter avec mamie.

— Qu'est-ce que tu veux que je fasse pour la réunion ?

— Gère-la.

— D'habitude, tu détestes la façon dont je gère les choses.

— Surprends-moi. Au revoir.

Je raccrochai et finis de me raser. Un peu plus tard, je descendis dans le hall de l'hôtel à la recherche de caféine. Après m'être servi une tasse de café, je me tournai pour chercher la crème et le sucre, et mes yeux rencontrèrent une magnifique paire d'iris verts. Ils me fusillaient.

Merde.

Nora. La belle blonde de la veille.

Elle était assise à une table à moins d'un mètre cinquante.

— Je vois que tu as trouvé le chemin du café, dit-elle. Pourtant, tu sembles avoir perdu le chemin du deuxième étage hier soir ?

J'enfonçai mes mains dans mes poches, me sentant un peu idiot.

— À ce propos...

La voix familière d'une femme derrière moi interrompit notre conversation.

— Bonjour, chérie.

Je me retournai pour découvrir ma grand-mère. J'avais supposé qu'elle s'adressait à moi, mais son front se plissa lorsqu'elle me vit.

— Beckham ? Qu'est-ce que tu fais ici ?

— Je suis venu te ramener à la raison.

— Attends...

La bouche de Nora s'ouvrit en grand.

— Beck comme Beckham, le petit-fils grincheux de Louise ?

Je me tournai vers elle.

— Tu connais ma grand-mère ?

— Hmm... Nous voyageons ensemble depuis deux semaines.

— Tu es Eleanor Sutton ? Je croyais que tu t'appelais...

Merde. C'est une blague. Je secouai la tête.

— Nora... un diminutif pour Eleanor ?

J'avais supposé qu'Eleanor était une dame de soixante-dix ans, pas une bombe blonde de vingt-cinq ans environ.

Ma grand-mère nous désigna à tour de rôle.

— Vous vous connaissez ?

Je n'allais *pas* expliquer à ma grand-mère que j'avais dit à son amie que je voulais la baiser comme si je la détestais, puis que je lui avais posé un lapin. Je ne savais donc pas trop quoi répondre. Heureusement, Nora fut plus réactive que moi.

Elle plaqua un sourire sur ses lèvres, que même moi je sus forcé.

— Nous venons de nous rencontrer devant le buffet des cafés.

Ma grand-mère s'avança et m'embrassa sur la joue.

— Bonjour, mon chéri. C'est toujours un plaisir de te voir. Mais si tu es venu pour me faire la morale, je crains que tu n'aies gâché ton voyage, et tu peux faire demi-tour en faisant attention que la porte ne claque pas sur ton joli petit derrière quand tu sortiras.

Je ne pus m'empêcher de sourire.

— Je vois que ta personnalité pétillante est intacte. Comment te sens-tu, mamie ?

— Si ces idiots de médecins ne m'avaient pas dit que le diable était de retour, je ne le saurais même pas. Peut-être un peu plus fatiguée que d'habitude, mais là encore, nous nous déplaçons souvent.

— Ça me fait plaisir de l'entendre. Je peux t'apporter un café ?

— Je crois qu'on doit reprendre la route.

— En fait... dit Nora en fronçant les sourcils. Je t'ai envoyé un message tout à l'heure, Louise. Je suppose que tu ne l'as pas encore lu. Ils ont annulé le saut de ce matin à cause de vents violents. La compagnie a dit qu'elle me donnerait des nouvelles à midi pour indiquer s'il y aura un saut dans l'après-midi, mais s'il y en a un, ce ne sera pas avant 16 h.

— Eh bien alors...

Ma grand-mère se tourna vers moi.

— Je respire et je suis maquillée. Donc, tu peux nous emmener prendre un petit déjeuner, de préférence dans un endroit où il y a du Kahlua pour mon café.

Je souris.

— D'accord.

— Je pense que je vais rester ici, dit Nora. J'ai du travail à rattraper.

— Il faut bien que tu manges. Autant laisser mon petit-fils payer la note. De plus, il pourra peut-être te montrer qu'il n'est pas aussi con qu'il en a l'air par SMS.

J'eus l'impression que Nora allait encore essayer de s'éclipser, mais ma grand-mère était une femme à qui il était difficile de dire non.

— Allez ! fit mamie en montrant le hall d'entrée. On était censées être en train de sauter, donc tu n'as rien à faire qui ne puisse pas attendre une heure.

Nora se força à sourire.

— D'accord. Allons-y.

⁓

— Je vais prendre des œufs Bénédicte et un café avec une dose de Kahlua, dit mamie au serveur.

Celui-ci sourit.

— Je crains que nous n'ayons pas de Kahlua. En fait, nous n'avons pas d'alcool.

— Ce n'est pas grave.

Ma grand-mère tapota son sac à main.

— J'en ai là-dedans. Vous pouvez faire semblant de ne pas me voir relever nos boissons. Je ne vous enlèverai pas votre vente, mais je ne m'attends pas non plus à ce que vous m'enleviez mon bonheur.

Le serveur s'esclaffa.

— Je ne verrai rien.

Nora fut la suivante à passer sa commande. Pendant qu'elle parlait, je me concentrai sur le mouvement de ses lèvres, celles que j'avais imaginées autour de mon sexe pendant que je m'occupais de moi sous la douche ce matin. Bien me tenir n'avait pas été facile hier soir, surtout après m'être rendu compte que ma chambre se trouvait juste au bout du couloir de la sienne. Mais quand j'avais payé la note du bar et vu combien de verres de vin Nora avait consommés, je n'avais pas pu passer à l'acte. J'étais peut-être un homme que certaines femmes regrettaient, mais ce ne serait jamais parce qu'elles n'avaient pas été en capacité de dire non.

— Monsieur ?

Je levai les yeux pour découvrir le visage expectatif du serveur.

Le sourire narquois de Nora me fit penser qu'elle savait où était parti le fil de mes pensées.

Je me raclai la gorge.

— Je prendrai les œufs Bénédicte et un café crème, s'il vous plaît.

Lorsque le serveur s'éloigna, je posai ma serviette sur mes genoux.

— Alors, comment vous connaissez-vous toutes les deux ? Je ne me souviens pas que tu aies parlé de Nora avant ce voyage.

Ma grand-mère tapota la main de Nora.

— Elle vit dans mon immeuble.

— Au moins, le blog est plus logique maintenant.

La complice de mamie tenait un blog sur leur voyage depuis le début, prenant des vidéos de ma grand-mère en train de faire toutes sortes de folies. La page s'appelait *Vivre comme si on va mourir*.

— Qu'est-ce que tu veux dire ? demanda Nora.

— Eh bien, je pensais que tu étais plus âgée. Je ne connais pas beaucoup de gens de l'âge de ma grand-mère qui tiennent un blog.

Je regardai ma grand-mère.

— Sans vouloir te vexer.

Nora croisa les bras sur sa poitrine.

— Si elle n'est pas vexée, moi je le suis. Il n'y a pas d'âge particulier pour faire des choses. Pourquoi seule une personne jeune pourrait tenir un blog ou faire du parachutisme ?

Oh, mon Dieu. Ça, c'était la femme avec qui j'avais échangé des SMS.

— Je n'ai pas dit que les personnes plus âgées ne pouvaient pas faire ces choses. J'ai juste dit que je n'en connaissais pas beaucoup qui le faisaient.

— Tu n'as jamais pris de temps de réfléchir sur le fait que c'était parce que les jeunes à l'esprit étroit font preuve d'âgisme et découragent les membres de leur famille de vivre pleinement leur vie ? Alors qu'ils devraient les encourager ? Crois-le ou non, ta grand-mère n'a pas eu besoin d'aller à la bibliothèque pour suivre un cours sur les nouvelles technologies afin de comprendre comment te bloquer.

Je regardai ma grand-mère. Elle souriait.

— Ne me demande pas mon aide. Tu creuses ta tombe avec Eleanor depuis que je t'ai donné son numéro à utiliser en cas d'urgence.

— En parlant de ces merveilleux messages que nous avons échangés, intervint Nora. La prochaine fois que tu es grossier avec moi ou que tu exiges que je transmette un message à ta grand-mère – en particulier un message qui, tu le sais, va la contrarier –, je te bloque aussi.

Normalement, si quelqu'un me parlait ainsi, je saliverais, attendant mon tour pour le remettre à sa place. Mais pour une raison folle, tout ce que j'imaginais, c'était me disputer avec cette femme en privé, puis la baiser jusqu'à changer son état d'esprit.

Je souris avec suffisance.

— Noté. Merci pour l'avertissement.

Mon acquiescement sembla atténuer sa colère, et pendant une demi-seconde, j'envisageai d'évoquer le nombre de morts survenues durant une *plongée sous-marine* ces dernières années, juste pour débattre à nouveau avec elle. Mais ma grand-mère commença à parler d'une excursion de plongée avec masque et tuba qu'elles prévoyaient de faire, et la façon dont ses yeux s'illuminèrent me réchauffa le cœur. Ce type de plongée semblait assez inoffensif...

— Et une fois qu'on a pris le coup de main, dit-elle, ils commencent à nous faire faire copain-copain.

— Copain-copain ?

Ma grand-mère acquiesça.

— Avec les requins.

Oubliée, l'inoffensive excursion de plongée avec masque et tuba.

— Sérieusement, mamie ? Nager avec des requins ? Pourquoi ne peux-tu pas simplement regarder les poissons colorés ?

— Pourquoi ferais-je ça alors que je peux regarder un monstre géant équipé de cinq rangées de dents *manger* tous les poissons colorés ?

— Je comprends tout à fait que tu veuilles voyager et faire des choses, mais pourquoi doivent-elles toutes être dangereuses ? Tu n'as jamais eu envie de faire ces choses avant de découvrir...

Ma grand-mère fronça les sourcils.

— De découvrir que je suis *mourante*. Tu peux le dire, Beckham. Je suis en train de mourir. Il y a des chances que, dans quelques mois, je ne sois plus là. Alors pourquoi ne pas faire des choses qui me donnent une poussée d'adrénaline et me font craindre ma propre mortalité ?

Dieu sait qu'en étant assise à la maison, je n'ai peur de rien. Je veux dire, quel est le pire qui puisse arriver ? Traverser au feu rouge et me faire renverser par un taxi ? Je veux me sentir vivante. Et bon sang, si je meurs un peu plus tôt que prévu parce que les ailes de ma combinaison ne battent pas assez ou qu'un requin trouve que je ferais un bon dessert, au moins j'aurai une sacrée nécrologie.

J'étais assez intelligent pour savoir quand me taire. Je parlerais à ma grand-mère quand elle serait seule et qu'elle ne se sentirait pas aussi ronchonne. Pour l'instant, je changeai de sujet et tentai de m'amuser en l'écoutant expliquer tout ce qu'elles avaient fait jusqu'à présent. Cela permit au reste du repas d'être paisible.

Après notre retour à l'hôtel, ma grand-mère annonça qu'elle allait s'allonger un moment. Elle déclarait avoir été trop excitée par l'imminence du saut en *wingsuit* pour bien dormir la nuit précédente. Je la raccompagnai donc à sa chambre et lui demandai si nous pouvions déjeuner ensemble, juste tous les deux.

Elle m'embrassa sur la joue sur le pas de sa porte.

— Je suis heureuse de passer autant de temps que possible avec toi. Mais tu ne me feras pas changer d'avis, Beck.

— Je passerai te prendre vers midi ?

En retournant à ma chambre, je décidai de frapper à la porte de Nora. J'appréciais qu'elle ait gardé pour elle ce qui s'était passé entre nous. Et je lui devais des excuses. Je savais aussi que j'aurais plus de chances de convaincre ma grand-mère si Nora était dans mon camp. Aussi bizarre qu'était le duo qu'elles formaient, elles semblaient très proches.

Le visage de Nora s'affaissa lorsqu'elle ouvrit.

— J'espère que tu ne penses pas pouvoir reprendre là où tu en étais resté hier soir. Tu as perdu ta chance quand tu m'as posé un lapin.

— À ce propos…

Elle commença à fermer la porte.

— Je n'ai pas besoin d'explication. Tant pis pour toi.

Je mis mon pied dans l'embrasure de la porte.

— Attends une seconde. Tu n'en as peut-être pas besoin, mais j'aimerais t'en donner une quand même.

Elle leva les yeux au ciel.

— Dis ce que tu as à dire et va-t'en.

— Tu avais bu six verres de vin. Je l'ai vu quand j'ai payé l'addition.

Nora haussa les épaules.

— C'était trop à payer pour toi ? Je ne vais pas te rembourser.

— Je ne me plains pas du prix. Mais c'est à cause de ces six verres que je ne me suis pas présenté, même si j'en avais envie. Et crois-moi, j'en avais très très envie. Il se peut même que je sois resté planté devant ta porte pendant dix minutes à essayer de me convaincre que je ne serais pas un salaud de frapper à ta porte, puisque tu m'avais invité. Mais finalement, je n'ai pas pu profiter d'une femme qui avait trop bu.

— Seuls deux de ces vins étaient à moi. Louise et moi avons pris un verre avec deux femmes avant que je ne rencontre la nullité de Tinder. J'avais dit à Louise que je paierais l'addition. J'étais parfaitement sobre, surtout si l'on considère que je suis restée assise là pendant plus de deux heures.

Elle inclina la tête.

— Et d'ailleurs, je *voulais* qu'on profite de moi.

Je baissai la tête.

— *Putain.*

— Ce n'est pas plus mal, de toute façon. Je ne savais pas que tu étais le petit-fils de Louise, celui qui m'aboie dessus comme si je travaillais pour lui.

Je passai une main dans mes cheveux.

— C'est ma grand-mère. Je m'inquiète pour elle.

Nora posa ses mains sur ses hanches.

— Parce qu'elle fait des choses dangereuses pour la première fois de sa vie, c'est ça ?

— Oui.

— Savais-tu que ta grand-mère est une plongeuse sous-marine diplômée ? Elle a été l'une des premières femmes à suivre le parcours diplômant en 1967. Son type de plongée préféré était l'exploration d'épaves en haute mer.

— Qu'est-ce que tu racontes ?

— Savais-tu qu'à l'âge de vingt-trois ans, elle a navigué sur les rapides de Lava Falls, l'une des descentes en eaux vives les plus difficiles au monde ?

— Vraiment ?

Elle hocha la tête.

— Ta grand-mère n'est pas la personne craintive que tu imagines. C'est une dure à cuire. Peut-être que si tu arrêtais de la voir comme une personne âgée et fragile qui a besoin qu'on s'occupe d'elle, tu t'en rendrais compte.

— Pourquoi n'a-t-elle jamais rien dit ?

Nora secoua la tête.

— C'est peut-être parce que tu n'as jamais *demandé*. Sais-tu comment ton grand-père et elle se sont rencontrés ? Ou pourquoi nous allons dans un ranch de l'Utah pour rendre visite à un homme qu'elle n'a pas vu depuis soixante ans ?

Elle avait fait valoir son point de vue. Maintenant, elle ne faisait que m'énerver.

— Sais-tu qui est resté à ses côtés chaque jour après sa première opération du pancréas ? Ou quand le cancer est revenu et qu'elle a été malade pendant des mois durant son traitement ?

— Je ne remets pas en cause le fait que tu tiennes à ta grand-mère. Je dis que tu dois soutenir ses choix, quels qu'ils soient.

Je restai silencieux pendant un moment.

— Pourquoi fais-tu ça ?

— Parce que tu as frappé à ma porte.

Je secouai la tête.

— Non. Pourquoi voyages-tu avec une femme trois fois plus âgée que toi ? Qu'est-ce que tu y gagnes ?

Les narines de Nora s'agitèrent.

— Qu'est-ce que j'y *gagne* ? Va te faire foutre.

— Les gens n'ont pas pour habitude de faire des choses sans avoir quelque chose à y gagner.

— Qu'est-ce que tu insinues ?

— Je n'insinue rien du tout. Je te demande simplement pourquoi tu fais ce voyage.

Sa réponse fut de me grogner dessus. Grogner *au sens propre*. Juste avant de me claquer la porte au nez.

Je clignai des yeux plusieurs fois, puis un sourire se dessina sur mes lèvres, me surprenant moi-même. J'avais probablement besoin de me faire examiner la tête, mais Nora Sutton était sexy à souhait quand elle était en colère.

CHAPITRE 3

Beck

— J'espère vraiment que tu n'es pas descendu ici en espérant une répétition d'hier soir, dit Nora.

Je pris place au bar à côté d'elle et secouai la tête.

— Le changement d'heure me perturbe.

Elle acquiesça et reporta son attention sur son vin.

— Comment s'est passé votre saut cet après-midi ? demandai-je.

Les sourcils de Nora se froncèrent.

— Louise t'a dit qu'on y était allées ?

Je secouai la tête.

— Il se trouve que je regardais par la fenêtre vers 15 h et que je vous ai vues rejoindre la voiture en douce. Deux minutes plus tard, mamie m'a appelé pour dire qu'elle n'avait pas encore fait sa sieste, mais qu'elle allait probablement dormir quelques heures. J'ai additionné deux et deux. De plus, j'ai vu la photo que tu as postée sur ton blog. D'ailleurs, c'est la première photo de toi que tu publies. Pourquoi ?

— Je n'avais pas réalisé que c'était le cas. Mais je suppose que c'est parce que le blog parle du voyage de Louise.

— Alors, comment s'est passé votre après-midi ?

Nora sourit.

— C'était incroyable. Mais tu n'aurais pas aimé. Tu sembles réfractaire à l'amusement.

Le barman arriva et je commandai le même whisky que la veille.

— Tu ne m'aimes pas beaucoup, n'est-ce pas ? demandai-je.

— Pas vraiment. Je te trouve arrogant.

J'attendis que mon verre arrive et en avalai une gorgée. Il me brûla l'œsophage, mais c'était agréable.

— Je ne t'apprécie pas particulièrement non plus. Je te trouve moralisatrice et agaçante.

Nora porta son vin à ses lèvres en souriant.

— Tu sembles aimer certaines *parties* de moi. J'ai vu tes yeux s'égarer plusieurs fois ce matin au petit déjeuner.

— J'ai aussi observé la photo que tu as postée sur ton blog. Mais tu portais un justaucorps moulant en caoutchouc. Les putains d'oiseaux observaient. Ça ne veut pas dire que je t'apprécie.

Elle secoua la tête et éclata de rire.

— Eh bien, il semble que nous allions devoir trouver un moyen de nous tolérer, puisque nous tenons tous les deux à ta grand-mère. On devrait peut-être se serrer la main et faire la paix.

— Ou...

J'attendis qu'elle me regarde.

— On peut se détester, mais baiser ensemble pour évacuer ça.

— Baiser par haine semble être un thème récurrent chez toi. C'est ton truc ?

— Ça ne m'est jamais arrivé auparavant. Mais tu me mets hors de moi, et ça me donne envie de t'arracher tes vêtements.

Nora regarda mon entrejambe et soupira.

— Quel dommage que tu sois le petit-fils de Louise. Parce que moi aussi, j'aime bien une partie de toi.

Je souris.

— Tu devrais peut-être voir cette partie de près. En plein dans la figure, ça me va.

Elle rit et finit son vin avant de se tourner vers moi et de me tendre la main.

— Amis ?

Je pris sa main, mais au lieu de la serrer, je la portai à mes lèvres et mordillai son doigt.

— Aïe !

J'embrassai la zone et souris.

— Si tu insistes. Mais je préfère mon idée.

— Je m'en doute.

Ne voulant pas être un vrai porc, je retournai à un sujet plus sûr.

— Donc... je ne t'ai jamais vue avant. Depuis combien de temps vis-tu à Vestry ?

— Vestry ?

— Vestry Towers. Ma grand-mère a dit que tu vivais dans son immeuble.

— Oh, oui.

Elle secoua la tête.

— C'est vrai. Pas très longtemps. Environ un an, peut-être. Je retourne bientôt en Californie. C'est de là que je viens. J'ai déménagé à New York pour l'université et je ne suis jamais retournée là-bas.

Nous restâmes silencieux pendant une minute.

— Je peux te demander quelque chose sans que tu t'énerves ?

Elle sourit.

— Probablement pas. Mais vas-y quand même.

— Je t'ai demandé tout à l'heure pourquoi tu faisais ce voyage...

— En fait, m'interrompit-elle, tu m'as demandé ce que j'en *retirais*, comme si je cherchais à obtenir quelque chose.

— C'est vrai, acquiesçai-je. Peut-être que ma déclaration n'était pas très agréable. Je suis sûr que mon personnel confirmerait que j'ai l'habitude de parler franchement, ce qui peut occasionnellement être déconcertant.

— Je suppose que c'est plus qu'occasionnel.

— Et si je posais ma question de cette façon : quand tu as appris que ma grand-mère préparait ce voyage, qu'est-ce qui t'a décidé à te joindre à elle ?

Nora regarda fixement son verre de vin.

— Ma mère est décédée très jeune, à peine un peu plus vieille que moi aujourd'hui. Y repenser m'a fait envisager les choses différemment. Au lieu de me demander pourquoi je devrais y aller, je me demande maintenant pourquoi je ne devrais *pas* y aller. La vie est courte.

— Je suis désolé pour ta mère.

— Merci.

— Ça te dérange si je te demande comment elle est morte ?

Son visage se crispa, plein de douleur, et je regrettai immédiatement ma question.

— Pardon, dis-je en levant la main. Je n'aurais pas dû demander ça.

— Ça va. C'est un rhabdomyosarcome, une tumeur cardiaque maligne. C'est rare.

— Ça ne pouvait pas être traité ?

— Certaines peuvent être enlevées, d'autres non. Elle n'a pas eu cette chance.

Je hochai la tête.

— Merci de m'avoir raconté ça.

Elle finit son vin.

— Est-ce que c'est à mon tour maintenant ? Je n'ai pas de question, mais ce que j'ai à dire va probablement t'énerver.

Je souris.

— Vas-y.

— Arrête de râler contre ta grand-mère à propos de ses choix. C'est à elle de les faire, et elle s'amuse.

— Je l'ai vu. Elle avait un sourire immense quand vous êtes revenues en douce à l'hôtel après votre saut.

— C'est effrayant de savoir qu'on va perdre quelqu'un. Je le comprends. Mais je te promets que ta grand-mère n'a pas d'idées suicidaires. Elle veut juste se sentir vivante, et s'approcher de la mort selon ses propres termes lui permet de le faire.

— Je vais travailler là-dessus.

— Elle parle de toi tout le temps, tu sais ?

— Oh oh.

Nora sourit.

— La plupart du temps, c'est en bien. Même si elle a voulu te gifler quand tu lui as dit que tu lui *interdisais* de sauter en *wingsuit*. Tu n'as pas encore compris que lorsque tu dis à un certain type de femme qu'elle ne peut pas faire quelque chose, cela ne fait que l'inciter davantage à le faire ?

Je me frottai la lèvre.

— Un certain type de femme, hein ? J'ai l'impression que ma grand-mère n'est pas la seule à faire partie de cette catégorie dans ce voyage.

— Peut-être pas, dit-elle en souriant.

Je me penchai vers elle.

— Je t'interdis de coucher avec moi.

Nora éclata de rire, rejetant sa tête en arrière. C'était vraiment spectaculaire.

— Ta grand-mère dit que tu es comme un fouet, dit-elle en secouant la tête. Je comprends pourquoi.

— Qu'est-ce que ma grand-mère dit d'autre sur moi ?

— Beaucoup de choses. Elle dit que tu es intelligent, major de ta classe à Princeton. Tu as réussi – tu as créé ta propre entreprise un an après la fin de tes études et tu as investi judicieusement dans l'immobilier de Manhattan. Tu travailles trop, et apparemment tu tires ça de ton grand-père. Tu es divorcé et tu as une adorable petite fille de six ans, je crois ?

Je hochai la tête.

— Continue...

— Tu es proche de ton frère, qui a dix ans de moins que toi, qui est tout ton contraire et qui te rend fou, mais tu l'as quand même embauché pour travailler pour toi parce que tu es extrêmement loyal. Oh, et une fois, tu es allé avec ta grand-mère chercher ton petit frère à la crèche. Tu as insisté pour que ce soit toi qui tiennes le porte-bébé, et non elle. Et ni l'un ni l'autre ne s'est aperçu, avant d'arrivant chez elle, que tu avais pris le mauvais bébé. Quand vous êtes retournés à la crèche, la police était là parce que la mère pensait que quelqu'un avait volé son enfant.

Je baissai la tête.

— Bon sang, elle était obligée de te dire ça ? Elle me vendait tellement bien au début.

Elle sourit.

— Une autre fois, alors que vous étiez dans le métro, une souris a traversé la rame en courant. Tu as demandé comment elle était entrée, et ta grand-mère t'a dit que le squelette d'une souris lui permettait de passer par de petites fissures. Tu as dormi sur le dos pendant un mois avant qu'elle ne découvre que tu avais peur de te retourner de crainte qu'une souris ne s'introduise dans tes fesses.

— Sérieusement ? Pourquoi t'a-t-elle dit ça ?

Nora haussa les épaules.

— Nous étions sur le quai du métro un soir, en train d'attendre, et une souris a traversé les rails. Louise a éclaté de rire, puis elle a expliqué pourquoi. Elle n'a pas mentionné l'âge que tu avais, alors j'espère que ce n'était pas trop récent.

— Petite maline.

Je finis mon verre et levai la main vers le barman.

— Je suis injustement désavantagé, là. Je n'ai pas d'histoires sur toi.

— Et on va s'en tenir à ça, dit-elle en riant.

Le barman arriva. Il pointa mon verre du doigt.

— La même chose ?

— Oui, s'il vous plaît.

Je regardai Nora.

— Un autre vin ?

Elle secoua la tête.

— Non, merci.

— Prends-en un autre. Je pars demain matin, et je ne t'énerve même pas pour l'instant.

— En fait, j'ai du travail à faire, des corrections pour mon prochain livre que je dois approuver. Je dois les rendre aujourd'hui.

J'étais déçu. Même si la possibilité de retourner dans sa chambre n'existait plus, Nora était vive. J'aimais écouter ce qui sortait de ces lèvres pulpeuses, même si j'avais toujours envie de glisser quelque chose entre elles.

Elle sortit son portefeuille.

Je l'arrêtai.

— C'est pour moi, s'il te plaît. C'est le moins que je puisse faire pour tout ce que tu fais avec ma grand-mère.

Elle sourit tristement.

— Tu ne comprends toujours pas. Je reçois de Louise autant que je lui donne. Ce n'est ni une faveur ni un fardeau. Nous ne faisons que des choses que nous voulons faire toutes les deux.

Elle remit son portefeuille dans son sac et se leva.

— Mais merci quand même pour le verre. J'ai été ravie de te rencontrer, Beck. Du moins, je suppose ?

Je gloussai.

— J'ai toujours la clé de ta chambre, tu sais. Je pourrais te laisser terminer ton travail et ensuite finir ce que nous avons presque commencé hier soir ?

Nora se pencha et m'embrassa sur la joue.

— Ce n'est probablement pas une bonne idée maintenant que je sais que tu es le petit-fils de Louise. J'allais me servir de toi.

— Je suis d'accord pour qu'on se serve de moi...

Elle rit.

— Bonne nuit, Beck. Peut-être que je te reverrai un jour.

CHAPITRE 4
Beck

— Juste au moment où je commençais à être à l'aise de donner les ordres, l'ogre est de retour, lança mon frère, appuyé contre l'encadrement de la porte de mon bureau.

— C'est toi qui as donné les ordres ? Dois-je remplir un dossier de faillite ?

Jake se redressa et s'invita dans mon bureau. Il s'appuya sur le dossier d'un de mes fauteuils d'invité, l'inclinant de manière à ce que les pieds de devant quittent le sol. Son regard se posa sur les multiples pansements que j'avais sur les mains.

— Qu'est-ce qui t'est arrivé ?

— *Bitsy*, grommelai-je.

Les sourcils de Jake se levèrent.

— La chienne de mamie ? Elle t'a mordu ?

— Ce cabot me déteste. Elle attend que je m'endorme, puis grimpe sur le lit pour me réveiller en me mordant les doigts. Toutes les nuits.

Mon frère rit.

— Ce n'est pas drôle. Tu sais, tu peux la prendre aussi. J'ai dû la faire garder par le fils de la voisine pendant mon absence.

— C'est à toi que mamie a demandé. Et puis, il m'arrive de ne pas rentrer à la maison certains soirs.

Je secouai la tête.

— Tu voulais quelque chose ? J'ai beaucoup de travail à rattraper.

— Comment va mamie ?

— Têtue. Obstinée. Tenace.

Jake sourit.

— Donc, elle se comporte toujours normalement ? Aucun signe que le cancer l'affecte déjà ?

J'enlevai ma veste de costume et l'accrochai au dossier de mon fauteuil avant de le tirer pour m'asseoir.

— Je pense qu'elle pourrait être la première personne de qui le cancer a trop peur pour l'attaquer une troisième fois.

— As-tu rencontré la femme avec qui elle voyage ? Celle qui a été une telle garce avec toi ?

— Oh, je l'ai rencontrée, oui !

— C'est si grave que ça ? Vous vous êtes encore disputés ?

— Quelque chose comme ça...

Je ne lui dis pas que, bien qu'elle soit peut-être une emmerdeuse, l'amie de notre grand-mère était aussi l'objet de mes rêves depuis quelques nuits. Si mon frère était au courant, il serait capable de sauter dans un avion pour aller voir notre grand-mère. Jake peut charmer toutes les femmes qu'il rencontrait avec ses manières juvéniles, la structure osseuse de notre père et son sourire à fossettes. Qu'il porte des costumes à cinq mille dollars et une montre tape-à-l'œil aide aussi. À cette mention, mes yeux se posèrent sur le poignet de mon frère. Une *Rolex*. À bien y penser, il n'aurait peut-être pas autant de facilité que ça avec Nora…

— Alors, qu'est-ce que j'ai raté ici ? demandai-je en retroussant les manches de ma chemise.

Mon frère s'assit.

— Je ne voulais pas te le dire pendant que tu voyageais, mais nos commissaires aux comptes ont découvert que quelqu'un nous volait.

Mes sourcils se froncèrent.

— Qui ?

— Ginny Atelier, des comptes fournisseurs. Alors qu'ils examinaient les livres, ils ont remarqué que certains chèques de la petite caisse n'étaient pas accompagnés de reçus. Quand ils l'ont interrogée, elle s'est mise à pleurer et a admis avoir pris l'argent.

Merde. De toutes les personnes que j'employais, il fallait que ce soit elle ?

— A-t-elle donné une raison ?

Mon frère hocha la tête.

— Elle prétend que sa mère est malade et qu'elle avait besoin de l'argent pour acheter des médicaments que son assurance ne couvre pas. J'ai déjà parlé aux RH. Ils attendent ton accord pour la licencier.

Je pris une grande inspiration et secouai la tête.

— Peut-être qu'on ne devrait pas la licencier.

Les yeux de mon frère s'écarquillèrent.

— Tu te moques de moi ? C'est une histoire à fendre le cœur, mais ne pas la licencier est la dernière chose que je m'attendais à entendre de ta part.

— Pourquoi ? J'ai un cœur…

Mon frère plissa les yeux.

— Non, tu n'en as pas. Tu as renvoyé des gens parce qu'ils te regardaient de travers. Donc, il se passe quelque chose. C'est quoi le problème ?

Je glissai une main dans mes cheveux et soupirai.

— Fichue fête de Noël et ces stupides martinis à la menthe. Voilà pourquoi je m'en tiens à siroter du whisky et évite la vodka.

Jake rit.

— Oh mon Dieu, tu as couché avec une employée ? T'es vraiment un connard. Combien de fois tu m'as rappelé que je ne devais pas tremper mon stylo dans l'encre de l'entreprise ?

— Tu es un employé.

— Et alors ? Seul le patron peut piquer le personnel féminin ?

— C'est toi le connard.

— Peut-être.

Mon frère se pencha en arrière, souriant d'une oreille à l'autre.

— Mais au moins, je n'ai baisé aucun membre du personnel.

Je soupirai.

— Laisse-moi parler au service juridique avant de prendre une décision sur la façon de gérer la situation.

— Compris, grand frère.

J'ouvris mon ordinateur portable, espérant que mon frère comprendrait que la conversation était terminée. Bien sûr, ce ne fut pas le cas.

Je fronçai les sourcils.

— Quoi ? Y a-t-il autre chose dont nous devons discuter ? Si ce n'est pas le cas, j'ai beaucoup de travail à faire.

— Non. Je me prélasse juste dans la chaleur de tes flammes. Tes erreurs sont si rares.

J'indiquai la porte du doigt.

— Dehors. Ou tu prendras la place de Ginny dans la file d'attente du chômage.

D'habitude, je ne vérifiais pas mes messages pendant les réunions. Mais celle-ci était ennuyeuse à mourir, et c'était le nom de Nora qui apparaissait. Je l'ouvris. Une photo de ma grand-mère chevauchant un dauphin remplit mon écran. Elle ressemblait à Rose dans *Titanic*, les bras tendus tandis que l'animal la propulsait vers l'avant. Je souris et répondis.

Beck : Ça, c'est la vitesse de croisière de ma grand-mère !

La réponse arriva avec autant de rapidité que son esprit.

Nora : Sois gentil, ou je ne t'enverrai plus de photos. Ta grand-mère profite de la vie. Tu devrais peut-être essayer un jour. Qu'est-ce que tu fais en ce moment ? Tu assistes à une réunion ennuyeuse ?

Je gloussai dans mon coin.

L'analyste qui faisait sa présentation s'arrêta de parler et toutes les têtes se tournèrent dans ma direction. J'avais dû faire plus de bruit que je ne le pensais. Je secouai la tête et désignai les chiffres projetés sur l'écran.

— Soyez attentifs.

Nora avait dit que ma grand-mère et elle ne faisaient que des choses qu'elles voulaient faire toutes les deux. Elle avait donc dû nager elle aussi avec les dauphins.

Beck : Je suppose que tu as aussi pris part à la baignade d'aujourd'hui ?

Je continuai à ignorer la réunion pour regarder les points sauter dans tous les sens.

Nora : D'abord... prendre part ? Tu as quatre-vingt-dix ans ? Peut-être que si tu parlais comme un jeune, tu pourrais agir en conséquence et t'amuser un peu. Mais oui, j'ai nagé avec les dauphins aujourd'hui, et c'était incroyable.

Beck : Je peux voir une photo ?

Nora : Tu veux juste me voir en maillot de bain...

Je regardai mon téléphone en souriant.

Beck : Je voulais juste voir ce que je manquais en étant un gentleman.

Nora : Beaucoup. Crois-moi.

Je n'avais aucun doute qu'elle disait la vérité.

Beck : Qu'est-il prévu pour la suite ?

Nora : Nous sommes ici pour quelques jours encore et la semaine prochaine, nous partons aux Bahamas pour jouer au casino et prendre le soleil. Ensuite, nous irons dans le Montana pour une excursion dans la nature sauvage.

Beck : Une excursion dans la nature sauvage ?

Nora : La forêt nationale de Custer-Gallatin. Nous allons passer deux nuits dans un ranch, avec une journée à dos de cheval et une nuit de camping dans les montagnes.

Cela me fit réfléchir.

Beck : Ma grand-mère est née et a grandi à Manhattan. Je ne pense pas qu'elle soit une cow-girl expérimentée.

Nora : D'où les deux soirées au ranch pour pratiquer l'équitation avant de partir.

Beck : Qui a eu l'idée de cette escapade ?

Nora : Moi.

Beck : Tu es une cavalière expérimentée ?

Nora : Oui, mais pas sur des chevaux…

Elle termine par un petit clin d'œil.

Nora : Je dois y aller ! Louise vient d'arriver. On fait une heure et demie de route pour un dîner-spectacle.

Au moins, ça avait l'air sympa pour Mamie.

Beck : Amusez-vous bien, et passe le message à ma grand-mère, s'il te plaît.

Nora : On va s'amuser, oui ! J'ai assez de billets d'un dollar pour que ce soit plus qu'agréable. ☺

Je levai les yeux au ciel. Et moi qui pensais qu'elles allaient voir une version itinérante de *Jersey Boys* ou quelque chose comme ça.

Quelques minutes plus tard, ma réunion ennuyeuse se termina et j'emballai les présentations qu'on m'avait données – comme s'il y avait la moindre chance que je les lise alors qu'elles n'avaient même pas réussi à retenir mon attention pendant la réunion elle-même. Alors que j'étais debout, mon téléphone sonna. C'était encore Nora, aussi fis-je glisser mon doigt sur l'écran pour lire le message avant de quitter la salle de conférence.

Nora : Voici ton prix de consolation. Essaie de t'amuser un peu ce soir, M. Guindé.

En dessous se trouvait une photo de Nora en bikini jaune, chevauchant un dauphin.

Bon sang. Cette femme avait des courbes. Des seins pleins et rebondis qui semblaient à deux doigts de débor-der, des mamelons pointés droit vers l'appareil photo, une taille minuscule, et le type de hanches et de cuisses que j'aimais chez une femme – des courbes qui étaient agréables dans l'obscurité.

J'envisageai de lui répondre, mais il n'y avait rien de propre à dire. Au lieu de cela, je sauvegardai la photo et songeai en moi-même : *Oh, je vais faire quelque chose d'amusant ce soir... avec ta photo.*

~

— Il se pourrait que nous ayons un léger problème.

Yates Bradley. Ce n'était pas la première fois qu'il s'asseyait de l'autre côté de mon bureau et prononçait ces mots. Lorsque je l'avais pris comme client dix-huit mois plus tôt, dans l'intention de vendre son conglomérat mondial d'aliments pour bébés, je n'avais aucune idée de ce dans quoi je m'embarquais. Ce type était un cauchemar ambulant en matière de relations publiques, et deux transactions avaient déjà échoué à cause de problèmes découverts lors de l'audit préalable. Nous étions maintenant à dix jours de conclure la vente avec un troisième acheteur, et je n'avais pas imaginé qu'il restait d'autres squelettes dans le placard. J'aurais dû me méfier.

Je m'adossai à mon fauteuil et appuyai mes doigts les uns contre les autres.

— Que se passe-t-il maintenant ?

— Ma femme m'a trompé.

— Je suis désolé de l'apprendre, mais cela ne devrait pas avoir d'incidence sur votre vente, si c'est ce qui vous préoccupe.

— Des choses pourraient... sortir.

Oh putain. Qu'est-ce qu'il y avait encore ?

— Quel genre de choses ?

— Elle couchait avec son professeur de yoga.

J'avais l'impression de jouer à un jeu où je devais deviner ce qui allait m'exploser au visage.

— Mme Bradley n'est ni une employée ni une actionnaire de votre entreprise, donc même si c'est malheureux, je ne vois pas en quoi c'est un problème pour votre vente.

— Eh bien... dit-il. C'est elle qui m'a trompé d'abord.

Et c'est parti...

— D'abord ? Donc, ça veut dire que vous l'avez trompée aussi ?

— Seulement parce qu'elle le méritait.

Je savais, grâce à l'enquête que nous menions avant de prendre un client, que l'actuelle Mme Bradley n'était pas sa première femme. Il en avait eu deux autres avant elle, et les deux mariages s'étaient terminés en pots-de-vin, même s'il avait signé des contrats prénuptiaux.

— Êtes-vous inquiet pour vos finances ? Vous aviez un contrat de mariage cette fois-ci, n'est-ce pas ?

— Oui, je ne me marie jamais sans contrat de mariage. C'est comme monter sur une barque en pleine tempête sans gilet de sauvetage.

— Eh bien, vous devriez vous en sortir.

— Sauf si elle divulgue les photos...

Putain de merde.

— Quelles photos ?

— Celles de moi et de Miss Vice.

Je fermai les yeux.

— Pitié, dites-moi que ça s'écrit V-Y-S-S-E et que ce n'est pas ce que je crois.

Il eut le culot de paraître indigné.

— Ce que je choisis de faire dans ma vie privée n'est pas pertinent. Les modes de vie alternatifs sont de plus en plus acceptés de nos jours. Peut-être que cela ne posera pas de problème.

— Monsieur Bradley, vous possédez une entreprise d'aliments pour *bébés*. Vos clientes sont de jeunes mamans, dont la plupart sont centrées sur leur vie de famille au moment de l'achat. Un scandale pour cause d'adultère aurait un certain impact sur votre marque, mais des photos de vous ayant des activités BDSM ou quoi que ce soit pourraient compromettre votre vente.

Je me penchai en avant.

— De quoi parlons-nous exactement ?

M. Bradley sortit son téléphone et tapa un code. Puis il me tendit l'appareil.

Je le pris, même si j'avais le sentiment que je ne voulais pas voir.

Il pointa l'écran du doigt.

— Il y a un dossier nommé Miss Vice là-dedans.

Super. Je fis défiler les pages jusqu'à ce que je le trouve.

— Il y a plus de mille photos là-dedans. Est-ce que votre femme les a toutes ?

— Je n'avais pas réalisé qu'elles étaient sauvegardées sur le cloud.

Prenant une grande inspiration, j'ouvris le dossier. Les premières photos n'étaient pas horribles. La femme, que je supposais être Miss Vice, portait une tenue en cuir. Yates n'apparaissait même pas sur les photos... jusqu'à ce qu'il y apparaisse.

Je secouai la tête et marmonnai une série de jurons. Si j'avais dû imaginer le pire et le plus compromettant en matière de BDSM pour un homme qui était le visage d'une entreprise d'aliments pour bébés, je n'aurais jamais imaginé ça.

Je me raclai la gorge.

— Vous êtes à genoux, en couche et bonnet, tandis qu'une femme vêtue de cuir vous transperce la peau avec son talon aiguille, et vous entrez dans mon bureau en disant que nous *pourrions* avoir un léger problème ? C'est comme dire qu'un navire en train de couler a un petit trou dans la coque, monsieur. Bradley.

Ses épaules s'affaissèrent.

— Que dois-je faire ?

Je fis glisser le téléphone de l'autre côté du bureau.

— Vous rentrez chez vous et vous offrez à votre femme la somme nécessaire pour que tout cela disparaisse.

— Elle a déjà déménagé et ne veut pas me parler. Son avocat veut qu'on se rencontre.

— Eh bien, organisez une rencontre.

— C'est ce que j'ai fait. Il sera là dans une heure.

— Ici ? Pourquoi vient-il ici ?

— Parce que je ne savais pas vers qui d'autre me tourner, et que vous avez réglé toutes les autres choses qui sont apparues.

— Je suis dans l'achat et la vente d'entreprises, monsieur Bradley. Pas dans la pose de pansements.

— S'il vous plaît...

Je soufflai.

— D'accord, mais je lui parle seul à seul. Rentrez chez vous, et je vous appellerai quand j'aurai fini.

— D'accord.

— Et je prends un pour cent de plus sur la vente pour le merdier dans lequel vous me mettez.

CHAPITRE 5

Nora

— Je n'ai jamais pris de bain de minuit, tu sais…

Une semaine plus tard, Louise et moi étions assises sur une plage des Bahamas, regardant le soleil se coucher. J'aspirai le reste de ma piña colada par la paille en papier et me tournai vers elle avec un immense sourire.

— On devrait corriger ça…

Les yeux de mon amie s'écarquillèrent. Elle regarda autour d'elle. À cette heure-ci, il n'y avait plus qu'un seul autre couple sur la plage. Apparemment, la plupart des gens étaient partis se doucher et se changer pour le dîner avant le meilleur moment de la journée.

— Voyons s'ils partent bientôt.

Je haussai les épaules.

— Qu'est-ce que ça fait s'ils nous voient ?

— Mon corps ne ressemble pas au tien, ma chérie. Je vais devoir utiliser l'une de mes mains pour empêcher mes seins de traîner dans le sable, et l'autre pour couvrir mon minou.

— Pourquoi couvrir ton minou ? On vient juste de le toiletter. Montre-le.

Louise et moi étions allées nous faire masser et épiler la veille, à notre arrivée. Juste après, elle m'avait dit que c'était la première expérience qu'elle regrettait jusque-là.

— Je suis comme Bob Ross, mieux avec un joli petit buisson.

Je ris.

— Tu veux un autre verre ?

Elle brandit son verre de margarita.

— Si on se déshabille, tu ferais mieux de dire à ce mignon barman que j'ai besoin d'une double dose de tequila.

— Compris.

J'allai au bar et revins avec deux boissons, ainsi que deux verres de tequila. Il semblait que le dernier couple qui avait regardé le coucher de soleil se préparait à partir.

— Dans quelques minutes, nous aurons la plage pour nous seules.

Je tendis un verre de tequila à Louise.

— Je me suis dit qu'on aurait aussi besoin de ça.

Nous trinquâmes avant de boire cul sec, puis nous nous assîmes sur la plage pour finir nos verres jusqu'à ce que le soleil s'enfonce sous l'horizon.

— Tu es prête ? demandai-je.

Elle se leva.

— On ne vit qu'une fois.

Alors que nous nous déshabillions, mon appareil photo tomba de mon sac. Je le ramassai et ôtai le sable.

— Je suppose que ça va être la première activité que je n'enregistrerai pas pour mon blog.

— Est-ce qu'ils te le feront fermer si tu publies quelque chose comme ça ?

— Je ne pense pas. Est-ce que tu veux dire que tu souhaites que je l'enregistre ?

— Peut-être que tu pourrais mettre ces barres noires sur certains endroits ? Mais filmons ce moment. On essaye d'inspirer d'autres personnes à ne pas rester chez elles à attendre leurs derniers jours. On leur a dit qu'on partagerait le bon, le mauvais et l'affreux. Ici, ce sera l'affreux.

Je souris.

— Comme tu veux.

Une fois déshabillées toutes les deux et mon appareil photo installé sur le transat, je tendis la main à Louise.

— Tu es prête ?

— Je suis née prête, et je mourrai de la même façon. Allons-y.

Nous criâmes quand nous entrâmes dans l'eau. Elle n'était pas froide, mais elle touchait par surprise les parties qui étaient normalement couvertes. Lorsque l'eau nous arriva jusqu'au cou, nous nous mîmes à flotter sur le dos.

— C'est incroyable ! s'exclama Louise.

— Je sais. C'est tellement libérateur.

— Je n'arrive pas à croire que je vais dire ça, mais c'est peut-être la chose que je préfère parmi tout ce que nous avons fait jusqu'à présent.

Je soupirai.

— Parfois, les choses simples sont les plus gratifiantes.

— Nous devrions garder ça à l'esprit lorsque nous planifierons le reste de notre itinéraire. On ne doit pas forcément faire que des choses qui nous font peur.

— Tu rendrais probablement ton petit-fils heureux si nous avions des activités qui ne mettent pas ta vie en danger.

— Oh, c'est vrai. Nous pourrions peut-être ne pas lui parler des activités les plus paisibles. Sinon, il pourrait penser que je l'ai écouté.

Je ris.

— Que Dieu nous en préserve.

Louise et moi flottâmes pendant un long moment, les yeux rivés vers les étoiles. Cela me faisait me sentir libre et, en même temps, connectée aux éléments comme je ne l'avais jamais été. Lorsque nos peaux commencèrent à friper, nous décidâmes qu'il était temps de sortir. Sauf que, lorsque nous regardâmes le rivage, nous n'étions plus seules.

Je plissai les yeux.

— Est-ce que ces gens sont sur nos transats, ou est-ce qu'on a dérivé ?

Louise se couvrit les seins alors que nous nous rapprochions pour mieux voir.

— Je crois que cette fille porte mon chapeau !

Trois adolescents, deux filles et un garçon, fouillaient dans nos affaires. Je me mis à crier et avançai dans l'eau le plus vite possible.

— Hé ! Ce sont nos affaires. Éloignez-vous de là !

L'une des filles nous montra du doigt et les deux autres voyous ramassèrent tout ce que nous avions laissé sur les transats.

— Filons ! cria l'une des filles.

— Pas question, dit le garçon. Je veux voir leurs nichons.

La fille lui tira le bras.

— Allons-y, crétin ! Ou on va avoir des problèmes.

Avant que j'aie pu atteindre le rivage, tous les trois couraient sur la plage. À une centaine de mètres de là, une rangée de rochers se jetait dans la mer, ce qui rendait si calme et si privée la zone où nous nagions. Les adolescents sprintèrent sur le sable jusqu'aux rochers, puis se mirent à courir dans l'eau en tenant au-dessus de leur tête les vêtements et les sacs qu'ils venaient de nous voler. J'étais à une bonne cinquantaine de mètres derrière eux, si bien que, lorsqu'ils contournèrent les rochers pour passer de l'autre côté, je les perdis de vue.

Poussant un juron, je replongeai dans l'eau et nageai aussi vite que je pus. J'avais toujours été une bonne nageuse, aussi me disais-je que cela fonctionnerait mieux que d'essayer de courir dans de l'eau qui m'arrivait à la poitrine. Je manœuvrai autour des rochers, réussissant à m'y cramponner et à ne pas remonter à la surface pour prendre ma respiration jusqu'à ce que je sente mes genoux toucher le fond de l'autre côté. Je me relevai alors d'un seul coup, prête à reprendre à pied ma poursuite des trois adolescents.

Seulement, ce ne furent pas les trois crétins d'ados que je vis quand je me redressai.

Ce fut la *mariée*.

Oh. Mon. Dieu.

Pitié, dites-moi que j'imagine ça ?

Mais ce n'était pas le cas. Et je n'avais pas d'autre choix que de continuer maintenant.

Je posai le pied sur le sable.

Les têtes de cinquante personnes en costumes et robes se tournèrent dans ma direction.

Les *steel drums* s'arrêtèrent de jouer en grinçant comme un stylet sur un disque vinyle.

Deux grands hommes portant des polos et des pantalons assortis se précipitèrent vers moi. J'étais presque sûre qu'ils faisaient partie de la sécurité.

Je dus prendre une décision en une fraction de seconde : faire demi-tour et tenter de contourner à nouveau les rochers à la nage, ou jaillir et essayer de m'enfuir sur la terre ferme. Du coin de l'œil, je vis les trois adolescents sortir de l'eau de l'autre côté du mariage. Je supposai qu'ils avaient été assez intelligents pour faire attention à ce qui se passait avant de sortir. Comme la sécurité n'avait pas de vêtements à me faire porter et qu'elle n'avait pas l'air très contente, je courus vers les adolescents.

— Désolée ! criai-je aux invités du mariage.

Les personnes assises sur des chaises continuèrent à m'observer au lieu de regarder la cérémonie. Quand j'atteignis les mariés, je fis un signe de la main, totalement nue.

— Félicitations !

Un peu plus loin sur la plage, une douzaine de tables rondes avaient été installées pour ce qui semblait être la réception du couple. Chacune d'entre elles avait un panier de fleurs au centre, maintenant en place les nappes qui ondulaient sous la brise. Je libérai l'une des nappes et l'enroulai autour de mes épaules tout en jetant un coup d'œil derrière moi pour voir si la sécurité était toujours à mes trousses. Heureusement, ils s'étaient arrêtés. L'un d'eux était plié en deux, les mains sur les genoux, tandis que l'autre aboyait dans un talkie-walkie.

J'allais botter le cul des petits cons qui avaient volé nos affaires, si jamais je les rattrapais.

Plus loin, les adolescents se précipitèrent vers des escaliers, aussi continuai-je à courir, même si je sentais que je prenais de plus en plus de retard à chaque enjambée. Mes poumons commençaient aussi à brûler. Lorsque j'atteignis le palier en béton de l'hôtel, je regardai à droite et à gauche. Les gamins étaient introuvables, mais trois autres agents de la sécurité approchaient de moi par la gauche, alors je courus dans l'autre sens.

La nappe ne couvrait pas grand-chose durant ma course, et les hommes qui me poursuivaient se rapprochaient, aussi, lorsque je contournai le bâtiment et vis une porte ouverte, je plongeai à l'intérieur.

Cela ressemblait à un placard à fournitures, mais je n'allais pas allumer la lumière pour le découvrir. D'une main tremblante, je tâtai la porte dans l'obscurité à la recherche d'une serrure. La localisant, je la tournai vers la droite et m'appuyai contre la porte pour essayer de reprendre mon souffle. Vingt secondes plus tard, des voix se firent entendre de l'autre côté de la porte, et quelqu'un tourna la poignée dans un sens puis dans l'autre.

Je plaquai ma main sur ma bouche pour étouffer le bruit de ma respiration.

— Elle a dû pénétrer dans l'hôtel par cette entrée, là-bas, cria l'un des hommes. Il y a des toilettes avant d'arriver dans le hall principal. Elle doit s'y trouver !

Je plaquai l'oreille contre la porte, et écoutai jusqu'à ce que je n'entende plus de bruits de pas ou de voix. Mon rythme cardiaque ralentit. Je cherchai un interrupteur sur le mur et l'actionnai. Comme je m'en étais doutée, je me trouvais dans un placard à fournitures. Les étagères étaient remplies de produits chimiques pour la piscine, de produits de nettoyage et de matériel de jardinage. Dans un coin de l'étagère supérieure, il y avait une pile de tissu noir. Je tirai dessus et fus soulagée de découvrir ce qui semblait être un pantalon d'uniforme. Derrière se trouvait une pile de tissu rouge que je ne pouvais pas atteindre. Mais je rapprochai un seau de produits chimiques pour piscine et montai dessus.

Des polos avec le logo de l'hôtel brodé dessus. Je fermai les yeux. *Dieu merci.*

Les pantalons étaient tous un peu trop grands, aussi arrachai-je l'élastique de mes cheveux et l'utilisai-je pour rassembler l'excédent de tissu du pantalon et le nouer. Puis j'enfilai un polo et en pris un de plus pour Louise. Cela fait, je déverrouillai discrètement la porte et jetai un coup d'œil à l'extérieur. La voie étant libre, je sortis et retournai d'un pas rapide jusqu'à la plage en traversant le parc de l'hôtel, la tête baissée.

Je commençais tout juste à penser que ce cauchemar touchait à sa fin lorsque j'arrivai à l'entrée de la plage où j'avais laissé Louise et que je trouvai cette dernière avec la police.

Merde. Je courus jusqu'aux transats que nous avions utilisés plus tôt. Louise était assise, enveloppée dans une couverture, tandis qu'un flic debout braquait une lampe de poche sur son visage.

— Qu'est-ce qui se passe ici ? demandai-je. Louise, ça va ?

— Ils m'arrêtent pour atteinte aux bonnes mœurs.

Je regardai le flic.

— Vous plaisantez ? Des gamins ont volé nos vêtements et vous allez l'arrêter *elle* ?

Il me regarda de haut en bas, s'arrêtant sur le logo du polo.

— Vous travaillez ici ?

Oh, merde.

— Non. J'ai dû emprunter un uniforme pour revenir après avoir poursuivi les gamins qui ont commis le vrai crime.

— Alors c'est vous l'exhibitionniste qui a perturbé le mariage ?

— Exhibitionniste ? Non. Je n'avais aucune idée qu'ils étaient là. Je ne l'ai pas fait intentionnellement. J'ai essayé de rester dans l'eau, mais...

L'autre policier m'interrompit.

— Madame, le mariage que vous avez perturbé en vous affichant nue ? Le père de la mariée est le *maire de l'île*. Il veut porter plainte.

Il leva le menton.

— À votre place, je me tairais, à moins que vous ne vouliez aussi être accusée d'avoir volé cet uniforme.

— *Voler l'uniforme ?* Je l'ai emprunté parce que trois adolescents ont volé nos vêtements. Pourquoi ne les poursuivez-vous pas ?

Le premier policier haussa les épaules.

— Si vous aviez gardé vos vêtements sur vous, comme la loi l'exige ici aux Bahamas, tout le monde serait heureux en ce moment.

Louise fit la moue.

— Je suis sûre que *votre* femme serait heureuse si vous gardiez vos vêtements sur vous.

Oh, oh. Il venait d'énerver Louise.

Le flic haussa les sourcils.

— Excusez-moi ?

— Il est clair que si vous vous envoyiez en l'air de temps en temps, vous seriez plus détendu à l'idée de voir un peu de peau.

Je fermai les yeux. Les chances de nous en sortir en discutant étaient déjà minces, mais cela mit fin à tout espoir. Une demi-heure plus tard, nous étions enregistrées au poste de police.

— Qu'est-ce qui se passe une fois que vous avez terminé de remplir votre rapport ? demandai-je à l'un des policiers qui nous avait amenées. Est-ce qu'on paie une amende ou quelque chose comme ça ?

— Vous verrez le magistrat du tribunal des Bahamas. Il fixera votre caution. Ensuite, nous vous ramènerons ici, et vous pourrez passer un coup de fil pour que quelqu'un dépose la somme qu'ils auront fixée. Si personne ne vient...

Sans lever les yeux de son ordinateur, il indiqua une porte avec son pouce.

— Vous passerez la nuit au bout du couloir, dans la cellule de dégrisement.

— Mais on peut payer nous-mêmes, non ? Avec une carte de crédit, par exemple ?

— Vous pouvez utiliser votre propre argent pour payer la caution. Mais elle est déposée au bureau du greffier au bout de la rue, donc vous ne pouvez pas le faire vous-même. Quelqu'un devra y aller et le faire pour vous.

— Nous sommes ici toutes seules.

L'officier haussa les épaules.

— Vous pouvez essayer l'ambassade de votre pays. Mais ils ne sont pas très rapides, surtout le week-end.

Au cours des deux heures suivantes, Louise et moi fûmes transportées pour comparaître devant un juge du tribunal de nuit, puis ramenées au poste. La caution avait été fixée à cinq cents dollars par personne. J'appelai l'ambassade des États-Unis pour savoir s'ils pouvaient m'aider à déposer la caution, mais la personne qui répondit au téléphone me dit qu'elle allait contacter quelqu'un et qu'elle me rappellerait. Elle ne pouvait pas me dire quand. Le policier eut alors la gentillesse de nous laisser passer un deuxième appel... un appel que je ne voulais *pas* passer.

Louise appela son petit-fils. Je grimaçai en imaginant la façon dont il allait prendre la nouvelle. Mais elle dit qu'il avait des affaires aux Bahamas et qu'il pourrait probablement trouver quelqu'un pour nous aider.

En attendant, ils m'escortèrent à nouveau jusqu'à une cellule de détention bondée. Des femmes étaient assises par terre le long de presque tous les murs, tandis qu'une dame plus âgée était allongée sur le seul banc de la cellule. Le groupe me regarda de haut en bas tandis que l'officier déverrouillait la porte et me faisait entrer. Aucune d'elles ne sembla très heureuse de me voir. Il y avait une place libre dans un coin, mais lorsque je voulus m'asseoir, les deux femmes de chaque côté se décalèrent, me suggérant silencieusement de trouver un autre endroit où poser mes fesses. Cela se produisit deux fois avant que je réalise que la femme qui ronflait ne pouvait pas s'y opposer, et je m'assis donc près d'elle.

Vingt minutes s'écoulèrent avant que le garde ne revienne avec Louise.

— Hé.

Je me levai du sol.

— Tu vas bien ?

Elle hocha la tête.

— Ce n'est pas ma première fois en prison. Et toi ?

— En fait, si.

— Dans les années 1960, j'ai été arrêtée pour avoir dansé de manière vulgaire. Je pense qu'aujourd'hui, vous, les jeunes, vous appelleriez ça du twerk.

— Louise, est-tu en train de me dire que tu peux agiter ces fesses ?

— Ma meilleure amie venait d'Égypte. Elle est morte maintenant. Que Dieu ait son âme. Mais sa mère lui avait appris la danse du ventre, et elle me l'avait enseignée. Sauf que j'aimais plus remuer mon popotin que mon ventre.

La femme qui occupait toute seule le banc se redressa brusquement. Elle leva le menton.

— Voyons voir ça.

— Ce n'est probablement pas une bonne idée, dis-je.

— Bien sûr que si.

Louise avança vers le centre de la cellule. La plupart des femmes étaient à divers stades de torpeur ou d'endormissement, mais tous les yeux ouverts se tournèrent vers la prisonnière de soixante-dix-huit ans. Louise tendit les bras et remua les hanches d'avant en arrière. La combinaison orange fournie par la police était ample, mais on voyait qu'elle savait bouger.

— En danse du ventre, c'est comme ça qu'on commence, expliqua-t-elle. On va d'un côté à l'autre.

Au bout d'une trentaine de secondes, elle s'arrêta et écarta davantage les bras, se penchant en avant.

— Maintenant, on fait le même mouvement, mais au lieu d'aller d'un côté à l'autre, on va d'avant en arrière.

— Putain de merde ! s'exclama l'une des femmes en riant et en pointant son doigt. C'est comme dans le clip de *Baby got back* !

Je ne savais pas pourquoi tout ce qui concernait Louise Aster me surprenait encore. Mais ce qui était sûr, c'est qu'elle agitait ses fesses de haut en bas, faisant honte à Miley Cyrus.

Quand elle eut fini, la cellule bondée cria et siffla, et un agent revint, l'air mécontent d'avoir dû se lever de son bureau.

— Qu'est-ce qui se passe ici ?

L'une des femmes fit un clin d'œil.

— On parlait justement de vous, agent Burrows. Vous savez que voir votre beau visage nous met en ébullition.

Il secoua la tête.

— Oui, eh bien, baissez d'un ton.

La femme fit papillonner ses faux cils.

— Oui, monsieur.

L'agent Burrows fronça les sourcils, mais repartit.

Heureusement, le récital de danse de Louise sembla nous avoir fait gagner de nouvelles amies. La femme qui occupait le banc se décala et tapota la place à côté d'elle.

— Viens t'asseoir ici, *Big Mama*. Les reines ne s'assoient pas par terre.

Après cela, l'ambiance dans la cellule de détention changea. Même la femme qui ronflait à côté de moi se réveilla une fois que Louise dit à tout le monde qu'elle avait été arrêtée pour attentat à la pudeur. Frieda, la gardienne du banc, semblait presque responsable de l'endroit, et les autres femmes avaient l'air de le savoir.

— Tu es là pour quoi, Frieda ? demanda Louise.

— J'ai organisé une partie de cartes chez moi.

— C'est illégal de jouer aux cartes aux Bahamas ?

— Pas pour vous. Mais les jeux d'argent sont illégaux pour les résidents.

— C'est ridicule.

Elle haussa les épaules.

— C'est comme ça. En général, ils me laissent tranquille, mais de temps en temps, ils me font fermer quand ils ont besoin d'argent pour des dépenses supplémentaires dans le service. Ils confisquent tout l'argent des tables et n'arrêtent aucun de mes joueurs. Ils savent qu'aucun d'eux ne provoquera de scandale à cause de la disparition de son argent, alors personne ne vient le réclamer et le service le récupère au bout d'un certain temps.

Je me liai d'amitié avec une jeune fille amenée quelques minutes après Louise. Nos compagnes de cellule l'appelaient toutes Mad Dog, et j'appris que c'était parce qu'elle recueillait les chiens errants de l'île. Mad Dog avait récemment perdu son emploi et n'avait plus les moyens d'acheter de la nourriture pour chiens. Elle avait été arrêtée pour avoir volé des croquettes. Une autre femme avait été arrêtée après être entrée par effraction dans une maison. Elle soupçonnait son mari de la tromper et l'avait suivi, puis était entrée pour le prendre sur le fait. L'autre femme impliquée avait insisté pour porter plainte.

J'ignorais combien de temps dura notre détention, car il n'y avait pas d'horloge et la police avait pris ma montre, mais il semblait que le matin était déjà là lorsqu'un garde revint.

L'agent Burrows déverrouilla la porte de la cellule.

— Eleanor Sutton et Louise Aster, vous êtes libres de partir.

Je me levai.

— Est-ce que l'ambassade a payé notre caution ?

— Non. Un type riche un peu pète-sec.

Louise leva les yeux au ciel.

— Ça ressemble à l'un des amis de mon petit-fils.

Peu importe comment c'était arrivé, j'étais ravie de sortir. Louise et moi dîmes au revoir à nos nouvelles amies et fûmes emmenées dans une salle où nous récupérâmes ce qui restait de nos affaires. Apparemment, les petits voleurs avaient fait tomber mon string et le téléphone de Louise. Je ne savais pas si la personne qui avait payé notre caution passerait aussi au poste de police, mais il s'avéra que oui. Et le responsable n'avait *pas* l'air content.

Louise s'arrêta net lorsque nous entrâmes dans le hall.

— Beck, qu'est-ce que tu fais ici ?

CHAPITRE 6

Beck

— Sérieusement, mamie ? C'est quoi tout ce bordel ?

— N'utilise pas ce langage avec moi – ni avec aucune femme, d'ailleurs.

Elle se tourna vers sa complice et sourit.

— Sauf peut-être dans la chambre à coucher. J'aime bien qu'on me parle un peu crûment.

Je fermai les yeux.

— Où est le tisonnier à me planter dans les oreilles quand j'en ai besoin ?

— Oh, ne sois pas si prude. Qu'est-ce que tu fiches ici, d'ailleurs ?

— Tu m'as appelé pour me dire que tu t'étais fait arrêter.

Mamie haussa les épaules.

— Et ? Je t'ai demandé de voir si tu pouvais trouver quelqu'un pour apporter une caution au greffier, pas de sauter dans un avion.

— Je m'inquiète pour toi.

— Eh bien, c'est une perte d'énergie. Inutile de t'inquiéter.

Je tendis les mains, indiquant la salle remplie d'agents de police.

— Regarde où nous sommes, dans le commissariat d'un pays étranger.

— C'est les Bahamas, pas la Corée du Nord, protesta mamie.

Je me tournai vers Nora.

— Tu peux m'aider, s'il te plaît ?

— Comment ? Elle a raison. Ce n'est pas la Corée du Nord.

— J'aurais dû me saouler dans l'avion, marmonnai-je.

Dehors, je guidai Bonnie et Clyde vers ma voiture de location ; ma grand-mère s'installa à l'avant et Nora se glissa à l'arrière.

Mamie enclencha sa ceinture de sécurité.

— On va devoir faire un arrêt sur le chemin de l'hôtel.

— Où ? demandai-je.

— Au bureau du greffier. L'endroit où tu as payé la caution.

— J'ai déjà payé ta caution.

— C'est pour Frieda.

Nora s'avança depuis la banquette arrière.

— Et Mad Dog. J'aimerais la faire libérer aussi. Oh, et tu penses qu'on pourrait aussi s'arrêter pour acheter de la nourriture pour chiens ?

Je plissai les yeux.

— Bordel, mais de quoi est-ce que vous parlez toutes les deux ?

— Attention à ton langage, répondirent-elles à l'unisson.

Je passai mes mains sur mon visage.

— J'ai l'impression d'être dans une conversation de sourds et qu'on parle tous de choses différentes. Qui est Frieda, et pourquoi doit-on payer sa caution ?

— Et Mad Dog, ajouta Nora.

— Bien sûr, dis-je en levant les yeux au ciel. On ne peut pas oublier Mad Dog.

Il n'était que 6 h et demie du matin, mais il devait déjà faire au moins trente degrés dehors. J'avais besoin d'allumer le moteur de la voiture pour faire fonctionner la climatisation. J'avais voyagé la moitié de la nuit et n'avais pas dormi, aussi démarrai-je et décidai-je qu'il serait plus rapide de faire simplement ce qu'elles disaient.

Lorsque nous arrivâmes au bureau du greffier, les deux complices sortirent de la voiture et entrèrent d'un pas décidé. Je les suivis pour m'assurer qu'elles ne s'attireraient pas d'autres ennuis. Si je n'avais pas été aussi épuisé et énervé, les voir ensemble aurait été comique. Nora portait un pantalon qui aurait été trop grand même pour moi, noué sur le devant, et un polo bien trop large sur lequel était brodé le nom d'un hôtel. Quant à ma grand-mère de près de quatre-vingts ans, elle portait une combinaison orange de détenue. Ni l'une ni l'autre ne semblait le remarquer ou s'en soucier.

— Bonjour, dit Nora au greffier. Nous aimerions payer la caution de nos deux amies.

L'homme derrière le bureau les examina.

— D'accord... Quels sont leurs noms ?

— Frieda, dit ma grand-mère avec emphase.

— Et Mad Dog, ajouta Nora.

Le type se tourna vers moi. Je haussai les épaules.

— Aucune idée.

Aussi fou que cela puisse paraître, il ne fallut que cinq minutes à l'employé pour comprendre que Frieda était Frieda Ellington, une femme fréquemment arrêtée pour jeu illégal, et que Mad Dog était Elona Bethel, arrêtée pour vol à l'étalage de nourriture pour chiens. Une fois cette question réglée, le greffier leur annonça que la caution était de sept cent cinquante dollars pour Mad Dog et de mille cinq cents dollars pour Frieda. Elles se regardèrent avant de se tourner vers moi.

Nora se mordit la lèvre.

— Pourrais-je emprunter un peu d'argent jusqu'à notre retour à l'hôtel ? J'avais oublié que je n'ai pas mon sac à main.

— Et moi aussi, j'ai besoin d'argent, annonça mamie. Mais je ne te rembourserai pas. Tu en auras beaucoup de ma part bien assez tôt.

Je sortis mon portefeuille en secouant la tête, plus contre moi que contre ces deux-là. Quand nous eûmes terminé, nous nous entassâmes à nouveau dans la voiture.

— Merci, Beck, dit Nora. Pour nous avoir fait sortir et pour m'avoir prêté l'argent nécessaire pour aider la fille que j'ai rencontrée.

Je regardai dans le rétroviseur.

— Où as-tu rencontré cette Mad Dog ?

Elle sourit.

— En taule.

Je ris.

— Tu viens de payer la caution d'une femme que tu ne connaissais pas avant de te faire enfermer ?

Nora haussa les épaules.

— Elle était vraiment gentille. Et elle sauve des chiens.

Je n'avais aucune idée de ce que je devais faire de ça, aussi démarrai-je la voiture.

— Dans quel hôtel êtes-vous descendues ?

— Au *Paradise Found*. Désolée, je ne peux même pas te chercher l'adresse puisque mon téléphone a disparu.

— Disparu ?

— Volé. Par des adolescents pourris gâtés.

Ma lèvre tressaillit.

— Bien sûr.

Le *Paradise Found* était à quinze minutes en voiture du commissariat. J'envisageai de prendre une chambre là-bas et de décider quoi faire après m'être reposé quelques heures. Mais lorsque nous entrâmes dans le hall, et que Nora et ma grand-mère demandèrent à la réception de nouvelles clés pour leurs chambres, le type derrière le comptoir disparut, puis revint avec un homme en costume.

— Bonjour, madame Sutton, madame Aster. Je suis Alan Harmon, le directeur. Je suis navré de vous informer que nous ne pouvons plus vous autoriser à séjourner dans cet établissement. Nous vous rembourserons les frais avancés pour les nuits restantes.

Les mains de ma grand-mère atterrirent sur ses hanches.

— Pourquoi ne pouvons-nous pas rester ici ?

— À cause de l'incident.

Les yeux du directeur se posèrent sur l'uniforme de Nora – celui qu'elle avait apparemment volé à l'hôtel.

— Nous avons pris la liberté d'emballer vos affaires. Elles sont dans la réserve. Donnez-moi une minute pour aller les chercher.

— Je n'arrive pas à le croire, dit Nora.

— Je ne peux pas leur en vouloir, répliquai-je en secouant la tête. Vous avez été arrêtées pour attentat à la pudeur et tu portes actuellement la preuve que tu les as volés.

— Non.

Nora secoua la tête.

— Je ne parle pas de ça. Je comprends qu'ils aient une raison de nous jeter dehors, mais ils ont emballé nos affaires ? Ça veut dire que quelqu'un a touché à mon vibro-masseur.

— Au mien aussi, ajouta ma grand-mère.

Je fermai les yeux. *D'abord des paroles crues et maintenant un vibromasseur*. La journée s'annonçait bien après avoir voyagé toute la nuit. Je chassai cette pensée et sortis mon portable pour envoyer un message à mon assistante. Sauf que je n'avais qu'une seule barre. Songeant que ce n'était probablement pas une bonne idée de demander le mot de passe Wi-Fi de l'hôtel, je m'excusai et sortis.

Le réseau n'était guère meilleur, mais je pus au moins envoyer un SMS à Gwen pour lui demander de trouver un hôtel correct quelque part. Lorsque je retournai à la réception, le directeur manœuvrait deux sacs autour du comptoir.

— Nous avons aussi deux bocaux en verre, dit-il. Nous ne voulions pas qu'ils se cassent, c'est pourquoi ils n'ont pas été mis dans les valises. Laissez-moi aller les chercher.

Il revint avec deux *Mason jars*. Les deux étaient remplis de petits morceaux de papier.

— Ils sont à vous ? demandai-je en regardant Nora.

Elle hocha la tête.

— L'un est à moi et l'autre à Louise.

— Qu'est-ce que c'est ?

— Nos pots de gratitude.

— Qu'est-ce que c'est que ça ?

— Chaque jour, nous prenons quinze minutes pour fermer les yeux et réfléchir aux bonnes choses qui nous sont arrivées. Nous en notons au moins une sur un bout de papier et nous la mettons dans le bocal. Comme ça, quand la vie nous déprime, on peut sortir les bouts de papier pour repenser à tout ce qu'il y a eu de bon dans notre vie.

Je dévisageai Nora.

Elle se tourna vers le directeur.

— Vous, vous n'entrerez pas dans nos bocaux.

Ma grand-mère pointa son index en l'air.

— Mais nous devrions parler de nos amies prisonnières !

Bon sang, j'avais l'impression d'être dans une sorte de monde bizarroïde avec ces deux-là. Secouant la tête, je saisis les poignées des deux bagages.

— Il y a tout ?

— Je ne sais pas, répondit Nora. Comment savoir s'ils ont tout emballé ?

Le directeur plaça sa main sur son torse.

— J'ai pris la liberté d'inspecter les chambres après le passage du groom. Je peux vous assurer qu'il ne restait rien.

— Avez-vous vérifié la table d'appoint ? demanda mamie.

L'homme soupira.

— Oui, madame.

Sentant que nous étions à deux doigts de voir ces dames ouvrir leurs sacs dans le hall pour faire l'inventaire, j'intervins.

— Avez-vous une carte, monsieur Harmon ? Au cas où il manquerait quelque chose une fois que nous serons arrivés dans un endroit où elles pourront vérifier ?

Il m'en tendit une par-dessus le comptoir.

— Je suis sûr que vous trouverez tout en ordre. Mais juste au cas où, voilà.

— Nous avons aussi une voiture de location ici, dit Nora.

— Tu as dormi ici cette nuit ? lui demandai-je.

Elle secoua la tête.

— Est-elle garée dans le parking ?

— Oui.

Je regardai le directeur.

— Pouvez-vous garder la voiture jusqu'à demain ?

— Bien sûr.

— Merci.

Je regardai les deux femmes à tour de rôle.

— Nous ferons avec.

Dehors, je rangeai les bagages dans le coffre de ma voiture de location et me glissai derrière le volant, juste au moment où mon téléphone sonna.

Gwen : Trois chambres réservées au Four Seasons. Faites-moi savoir si vous voulez d'autres arrangements.

Au moins, quelque chose s'était bien passé aujourd'hui.

Plus tard ce soir-là, j'étais assis au bar en train de répondre à des e-mails sur mon téléphone tout en buvant mon deuxième whisky, lorsque Nora entra. Elle se glissa sur le siège voisin et me souris. Je ne lui rendis pas la pareille.

— Je suis désolée pour aujourd'hui, dit-elle.

— Bordel, mais qu'est-ce qui t'a pris ?

Elle remua un doigt devant moi.

— Ta grand-mère n'aimerait pas ce langage.

— Elle, je dois la respecter. Toi... pas tellement.

Sa mâchoire se décrocha.

— Pourquoi ?

— Eh bien, pour commencer, tu n'es pas ma grand-mère. Tous les autres doivent le gagner.

Elle fronça les sourcils.

— Je suis vraiment désolée que tu te sois senti obligé de venir jusqu'ici.

— Donc, tu n'es pas désolée pour ce que tu as fait, juste désolée de t'être fait prendre et que j'aie dû faire le voyage ?

— Eh bien... Oui, c'est ça.

Je tournai sur mon siège pour lui faire face.

— Ma grand-mère a soixante-dix-huit ans. Tu as vraiment pensé que c'était une bonne idée qu'elle se mette nue en public aux Bahamas ?

— Oh, mon Dieu. Tu es un vrai con.

— *Je* suis un con ?

— Oui. Tu as un problème avec le fait qu'une femme âgée retire ses vêtements, mais pas qu'une femme jeune le fasse.

— Je n'ai pas dit ça...

— Donc, si je te disais que je veux trouver un coin tranquille sur la plage pour retirer mes vêtements, tu serais d'accord ?

— Ce serait peut-être la seule chose qui pourrait changer mon humeur en ce moment.

Nora fit la moue.

— Eh bien, je pense que tu devrais t'habituer à cette humeur-là. Elle va durer un certain temps.

Le barman s'approcha et montra mon verre.

— Vous en voulez un autre ?

— Un double, s'il vous plaît.

Je pointai mon pouce vers Nora.

— Mettez-le sur sa note.

Elle leva les yeux au ciel.

— D'accord. Et je prendrai un cabernet, s'il vous plaît. Tout ce que vous avez d'ouvert est parfait.

— Compris.

Il s'éloigna.

— As-tu déjà essayé de te baigner nu ? demanda Nora.

— Pas depuis que je suis adulte.

— C'est peut-être ça ton problème. Tu as besoin de t'amuser un peu.

— Je n'avais pas conscience d'avoir un problème.

— Oh, tu en as, c'est sûr. Tu es un jeuniste coincé avec un bâton dans le cul qui agit comme un con dès que ta grand-mère veut s'amuser un peu.

— Très joli. Est-ce que tu embrasses ta mère avec cette bouche ?

Elle plissa les yeux.

— Ma mère est *morte*. Mais je taille des pipes phénoménales avec.

Son commentaire fit tressaillir mon pantalon, même si j'étais toujours en colère.

— Je te demanderais bien de me faire une démonstration, mais je ne veux pas choper ce que tu as attrapé en prison.

La bouche boudeuse de Nora se pinça comme pour dire *va te faire foutre*. J'attendis sa réplique, mais au lieu de cela, ses yeux se posèrent sur mes lèvres.

Est-ce qu'elle se fiche de moi ? Essayait-elle de me déconcentrer en faisant semblant d'être intéressée, ou bien notre dispute avait-elle de l'effet sur elle ? Ou peut-être voyais-je des choses. Je n'en avais pas la moindre idée, mais je connaissais un moyen de le découvrir.

Je me rapprochai d'elle.

— Tu es une vraie emmerdeuse.

Ses yeux s'écarquillèrent, puis rétrécirent jusqu'à devenir des fentes furieuses. Elle me fusilla du regard pendant dix bonnes secondes avant de se pencher vers moi et d'écraser ses lèvres contre les miennes.

Il me fallut une ou deux secondes pour me remettre de ma surprise, mais quand cela arriva, j'aspirai sa lèvre inférieure dans ma bouche et mordis. Avec force.

— Aïe...

Elle tenta de s'écarter, mais je la maintenais fermement avec mes dents.

— Ça, c'est pour les injures, grognai-je, sans la lâcher.

Maintenant, donne-moi ta putain de langue.

Elle aimait vraiment ça. Empoignant ma chemise à deux mains, elle se leva de son siège et plaqua ses gros seins contre moi, les mêmes gros seins sur lesquels je m'étais peut-être masturbé en pensant aux photos d'elle en maillot de bain qu'elle m'avait envoyées. Et elle me donna aussi sa langue.

Bon sang, qui aurait cru que désir et colère se combinaient pour donner du Viagra. J'étais dur comme de la pierre, assis au milieu d'un fichu bar. Quelque part au fond de moi, je savais que je devais m'écarter, être la voix de la raison, mais j'en étais incapable. Au lieu de cela, je glissai mes doigts dans ses cheveux et enroulai une mèche autour de mon poing. Elle gémit dans ma bouche quand je tirai.

Putain de merde.

J'avais besoin de plus.

Plus d'elle.

De toute sa personne.

J'étais sur le point de la jeter sur mon épaule et de la traîner jusqu'à ma chambre, quand le bruit de quelqu'un qui se raclait la gorge m'interrompit. Abasourdi, j'essayai de reculer, mais Nora me mordit la lèvre cette fois. *Avec force.*

Oh, putain.

Elle aimait bien être en colère. Eh bien, ça, je pouvais le faire...

— Tu es tellement exaspérante, grommelai-je.

— Pourtant, tu veux quand même coucher avec moi.

— J'aimerais d'abord te renverser sur mes genoux.

— Oh, j'aime ce que j'entends.

J'envisageai d'essayer de la baiser ici même. De toute façon, ce n'était probablement que le barman qui m'interrompait. Qu'il regarde ! Je me replongeai dans l'instant présent, ignorant tout ce qui se passait autour de nous. Jamais, de toute ma vie, l'alchimie avec quelqu'un n'avait été aussi forte.

Mais un autre raclement de gorge se fit entendre. Et cette fois, il fut suivi par une voix, une voix d'homme.

— Bon sang, Nora. Tu vas encore te faire arrêter pour attentat à la pudeur.

Cela me réveilla instantanément. Nora aussi.

Nous nous tournâmes dans la direction de la voix, et Nora cligna plusieurs fois des yeux.

— Richard. Qu'est-ce que tu fais là ?

— Je te regarde t'envoyer en l'air, apparemment.

— Sérieusement, qu'est-ce que tu fous là ?

J'espérais vraiment que ce type n'était pas son petit ami, ou même son mari. Parce que se battre avec une érection n'allait pas être amusant.

— Tu m'as appelé, tu te souviens ? Pour te faire sortir de prison ?

— Et tu m'as dit d'aller me faire foutre.

— Mais je suis quand même venu... comme je le fais toujours pour toi.

Le type me regarda pour la première fois. Il leva le menton.

— Qui êtes-vous ?

— Beck Cross. Et vous êtes...

Il montra Nora d'un mouvement de tête.

— Son *fiancé*.

— *Ex*-fiancé, précisa Nora.

Parfait. Tout simplement parfait.

CHAPITRE 7
Beck

Deux heures plus tard, j'étais toujours assis au bar quand le type qui avait débarqué plus tôt revint d'un pas nonchalant. Nora et lui avaient disparu après qu'il eut interrompu notre suçage de lèvres.

— Ça vous dérange si je m'assois ? demanda-t-il.

Je haussai les épaules.

— Je ne cherche pas les ennuis.

Le type sourit et s'assit.

— On dirait que vous les avez quand même trouvés en la rencontrant.

Il me surprit en me tendant la main.

— Richard Logan.

C'était tordu, mais je lui serrai la main.

Le barman s'approcha et posa une serviette devant Richard.

— Qu'est-ce que je vous sers ?

— Je vais prendre une vodka tonic. Faites-en une double.

— Je vous apporte ça, dit le barman avant de me regarder. Vous en voulez un autre ?

— Ça va aller, lui répondis-je. Merci.

Garder les idées claires pourrait être important avec le type assis à côté de moi.

Le fiancé de Nora, *ou l'ex-fiancé* – peu importe –, resta tranquillement assis à ma gauche jusqu'à ce qu'il reçoive son verre et le porte à ses lèvres.

— Vous avez déjà entendu parler d'aconitum ? demanda-t-il.

Je secouai la tête.

— Je ne crois pas.

— C'est une plante. Magnifique. Grande, d'un violet ou bleu profond en général. Les fleurs ont la forme d'un casque, et il y en a un paquet sur une seule tige. Elles poussent à l'état sauvage et gonflent sous l'effet du vent, ce qui donne un sentiment de liberté quand on les regarde. La médecine chinoise l'utilise pour soulager la douleur, mais si on en mange trop, on meurt.

Il avala une partie de sa boisson et pointa son doigt vers moi.

— C'est Nora. Magnifique et capable de vous soulager de tous vos maux. Mais essayez de prendre trop d'elle, et ça vous tuera à l'intérieur.

Je levai la main.

— Nous ne sommes pas ensemble.

Il sourit sans conviction.

— Elle m'a dit la même chose pendant longtemps, aussi.

— Ce n'est pas comme ça.

Richard haussa les épaules.

— Si vous le dites. Mais n'oubliez pas que je vous ai prévenu.

Quelques minutes s'écoulèrent. Comme le type ne m'avait pas encore frappé, je me dis qu'il n'y avait pas de danger à fouiner – non pas que je m'intéresse à plus que ce qui allait se passer entre Nora et moi, mais elle voyageait avec ma grand-mère, après tout.

— C'est quoi, son histoire ?

— Vous avez un mois ou deux ?

— Compliquée, hein ?

— Comme avoir une théière en chocolat pour faire son thé chaud.

Je gloussai.

— Vous étiez fiancés d'après ce que j'ai compris ?

— Séparés depuis dix-huit mois.

— Pourtant, elle vous a appelé quand elle a été arrêtée...

— Je suis avocat. Probablement le seul dont elle connaisse le numéro par cœur. C'est la première fois que j'ai de ses nouvelles depuis plus d'un an.

Je hochai la tête.

Il secoua la sienne.

— J'ai enfin tourné la page il y a un mois, aussi. Ma nouvelle petite amie ne va pas être très contente quand elle découvrira que j'ai sauté dans un avion à la minute où mon ex a appelé pour dire qu'elle avait besoin d'aide.

— Désolé...

— Alors, c'est quoi votre accord ? Nora a dit qu'elle voyageait avec votre grand-mère ?

— Elles sont amies. Bizarre, je sais. Mais elles ont l'air assez proches. Ma grand-mère ne va pas bien. Cancer. Troisième récidive. Elle a décidé de ne plus suivre de traitement et de profiter du temps qui lui reste. Elles voyagent ensemble en faisant des trucs dingues.

— Je suis désolé qu'elle soit malade.

— Merci. Mais elle se sent bien. Si vous la rencontriez, vous ne sauriez pas qu'elle n'est pas en bonne santé.

— En fait, je l'ai rencontrée tout à l'heure. Nora et moi sommes allés dans sa chambre pour discuter. Celle de votre grand-mère est juste à côté. Quand elle nous a entendus dans le couloir, elle a sorti la tête et Nora l'a présentée. Je me suis demandé pourquoi elle voyageait avec une vieille dame.

Il leva la main.

— Sans vouloir vous offenser.

— Pas de problème.

— Nora étant Nora, elle n'a pas mentionné que votre grand-mère était malade. Elle a juste insisté sur le fait que c'était son amie. Mais leur voyage ensemble prend tout son sens maintenant.

— Comment ça ?

Richard but une gorgée de son verre.

— À cause de ce que Nora a traversé.

Je le regardai.

— Qu'est-ce que Nora a traversé ?

— Merde. Je pensais que vous saviez. Nora a eu de graves problèmes de santé il y a quelques années.

Il eut un sourire triste.

— Elle a dit que vous n'étiez pas ensemble. Je suppose qu'elle ne mentait pas.

— Parce que je ne savais pas ?

Il sortit un portefeuille de sa poche poitrine et jeta deux billets de vingt dollars sur le comptoir. Puis il avala le reste de sa boisson et se leva.

— Parce que si vous l'aviez vue nue, vous auriez vu les cicatrices et vous auriez posé des questions.

Richard tendit la main vars moi.

— Je vais rentrer à New York par le vol de l'après-midi. Bonne chance avec votre grand-mère, et n'oubliez pas que l'aconitum vous tuera.

— Salut.

— Qu'est-ce qui se passe, frangin ?

Jake laissa échapper un grand *ahhh* après avoir parlé, et je le visualisai assis à mon bureau, les pieds en l'air.

— Où es-tu ?

— Il est 8 h du matin. Je suis au bureau.

— D'accord, mais où exactement ?

— Dans ton bureau. Je suis venu chercher le prospectus dont j'ai besoin pour couvrir la réunion que tu m'as demandé de couvrir.

— Enlève tes pieds de mon bureau, crétin.

— Mais comment sais-tu que mes pieds sont sur ton bureau ?

— Tu es prévisible. Tu aimes trop jouer au roi du château.

Jake rit.

— C'est amusant. Mais comment va mamie ? J'ai dû écouter ton message deux fois parce que j'étais sûr d'avoir mal entendu et que tu disais que mamie était *atterrée*, pas arrêtée. Qu'est-ce qui s'est passé ?

— Elle est allée prendre un *bain de minuit* avant-hier soir.

— Et c'est illégal ?

— C'était sur la plage attenante à l'hôtel où elle séjournait.

— Je n'arrive pas à croire qu'elle se soit fait arrêter pour s'être un peu amusée.

Je fronçai les sourcils.

— Elle a enfreint la loi.

— Détends-toi, frérot. On ne peut pas tous être aussi parfaits que toi.

— Peu importe... Je t'appelle pour te dire que je ne serai pas de retour ce soir comme je l'avais prévu.

— Oh, bien. Quelques jours de plus pour moi à rester dans la tour d'ivoire.

Je soupirai.

— Je vais demander à Gwen de tout reprogrammer pour les prochains jours, comme ça tu n'auras pas à t'occuper de grand-chose.

— Encore mieux. Je suis bien meilleur en figure de proue qu'en patron. C'est probablement parce que ma tête est très jolie.

— Ou parce qu'elle est vide... Bref, mamie a une audience dans quelques jours, et je veux rester dans les parages pour m'assurer que tout se passe bien. Elle refuse de me laisser engager un avocat, alors quelqu'un doit l'empêcher de dire au juge d'aller se faire voir. De plus, je me suis dit que je pourrais peut-être lui faire entendre raison pendant que je suis ici.

— Et voir sa copine de voyage en bikini.

Mieux encore, lui sucer les lèvres... Je gardai cette pensée pour moi.

— Au revoir, Jake.

— À plus tard, mon chou.

Après avoir raccroché, j'envoyai quelques e-mails et partit à la recherche d'un petit déjeuner. Le restaurant de l'hôtel était vide, à l'exception d'une table où une certaine superbe blonde portant un simple foulard sur la tête était assise seule. En m'approchant, je me rendis compte qu'elle portait une robe de plage assortie avec un maillot de bain en dessous. *Peut-être que quatre jours ne seront pas si mal après tout.*

En arrivant à la table, je regardai autour de moi pour trouver sa complice.

— Ma grand-mère est là ?

— Non. Elle fait une petite grasse matinée. Le bas de son dos la contrarie. Je pense que ce sont les reins. Ça a commencé il y a quelques jours. Elle a appelé son médecin, qui lui a dit que c'était prévisible et lui a prescrit un médicament qui semble l'aider. Mais ça la fatigue aussi, alors elle a commencé à le prendre le soir.

J'indiquai le siège vide en face d'elle.

— Ça te dérange si je me joins à toi ?

— Fais comme chez toi. Je vais faire du yoga sur la plage à 8 h et quart, mais j'ai quelques minutes pour te tenir compagnie.

La serveuse s'approcha et je commandai un café en échange d'un menu.

— Ton fiancé n'est pas resté ? demandai-je, tout en connaissant déjà la réponse.

— *Ex*-fiancé, et non. Mais il m'a suggéré de le laisser partager ma chambre pendant une nuit en compensation de ses ennuis. Quand j'ai dit non, nous nous sommes disputés et *je* lui ai suggéré de prendre un vol pour rentrer chez lui.

— Vous vous êtes disputés ? Est-ce que ça veut dire que vous avez fini par vous sucer les lèvres ?

Nora rit.

— Non. Mais c'est drôle.

— Tu vois ? Je ne suis pas toujours un con.

Ses yeux pétillent.

— Juste la plupart du temps.

Son ex m'avait prévenu assez sévèrement de garder mes distances, aussi étais-je curieux de savoir ce qu'elle avait à dire à son sujet.

— Alors, pourquoi y a-t-il un ex devant fiancé, si la question ne te dérange pas ?

— Elle ne me dérange pas. Je pense que la raison principale est qu'il était autoritaire et possessif. Richard a eu une petite amie de longue date qui l'a trompé et qui est tombée enceinte de l'autre homme. Cela lui a donné la certitude que toutes les femmes étaient pareilles. Je voyage beaucoup pour mon travail et, au début, il m'appelait plusieurs fois par jour pour savoir où j'étais. Il a fini par cesser de le faire et j'ai cru qu'il commençait enfin à me faire confiance. Mais j'ai trouvé un Apple AirTag caché dans la doublure de mon sac à main. J'ai vérifié son téléphone, et il me suivait à la trace.

— Merde.

— Il me l'a reproché, disant que je l'avais forcé à s'abaisser à ce niveau parce que je ne passais pas assez de temps à le rassurer sur le fait que je ne le trompais pas.

Elle haussa les épaules.

— De mon point de vue, si tu as besoin d'être rassuré par quelqu'un qui n'a jamais rien fait pour te faire douter de lui, le problème vient de toi, pas de moi.

Elle n'avait pas tort.

La serveuse revint et prit ma commande. Lorsqu'elle partit, Nora embrocha un morceau de cantaloup sur sa fourchette et le pointa vers moi.

— Et qu'en est-il de ta vie amoureuse ? Parcourir les allées des supermarchés t'a porté chance ces derniers temps ?

— J'ai été un peu occupé à courir après ma grand-mère et sa belle, mais légèrement exaspérante, amie à travers tout le pays.

— Légèrement exaspérante ? C'est tout ? Il va falloir que je fasse un effort.

Je souris.

— Alors, qu'est-ce qui est au programme aujourd'hui ? Mettre vos têtes dans la gueule d'un requin ou laisser un aveugle tirer avec un fusil sur une pomme posée sur vos têtes ?

— En fait, nous n'avons rien prévu puisque nous devions partir bientôt. De toute évidence, il y a eu un changement de programme puisque nous devons rester quelques jours de plus pour l'audience. Mais Louise adore les *steel drums* et j'ai vu un panneau dans le hall indiquant que l'hôtel organise une fête sur la plage cet après-midi avec de la musique, alors je me suis dit que nous pourrions peut-être faire ça et prendre un peu de soleil.

— Tu penses pouvoir garder tes vêtements pendant que tu seras sur la plage ?

— Ce ne sera pas aussi amusant, mais je peux le faire. Et toi ? À quelle heure est ton vol ?

— Désolé de te décevoir, mais je ne pars pas aujourd'hui. Je vais aussi rester dans les parages jusqu'à la fin de l'audience. Je veux m'assurer que ma grand-mère ne dira pas ses quatre vérités au juge et qu'elle ne sera pas enfermée à nouveau.

— Je dirais bien que c'est ridicule, que ça n'arrivera jamais et que tu peux donc rentrer chez toi sans t'inquiéter, mais je l'en crois capable. C'est probablement une bonne chose que tu restes. De plus, entre nous, je crois qu'elle aime bien t'avoir près d'elle.

J'acquiesçai et restai silencieux pendant une minute.

— Alors... commença Nora en mordillant sa lèvre inférieure pulpeuse. À propos d'hier soir... ce qui s'est passé avant que Richard n'arrive.

Je me frottai la lèvre.

— Tu veux dire quand tu m'as dit que tu taillais des pipes phénoménales ou quand tu m'as embrassée ?

Elle rougit. L'alcool l'avait définitivement rendue plus audacieuse.

— Les deux.

— Et donc ?

— Eh bien, je voulais juste dire que je ne pense pas que ce soit une bonne idée de reprendre là où nous nous sommes arrêtés, surtout si tu restes quelques jours.

C'était décourageant, mais je ne laissai rien paraître.

— Pourquoi ?

— Parce que je ne cherche pas à avoir une relation.

— Moi non plus.

J'inclinai la tête.

— On dirait qu'on est sur la même longueur d'onde, et cela pourrait être une *très bonne* idée de reprendre là où on s'est arrêtés. En fait, oublie ça. Je n'ai pas été un gentleman. Peut-être qu'on devrait repartir de zéro. Tu m'as dit que tu taillais des pipes phénoménales, mais je ne t'ai pas dit que j'adorerais enfouir mon visage entre tes jambes jusqu'à ce que tu cries.

Les yeux de Nora s'écarquillèrent brièvement, puis elle détourna le regard et se racla la gorge.

— Même si l'offre est généreuse, je pense qu'il vaut mieux que nous restions amis.

Je souris.

— Nous ne sommes pas amis. On ne s'apprécie pas assez.

— On ne s'apprécie pas assez pour être amis, mais on s'apprécie assez pour coucher ensemble ?

J'acquiesçai.

— C'est ça ! Les gens peuvent être physiquement attirés l'un par l'autre sans pour autant aimer leur personnalité.

— Donc tu n'aimes pas ma personnalité ?

— Pas particulièrement. Tu aimes me faire la morale. La seule chose que j'apprécie, c'est imaginer les différentes façons de te faire taire en te mettant quelque chose dans la bouche.

Je me penchai en avant.

— Et je pense que tu aimes aussi cette idée. Est-ce que je me trompe ?

La poitrine de Nora se souleva un peu plus et ses yeux s'assombrirent. *Je ne me trompe pas du tout.* Mais elle détourna à nouveau le regard, et lorsque ses yeux revinrent se poser sur moi, elle s'était reprise.

— J'aime le sexe, mais je n'aime pas le bordel. Et je ne dis pas ça au sens littéral du terme, dit-elle. Si cela ne me dérangeait pas que les choses se compliquent, j'aurais accepté l'offre de Richard de passer la nuit ici. Nous avions une assez bonne alchimie quand nous étions ensemble.

Je serrai les mâchoires. Je n'étais pas un homme jaloux. En fait, dans la plupart de mes relations occasionnelles, j'adoptai la vieille devise militaire de Clinton – *Don't ask, don't tell*. Je supposai que le fait que cela m'irrite de l'imaginer avec un autre homme aurait dû être un signal d'alarme, même si Nora était le genre de femme qui méritait qu'on prenne quelques risques. Mais je savais déjà qu'elle n'était pas du genre à se laisser convaincre de quoi que ce soit – elle seule décidait de ce qu'elle voulait faire.

Néanmoins, nous nous étions déjà rencontrés deux fois et avions failli nous retrouver au lit autant de fois, alors je préférais laisser la balle dans son camp.

— Je serai là si tu changes d'avis, lui dis-je.

Nora but le reste de son café, s'essuya la bouche et jeta sa serviette sur son assiette vide.

— Je ferais mieux de me rendre au yoga. Je te verrai plus tard sur la plage pour la fête ?

— Probablement pas. J'ai beaucoup de travail à faire.

Elle se leva.

— Dommage. J'avais hâte de voir ce qu'il y avait sous ces chemises amidonnées que tu sembles aimer tant.

— Trois cent dix-neuf, dis-je.

— C'est le nombre de pompes que tu fais pour garder la ligne ou quelque chose comme ça ?

Je lui fis un clin d'œil.

— C'est le numéro de ma chambre. Passe quand tu veux et je serai heureux de te montrer ce qu'il y a sous ce que je porte.

CHAPITRE 8

— Eh bien, eh bien, eh bien.

Je fis glisser mes lunettes de soleil jusqu'au bout de mon nez pour mieux voir l'homme qui s'approchait de mon transat.

— Qui l'eût cru ! L'homme en costume possède un short. Je n'aurais jamais deviné.

La lèvre de Beck tressaillit.

— Je viens de l'acheter à la boutique de souvenirs. Les seuls shorts que je possède sont des shorts de course.

— Qu'est-ce que tu portes quand tu vas à la plage ?

Il haussa un sourcil.

— La plage ?

— Oh, mon Dieu. C'est quand la dernière fois que tu es allé à la plage ?

Beck mit ses mains sur ses hanches et regarda l'océan.

— Je ne sais pas trop. Il y a longtemps.

— Tu ne sais pas ce que tu rates.

Cette fois, ce fut Beck qui baissa ses lunettes de soleil sur son nez. Son regard descendit sur mon corps et remonta lentement de mes orteils jusqu'à mon cou, s'attardant un moment sur mes seins, puis d'un seul doigt, il remit ses lunettes en place.

— Ça aurait pu être plus facile si je ne le savais pas.

Je souris.

— Tu as fini tout ton travail ?

— L'essentiel.

Il regarda autour de lui.

— Où est ma grand-mère ?

Je pointai la plage du doigt.

— Elle assiste à un cours de calypso.

Il hocha la tête.

— Ça lui ressemble bien. Je peux m'asseoir ?

— Tu vas enlever ce tee-shirt ?

— Il fait chaud. J'avais prévu de le faire. C'est un problème ?

— Non.

Je fis un geste vers son torse.

— Vas-y. Fais-le avant de t'asseoir pour que je puisse bien voir. Ce n'est que justice.

Beck gloussa. Mais il attrapa le col de son tee-shirt et le fit passer par-dessus sa tête.

Oh là là. Bon sang, il était beau de partout. Une peau bronzée, des biceps saillants, des tablettes de chocolat, un V à vous mettre l'eau à la bouche, et des pectoraux que j'avais une folle envie de lécher. Il écarta les bras.

— Alors ?

Je minimisai mon approbation.

— Pas mal.

Il eut un grand sourire et, soudain, ses pectoraux se mirent à danser, les muscles rebondissant à toute vitesse.

Je me couvris la bouche.

— Oh mon Dieu. Tu es l'un de ces types-là.

Beck rit.

— En fait, je n'étais plus sûr de pouvoir le faire. Je ne l'ai pas fait depuis mes seize ans. J'ai appris tout seul pour essayer d'attirer l'attention de la grande sœur de mon pote.

— Ça a marché ?

— Elle avait vingt-trois ans et sortait avec un étudiant en médecine. Mes conseils sur la façon d'attirer les femmes venaient de Ronnie dans *Jersey Shore*. À ton avis ?

Je m'esclaffai.

Beck s'assit à côté de moi sur le transat de Louise. Ses yeux se posèrent sur mon décolleté et son visage changea, aussi compris-je qu'il avait remarqué ma cicatrice. Quand il releva les yeux, je vis qu'il hésitait à en parler, aussi lui épargnai-je le trouble de le faire.

— J'ai subi une opération du cœur il y a quelques années.

— Ton ex l'a mentionné. Quand je lui ai parlé de ma grand-mère et des raisons de ce voyage, il a dit que c'était logique vu les problèmes de santé que tu avais eus. Puis-je demander pourquoi tu as eu besoin d'une opération ?

— Rhabdomyosarcome.

— Ce dont ta mère est morte ?

Je hochai la tête.

— Je suis désolé. Tout va bien maintenant ?

Je détestais parler de cancer, surtout sur une belle plage, aussi donnai-je à Beck ma réponse habituelle chaque fois qu'un étranger remarquait ma cicatrice.

— Tout est parfait. J'ai été chanceuse.

Je pointai du doigt la cabane d'activités qui se trouvait non loin de là.

— J'envisageais de faire du Jet-Ski. Tu es partant ?

Beck fronça les sourcils.

— Non merci.

— Louise n'était pas partante non plus.

— Ce n'est pas surprenant, vu que c'est comme ça que sa fille est morte.

Mes yeux sortirent de leurs orbites. J'ôtai vivement mes lunettes de soleil et me redressai.

— Qu'est-ce que tu viens de dire ?

— Ma mère est morte dans un accident de Jet-Ski quand j'avais onze ans.

Je portai ma main à mon cœur.

— Oh, mon Dieu. Je n'en avais aucune idée. C'était la deuxième fois que je demandais à Louise de venir. Aujourd'hui, je me suis aussi moquée d'elle en… tu sais, en battant des bras comme un poulet.

— C'est très mature.

— Comment aurais-je pu le savoir ? Elle a mentionné que sa fille est morte il y a des années dans un accident, mais j'ai automatiquement pensé à un accident de voiture.

Beck secoua la tête.

— Mes parents étaient en vacances pour leur quinzième anniversaire de mariage. Mon père conduisait le Jet-Ski et ils sont entrés en collision avec un bateau. Il n'a pas eu une seule égratignure, mais ma mère a eu un traumatisme crânien.

— Seigneur. Donc, elle est morte pendant des vacances ?

— En fait, elle a vécu trois mois après ça. Ils l'ont ramenée par avion aux États-Unis, mais elle n'a jamais repris conscience. Je n'étais qu'un enfant, et ces quelques mois ont été horribles.

— Je suis vraiment désolée.

Beck hocha la tête.

— Merci. Je ne voulais pas te démoraliser. Je me suis juste dit qu'il fallait que tu le saches. C'est probablement la seule chose que ma grand-mère ne cochera pas sur sa liste.

— Bien sûr. Qui pourrait le lui reprocher ?

Je secouai la tête.

— Je peux te poser une question indiscrète ? demandai-je.

— Laquelle ?

— Est-ce que ton père est décédé après ça ? Je sais que Louise vous a élevés, ton frère et toi, après la mort de ta mère. J'ai supposé que c'était parce que ton père avait aussi été tué. Mais tu viens de dire qu'il n'avait pas été blessé.

— En effet. Mais il a beaucoup culpabilisé. Apparemment, il avait bu quelques verres avant de monter sur le Jet-Ski ce jour-là. Pas assez pour échouer à l'alcootest quelques heures après l'accident, mais il n'a jamais pu surmonter cette épreuve. Il a commencé à boire beaucoup et ma grand-mère nous a emmenés, mon frère et moi, chez elle quelques jours. Il a ensuite disparu pendant un certain temps, et nous ne sommes jamais retournés avec lui. Aux dernières nouvelles, il en était à sa quatrième femme et était toujours un ivrogne. Il vit en Floride, je crois.

— Je suis désolé que tu aies vécu ça.

— Ma grand-mère nous a donné une bonne vie.

— Je crois comprendre pourquoi tu surprotèges Louise maintenant. Elle a été tellement de choses pour toi.

—Est-ce que ça veut dire que tu vas arrêter ces voyages de fou ?

— Non, parce que même si ce que tu viens de dire m'aide à comprendre tes inquiétudes, cela ne change rien au fait que ce que fait Louise ne te concerne pas. Cela la concerne, elle.

— Je ne suis pas obligé d'aimer ça.

— Non, certainement pas. Mais tu devrais faire preuve d'assez de respect pour accepter ses décisions.

Beck fronça les sourcils

— Et si on se remettait plutôt à mâter le corps de l'autre ? C'est beaucoup plus amusant que de te parler.

Je le fusillai du regard.

Il fit de même.

— Tu sais quel est ton problème, d'après moi ? lui demandai-je.

— Non. Mais je suppose que tu vas m'éclairer.

— Tu es un maniaque du contrôle, et tu détestes ne pas pouvoir contrôler de ce que fait ta grand-mère.

— Tu dis ça comme si c'était une mauvaise chose. Les maniaques du contrôle font de bons dirigeants. Ce sont des perfectionnistes et des travailleurs acharnés.

— Ils sont intransigeants et ne savent pas écouter.

Beck porta la main à son oreille.

— Pardon. Qu'est-ce que tu as dit ?

— Argh. Tais-toi et sois beau, d'accord ? C'est pour ça que tu es doué.

— Je suis doué pour bien plus de trucs que ça. Et si je te montrais ?

J'avais envie de le frapper. Mais en même temps, je devais lutter contre mon excitation. Mais pourquoi étais-je aussi excitée quand je me disputais avec ce type ? Plus l'échange était tendu, plus l'effet physique semblait écrasant.

Et je n'étais pas la seule à ressentir cela. Les yeux de Beck se posèrent sur ma bouche et il se lécha les lèvres. Il ressemblait à un lion affamé sur le point de bondir. Et j'étais une antilope consentante. Heureusement, mon téléphone interrompit mes pensées ridicules. Je le sortis de mon sac et répondis.

— Salut, Louise.

— Il y a un beau danseur de calypso bahaméen sans partenaire, dit-elle. Et ils distribuent des Bahama Mama gratuites.

Je levai le regard et croisai celui de Beck.

— Un beau danseur et des boissons gratuites ? C'est exactement ce dont j'ai besoin. Je serai là dans quelques minutes.

Quand j'eus fini, je passai une minute à faire quelques recherches rapides sur Google. Pendant ce temps, Beck se tut et m'observa.

— Ha !

Je tournai mon portable pour lui montrer l'écran.

— Ça n'a rien à voir avec toi.

Beck plissa les yeux et se rapprocha pour lire.

— Le cerveau humain libère de la testostérone, du cortisol et de l'adrénaline en cas de stress, tout comme lors d'un combat. Pour contrer ces hormones, le corps humain recherche les hormones du plaisir que le sexe peut procurer.

Ses sourcils se froncèrent.

— Mais qu'est-ce que tu as cherché sur Google ?

— Pourquoi me disputer avec un connard m'excite.

Sa lèvre tressauta, une fois de plus. Elle le faisait souvent quand nous discutions.

— Tu sais ce que j'ai à répondre à ça ? demanda-t-il.

— Quoi ?

Il leva les mains et les bloqua derrière sa tête, coudes en avant, faisant à nouveau danser ses pectoraux.

— Je parie que ton beau danseur ne peut pas faire ça.

Je me levai en soufflant.

— Profite de ta compagnie pour le reste de l'après-midi.

Il sourit et s'allongea, gardant les mains derrière la tête en s'installant sur le transat.

— Oh, je le ferai. Je serai avec la personne que je préfère.

CHAPITRE 9

Plus tard ce soir-là, je descendis dans le hall pour retrouver Louise pour le dîner. Elle m'avait envoyé un message pour me dire qu'elle avait réservé dans un endroit chic, mais je n'avais pas demandé si Beck se joindrait à nous. Lorsque j'avais demandé quel était le code vestimentaire, elle m'avait dit de porter la robe bleu roi que j'avais achetée dans une jolie petite boutique quelques jours plus tôt. C'était une robe moulante, ne couvrant qu'une seule épaule, avec un corsage qui épousait les courbes et une fente qui aurait probablement mérité une couche de ruban adhésif double face afin de ne pas me faire arrêter de nouveau. Je l'associai à la paire de talons que j'avais apportée et qui s'accordait avec tout – des talons aiguilles argentés de dix centimètres avec une fine lanière qui s'enroulait autour de la cheville. Quelques têtes se retournèrent pendant que j'attendais, et cela me fit du bien après la semaine passée à porter des vêtements de plage et de voyage *grunge*. Parfois, j'oubliais à quel point j'aimais céder à mon côté féminin.

Je m'étais dit que je m'étais habillée pour moi, mais quand Beck sortit de l'ascenseur et me vit plantée là, il tamponna la personne qui se trouvait devant lui. Peut-être n'était-ce pas *que* pour moi.

Il ne fit même pas semblant de cacher son admiration en s'approchant. Curieusement, j'appréciais qu'il ne masque pas son attirance physique. Trop d'hommes prétendaient que leur intérêt était vertueux alors qu'ils ne cherchaient qu'à s'envoyer en l'air.

Beck portait un costume trois pièces, sans aucun doute fait sur mesure. Ce dernier cochait plus d'une case sur ma liste de Noël. Savoir qu'il y avait un corps ciselé en dessous me donnait encore plus envie de le déballer. J'étais donc ravie que Louise se joigne à nous. La volonté d'une fille est limitée, surtout quand elle ne s'est pas envoyée en l'air depuis une éternité.

— Tu portes ma couleur préférée, dit Beck. Peut-être que je devrais dire qu'elle te va très mal pour qu'on puisse se disputer. Mais je ne suis pas un menteur. Tu es magnifique.

Je rougis.

— Merci. Tu n'es pas mal non plus.

Il leva un bras et repoussa le bas de sa manche, dévoilant un bouton de manchette d'apparence coûteuse et sa grosse montre encore plus coûteuse.

— Je suis en avance ?

Je secouai la tête.

— Pile à l'heure. Louise ne devrait pas tarder à descendre.

Il hocha la tête.

— Quand elle m'a écrit pour me dire de porter un costume pour le dîner, j'ai failli lui dire que j'allais simplement appeler le service d'étage. Je suis heureux de ne pas l'avoir fait, sinon j'aurais raté cette robe.

Mon téléphone vibra dans mon sac à main en même temps que celui de Beck, quelque part dans sa veste de costume. Nous nous regardâmes.

— C'est une coïncidence ? demandai-je.

— Je ne sais pas.

Nous sortîmes nos téléphones portables et lûmes en même temps. C'était un message adressé à nous deux.

Louise : Désolée de prévenir aussi tard. Je vais sauter le dîner ce soir. Je me sens un peu fatiguée. J'appellerai le service d'étage si j'ai faim. Profitez tous les deux. La réservation est au Royal Bahamian, ici à l'hôtel.

Merde. Je secouai la tête.

— Je vais l'appeler. Juste pour être sûre qu'elle est juste fatiguée et rien de plus.

— Bonne idée.

Louise répondit à la deuxième sonnerie.

— Bonjour, ma chérie. Je vais bien. C'est mon âge, pas le cancer.

Je souris.

— Comment as-tu su pourquoi j'appelais ?

— Parce que tu agis de manière insouciante, mais au fond de toi, tu es une angoissée, comme mon petit-fils.

Je levai les yeux pour croiser ceux de Beck.

— Je ne ressemble pas du tout à ton petit-fils.

Louise s'esclaffa.

— Peut-être que vous pouvez devenir amis autour d'un dîner. J'ai modifié la réservation. Elle est à mon nom. Essayez d'en profiter.

Je soupirai.

— Va te reposer. Je t'enverrai un message demain matin.

— Bonne nuit, ma chérie.

Je raccrochai.

— Elle va bien ? demanda-t-il.

— Je crois. Ça a l'air d'aller.

Il hocha la tête.

— Pourquoi as-tu dit qu'on ne se ressemblait pas ?

— Oh. Parce qu'elle a dit que j'étais une angoissée comme toi.

— Je suis content que tu le sois. Avant de venir, je pensais que tu étais quelqu'un de très différent.

Je serrai mes poings sur mes hanches.

— Qui pensais-tu que j'étais ?

Il posa sa main dans le creux de mon dos.

— Pourquoi ne pas aller dîner et garder cette dispute pour le dessert ? Où est le restaurant ?

— Il est ici. Le Royal Bahamian. J'ai vu un panneau indiquant son emplacement en allant à la plage ce matin.

Il tendit l'autre main.

— Je te suis.

Le restaurant se trouvait à l'arrière de l'hôtel, avec des fenêtres ouvertes et quelques tables face à l'eau. Nous donnâmes le nom de Louise au maître d'hôtel sur l'estrade et il sourit.

— Ah oui, nos invités spéciaux pour la soirée.

Beck et moi nous regardâmes. Avant que je puisse demander ce que cela signifiait, on nous demanda de suivre. Nous nous dirigeâmes vers le fond du restaurant, aussi pensai-je que nous serions installés à une table avec vue sur l'océan. Mais le maître d'hôtel prit un virage et nous conduisit vers un escalier camouflé. Lorsque nous arrivâmes en bas, il ouvrit une porte et nous nous retrouvâmes dehors sur la plage.

Une table pour deux avait été dressée au bord de l'eau, sous un palmier bruissant que les alizés avaient plié pour former une arche. Des draps blancs flottaient dans la brise légère, tandis qu'une lampe-tempête en verre empêchait la bougie en son centre de s'éteindre. Je regardai autour de moi. Il n'y avait pas d'autre table sur la plage.

— C'est pour nous ?

— Oui, madame. Vous n'êtes pas satisfaite ?

— Oh si. C'est incroyable. C'est juste... C'est très romantique.

Il sourit et regarda Beck, puis à nouveau moi.

— Oui, en effet.

— Notre réservation n'était pas censée être pour trois ?

Les sourcils du maître d'hôtel se froncèrent.

— Pour trois ?

Je regardai Beck.

— Tu as la même impression que moi ?

Il haussa un sourcil.

— Que ma grand-mère est dans sa chambre en train de s'entraîner au calypso et qu'elle n'est pas fatiguée du tout ?

— Quand j'ai dit que j'allais porter une robe rose, *ma* couleur préférée, elle m'a encouragée à mettre cette robe bleue. Et maintenant je sais que c'est *ta* couleur préférée.

— Il faudra que je me souvienne de la remercier pour cette partie.

Je regardai le maître d'hôtel.

— Auriez-vous une autre table ? Peut-être quelque chose à l'intérieur ?

Il fronça les sourcils.

— Je crains que non. Nous sommes complets ce soir. Votre réservation est pour l'expérience « le Goût de la mer ». Il s'agit d'un menu dégustation de sept plats à cette table uniquement.

— Peut-être que quelqu'un voudra échanger avec nous. Le couple près des escaliers avec la femme en robe rouge avait l'air amoureux. Je pourrais leur demander s'ils veulent échanger ?

Le pauvre homme parut horrifié.

Beck sortit son portefeuille de la poche de son pantalon et en retira quelques billets qu'il tendit à l'homme.

— Cette table est très bien. Je prends le relais. Merci.

Le maître d'hôtel s'éloigna assez vite.

Je levai les mains pour montrer ma confusion

— Pourquoi as-tu fait ça ?

— Parce que tu es ridicule.

Je fis la moue.

— En quoi suis-je ridicule ?

— Peut-on juste s'asseoir et manger ? Ça ne va pas te tuer.

— Peu importe, dis-je en levant les yeux au ciel. Finissons-en.

Beck et moi prîmes place, et un serveur passa presque immédiatement avec la carte des vins.

— Vas-tu prendre ton whisky habituel ? lui demandai-je.

— Je prendrai du vin. Ce que tu choisiras sera parfait.

Je commandai une bouteille du vin rouge que je buvais au verre depuis notre arrivée. Une fois que nous fûmes à nouveau seuls, l'unique bruit fut le doux clapotis des vagues contre le rivage à moins d'un mètre cinquante. Je regardai la marée monter et descendre plusieurs fois, fascinée.

— C'est vraiment magnifique, dis-je.

— Oui, vraiment magnifique.

La voix de Beck était douce, mais j'y décelai une touche de quelque chose. Aussi levai-je les yeux pour comprendre ce que c'était et je le découvris en train de me regarder de cette façon-*là*. Il n'avait pas parlé de l'île.

— Et si on faisait la paix pour la soirée ? suggérai-je. Une trêve, peut-être. Pas de dispute.

— En quoi ce serait amusant ?

Je tendis la main.

— Es-tu prêt à relever le défi ?

Beck prit ma main, mais la porta à ses lèvres avec un sourire en coin et en embrassa le dos. La chaleur de ses lèvres m'envahit.

— Bien sûr, répondit-il en faisant un clin d'œil. Il y a plus d'un tour dans un sac.

— Tu ne feras aucun tour nulle part, crois-moi.

Son sourire s'agrandit.

— J'aime les défis.

Le serveur revint et déboucha notre vin. Après une gorgée pour le goûter, il remplit nos verres et s'en alla. Beck me regarda par-dessus la bougie tout en se frottant la lèvre inférieure avec son pouce – ce que j'avais remarqué qu'il faisait souvent.

— À quoi réfléchis-tu ? demandai-je.

— Qui a dit que je réfléchissais ? Peut-être que je profite tranquillement de ta compagnie.

J'indiquai sa main, qui était maintenant sur son verre de vin.

— Tu te frottes la bouche avec ton doigt quand tu hésites à demander quelque chose. Tu n'es pas vraiment difficile à deviner.

— Je suppose que c'est parce que je ne trouve habituellement pas nécessaire de cacher ce que je pense.

— Et donc ?

Je tendis la main, paume vers le haut.

— Vas-y, crache le morceau. Pourquoi commencer maintenant ?

— J'essayais de respecter ton pacte de ne pas nous disputer.

— Oh...

Je hochai la tête.

— Donc tout ce à quoi tu penses va m'énerver ?

Il secoua la tête.

— J'essaie toujours de comprendre pourquoi tu fais ce voyage.

Je levai les yeux au ciel.

— Encore ça ?

— Il doit y avoir cinquante ans entre vous. Même toi, tu dois voir que c'est un duo inhabituel.

— Quarante-neuf ans, et je ne savais pas qu'il y avait une limite d'âge pour les amitiés. De plus, tu agis comme si je rendais un service à ta grand-mère en voyageant avec elle, comme si elle avait besoin d'un chaperon ou quelque chose comme ça.

— Elle s'est fait arrêter il y a deux jours...

— Peu importe. Elle n'a pas besoin de chaperon et, certains jours, je me dis que c'est *elle* qui me rend un service. Pas l'inverse. Certaines des choses que nous faisons ensemble sont des choses que je veux faire, tu sais.

— Comme quoi ?

— Eh bien, par exemple, nous sommes aux Bahamas parce que je veux aller à Exuma. Nous étions censées passer quelques nuits sur cette île pour jouer un peu et nous amuser, puis nous devions prendre un bateau pour une autre île ce matin.

— Pour faire quoi ?

— Pour voir mon père.

— Il est en vacances là-bas ?

Je secouai la tête.

— Il vit là-bas. Il possède un petit hôtel à Georgetown. Je ne l'ai jamais rencontré.

Beck fronça les sourcils.

— Comment ça, tu ne l'as jamais rencontré ?

— Eh bien, comme toi, ma mère est morte quand j'étais jeune. Je n'avais que trois ans quand elle est tombée malade. Je ne me souviens même pas d'elle, seulement par des photos. Elle était mariée à William, que j'ai cru être mon père biologique jusqu'à mes dix-huit ans. Il s'est avéré que l'homme qui m'a élevée seul était mon beau-père. Il avait rencontré ma mère alors qu'elle était enceinte de cinq mois d'un autre homme, et que je ne sois pas son enfant lui avait toujours été égal. William était fou amoureux de ma mère. Il l'est toujours. Il ne s'est jamais remarié. C'est l'humain le plus extraordinaire que j'aie jamais rencontré. Quand il m'a dit la vérité, il a ajouté que ma mère et lui n'avaient jamais eu l'intention de garder le secret, mais qu'après sa mort, il ne voulait pas me priver du seul autre parent que j'avais jamais connu.

— Ton père biologique sait-il que tu existes ?

Je haussai les épaules.

— Je suppose. Il l'a su à un moment donné, en tout cas. Ma mère lui a dit qu'elle était enceinte et, à ma naissance, il a envoyé des chèques pour aider. Mais William lui a dit que s'il n'avait pas l'intention d'être dans ma vie, les chèques n'étaient pas nécessaires. Qu'il pouvait s'occuper de sa famille sans l'aide d'un étranger. C'est la dernière fois qu'ils ont entendu parler d'Alex Stewart. Il y a environ cinq ans, j'ai fait un de ces tests *23andMe* et j'ai obtenu quelques résultats du côté de mon père. Mais pas de parents au premier degré, comme des frères et sœurs, mon père ou quoi que ce soit d'autre. Et puis un jour, l'an dernier, j'ai reçu un e-mail m'informant que j'avais de nouveaux parents. Ça arrive souvent quand on est sur ce site. En général, il s'agit d'un cousin au cinquième degré ou d'une arrière-grand-tante. Mais cette fois-là, quand je suis allée vérifier, cela indiquait le nom de mon père et le lien de parenté. Il a dû en être informé lui aussi. Donc je suppose qu'il sait que je suis toujours dans les parages.

— As-tu déjà pris contact avec lui ?

— Non. Et lui non plus. Mais j'ai fait des recherches sur lui sur le Net. C'est comme ça que j'ai découvert qu'il vivait aux Bahamas aujourd'hui. Apparemment, il est devenu cadre dans une grande chaîne hôtelière, et quand il a pris sa retraite anticipée, il a acheté un hôtel délabré ici et l'a retapé. J'ai trouvé un article à ce sujet lors de mes recherches.

— Si tu as reçu l'e-mail il y a un an, pourquoi avoir mis autant de temps à venir le voir ?

— Je n'en suis pas sûre. Je n'ai pas ce sentiment d'abandon comme certaines personnes qui n'ont jamais connu leurs parents. Je n'ai pas de questions qui nécessitent des réponses ni de reproches à lui faire. Je suppose que je n'ai jamais eu de sentiment d'urgence.

— Pourquoi maintenant alors ?

Je haussai les épaules.

— Ça semble juste être le bon moment, peut-être.

Beck acquiesça.

— Alors, quel est ton plan ? Aller le voir et lui dire que tu es sa fille ?

Je soupirai.

— Je n'en ai pas.

— C'est un bon plan.

Je gloussai.

— Tais-toi.

Beck sourit.

— Tu sais que tes yeux se sont illuminés quand tu as parlé de ton beau-père.

— C'est vraiment un homme extraordinaire. Certaines femmes ont des problèmes parce que leur père est parti ou n'était pas un homme droit qui donnait le bon exemple sur la façon dont une femme devrait être traitée, et cela entraîne des relations dysfonctionnelles avec les hommes. Mon problème avec mon père, c'est que personne ne peut être à la hauteur de William. Il est sage et juste, dur quand il le faut, mais c'est aussi un gros nounours.

— Si, en grandissant, ma fille me décrit à moitié aussi bien que ça, j'aurai le sentiment d'avoir fait mon boulot dans la vie.

Mes yeux parcoururent le visage de Beck tandis que je sirotais mon vin.

— Je parie que tu es un très bon père.

— J'essaie. J'ai eu un bon exemple parental à suivre en ma grand-mère, et bien que mon ex n'ait pas été la meilleure des épouses, c'est plutôt une bonne mère. Mais j'ai l'impression que nous avons tous les deux eu de la chance que les bonnes personnes soient apparues pour prendre le relais quand nous avons eu besoin d'elles.

J'eus brusquement les larmes aux yeux et pris une profonde inspiration, luttant contre elles et cherchant quelque chose à dire.

— Je suis désolée que Louise soit mourante. Je ne peux même pas imaginer William...

Beck tendit le bras par-dessus la table et passa son pouce sur ma joue, attrapant une larme.

— Eh bien, cette soirée a vite pris une tournure déprimante, n'est-ce pas ?

Je ris et m'épongeai les yeux avec ma serviette.

— Parlons de quelque chose de plus amusant. Parle-moi de ton frère, Jake. Ta grand-mère a dit que vous ne vous ressembliez pas du tout.

Beck secoua la tête.

— C'est un compliment. Jake a dix ans de moins que moi, mais j'ai souvent l'impression que c'est mon fils. Il travaille pour moi.

— Qu'est-ce qu'il fait ?

— Je ne suis pas très sûr. Je te le dirai quand je le saurai.

Je ris.

— Non, vraiment.

— Il s'occupe du marketing et des relations publiques. Il est plutôt doué dans ce domaine. Mais ne lui dis pas que j'ai dit ça. Il est entré dans l'entreprise dès sa sortie de l'université. Je suis doué pour les face-à-face. Obtiens-moi une réunion et je décrocherai la plupart des clients. Mais je ne suis pas doué pour les présentations qui ne se font pas en chair et en os et que voient les clients potentiels – sites web, conception de prospectus, publication d'articles dans les magazines. Jake a une allure juvénile. Il sourit tout le temps et sa chemise a toujours besoin d'être repassée. Mais ça fonctionne pour lui.

— C'est amusant. Pendant ce temps-là, toi, tu es sombre, impeccablement soigné, et tu n'as rien de juvénile.

Les yeux de Beck étincelèrent sous la lueur des bougies.

— Je suis heureux que tu l'aies remarqué. Je suis un vrai mec, beauté.

Je sentis mes joues chauffer. Heureusement, le serveur arriva avec notre premier plat de dégustation, une simple chips maison recouverte de caviar. Absolument délicieux.

Je m'essuyai la bouche avec ma serviette.

— Alors dis-moi, Beck. Pourquoi es-tu divorcé ?

Il se redressa sur sa chaise.

— C'est une grosse question.

J'inclinai la tête.

— Je t'ai raconté ce qui s'est passé entre Richard et moi. Je crois que ce n'est que justice que je sache pourquoi tu es divorcé.

— D'accord. Ce n'est pas très joli, mais j'imagine que la plupart des histoires de divorce ne le sont pas. J'ai épousé une femme que j'ai rencontrée pendant mes études supérieures. Elle venait du Nevada et n'avait pas beaucoup de famille sur la côte Est, excepté un oncle qui enseignait dans notre école. Quelques mois après le début de notre relation, un de mes amis m'a dit qu'il avait vu Carrie embrasser le professeur Burton. Carrie et moi en avons bien ri, car le professeur Burton était son oncle. Quelques mois après l'obtention de mon diplôme, Carrie est tombée enceinte. Pour être honnête, je n'étais pas prêt à être père, mais le bébé allait arriver, que je le veuille ou non, alors je me suis dit qu'il valait mieux y aller à fond. Six mois après la naissance de Maddie, je suis rentré tôt du travail et j'ai trouvé Carrie au lit avec le professeur Burton.

Mes yeux s'écarquillèrent.

— Elle couchait avec son oncle ?

— C'est, bien sûr, ce que j'ai pensé aussi. Il s'est avéré que ce type n'était pas son oncle. Il n'avait aucun lien de parenté avec Carrie. Mais ils avaient été surpris plusieurs fois ensemble, alors qu'elle était dans sa voiture ou autre. Ils ont donc dit aux gens qu'il était son oncle pour ne pas éveiller les soupçons. Il a trente et un ans de plus qu'elle, alors c'était logique. Elle couchait avec lui depuis la première année, et il lui avait promis qu'il quitterait sa femme pour elle. Comme il ne l'avait pas fait, elle avait rompu. Une fois que nous nous sommes mariés, le gars a changé de discours et a finalement quitté son épouse. Carrie était alors déchirée entre la vie confortable que je lui offrais et l'homme qu'elle avait toujours désiré mais ne pourrait jamais avoir. Quand la situation a changé, elle s'est dit qu'elle pourrait peut-être avoir les deux. Ironiquement, j'ai demandé le divorce le jour de notre premier anniversaire de mariage.

— Bon sang. Que s'est-il passé entre elle et le professeur ?

— Ils sont mariés maintenant. Il vient d'avoir soixante ans et elle en a vingt-neuf.

— Waouh ! C'est une histoire de fous. Ça fait passer le traçage de Richard pour normal.

Il s'esclaffa.

— Je suis heureux que ma vie te fasse paraître normale en comparaison.

Le serveur arriva avec notre deuxième plat, et après l'avoir terminé, les assiettes continuèrent à arriver toutes les cinq ou dix minutes, sur une durée d'une heure.

Chaque portion était très petite – juste un avant-goût –, pourtant, à la fin, je fus rassasiée. Je m'adossai à ma chaise et me tapotai le ventre.

— Je suis pleine. Mais tout était délicieux.

— Oui. Et j'ai apprécié ta compagnie. Apparemment, on a réussi à respecter notre pacte.

— En effet.

Je souris.

— Qui aurait cru que tu pouvais être agréable aussi longtemps ?

— Petite maline.

Quand le serveur revint la fois suivante, Beck demanda l'addition, mais apparemment Louise l'avait payée d'avance. Nous retraversâmes le restaurant, puis le hall, nous dirigeant vers les ascenseurs. Alors que nous passions devant le bar du hall, j'entendis un rire familier et robuste.

Beck et moi nous regardâmes avant de nous tourner vers le bout du bar d'où était venu le son. Une femme et deux hommes d'un certain âge étaient assis ensemble, riant bruyamment en compagnie du barman.

— Apparemment, Louise se sent mieux, dis-je.

Beck secoua la tête.

— Pourquoi ne suis-je pas le moins du monde surpris ?

Nous nous approchâmes. Quand Louise nous vit, son sourire, déjà grand, se fit plus lumineux.

— Vous voilà ! Comment s'est passé le dîner ?

Beck plissa les yeux.

— Tu le saurais si tu n'avais pas été trop épuisée pour venir. À ce propos, tu as l'air d'avoir trouvé un miraculeux second souffle.

Que nous sachions ce qu'elle avait fait ne sembla lui faire ni chaud ni froid.

— Effectivement. Venez vous joindre à nous. Faîtes connaissance avec mes nouveaux amis.

Je pris un siège, mais Beck regarda sa montre.

— En fait, je dois y aller. J'ai un appel avec un associé en Chine dans quelques minutes.

— Oh, d'accord.

Je me forçai à sourire, mais j'étais déçue. Même si cela me contrariait, j'avais apprécié la compagnie de Beck. Et il était agréable à regarder de l'autre côté de la table.

— Passe une bonne soirée.

— Toi aussi.

Après son départ, Louise et moi bûmes un verre de vin avec les deux hommes qu'elle avait rencontrés au bar. Il s'agissait d'un couple en lune de miel. Ils avaient tous deux été mariés à des femmes durant la majeure partie de leur vie et n'avaient fait leur coming out que ces dernières années. Quand nous eûmes terminé, ils nous souhaitèrent bonne nuit et partirent se promener sur la plage.

— Assurez-vous de garder vos vêtements là-bas, conseilla Louise. Nous nous sommes mis dans un sacré pétrin en prenant un bain de minuit. Apparemment, c'est illégal ici.

Les hommes gloussèrent.

— C'est bon à savoir.

Je les regardai partir.

— Mon Dieu, imagine passer ta vie à ne pas vivre ta vérité comme ça. Je suis heureuse qu'ils aient trouvé un moyen d'être eux-mêmes avant qu'il ne soit trop tard.

— Moi aussi. La vie est trop courte pour avoir des regrets. À ce propos, as-tu apprécié votre dîner ?

Je souris.

— Ton petit-fils est très beau, et ce soir, il était même de bonne compagnie. Mais je ne pense que sympathiser soit judicieux, pour plus d'une raison.

Louise balaya ma remarque du revers de la main.

— Je pense que vous pourriez vous faire mutuellement du bien. Il a besoin de se détendre un peu, et ce serait bien que quelqu'un prenne soin de toi.

— Il vit à New York. Je retourne en Californie à la fin de l'été. En plus, ce n'est pas le bon moment, Louise.

— Parfois, on trouve la bonne personne au mauvais moment. Il faut faire confiance au destin.

CHAPITRE 10

Beck

Deux jours plus tard, nous nous rendîmes au palais de justice pour l'audience prévue pour mamie et Nora. Je fus agréablement surpris que tout se passe bien. Elles ne contestèrent pas l'accusation, nous payâmes une amende et sortîmes quinze minutes plus tard. Mais je remarquai que ma grand-mère toussait beaucoup. La veille au soir, durant le dîner, je l'avais remarqué une ou deux fois, mais c'était plus fréquent à présent et cela s'était transformé en une quinte de toux sèche.

— Tu vas bien ? lui demandai-je lorsque nous quittâmes le palais de justice. Peut-être devrions-nous aller voir un médecin ?

Ma grand-mère se racla la gorge et secoua la tête.

— Pour quoi faire ? Nous savons ce que j'ai.

Je fis la moue.

— Parce qu'il pourrait te donner quelque chose pour t'aider. Je sais que tu ne veux pas de traitement, mais ça ne veut pas dire que tu ne peux pas prendre des médicaments pour éviter une infection ou quelque chose comme ça.

Nora acquiesça.

— Beck a raison. Tu as aussi une petite respiration sifflante. Ils pourront peut-être te donner un nébuliseur ou un inhalateur. Peut-être même un antitussif.

— D'accord. Mais nous allons dans une clinique ici et pas dans un hôpital chez nous.

Nora haussa les épaules.

— Ça me va.

Je regardai ma grand-mère.

— *Je* dis quelque chose et tu me contredis immédiatement.

Je montrai Nora de mon pouce.

— *Elle* le dit, et c'est une bonne idée.

— Je suis sûre que c'est parce que ta grand-mère est habituée à ce que tu essaies de la contrôler, alors elle se met automatiquement sur la défensive.

Je plissai les yeux.

— Je ne m'adressai pas à toi.

Nora leva les yeux au ciel.

— Allons trouver une clinique.

Deux heures plus tard, Nora et moi étions dans la salle d'attente d'un centre de soins d'urgence bondé. Ils avaient emmené ma grand-mère presque une demi-heure plus tôt.

La réceptionniste fit coulisser la vitre et se pencha par l'ouverture.

— Eleanor Sutton !

Nora se leva et se dirigea vers la vitre. Je la suivis.

— Le docteur et votre grand-mère aimeraient que vous reveniez.

— Ce n'est pas sa grand-mère, intervins-je. C'est la mienne.

La femme m'étudia de haut en bas.

— Vous ne ressemblez pas à une Eleanor Sutton.

— En effet. Mais la patiente est ma grand-mère, pas la sienne.

La femme haussa les épaules.

— Eh bien, c'est elle qu'ils ont demandée. Pas vous.

— Peut-être qu'elle n'est pas habillée ou quelque chose comme ça, dit Nora en posant sa main sur mon bras. Laisse-moi retourner voir ce qui se passe.

N'ayant pas d'autre choix, j'acquiesçai.

Quinze minutes plus tard, je commençais à m'impatienter, lorsque ma grand-mère et Nora sortirent de la pièce du fond. Je me levai.

— Je croyais que vous alliez venir me chercher ?

Ma grand-mère leva les yeux au ciel.

— Oh, calme-toi, Beck. Le médecin voulait juste s'assurer que Nora connaissait la manœuvre de Heimlich au cas où de la nourriture resterait coincée. La tumeur dans mon œsophage aime attraper des choses. C'est pour ça que je tousse. Des petits morceaux restent coincés et m'irritent la gorge.

— Est-ce qu'ils peuvent la réduire ?

Ma grand-mère fronça les sourcils.

— Tu sais que je ne vais pas me faire soigner.

— Mais... si cela peut améliorer ta qualité de vie...

Elle soupira et brandit un sac en papier blanc.

— Il m'a donné de l'Alka-Seltzer et un produit appelé siméthicone qui aidera mon estomac à produire des gaz. Les gaz augmentent la pression sur l'œsophage et peuvent aider à déloger la nourriture. Maintenant, sortons d'ici.

Je restai silencieux tandis que je reconduisais Bonnie et Clyde à l'hôtel. Si je devais essayer de convaincre ma grand-mère de suivre un traitement préventif, je n'étais pas assez stupide pour le faire en ayant deux personnes contre moi. Aussi attendis-je, et, lorsque je la raccompagnai à sa chambre, lui demandai-je si nous pouvions parler quelques minutes. Elle me répondit qu'elle avait besoin d'aller aux toilettes, mais qu'elle me rejoindrait dans le hall pour un café quinze minutes plus tard.

Mais ce ne fut pas mamie qui arriva.

— Elle ne vient pas, annonça Nora en sortant de l'ascenseur.

— Pourquoi ? Elle m'a dit de la retrouver ici.

Nora s'assit en face de moi.

— Je crois que ses mots exacts étaient : *J'aime ce garçon, mais il est parfois plus têtu qu'une mule.*

— Donc elle t'a envoyée ?

— Non. Je suis venue de ma propre initiative pour que tu ne t'inquiètes pas pour elle quand tu auras perdu patience et que tu monteras inévitablement dans sa chambre pour la chercher. Elle n'y est pas.

Mon cœur se serra.

— Où est-elle allée ?

— Je ne pense pas que tu veuilles le savoir.

Je secouai la tête.

— Où est-elle ?

— Elle est allée jouer aux cartes chez Frieda.

— Frieda ?

— L'une des femmes que nous avons rencontrées en prison. Elle organise une partie l'après-midi et a dit à Louise de passer quand elle voulait.

— Comment s'y est-elle rendue ?

— Elle a dit que le concierge lui commanderait un taxi.

Je pris une grande inspiration.

— C'est un sacré numéro. Merci de me l'avoir dit.

Nora couvrit ma main de la sienne.

— Je promets de veiller sur elle.

Je ricanai.

— Super. Est-ce que ce sera à deux mille pieds d'altitude, avec un parachute sur le dos ?

— Je veillerai aussi sur elle à ce moment-là.

Elle sourit et se leva.

— Je vais les rejoindre et jouer aux cartes.

— Dans une maison de jeu illégale dont vous avez rencontré le propriétaire en prison ?

— Arrête de faire ton rabat-joie. Tu veux venir ?

Je secouai la tête.

— Je crois que je vais passer mon tour. J'ai du travail à faire de toute façon.

Elle haussa les épaules.

— Eh bien, je ne vais pas rater l'occasion de m'amuser avec Louise tant que je le peux.

Nora s'éloigna. Il ne me fallut qu'une dizaine de secondes pour réaliser ce qu'elle avait dit : *Tant que je le peux.* Mon cœur se serra. *Merde.* Elle avait raison. Le travail pouvait attendre. J'étais le patron de toute façon.

Je me levai et criai.

— Nora, Attends !

∽

— Qui a amené ici le soleil des Bahamas ? demanda une femme avec un fort accent des îles.

Elle arrêta de distribuer des cartes et leva les yeux vers nous. Elle portait un turban coloré et un rouge à lèvres pêche.

Je regardai derrière moi, essayant de comprendre à quoi elle faisait référence. Nora gloussa.

— Je suis presque sûre qu'elle parle de toi, Beck.

— C'est mon petit-fils.

Mamie s'adossa à sa chaise en souriant. Pour ne pas être en reste avec la femme au turban coloré, elle avait mis une chemise pailletée et un fard à paupières assorti tout aussi pailleté.

— Beau mais autoritaire.

L'une des femmes présentes à la table agita ses sourcils. Elle devait avoir près de soixante-dix ans.

— J'aime qu'ils soient autoritaires.

Je suppose que mon visage montrait que je ne savais pas trop quoi penser du groupe, parce qu'elles rirent toutes.

— Détends-toi, mon garçon. Entre. Les amis de Big Mama sont nos amis.

— Big Mama ?

Nora se pencha vers moi.

— C'est comme ça qu'elles appellent Louise. Ça lui va bien, non ?

Ça allait être un sacré après-midi.

Nora et moi rejoignîmes le groupe à la table. En plus de Frieda, la propriétaire, il y avait un type nommé Sugar. La femme qui aimait qu'ils soient autoritaires s'appelait Rowan, et enfin il y avait un autre homme nommé Slim, qui portait mal son nom car il était tout sauf mince. Ma grand-mère était assise au fond, fumant un cigare.

Quand elle vit que je la regardais, elle haussa les épaules.

— Laisse-moi tranquille, petit. Qu'est-ce que ça va faire ? Me donner un cancer ?

Je secouai la tête, mais parvins à me retenir. Ils semblaient jouer au blackjack.

— On peut se joindre à vous ? demandai-je.

— Bien sûr. Je ne vais pas me plaindre de voir ce joli visage de près, mon beau.

La femme tendit la main et se pencha par-dessus la table.

— Frieda Ellington. Enchantée.

Je supposais que les règles de Vegas ne s'appliquaient pas ici. Un client ne pouvait jamais toucher la main du croupier. Je lui serrai la main.

— Beck Cross.

Nora sourit.

— Bonjour, Frieda. Ravie de te revoir.

— Tu as meilleure mine que la dernière fois où je t'ai vue.

Nora rit.

— J'espère bien. On s'était fait arrêter après une longue baignade dans l'océan, et je portais un uniforme trop grand de quatre tailles que j'avais volé.

Nora et moi prîmes les deux sièges libres. Ils étaient en face l'un de l'autre, ce qui m'arrangeait. Frieda n'était pas la seule à profiter de la vue aujourd'hui.

Je sortis mon portefeuille de ma poche et l'ouvris, mais Frieda fit signe que non avec sa main.

— Les jeux de jour sont faits pour s'amuser entre amis. Nous ne passons à l'action que le soir.

— Oh, d'accord.

Elle rassembla deux piles de jetons et les poussa vers moi.

— Mais nous avons un jackpot à la fin. Le grand gagnant de la journée peut choisir un objet appartenant à l'une des personnes présentes à la table. Cela peut être la chemise que tu portes ou un trajet en voiture pour rentrer chez soi. C'est simple.

Je baissai les yeux vers ma montre.

— Ils peuvent choisir n'importe quoi ?

Elle sourit.

— Ne t'inquiète pas pour ce truc chic à ton poignet. Nous avons une valeur maximale de vingt-cinq dollars.

Mais tu ferais mieux d'espérer que Rowan ne gagne pas. Elle est connue pour prendre un baiser.

Rowan afficha un sourire aux dents jaunes. J'aurais préféré renoncer à ma montre.

CHAPITRE 11
Nora

Lorsque nous arrivâmes à Exuma le lendemain, j'étais extrêmement nerveuse. J'avais réservé dans un autre hôtel que celui de mon père, ne voulant pas y être coincée si les choses se passaient mal. Je n'avais toujours pas prévu ce que j'allais dire lorsque je le verrais – à supposer qu'il soit à l'hôtel ce jour-là. Mais c'était l'une des choses de la vie que l'on ne pouvait pas planifier. Ce qui devait arriver arriverait.

Louise avait proposé de m'accompagner, mais j'avais besoin de le faire seule. Aussi était-elle allée se détendre à la piscine après notre enregistrement à l'hôtel. Quant à Beck, il n'avait pas pu obtenir de vol de retour avant le lendemain et avait décidé de se joindre à nous pour notre excursion en bateau jusqu'à Exuma. Il était dans sa chambre en train de travailler, et j'étais censée me rendre au Sunset Hotel, à six kilomètres de là. Mais j'avais fait un arrêt au bar de notre hôtel une heure et demie plus tôt et je n'avais toujours pas trouvé le courage d'aller plus loin.

J'en étais à mon deuxième verre de vin quand une voix grave me fit sursauter.

— Déjà de retour ?

Beck.

Je poussai un soupir exagéré.

— Je ne suis pas encore partie.

— Tu as besoin qu'on t'y conduise ?

Je secouai la tête.

— Non. Il y a des taxis dehors qui attendent de conduire les gens là où ils le souhaitent. Et le concierge a dit que si, pour une raison ou une autre, il n'y en avait pas, il pouvait appeler et en faire venir un dans cinq minutes ou moins.

Beck regarda mon verre de vin presque vide.

— Besoin de courage en bouteille ?

— Tu vas te moquer de moi si je dis oui ?

— Non. Le soir de notre rencontre, j'avais bu deux doigts de scotch dans ma chambre avant d'avoir le courage de redescendre au bar après ma réunion Zoom. Tu peux être un peu intimidante.

Mes sourcils remontèrent vers la racine de mes cheveux.

— *Je* t'ai intimidé ? *Toi* ? Menteur !

Il indiqua le siège à côté du mien.

— Tu veux un peu de compagnie ?

— Pourquoi pas.

Beck s'assit. Le barman s'approcha.

— Que puis-je vous servir ?

— Puis-je avoir une eau gazeuse, s'il vous plaît ?

— Tout de suite, dit le barman avant de me montrer du doigt. Je vous ressers ?

— Et puis zut. Pourquoi pas ?

Quand il s'éloigna, Beck me regarda.

— Tu portes ta couleur préférée aujourd'hui au lieu de la mienne.

Je jetai un coup d'œil sur ma tenue. J'avais complètement oublié ce que je portais – une robe de soleil rose pâle.

— En fait, je suis plus fan du rose vif que du rose pâle. Mais ça ne se porte pas très bien. Cela dit, tu as une bonne mémoire.

Beck tapota sa tempe avec son index.

— Difficile d'oublier. L'image de toi dans cette robe bleue n'est pas près de sortir de ma tête.

Je dissimulai mon rougissement en finissant les dernières gouttes de mon verre avant que le barman ne me resserve.

— Tu as déjà fini de travailler ?

— Pas encore. Je me dirigeais vers le quartier d'affaires pour récupérer des documents que mon assistante m'a envoyés par e-mail pour que je les signe. Le bar est sur le chemin.

— Oh. Eh bien, ne me laisse pas te retenir. Ça ira.

— Tu veux faire un jeu de rôle ?

— Pardon ?

Il m'adressa un lent sourire sexy.

— Crois-le ou non, cela n'avait rien de salace. Tu es nerveuse. Alors fais comme si j'étais ton père et dis ce que tu as l'intention de lui dire. On va faire un petit essai.

Je me mordis la lèvre.

— C'est bien le problème. Je n'ai rien de prévu.

Beck haussa les épaules.

— On va faire du freestyle alors. Improviser.

Il souleva le menton.

— Ferme les yeux une minute. Respire profondément, secoue les bras et fais rouler tes épaules, puis lance-toi.

Je hochai la tête. Pourquoi pas ? Je fis donc ce que Beck me suggérait et me détendis autant que possible. Puis je me redressai pour l'affronter.

— Bonjour, dis-je avec un sourire. Vous êtes Alex Stewart ?

Beck garda un visage impassible.

— Oui, c'est moi. En quoi puis-je vous aider ?

Je séchai complètement et le regardai fixement.

— Merde. Beck, qu'est-ce que je vais bien pouvoir dire à cet homme ?

— Je ne sais pas. Pourquoi ne pas commencer par lui demander s'il se souvient de ta mère ?

— Oh. Oui... c'est une bonne idée. C'est un moyen de briser la glace.

Beck tendit la main.

— Vas-y. Essaie.

Je me redressai sur ma chaise.

— Bonjour. Vous êtes Alex Stewart ?

— Oui, c'est moi. En quoi puis-je vous aider ?

Je pris une grande inspiration.

— C'est peut-être une question étrange, mais vous souvenez-vous d'une femme qui s'appelait Erica Sutton ?

Je secouai la tête.

— Pardon. Erica Kerrigan. Kerrigan est son nom de jeune fille.

— Oui. Et ?

— Eh bien, c'est... *ma mère*.

— D'accord...

— Oh, mon Dieu. Tu crois qu'il ne comprendra pas quand je dirai ça, et que je devrai en dire plus ?

Beck haussa les épaules.

— Aucune idée. Mais autant se préparer au pire.

— Tu as raison. D'accord. Laisse-moi revenir à la question précédente alors. Vous souvenez-vous d'une femme nommée Erica Kerrigan ?

— Non.

Je clignai des yeux plusieurs fois.

— Comment ça, non ?

— Je ne me souviens pas d'elle.

— Non, Beck. Tu étais censé dire que tu t'en souvenais, comme tu l'as fait la première fois.

— C'est de l'improvisation. Tu dois suivre le courant. Je devine ce qu'il va dire.

— D'accord. Continuons alors.

Beck rentra à nouveau dans son personnage.

— Je ne me souviens pas d'une Erica Kerrigan.

— Comment pouvez-vous ne pas vous souvenir d'elle ? Vous l'avez mise enceinte.

Je me couvris la bouche.

— Oh, merde. Je ne devrais pas dire ça, si ?

— Je pense que tu devrais dire ce que tu as envie de dire. Si ça te contrarie qu'il ne se souvienne pas d'une femme qu'il a mise enceinte, fais-le-lui savoir.

— D'accord. Qu'est-ce qu'il dira quand je lui aurai rappelé qu'il l'a mise enceinte ?

— Je ne suis pas sûr.

— Eh bien, que dirais-tu si une fille t'abordait et te disait que tu as mis sa mère enceinte ?

— Je suppose que je serais curieux d'apprendre pourquoi je ne le découvre qu'une fois que l'enfant est en âge de parler. Mais dans ton cas, c'est différent parce que ta mère lui *a* parlé de toi. Donc, cela ne devrait pas être une surprise totale.

Le barman vint apporter mon vin et l'eau gazeuse de Beck. Je connaissais mes limites. Deux verres m'aidaient à me détendre. Enfin, normalement. Mais le troisième me mettrait dans un état second et altérerait mon jugement.

Je soupirai et indiquai mon verre.

— Je crois que je vais sauter celui-là finalement. Un verre de plus et soit je ne vais pas y aller soit je ferais mieux de ne pas le faire.

Beck repoussa mon verre et plaça le sien devant moi.

— Prends de l'eau.

— Merci.

— Et si je te conduisais là-bas ?

— Oh, non. Ce n'est pas nécessaire. Ce n'est qu'à quelques kilomètres. Je peux prendre un taxi.

— Oui, mais le chauffeur de taxi ne te dissuadera pas de faire une bêtise quand il te verra sur le point d'en faire une.

Je souris tristement.

— C'est un bon argument. Tu es sûr que ça ne te dérange pas ?

Beck secoua la tête.

— Pas du tout.

Le Sunset Hotel était tel que le montraient les photos de son site Internet. Peint en vert caraïbe, avec des volets et des encadrements de fenêtres d'un blanc éclatant, il dégageait une atmosphère insulaire décontractée. Deux employés en uniforme floral se mirent à danser au son d'une musique reggae lorsque nous arrivâmes. Le plus grand des deux hommes ouvrit ma portière avec un sourire.

— Bienvenue au Sunset Hotel.

Il me présenta sa main pour m'aider à sortir de la voiture.

— Récupérez-vous votre chambre aujourd'hui ?

— Hmm... Non. Il y a un bar ici, n'est-ce pas ? Je suis juste venue boire un verre.

— Notre bar est l'endroit idéal pour admirer le coucher du soleil.

Il indiqua le hall d'entrée en plein air.

— Il vous suffit de traverser le hall et de descendre par l'escalier au fond. Vous ne pouvez pas le rater.

Beck fit le tour de la voiture.

— Tu veux que t'accompagne ?

— Oh non. J'ai assez interrompu ta journée. Tu as du travail à faire.

— Ça peut attendre.

— Je ne peux pas te demander de faire ça avec moi...

— Tu n'as pas demandé. J'ai proposé. Je resterai à l'écart, juste au cas où tu aurais besoin de moi. Je te laisserai faire ce que tu veux.

Mes paumes étaient moites et je me sentais un peu étourdie. L'idée d'avoir quelqu'un que je connaissais à proximité me réconfortait vraiment. Aussi acceptai-je d'un hochement de tête.

— D'accord. Merci.

Beck jeta les clés au voiturier.

— Vous me la gardez un moment ?

— Bien sûr, monsieur.

Mon cœur s'emballa lorsque j'entrai dans l'hôtel. À la façon dont mes yeux passaient d'une personne à l'autre, je devais avoir l'air d'une criminelle. Beck glissa une main autour de ma taille et serra doucement, avant de se pencher vers moi.

— Respire, beauté, murmura-t-il.

Je hochai la tête et inspirai profondément. Une fois le hall franchi, des marches menaient à un patio extérieur. Le bar de la plage était visible en contrebas.

Beck et moi nous arrêtâmes.

— Jusqu'à présent, personne n'a l'air assez vieux pour être ton père, dit Beck. J'en déduis qu'on ne l'a pas encore croisé ?

Je secouai la tête.

— À quoi ressemble-t-il ?

— Oh.

Je sortis mon portable.

— Je peux te montrer.

Je tapotai sur mon téléphone et fis défiler le site de l'hôtel.

— Il ressemble à un adepte de la bronzette vieillissant – cheveux mi-longs, blond-roux, décolorés par le soleil. Bronzé. Des lunettes de soleil accrochées à son cou par un cordon.

Je trouvai la photo que je cherchais sous l'onglet « Qui sommes-nous » et tournai mon téléphone pour la montrer à Beck.

Il sourit.

— Exactement comme je l'aurais imaginé d'après ta description. Merci. Au moins, maintenant, je peux t'aider à le chercher.

Il regarda le bar en contrebas.

— Tu voulais vraiment aller au bar, ou tu voulais d'abord jeter un coup d'œil ?

— Sa biographie dit qu'on le trouve souvent en train de travailler au bar de la plage, pieds nus.

— D'accord. Tu es prête ?

Je secouai la tête.

— Non.

Beck gloussa.

— Allons-y quand même.

Nous descendîmes côte à côte l'escalier menant à la plage. Le bar avait un toit en feuilles de palmier qui bruissait sous la brise et des sièges bleu vif sur trois côtés. Quelques tables étaient disposées un peu plus loin, l'une d'entre elles occupée par un couple en maillot de bain.

Je m'arrêtai lorsque nous atteignîmes le chemin de bois, à moins de trente mètres de là.

— Je crois que c'est lui.

Les yeux de Beck se posèrent sur l'homme derrière le bar. Des lunettes de soleil posées sur sa tête maintenaient ses épais cheveux en arrière, et il ouvrait une bouteille de bière, une cigarette coincée entre les dents. Beck confirma d'un hochement de tête.

— Il n'a certainement pas fait de publicité mensongère, commenta-t-il. Je crois que c'est la même chemise qu'il portait sur la photo du site web.

Je ne pus m'empêcher de le dévisager.

— Il n'a rien à voir avec William.

— Non ?

Je secouai la tête.

— William est soigné. Il se lève à l'aube et court huit kilomètres par jour, vêtu d'un short et d'un tee-shirt équipé d'une bande réfléchissante pour la sécurité.

— Ça va aller ? demanda-t-il.

Je déglutis et acquiesçai.

— Pourquoi n'irais-tu pas t'asseoir au bar, pendant que je m'installe à l'une des tables pour vous donner un peu d'intimité ?

Je pris une grande inspiration.

— D'accord.

Beck sourit.

— Tu gères.

Le court chemin qui menait au bar ressemblait plus à une passerelle. Lorsque nous arrivâmes à la zone du bar, Beck me fit un clin d'œil et continua à marcher vers une table vide. Je pris la place la plus proche de lui, qui se trouva être la plus éloignée du barman.

Je pensais avoir une minute pour me ressaisir, mais à peine mes fesses furent-elles posées sur le tabouret que l'homme derrière le bar s'approcha. Les lunettes de soleil qu'il portait sur le dessus de la tête quelques secondes plus tôt couvraient à présent ses yeux. Il m'adressa un grand sourire de bienvenue.

— Hé, ma belle. Qu'est-ce que je peux te servir ?

Oh, mon Dieu. Je me sentis nauséeuse, comme si j'allais vomir. Mais apparemment, ce qui se passait à l'intérieur ne se voyait pas à l'extérieur. Ou du moins, le barman ne sembla pas le remarquer. Parce qu'il attendait, comme si j'étais censée répondre plutôt que de vomir sur son bar.

— Hmm... Je vais prendre une piña colada.

— Ça marche.

Je le suivis des yeux tandis qu'il se rendait à l'autre bout du bar et jetait plusieurs ingrédients dans un mixeur. J'observai son profil, à la recherche d'une quelconque ressemblance.

Peut-être avons-nous le même menton ? Mais c'était difficile à dire avec tous ces poils sur son visage.

Ses pommettes étaient hautes, mais celles de ma mère l'étaient aussi, et je n'aurais accordé à personne d'autre le crédit de mes beaux traits. Lorsqu'il appuya sur le bouton et que le mixeur se mit à vrombir, je faillis tomber de mon siège. Il fallait que je me reprenne en main.

Trop tôt, l'homme – *mon père* – revint de l'autre côté du bar. Il posa le verre devant moi et j'espérai qu'il se contenterait de retourner faire ce qu'il faisait avant que je ne m'assoie. Mais je n'eus pas cette chance. Il posa un genou sur quelque chose derrière le bar et se pencha en avant.

— Je ne t'ai jamais vue dans le coin. Tu es arrivée aujourd'hui ?

Mes mains tremblaient

— Oh... Je ne vais pas rester ici. Je suis juste venue boire un verre.

Il plaqua sa main sur son cœur.

— Tu ne restes pas ici ? Ça fait mal. Il n'y a pas de meilleur endroit où rester que le Sunset.

Il repoussa ses lunettes de soleil sur le dessus de sa tête et dévoila une paire d'yeux verts familiers qui ressortaient sur sa peau bronzée.

— Qu'est-ce qu'a ton hôtel que n'a pas le Sunset ?

Le regarder dans les yeux était comme se regarder dans un miroir. Nos yeux étaient de la même couleur. Si on demandait la couleur de mes yeux à dix personnes m'ayant rencontrée, on obtiendrait cinq réponses différentes. Ils n'étaient pas bleus. Ils n'étaient pas verts. Ils se situaient quelque part entre les deux. Par temps nuageux, certains les qualifieraient même de gris. Plus jeune, je n'avais jamais su quelle case cocher lorsqu'un formulaire demandait la couleur des yeux – même si j'avais opté pour le vert à l'adolescence et que j'avais officialisé cette couleur avec mon permis de conduire et mon passeport. J'étais incapable de dire combien de fois j'avais entendu quelqu'un dire qu'il n'avait jamais vu des yeux de la même couleur que les miens. Et honnêtement, je n'en avais jamais vu non plus. Jusqu'à présent.

Mais j'étais la seule à l'avoir remarqué. Parce que, alors que j'étais stupéfaite et dans l'incapacité de faire autre chose que le scruter, l'homme qui avait mes yeux semblait attendre quelque chose.

Merde. Qu'avait-il demandé ?

Quelque chose à propos d'un hôtel ?

— Pardon, qu'avez-vous demandé ?

— J'ai demandé ce qu'avait ton hôtel que celui-ci n'a pas ? Mais laisse-moi plutôt te dire ce qu'a celui-ci que le tien n'a pas.

— D'accord...

Il pointa ses pouces vers lui.

— Alex Stewart.

La confirmation de l'identité de cet homme me frappa de plein fouet.

— Alex...Stewart ?

Pour une raison inconnue, cela sortit comme une question.

— C'est joli quand tu le dis. Et tu es ?

Mon cœur se mit à battre la chamade et une goutte de sueur se forma sur mon front. Savait-il comment ma mère m'avait appelée ? Devrais-je inventer un faux nom ?

Il se tenait si près, juste de l'autre côté du comptoir étroit, et m'observait si attentivement que je n'avais pas vraiment le temps de réfléchir. Aussi optai-je pour la vérité, qui serait une façon de le lui dire sans le dire.

— Je m'appelle Nora Sutton.

Je retins mon souffle et attendis que quelque chose s'inscrive sur son visage – surprise, choc, confusion, voire un vague sentiment de familiarité. Mais... rien. J'insistai donc un peu plus.

— En fait, je m'appelle Eleanor Sutton. Je porte le nom de ma grand-mère. Mais personne ne m'appelle Eleanor. Pas depuis le décès de ma mère. Enfin, sauf mon amie Louise, parfois. Donc, je m'appelle Nora.

Pas un battement de cils.

Pas un plissement de paupières.

Certainement pas une mâchoire qui se décroche sous l'effet de la surprise.

Rien...

J'eus une impression de vide en moi.

Mon propre père ne me reconnaissait pas. Ni par le visage. Ni par le nom. Même sans avoir eu de contact avec son enfant pendant près de trente ans, comment pouvait-on oublier son nom après l'avoir appris ?

— Donc, tu es ici toute seule, Eleanor... Nora Sutton ? demanda-t-il.

Je secouai la tête.

— Je voyage avec une amie.

— Est-elle aussi jolie que toi ?

Oh, Seigneur. Était-il en train de flirter avec moi ? À mon arrivée, il m'avait appelée *ma belle*. Mais j'avais pris ça pour de l'amabilité de barman des îles. À présent, le vide que j'avais ressenti en moi commençait à se remplir... de colère.

— Oui, répondis-je. Et elle est plus proche de votre âge, aussi.

Ma main reposait nonchalamment sur le bar. Alex tendit le bras et caressa le dos de ma main de son doigt. Ma colère se transforma en rage.

— Êtes-vous marié, Alex ?

— Ne gâchons pas le moment, bébé.

Argh ! Pourtant, je parvins à sourire. C'était un sourire mauvais, dents serrées, mais un homme qui ne reconnaissait pas le nom de sa propre fille était sûrement trop insouciant pour le remarquer.

— Des enfants ? demandai-je.

— Non.

— Pourquoi ?

— Je n'en ai jamais voulu.

C'était un coup de pied dans le ventre. Mes émotions passèrent de la tristesse à la colère, puis de nouveau à la tristesse, comme dans un match de ping-pong.

— Combien de temps restes-tu en ville ? demanda-t-il.

— Juste pour la nuit.

— Et si je te faisais visiter l'île ?

Je plissai les yeux.

— Est-ce un service que vous offrez ? Chaque personne qui passe par ici a droit à une visite gratuite de l'île ?

Ce connard avait l'air d'apprécier notre badinage. Il afficha un sourire narquois.

— Seulement aux plus belles. Alors, qu'en dis-tu ? Je peux trouver quelqu'un pour me remplacer. J'ai une Jeep décapotable garée juste devant.

— Non merci.

Je me levai. Cela avait été une erreur. Une énorme erreur.

— Où est-ce que tu vas ? Tu n'as même pas touché à ton verre.

— Quelque part où la compagnie est meilleure.

Je pivotai, mais m'arrêtai et me retournai.

— Vous savez quoi ? Vous devriez apprendre à avoir plus de respect pour les femmes. Un homme de votre âge devrait veiller sur une fille assise seule au bar, pas guetter celle dont il pourra profiter.

Le visage d'Alex se déforma.

— Vous êtes toutes les mêmes. De jolies filles qui attendent des boissons gratuites sans rien en retour. Ce n'est pas comme ça que le monde fonctionne, bébé.

Mes yeux s'écarquillèrent. Il y avait tant de colère et de déception en moi. Je l'exprimai donc de la seule manière possible à cet instant-là. Je pris le verre de piña colada que je n'avais pas touché et lui jetai le contenu au visage.

— Enchantée, Alex Stewart.

Avant qu'il ait pu ôter la boisson glacée de ses yeux, Beck s'était levé et avait sauté par-dessus le comptoir pour empoigner la chemise de mon père.

Oh, merde.

On aurait dit qu'il allait tuer.

— Beck, non !

La colère suintait de ses pores.

— Qu'est-ce que ce type t'a fait ?

J'agitai les mains.

— Il n'a rien fait. Allons-y.

Comme Beck ne relâchait pas sa prise sur Alex, je me penchai par-dessus le bar et lui touchai l'épaule.

— Beck, s'il te plaît. C'est bon. Je veux juste partir d'ici.

Il relâcha sa prise, levant le menton vers mon père, totalement ignorant de la situation.

— Tu as de la chance, mon pote.

Mon père resta planté là, s'essuyant le visage, tandis que Beck sautait à nouveau par-dessus le bar.

— Tu es sûre que ça va ? demanda-t-il.

Je secouai la tête.

— Je veux juste quitter cet endroit.

Il passa un bras autour de ma taille et nous fit retraverser l'hôtel. Aucun de nous ne prononça un seul mot pendant que nous remontions l'escalier, que nous entrions dans le hall et que nous attendions que le voiturier ramène le véhicule de location de Beck. Le silence se prolongea alors que nous montions dans la voiture et que Beck reprenait la route, les mains crispées sur le volant. Nous avions parcouru environ un kilomètre lorsqu'il s'arrêta sur le parking d'une laverie automatique fermée.

Il mit la voiture au point mort et se tourna vers moi. Sa mâchoire était serrée et rigide.

— Qu'est-ce qui s'est passé ? Tu es sûre que ça va ?

J'avais réussi à refouler les émotions de la dernière heure. Mais à présent, elles remontaient toutes à la surface en même temps. Ma bouche tremblait quand je me mis à parler.

— Il... m'a draguée.

Le visage de Beck se fit meurtrier. Il marmonna une série de jurons dans sa barbe.

Je luttai contre les larmes qui montaient.

— J'ai dit mon nom... il ne l'a même pas reconnu. Comment quelqu'un peut-il ne pas reconnaître le nom de son enfant ? Même s'il ne l'a entendu qu'une fois dans sa vie. Je m'appelle Eleanor. Ce n'est pas comme si c'était Katelyn ou Ashley.

Des larmes envahirent mes yeux.

— Combien d'Eleanor connais-tu ?

Beck ne dit pas un mot. Ses yeux suivirent une larme qui coulait sur mon visage. Puis il sortit brusquement de la voiture et la contourna. Il ouvrit ma portière et me tendit la main. Une fois que je fus debout, il me prit dans ses bras. Cela me surprit grandement, mais c'était aussi exactement ce dont j'avais besoin. La partie indépendante de mon être voulait se libérer, lui dire que j'allais bien et que ce n'était pas grave. Mais la partie que peu de gens avaient vue avait réellement besoin de ça.

Toutes les blessures que j'avais ressenties au cours des onze dernières années à cause d'un père qui ne voulait pas de moi remontèrent à la surface. Et je me mis à pleurer. Et à pleurer. Des pleurs horribles, pleins de morve, à couper le souffle. Beck me serrait si fort qu'il y avait de fortes chances que j'en aie des bleus le lendemain. Mais je m'en fichais. Quand les sanglots s'apaisèrent enfin, il s'écarta pour me regarder.

— Tu as tout fait sortir ?

Je ris en dépit de mes dernières émotions.

— Oui. Et tu en as partout sur ta chemise.

Beck sourit.

— Ce n'est pas grave. J'en ai une autre.

Il serra moins fort, mais ne me lâcha pas avant que ma respiration ne soit redevenue normale.

— Tu veux en parler ?

Je secouai la tête.

— Pas vraiment. Il n'y a pas grand-chose de plus que ce que je t'ai dit.

— L'offre ne se limite pas à parler de ce qui vient de se passer.

Je me forçai à sourire.

— Merci. Mais je pense que ça va.

Beck mit les mains sur ses hanches.

— Qu'est-ce que tu veux faire ? Tu veux retourner à l'hôtel ?

Je secouai la tête.

— Allons nous saouler dans un trou du coin.

Un sourire se dessina sur le visage de Beck.

— Là, tu me parles...

CHAPITRE 12
Beck

— On devrait probablement établir des règles de base avant que je sois pompette, hoqueta Nora en se couvrant la bouche.

Je haussai un sourcil.

— Avant ?

Elle haussa les épaules.

— Peu importe. C'est marrant comme mot ! Poooom-peeeette ! Pompe-ette... Hé, attends, si toi, tu continues à boire, est-ce que tu deviens pompé ?

Je gloussai. Nora et moi avions trouvé un bar local, même si ce n'était pas un trou comme elle l'avait demandé. En fait, il n'y avait même pas de murs dans lesquels creuser. À environ un kilomètre et demi de l'endroit où nous nous étions arrêtés, nous avions vu un panneau en bois peint indiquant un bar de plage. Je l'avais suivi et roulé sur un chemin de terre cahoteux jusqu'à arriver à ce qui n'était rien de plus qu'un auvent en métal abritant un gars du coin et sa douzaine de bouteilles d'alcool. Le type avait installé de vieilles chaises de plage sur le sable et diffusait de la musique sur un gros radiocassette vieux de trente ans. C'était parfait. J'avais bu un verre contre deux pour Nora, et comme elle faisait la moitié de ma taille, elle ne ressentait plus aucune douleur à cet instant.

— Quelles règles voulais-tu établir, pompette ?

Elle hoqueta à nouveau et agita son index devant mon visage.

— Pas de galipettes. Parfois, quand je suis bourrée, je suis excitée.

— Je croyais qu'on avait déjà déterminé que ce n'était pas mon genre. Je n'ai pas accepté ton invitation le soir de notre rencontre parce que je croyais que tu avais trop bu. Et je ne savais pas que tu étais la complice de ma grand-mère à l'époque.

Nora sirota son Bahama Mama avec sa paille.

— Ce n'est pas toi qui m'inquiètes.

— Es-tu en train de dire que tu ne penses pas pouvoir te contrôler en ma présence, Eleanor ?

Elle fronça les sourcils.

— Eleanor. Comment a-t-il pu ne pas se souvenir d'une enfant nommée Eleanor ?

— C'est lui qui perd le plus, beauté.

— Merci de dire ça.

Elle tourna le regard vers l'océan.

— Je ne comprends pas comment j'ai pu avoir l'impression qu'il me manquait quelque chose alors que William m'a donné tant d'amour.

— C'est probablement normal d'être curieux, de vouloir savoir d'où l'on vient.

Je ne le dis pas, mais moi aussi j'étais curieux de savoir d'où elle venait. Pour une raison obscure, je voulais rencontrer le beau-père dont elle parlait en termes élogieux. Ce n'était pas normal pour moi. Depuis mon divorce, si je sortais plusieurs fois avec la même femme et qu'elle parlait de *rencontrer ses parents*, je fuyais. Pourtant, c'était moi qui l'envisageais maintenant.

Nora secoua la tête.

— Je ne le lui ai pas dit. À William, je veux dire. Il ne sait pas que j'ai rejoint 23andMe et que j'ai trouvé mon père... enfin, mon donneur de sperme. Je ne voulais pas qu'il ait l'impression de ne pas être assez. Parce qu'il l'est. Il a été un si bon père.

— Alors il n'a pas besoin de le savoir. Mais on dirait que c'est le genre de personne qui comprendrait, de toute façon.

Elle soupira.

— Tu passes beaucoup de temps avec ta fille ?

— Sa mère et moi nous partageons la garde. J'ai donc Maddie avec moi trois nuits une semaine et quatre la semaine suivante.

— Waouh. Tu t'occupes donc des bains, du dîner et de toutes les tâches domestiques ?

— J'ai une baby-sitter qui la récupère à l'école l'après-midi et qui s'occupe aussi de préparer les repas du soir en semaine. Mais je cuisine quand j'ai Maddie le week-end.

Nora sourit.

— Parle-moi d'elle. Est-ce qu'elle prend des cours de danse et porte un tutu ? A-t-elle le caractère de son père ?

— Maddie avance à son propre rythme. Elle s'intéresse moins à la danse qu'à l'obtention de badges de Jeannette.

— Oh, elle est Jeannette ?

Je secouai la tête.

— Non. Rejoindre les Jeannettes ne l'intéresse pas, mais elle est obsédée par l'obtention des badges. Il y a environ un an, elle a regardé un film où la petite fille était une Jeannette qui essayait d'obtenir un badge sur la nature. La semaine suivante, elle est rentrée de l'école avec un livre emprunté à la bibliothèque et qui répertoriait tous les badges. Il y en a cent trente-cinq, tu sais. Ma fille a l'intention de tous les obtenir. Louise lui a même offert un jeu complet de tous les badges. Je ne sais pas où elle les a eus. Je ne serais pas étonné qu'elle ait racketté une chef Jeannette pour faire plaisir à Maddie. Mais j'aimerais la tuer pour ne pas avoir retiré le badge de *clairon*. Pour le gagner, il faut être capable de jouer dix sonneries de clairon. C'est assez douloureux à entendre quand c'est joué par une enfant de six ans.

Nora se couvrit la bouche.

— Oh mon Dieu. C'est à mourir de rire. Qui décide si le badge est gagné, alors, si elle ne fait pas partie des Jeannettes ?

— C'est moi.

— Combien en a-t-elle obtenu jusqu'à présent ?

— Je crois que nous en sommes à dix-sept. À l'automne, nous irons camper pour qu'elle obtienne son badge sur la nature. J'ai acheté des matelas gonflables, mais on m'a dit que nous devons dormir dans des sacs de couchage à même le sol. Je n'ai pas hâte d'y être.

Le regard de Nora se fit plus chaleureux.

— Tu es comme William, un gros dur à l'extérieur, mais à l'intérieur, c'est tout mou.

— Tu ne dirais pas ça si tu savais comment je l'ai recalée sur le badge d'invention.

— Pourquoi l'as-tu recalée ?

— Elle a inventé ces inserts qui vont dans les chaussures pour garder les pieds au chaud.

Le front de Nora se plissa.

— Tu veux dire comme des chaussettes ?

— Exactement, confirmai-je d'un ton pince-sans-rire. *Des chaussettes.*

Nous rîmes et je secouai la tête.

— Je suppose que je devrais être content qu'elle ait abandonné son autre passe-temps, celui qu'elle avait avant de gagner des badges de Jeannette.

— C'était quoi, son autre passe-temps ?

— Chercher des annonces immobilières.

— Du genre, annonces de maisons normales ?

— Oui. Elle passait des heures à consulter les annonces avec photos. Parfois, elle trouvait des équipements que nous n'avions pas chez nous et s'énervait que je ne les ajoute pas à notre appartement.

— Comme quoi ?

— Eh bien, par exemple, elle voulait que j'ajoute une station de lavage pour chiens.

— Cela pourrait être utile au moins.

— Nous n'avons pas de chien.

Nora rit.

— Oh mon Dieu.

— N'est-ce pas ? Une autre fois, elle m'a demandé d'ajouter un urinoir. Je ne sais pas trop ce qu'elle allait faire avec ça.

— Est-ce que Maddie te ressemble ?

— À toi de me le dire...

Je sortis un selfie qu'elle avait pris la semaine précédente et tournai l'écran du téléphone vers Nora.

— Oh mon Dieu.

Elle me prit le téléphone des mains.

— Regarde-moi toutes ces boucles blondes.

— Elle tient ça de sa mère.

— Mais elle a tes yeux d'aigue-marine. Et tes belles lèvres pleines. Elle est belle, Beck.

— Merci. Elle m'oblige à ne pas me relâcher.

— J'en suis sûre.

Elle me rendit mon téléphone.

— Maddie a l'air plutôt géniale. Et pour info, son père a l'air génial aussi.

Nora leva son verre, qui était aux trois quarts entamé, et porta un toast.

— Aux bons pères.

Je souris.

— Et aux petites filles qui ont fait de nous des hommes meilleurs.

Nora termina ce verre, puis un autre. Ensuite, elle commença à bredouiller.

— Que dirais-tu de retourner à l'hôtel ? demandai-je.

Elle se pencha vers moi.

— Tu veux revenir dans ma chambre ?

Je grognai et me levai.

— Oui, mais je ne le ferai pas. Je pense que tu as eu assez de connards pour aujourd'hui.

Elle tendit sa main vers moi.

— Tu m'aides à me lever ?

Je m'exécutai, et quand elle se leva, elle tomba en avant et enroula ses bras autour de mon cou. Ses seins magnifiques se pressèrent contre moi.

— Et si je te faisais juste jouir ? chuchota-t-elle. Comme ça, tu ne profiteras pas de moi.

Dans un moment de faiblesse, j'aurais pu accepter cette logique. Mais Nora était plutôt bourrée.

— Je ne voudrais rien de plus, mais je vais devoir remettre ça à plus tard.

Sa réponse fut de me lécher de la base du cou jusqu'à l'oreille. Je grognai à nouveau.

— Je dois absolument te mettre dans un endroit sûr. Comme derrière une porte en acier.

Comme j'avais bu moi aussi, je demandai au type qui tenait le bar de fortune si je pouvais laisser la voiture de location jusqu'au lendemain matin et s'il pouvait appeler un taxi. Il sortit rapidement de son sac à dos un panneau en bois sur lequel était écrit « De retour dans cinq minutes » et nous demanda de le suivre. Puis il nous ramena à l'hôtel pour huit dollars.

Je gardai un bras autour de la taille de Nora pendant que nous traversions le hall et montions dans l'ascenseur jusqu'à sa chambre. Il lui fallut trois essais pour glisser la clé sur le détecteur, mais elle parvint à ouvrir la porte.

J'attendis sur le seuil pour m'assurer qu'elle irait bien.

— Est-ce que tu vas rester jusqu'à ce que je m'endorme ? dit-elle. Je ne t'attaquerai pas, promis.

Me retrouver dans une pièce où il n'y a guère plus qu'un lit et cette femme magnifique n'était pas une idée très judicieuse. Mais elle tangua en essayant d'enlever l'une de ses sandales, et je ne fus pas sûr non plus de devoir la laisser. Aussi laissai-je la porte se refermer derrière moi.

Nora s'assit sur le lit et leva une jambe.

— Tu veux bien me l'enlever ?

Je déglutis, mais m'agenouillai au pied du lit et débouclai la sandale. Elle enfonça ses doigts dans mes cheveux et se mit à masser mon cuir chevelu. C'était agréable, et je ne pus m'empêcher de penser que j'aimerais qu'elle tire sur mes cheveux lorsque j'enfouirais mon visage entre ses jambes. Alors que je me rapprochais de cette zone, je retirai rapidement la chaussure et me levai.

— Tu crois que ça ira ? demandai-je. Il faut vraiment que je parte.

Elle fit la moue.

— Pourquoi ?

— Parce qu'apparemment, je ne suis pas aussi gentleman que j'aime à le penser.

— Laisse-moi juste me changer, tu pourras me border et partir.

Nora se dirigea vers la salle de bains en suivant une ligne sinueuse et disparut à l'intérieur pendant quelques minutes. Elle en ressortit vêtue d'un tee-shirt à col en V des Dodgers de Los Angeles, dont le bas couvrait à peine ses fesses. Et même un aveugle aurait pu remarquer qu'elle avait enlevé son soutien-gorge.

Je fis quelques pas en arrière alors qu'elle retraversait la pièce et s'installait dans le lit. Elle se coucha sur le côté, les mains sous la joue, et ferma les yeux.

— Tu peux me border maintenant.

Je secouai la tête et grommelai dans ma barbe. Néanmoins, je m'approchai du lit, remontai les couvertures et l'embrassai le front.

— Au fait, les Dodgers sont nuls.

— C'est la meilleure équipe de base-ball.

— Ce sont les Yankees, beauté.

Un sourire amusé se dessina sur ses lèvres.

— Tu veux qu'on se dispute à ce sujet ?

— Aucune chance, m'esclaffai-je. Bonne nuit, Nora.

— Bonne nuit, Beck. Je te revaudrai ça.

— Je doute que tu me trouves un jour assez ivre pour avoir besoin d'être bordé.

Elle sourit.

— Je ne parlais pas de ça. Je parlais de te devoir une pipe.

Le temps que j'arrive à la porte, le doux ronronnement de son ronflement se fit entendre. Nora n'entendit donc pas mes dernières paroles.

— J'ai l'intention de la récolter, beauté. Très bientôt.

CHAPITRE 13
Beck

Cela faisait bien trop longtemps.

La semaine suivante, je me forçai à sortir, même si je n'étais pas du tout d'humeur à ça. Mais un simple coup d'œil à Chelsea Redmond dans la robe deux pièces qu'elle portait, ses tétons pointant à travers le tissu soyeux du haut, et je fus heureux qu'elle se soit montrée persévérante.

Elle prit le siège à côté du mien au bar après être revenue des toilettes et se pencha pour murmurer :

— Ta façon de me regarder. On aurait dit que tu voulais sauter le dîner.

Elle m'adressa un sourire sulfureux.

— On peut faire ça, si tu veux.

Je vais définitivement m'envoyer en l'air. Dieu merci.

Non pas que j'aie eu des doutes que Chelsea soit partante. Nous étions déjà sortis ensemble plusieurs fois et, chaque fois, la soirée s'était terminée de la même manière – avec moi chez elle. Mais j'avais commencé à craindre que *moi* je ne sois pas partant.

Je n'avais pas été d'humeur ces derniers temps. Enfin... ce n'était pas tout à fait vrai. La vérité était plutôt que je n'avais pas envie de coucher avec quelqu'un d'autre. Ma main droite s'était occupée de cette tâche à de nombreuses reprises dernièrement – deux fois la veille après que Nora avait posté sur son blog des vidéos d'elle montant à cheval dans le ranch qu'elle visitait avec ma grand-mère. *En haut, en bas. En haut, en bas.* Putain, je ne devais pas penser à ça maintenant ou je finirais par avoir besoin d'utiliser les toilettes pour hommes. De plus, c'était un sale coup de faire ça alors que je passais la soirée avec Chelsea.

L'hôtesse s'approcha, nous informant que notre table était prête. J'en fus soulagé, parce que l'offre de Chelsea avait été sérieuse.

— On reste ? demanda-t-elle.

Je lui pris la main et la tirai de son siège, l'entourant de mes bras.

— Oui, je vais d'abord te nourrir, lui chuchotai-je à l'oreille. Tu auras besoin d'énergie plus tard.

Chelsea frotta sa poitrine contre moi et se pavana.

— J'ai hâte.

Une fois assis, nous commandâmes une bouteille de vin et j'écoutai les histoires de toutes les célébrités qu'elle avait rencontrées depuis la dernière fois que je l'avais vue. Chelsea était hôtesse de l'air sur une compagnie aérienne privée qui accueillait les stars d'Hollywood. Je n'étais pas porté sur les potins de stars, mais j'acquiesçai et essayai de ne pas trop laisser mon esprit vagabonder. Elle était au milieu de l'histoire d'un musicien qui avait piqué une crise parce que la compagnie aérienne n'avait pas la bonne marque d'eau gazeuse quand mon portable vibra sur la table.

L'écran était contre la table, mais j'y jetai quand même un coup d'œil. Peu de personnes m'envoyaient des messages un vendredi soir à 21 h. Mon frère, Jake, peut-être, mais il était plus que probable qu'il soit déjà sorti faire la fête. Je retournai donc mon téléphone. *Nora* apparut sur l'écran.

Ce n'est probablement qu'une autre vidéo ou des photos de mamie. Nora était la dernière personne de qui je devais lire les messages pendant un rencard. J'avais déjà eu assez de mal à la chasser de mon esprit depuis mon retour des Bahamas.

Je ne vais pas l'ouvrir.

Concentre-toi sur ta cavalière actuelle – la femme prête, disposée et très *capable, assise devant toi.*

Je ramenai mon regard sur Chelsea, sur la peau crémeuse de son cou délicat et sur toutes les choses que j'allais lui faire quelques heures plus tard. Mais mon portable vibra de nouveau. Et je ne pus me retenir de fixer le nom de Nora.

Cette fois-ci, au lieu de laisser couler, Chelsea indiqua le téléphone d'un geste de la main.

— Tu as besoin d'y répondre ? Qui est Nora ?

Je ne voulais pas qu'elle se sente mal, aussi utilisai-je la vérité à mon avantage.

— Désolé. C'est la femme qui voyage avec ma grand-mère.

Je me rendis compte que je n'avais jamais dit à Chelsea que ma grand-mère était malade, ni même que c'était la femme qui m'avait élevé. Nous n'avions pas ce genre de relation.

— Ma grand-mère a des problèmes de santé, ajoutai-je donc.

— Oh, je suis désolée. Pourquoi ne réponds-tu pas alors ?

Super. Voilà que la femme à laquelle je devrais prêter attention m'incitait à contacter celle sur laquelle je ne devrais *pas* me concentrer. Je secouai la tête.

— Pardon. J'en ai pour une minute.

Je parcourus mon téléphone pour trouver quelques photos – ma grand-mère en chapeau de cow-boy sur un cheval, ma grand-mère faisant tourner un lasso au-dessus de sa tête alors qu'elle se trouvait dans un enclos avec un bœuf, quelques photos d'elle riant et faisant griller des marshmallows autour d'un feu de camp –, mais ce fut la dernière photo qui m'arrêta net. Nora assise sur une clôture en bois, vêtue de chaps noirs à franges et d'un chapeau de cow-boy assorti. Son sourire s'étendait d'une oreille à l'autre et je ne pus m'empêcher de la regarder. Je fus un peu agacé que Chelsea m'interrompe.

— Ce sont des photos de quoi ? demanda-t-elle.

— Juste d'elles à cheval et d'autres choses. Ils sont dans un ranch dans le Montana.

— Tu n'avais pas dit que ta grand-mère était malade ?

J'avais dit qu'elle avait des problèmes de santé, pas qu'elle était malade. Mais je n'avais pas non plus envie d'expliquer ou de raconter ce qui se passait.

— On dirait qu'elle se sent mieux.

Chelsea sourit.

— Oh, c'est super. Je peux voir ?

Mes sourcils se froncèrent.

Elle fit un geste vers le téléphone.

— Les photos de ta grand-mère.

— Oh. Oui. Je pense que oui.

Je n'avais pas envie de les partager, mais je revins sur la première et tournai le téléphone pour qu'elle puisse voir. Chelsea me prit le téléphone des mains et parcourut toutes les photos. Elle s'arrêta, elle aussi, sur la dernière.

— Qui est-ce ?

— Nora. L'amie de ma grand-mère.

Chelsea leva les yeux vers moi.

— Elle est belle.

Je haussai les épaules, essayant de couper court à la conversation. Heureusement, le serveur arriva et s'en chargea pour moi. Je repris mon téléphone des mains de Chelsea et, le temps que nous passions notre commande, ma compagne semblait avoir oublié les photos. Elle se remit à parler d'une autre célébrité.

Mais je ne parvins pas à me sortir les photos de la tête, ni pendant le dîner, ni après, quand Chelsea m'invita chez elle.

J'avais pourtant terriblement envie d'y aller. Dieu sait que je ne m'étais pas envoyé en l'air depuis ce qui me semblait être une éternité. Mais le moment était passé. Je me sentais malheureux de refuser.

— Je dois me lever tôt demain, alors je pense que je vais rentrer chez moi.

Chelsea eut l'air aussi confuse que je l'étais intérieurement.

— Vraiment ?

Elle fit la moue.

— Viens pour une heure ou deux. Il n'est que 22 h 30.

— Une autre fois, peut-être ?

Elle haussa les épaules.

— Eh bien, je suppose que c'est un bon signe que nous soyons sortis dîner même si tu ne cherchais pas à t'envoyer en l'air. Je commençais à penser que tu n'étais intéressé que par une seule chose.

Merde. Bravo la mauvaise interprétation ! Maintenant, elle pensait que j'étais intéressé par autre chose que le sexe, alors que ce n'était même plus ce qui m'intéressait avec elle. Après cette soirée, il me faudrait mettre un terme à nos relations. Mais pour l'instant, je n'avais pas envie d'avoir cette conversation. Je voulais juste rentrer chez moi.

— Je vais nous prendre un taxi et te déposer en premier.

Une demi-heure plus tard, je jetai mes clés sur le comptoir de la cuisine. Bitsy m'accueillit avec ses grognements et aboiements habituels, puis courut dans le couloir jusqu'à la chambre de Maddie, même si ma fille ne reviendrait pas avant quelques jours.

Je n'étais pas fatigué, aussi me dirigeai-je vers le meuble à liqueurs et me servis deux doigts de whisky. Après avoir enlevé mes chaussures, je posai mes pieds sur la table basse et attrapai la télécommande pour zapper. Rien ne retint mon attention, alors je finis par éteindre la télévision et pris mon ordinateur portable afin de consulter mon agenda pour le lendemain. Mais il s'ouvrit sur le dernier site que j'avais visité... le blog de Nora.

Génial. Tout simplement génial.

Elle avait aussi posté une autre vidéo.

Il s'agit probablement d'une autre vidéo d'elle à cheval. Parce que l'heure que j'avais déjà passée à regarder l'enregistrement de trente secondes où elle faisait *en haut en bas, en haut en bas,* ne suffisait pas. Cette femme était une menace. Je devais ignorer la vidéo, effacer mon historique de recherches et bloquer sa page web.

Oui, c'est ce que je vais faire.

J'avalai une gorgée de ma boisson, les yeux rivés sur l'écran.

Oh, mais de qui je me moque ?

J'avais quitté un plan sûr pour rentrer chez moi parce qu'une photo m'avait distrait. Il n'y avait aucune chance que je ne regarde pas cette vidéo. Je cessai donc de lutter et appuyai sur *play.*

— Yo à tous !

Nora sourit à la caméra.

— Qu'est-ce que vous en pensez ? Est-ce que je dis bien ce *Yo* ? J'aime bien. C'est plus amical qu'un mouvement de menton new-yorkais et qu'un *quoi d'neuf*, vous ne trouvez pas ? Quoi qu'il en soit... pour ceux qui visitent notre vlog pour la première fois, bienvenue dans *Vivre comme si on va mourir*, épisode dix-huit – une série documentaire sur l'extraordinaire fin de vie de Louise Aster. Si vous souhaitez en savoir plus sur le diagnostic de Louise et ses décisions prises en matière de traitement...

Nora pointa le doigt vers le bas et des mots apparurent à l'écran.

— Il vous suffit de cliquer sur *Vivre comme si on va mourir*, épisode un, qui devrait se trouver en bas de votre écran. Si vous connaissez déjà notre série, vous savez que Louise est occupée à profiter de sa vie – à vivre chaque jour comme si c'était le dernier – et ces deux derniers jours n'ont pas dérogé à la règle. Cette semaine, nous sommes dans le Montana, au *Sunny Acres Ranch*, à monter à cheval et à rassembler du bétail, ce que nous n'avons pas souvent l'occasion de faire à New York. Nous espérons que vous trouverez ces nouvelles vidéos inspirantes, et que, peut-être, vous irez vivre vos journées comme si c'étaient les dernières. Alors sans plus attendre... Oh attendez !

Elle leva un doigt.

— Avant de passer aux meilleurs moments, je voulais vous montrer ce que Louise et moi avons acheté au magasin de souvenirs aujourd'hui.

Nora posa la caméra et ouvrit sa veste. Elle portait un tee-shirt rose sur lequel était inscrit : « La meilleure cavalière du monde ».

Elle s'adressa à quelqu'un hors champ et lui fit signe d'approcher.

— Hé, je veux montrer ton nouveau tee-shirt à nos *followers*. Viens ici.

Ma grand-mère s'approcha et ouvrit sa veste, affichant un sourire carnassier. Son tee-shirt était rose lui aussi, mais ce dernier portait l'inscription : « Sauvez un cheval. Montez un cow-boy. »

Je gloussai. *Pas étonnant.*

Après cela, il y eut environ dix minutes d'images de mamie montant à cheval, attrapant un bœuf au lasso depuis le dos du cheval, tirant sur une cible avec un arc et des flèches... et mettant dans le mille. Même moi, je fus obligé de sourire. La vidéo était vraiment inspirante, surtout connaissant son âge et la façon dont le cancer avait ravagé son corps.

Une fois les vidéos terminées, Nora revint à l'écran.

— J'ai reçu une tonne d'e-mails de personnes souhaitant faire un don à une organisation caritative qui soutient les aventures de fin de vie.

Cette fois-ci, elle pointa le doigt vers le haut et des mots apparurent au-dessus de sa tête.

— J'ai donc ajouté des liens vers des organisations formidables pour ceux qui veulent contribuer. Vous pouvez même faire un don au nom d'un être cher.

Elle agita la main devant la caméra.

— C'est tout pour aujourd'hui. Revenez bientôt pour d'autres aventures, et n'oubliez pas : vivez chaque jour comme si c'était le dernier !

L'écran se figea sur le visage souriant de Nora. Je finis mon whisky en profitant de la vue. Une fois que mes épaules se furent un peu détendues, je pris mon téléphone pour envoyer un message à Nora et voir comment allait la toux de ma grand-mère. Je n'avais pas répondu aux photos qu'elle m'avait envoyées plus tôt, aussi commençai-je par ça.

Beck : Superbes photos. Merci de les avoir envoyées. Comment va la toux d'Annie Oakley ?

Quelques secondes plus tard, mon téléphone vibra.

Nora : Emme ba nieb.

Je fronçai les sourcils, puis répondis.

Beck : Ils servent du vin à l'heure du repas ?

Une minute s'écoula, puis mon téléphone sonna. Nora.

— Allô ?

— Hé. Désolée pour le message. Mon nouveau portable déconne. Je suis dehors et il fait assez sombre. Bizarrement, il s'allume quand des messages arrivent, mais pas quand je veux taper une réponse. Je dois deviner où se trouvent les lettres. J'imagine que je n'ai pas réussi...

— Pour résumer : je pensais que tu étais pompette.

Nora se mit à rire, et je sentis une chaleur me traverser. *Ce doit être des brûlures d'estomac à cause du vin au dîner.*

— Sa toux est à peu près la même, dit Nora. Pas mieux, mais pas pire non plus. En tout cas, ça ne la retient en rien. J'ai du mal à la suivre cette semaine.

De la musique se faisait entendre en arrière-plan. Elle avait été assez forte lorsque Nora avait commencé à parler, mais elle s'était estompée à présent. Je me dis qu'elle était peut-être sortie dans un bar ou quelque chose comme ça.

— Où es-tu ?

— À un feu de joie. Le ranch où nous séjournons en fait un tous les soirs. C'est assez incroyable. Ils font le plus grand des feux que j'aie jamais vus, puis certains cow-boys s'installent en cercle et jouent de la musique.

— Ça a l'air sympa.

Elle rit.

— Je parie que tu détesterais ça. Mais ta fille pourrait certainement gagner son badge sur la nature ici.

J'entendis soudain la voix d'un homme.

— Te voilà. Je te cherchais.

— Attends une seconde, Beck, d'accord ?

— Oui.

La conversation se fit plus sourde, mais je pouvais encore entendre ce qu'ils disaient.

— Est-ce que tout va bien avec Louise ? demanda Nora.

— Elle va bien, répondit l'homme. Je te cherchais pour voir si tu voulais faire un tour à cheval jusqu'à un pâturage pas très loin d'ici. C'est l'un des meilleurs endroits du Montana pour observer les étoiles.

— Oh, ça a l'air sympa. Quand partez-vous ?

— Quand tu voudras. J'espérais qu'il n'y aurait que toi et moi.

— Oh...

— Désolé, dit l'homme. Je n'avais pas réalisé que tu étais au téléphone.

— J'ai fini dans une minute.

— Rien ne presse. Viens me voir, si tu es d'accord.

— Merci.

Je serrai les poings. *Génial.* J'avais envie de casser la figure à un cow-boy.

Nora revint au téléphone.

— Désolée. On en était où ?

— Tu me disais que la toux de ma grand-mère était à peu près la même, mais je me demande si tu n'as pas été trop occupée pour remarquer un changement.

— Qu'est-ce que ça veut dire ?

— Rien.

Je secouai la tête, me détestant.

— Je devrais y aller. Sois prudente.

— Bien. Passe une excellente soirée, Beck.

La voix de Nora était empreinte de sarcasme.

Peu importe. Je raccrochai et jetai mon téléphone sur le coussin du canapé à côté de moi. Puis je me resservis du whisky ; cette fois, je remplis le verre aux trois-quarts, au lieu de m'arrêter à une quantité raisonnable.

J'étais encore en train de ruminer après en avoir bu la moitié, quand mon téléphone vibra de nouveau.

Nora : J'ai décliné l'invitation du cow-boy. Je me suis dit que j'allais te prévenir puisque tu avais l'air de t'inquiéter pour ma sécurité... ou quelque chose comme ça.

Je ne savais pas trop ce qui m'énervait le plus – le fait d'avoir été si transparent pour Nora ou que ma mâchoire se soit décrochée après avoir lu qu'elle n'irait pas dans un pâturage avec un cow-boy. Bien sûr, je nierais les deux. Je répondis.

Beck : Je n'étais pas jaloux, si c'est ce que tu insinues.

Nora : Hmm, hmm...

Beck : Je ne l'étais pas.

Nora : Il n'était pas mon genre de toute façon.

Beck : Pourquoi ?

J'avalai une autre gorgée de whisky, regardant les points se déplacer.

Nora : Eh bien, aujourd'hui, il m'a demandé si j'avais déjà envisagé de déménager dans l'Ouest. Cet homme cherche une épouse.

Beck : C'est vrai. J'avais oublié que ton genre était une relation sans attaches.

Nora : De préférence avec un homme dont le pantalon sur mesure ne peut pas cacher la troisième jambe avec laquelle il se promène.

Ma lèvre tressaillit. Apparemment, tout ce dont j'avais besoin, c'était d'une petite caresse de l'ego pour apaiser la bête jalouse qui sommeillait en moi.

Beck : Je peux être là dans cinq heures.

Nora : LOL. Vu que je ne me suis pas aventurée sur Tinder depuis que ça a tourné au vinaigre avec l'homme marié, je vais peut-être accepter, si tu continues à me le proposer.

Je me sentais de mieux en mieux à chaque minute.

Beck : Là, tu me parles !

Nora : Et toi ? Des rencards dernièrement ?

Beck : En fait, j'en ai eu un ce soir.

Je regardai les petits points sauter, s'arrêter, puis repartir.

Nora : Il est quoi, 23 h 30 à New York ? Un peu tôt pour revenir d'un rencard, non ?

Beck : Je n'étais pas d'humeur ce soir.

Nora : Pourquoi ?

Beck : Je ne l'étais pas, c'est tout.

Nora : Hmm...

Trente secondes plus tard, un autre message apparut.

Nora : À quoi *es-tu d'humeur*, ce soir, Beck ?

J'étais plus excité à l'idée d'échanger des sextos avec une femme qui se trouvait à deux mille kilomètres de chez moi qu'à l'idée de rentrer avec mon rencard du soir.

Beck : Vu que je suis tout seul chez moi et que tu as refusé mon offre de sauter dans un avion, je serais d'humeur pour quelques photos...

Nora : Quel genre de photos ?

Les effets de l'alcool se faisaient complètement sentir à présent. Je ne voulais pas passer pour un salaud et lui dire de m'envoyer des photos de nu, même si c'était exactement ce que je voulais. Au lieu de cela, j'y allais doucement.

Beck : Celle en bikini avec le dauphin était plutôt sympa.

Encore une fois, les points sautèrent, puis s'arrêtèrent pendant quelques minutes avant que mon téléphone ne vibre à nouveau.

Nora : Bonne nuit, Beck.

Je soupirai. Je supposai que j'avais poussé le bouchon un peu trop loin.

Une demi-heure plus tard, j'étais dans la salle de bains en train de me déshabiller quand mon téléphone vibra une nouvelle fois. C'était Nora ; quand j'ouvris le message, une vidéo apparut.

Elle se tenait de profil, sa caméra pointée vers le miroir, et portait la même paire de chaps en cuir à franges qu'un peu plus tôt. Elle zooma sur ses fesses, puis se retourna jusqu'à ce que son postérieur soit face à moi.

Putain.

De bordel.

De merde.

Et je parlais bien de ses fesses nues, parce qu'elle ne portait qu'un string sous ses chaps. Elle se pencha en avant, me donnant un gros plan incroyable de deux gros globes ronds, puis regarda par-dessus son épaule et fit un clin d'œil juste avant que la vidéo ne s'arrête.

J'appuyai deux fois de plus sur *play* avant de réaliser qu'un autre message était arrivé entre temps.

Nora : Fais de doux rêves.

Je fermai les yeux, essayant de me calmer, mais cela ne fit qu'empirer les choses. Une image de ma main laissant une empreinte sur ces belles fesses me fit brusquement ouvrir les yeux et chercher à nouveau le bouton *play*. Je regardai la vidéo une dernière fois avant de déglutir et de taper une réponse.

Beck : Il n'y aura rien de doux dans mes rêves ce soir, vu toutes les choses que j'imagine que je ferais à ce cul s'il était ici.

CHAPITRE 14
Beck

Round numéro deux.

Une semaine plus tard, je me retrouvais de nouveau à un rencard. Cette fois, c'était avec Claire Wren, une femme avec qui j'étais sorti trois fois auparavant – le même jour de l'année sur trois des quatre dernières, pour nos anniversaires communs.

Claire était une experte en sécurité informatique qui possédait sa propre entreprise. Elle avait travaillé pour moi quelques années plus tôt et, de manière fortuite, nous avions découvert que nous avions la même date d'anniversaire, non seulement le jour, mais aussi l'année. Quelques mois plus tard, alors que j'étais sorti prendre un verre avec mes amis, elle m'avait envoyé un message pour me souhaiter un joyeux anniversaire. Elle avait fini par venir au bar où je me trouvais, et nous avions terminé la nuit chez elle pour fêter l'événement, juste tous les deux. Claire était très occupée – peut-être la seule personne de ma connaissance à être plus occupée que moi à l'époque – et ce n'est que l'année suivante, le même jour, que nous

nous étions retrouvés. Après cela, c'était devenu notre truc. Chaque année, elle envoyait un SMS pour notre anniversaire et nous nous retrouvions pour notre célébration annuelle. La seule fois où nous ne l'avions pas fait, c'était l'année où je me trouvais en déplacement à l'étranger. Ce soir, j'avais failli refuser et dire que je ne pouvais pas venir, parce que je n'étais pas d'humeur, mais je m'étais finalement convaincu d'y aller. Passer son anniversaire seul était triste, tout comme rester seul chez soi à boire de l'alcool, ce que je faisais bien trop souvent dernièrement.

Claire nous commanda des shots de Bailey's au bar, et nous levâmes nos verres pour porter un toast.

— Une personne intelligente, belle et accomplie est née aujourd'hui, dit-elle en souriant. Malheureusement, ce n'était pas toi. C'était moi. Qui sait, peut-être que l'année prochaine sera ton année. Joyeux anniversaire, jumeau de naissance.

Je ris et trinquai avec elle, puis nous bûmes cul sec.

— Alors… quoi de neuf ces trois cent soixante-quatre derniers jours ? demandai-je.

— Pas grand-chose. Je travaille non-stop. Plus d'argent que de temps libre.

Elle leva un doigt.

— Oh, en fait, il y a quelque chose de nouveau. J'ai eu une relation sérieuse pendant environ six mois.

— Que s'est-il passé ?

Elle haussa les épaules.

— Il m'a accusée d'être plus amoureuse de mon travail que de lui. Donc, il m'a posé un ultimatum : réduire mon travail ou c'était terminé.

Claire sourit.

— Il s'est avéré qu'il avait raison. J'aimais mon travail davantage.

Elle retira le cure-dent de son martini et se servit de ses dents pour faire glisser les olives.

— Et toi ? Une femme spéciale dans ta vie cette année ?

Je pensai immédiatement à Nora. Nous ne nous étions pas parlé ni écrit depuis le soir de mon dernier rendez-vous, celui où elle m'avait envoyé une vidéo de ses fesses. Le lendemain matin, mon instinct m'avait dit qu'elle avait décidé qu'elle était allée trop loin et qu'elle avait repris les choses en main. Ce qui était tout aussi bien. J'avais besoin de me déconnecter d'elle. Bien que traquer son vlog ne permette pas exactement une rupture nette – c'étaient plutôt des petits pas. Mais j'allais y arriver. Ce soir serait un pas de géant.

Je secouai la tête et levai mon verre.

— Non. Juste ma fille.

Une demi-heure plus tard, je commençais à m'amuser. La nourriture était bonne et la compagnie encore meilleure. Claire était intelligente et drôle. Il n'y avait jamais de pause dans la conversation. Mais mon téléphone se mit alors à sonner, et le nom de Nora apparut sur l'écran. Je le regardai clignoter deux ou trois fois, luttant contre l'envie de le décrocher.

Claire regarda mon téléphone, puis moi, puis de nouveau mon téléphone. Ses sourcils se rapprochèrent.

— Faut-il que tu répondes ?

Des images de Nora envahirent mon esprit – et pas même celles de ses fesses ou d'elle en bikini, mais celles où elle riait. Putain, je détestais l'avoir laissée s'infiltrer dans mon rendez-vous. Je pris donc une grande inspiration et tendis le bras par-dessus la table pour prendre la main de Claire au moment où le bourdonnement s'arrêtait enfin.

— Non, ce n'est pas important.

Comme pour dire *foutaises*, mon téléphone se remit immédiatement à sonner. J'essayai de l'ignorer une deuxième fois, mais à chaque nouvelle apparition de son nom, je me faisais de plus en plus inquiet. Nora n'appelait pas souvent. Certainement pas deux fois d'affilée.

Je retirai ma main de celle de Claire.

— Je suis désolé. Je vais répondre rapidement.

— Bien sûr. Prends ton temps.

Je décrochai.

— Qu'est-ce qui se passe ?

— Beck...

À cette unique syllabe, je sus que quelque chose n'allait pas. Je me levai de mon siège.

— Qu'est-ce qui ne va pas ?

— C'est Louise. Elle est à l'hôpital. Ils disent qu'elle a eu un AVC.

— Où êtes-vous ?

— Nous sommes dans le Tennessee. Le *Memorial Hospital* à Gatlinburg.

— Je serai là dès que possible.

Je raccrochai, fouillai dans ma poche et jetai quelques billets de cent dollars sur la table.

— Je suis désolé, Claire. Je dois y aller.

— Qu'est-ce qui s'est passé ?

— Ma grand-mère a eu un AVC.

Je pris le premier taxi que je pus héler et lui dis de conduire jusqu'à l'aéroport. Je ne savais même pas s'il y avait d'autres vols ce soir-là, mais je devais essayer. Utilisant mon téléphone pendant le trajet, je pus réserver une place dans un avion pour Knoxville, mais arriver à le prendre allait être juste. Heureusement, pour une fois, la file d'attente à la sécurité fut courte, et comme je n'avais rien d'autre sur moi que mon portefeuille, j'arrivai à la porte d'embarquement juste au moment où ils annonçaient le dernier appel.

Deux heures plus tard, j'étais dans le Tennessee et un taxi m'attendait pour un trajet de quarante minutes jusqu'à Gatlinburg. Nora m'avait donné des nouvelles, alors quand nous arrivâmes à l'hôpital, je me rendis directement dans l'unité de soins intensifs. Nora attendait dans le couloir. L'expression de son visage m'arrêta net.

— Est-ce qu'elle...

Nora secoua la tête.

— Non. Non. Elle va bien. Enfin, pas *bien*. Mais elle est stable pour le moment. Les infirmières sont en train de lui mettre une blouse et d'autres choses. Elles ont dit que ça ne prendrait pas plus de quelques minutes et qu'elles me feraient savoir quand je pourrais revenir.

Je me passai une main dans les cheveux.

— Qu'est-ce qui s'est passé ?

— Nous étions en train de nager dans la piscine. Une minute, elle allait bien et riait, et l'instant d'après, elle s'est mise à bredouiller et à enchaîner des mots qui n'allaient pas ensemble. Au début, j'ai cru qu'elle avait peut-être bu quelques verres et qu'elle ne l'avait pas dit. Puis j'ai remarqué qu'un côté de son visage s'affaissait un peu, alors j'ai appelé le 911.

— C'était bien un AVC ?

Nora acquiesça.

— Ils ont fait des scanners. L'une de ses tumeurs s'est agrandie et exerce une pression sur son approvisionnement en sang.

— Qu'est-ce qu'ils font ? Ils l'enlèvent ?

Nora fronça les sourcils.

— Elle a des directives anticipées. La chirurgie n'est pas une option. Ils l'ont mise sous anticoagulants, ce qui semble avoir rétabli la circulation sanguine pour l'instant.

— Pour l'instant ? Et plus tard ?

Les portes de l'unité de soins intensifs s'ouvrirent et une infirmière fit signe à Nora.

— Vous pouvez revenir.

— Merci.

La femme me jeta un coup d'œil lorsque je les suivis aussi.

— C'est le petit-fils de Louise, Beck, dit Nora. Il vient d'arriver de New York.

— Comme c'est gentil. Deux petits-enfants à ses côtés.

Je regardai Nora, qui me fit signe de me taire, les yeux écarquillés et les lèvres pincées.

Lorsque nous arrivâmes à la cabine vitrée, l'infirmière nous indiqua une porte fermée.

— Vous pouvez entrer. Le médecin passera bientôt pour vous parler.

— Merci.

La gorge serrée, je franchis la porte. Mamie avait l'air si petite. Si frêle. Je commençai à penser *vieille, aussi*, mais elle m'aurait donné un coup de pied au cul pour ce dernier point, aussi ne me laissai-je pas prendre ce chemin.

— A-t-elle perdu du poids ?

— Je n'en suis pas sûre. Mais nous étions en train de nager avant de venir ici, alors ses cheveux étaient mouillés et elle n'est pas maquillée. Et puis, elle n'est pas du genre à s'allonger et à se reposer, alors c'est bizarre de la voir si...

Nora secoua la tête et ses yeux s'embuèrent.

— Je ne sais pas. Je lui ai mis le bandeau à paillettes argentées parce que Louise n'est pas Louise sans un peu d'éclat.

Je fis le tour du lit et passai mon bras autour de Nora.

— Je suis désolé. C'était une question stupide. Et je suis sûr qu'elle apprécie beaucoup le bandeau.

Nora renifla.

— Tu crois qu'elle peut nous entendre ?

— Je ne sais pas. Je pense que nous devrions demander au médecin.

Nous eûmes la réponse à cette question quelques minutes plus tard, lorsque le responsable de l'unité des soins intensifs entra. Il fit un geste vers la porte.

— Vous voulez bien que nous parlions dehors ?

Le Dr Cornelius se présenta et passa aux choses sérieuses.

— Comme vous le savez, votre grand-mère a été victime d'un accident vasculaire cérébral. Il existe deux types principaux d'AVC : l'AVC ischémique, qui est causé par une interruption d'apport sanguin au cerveau, normalement à cause d'un bouchon, et l'AVC hémorragique, qui est causé par une hémorragie dans le cerveau. Louise a subi un AVC ischémique causé par une tumeur qui a bloqué son artère carotide. Le taux de survie aux accidents ischémiques est beaucoup plus élevé que celui associé aux accidents hémorragiques.

Le médecin dut lire le soulagement sur mon visage, car il leva la main.

— Toutefois, normalement, dans ce type d'AVC, nous pouvons éliminer l'obstruction et rétablir la circulation sanguine jusqu'au cerveau. Mais votre grand-mère a clairement exprimé ses souhaits : elle ne veut pas d'intervention chirurgicale pour prolonger sa vie. Heureusement, les anticoagulants que nous lui avons administrés semblent avoir fonctionné.

— Peut-elle rester sous anticoagulants à long terme ?

Il hocha la tête.

— Pour l'instant, nous lui administrons le traitement par l'estomac, mais les anticoagulants peuvent être pris sous forme de pilules avec relativement peu de complications.

— Oh, c'est génial, dit Nora.

Mais quelque chose dans le ton du médecin me dit de ne pas soupirer de soulagement trop tôt.

— Et la tumeur ? demandai-je.

Le Dr Cornelius sourit tristement.

— J'ai appelé le *Sloan Kettering* à New York pour avoir ses derniers scanners afin de pouvoir les comparer. C'est une tumeur agressive. Nous ne pouvons que fluidifier son sang. Il y a de fortes chances qu'elle continue à se développer et provoque un nouveau blocage.

— Et donc ?

Le médecin me regarda dans les yeux.

— Elle ne survivra probablement pas au prochain, mon garçon.

Je ne me souviens de rien de ce que l'on me dit après cela, pas même des mots gentils que Nora prononça alors que nous étions assis au chevet de ma grand-mère pendant des heures. À un moment donné, l'infirmière qui s'était occupée d'elle toute la nuit vint nous parler.

— Bonsoir. Ils vont bientôt vous mettre à la porte, au moment du changement d'équipe. Les visites sont interdites de 5 h à 8 h du matin. Vous devriez donc rentrer chez vous et vous reposer. Le corps de votre grand-mère a beaucoup souffert et elle va probablement dormir encore plusieurs heures. Je sais que vous voulez être avec elle, mais la chose la plus importante qu'un aidant puisse faire est de prendre soin de lui-même. Dormez un peu. Prenez un petit déjeuner sain. Puis revenez.

Je jetai un coup d'œil à Nora, qui avait l'air épuisée. Je n'étais pas le seul à qui je devais penser. J'acquiesçai donc.

— Puis-je m'assurer que vous avez nos deux numéros au cas où quelque chose changerait ?

— Bien sûr.

L'infirmière se dirigea vers un tableau blanc et prit un marqueur.

— Vous pouvez les écrire ici. Ainsi, il sera facile pour la personne de garde de vous appeler si elle a besoin de vous ou s'il y a un changement. Je m'assurerai également que vos numéros soient bien enregistrés dans notre système informatique.

— Merci.

Nora était venue dans l'ambulance, alors nous appelâmes un Uber puisqu'aucun de nous n'avait de voiture. Le soleil se levait alors que nous serpentions sur la route des Smoky Mountains. Je n'avais jamais réfléchi à ce nom, mais l'épais brouillard bleuté qui régnait en dessous le rendait explicite. Des nuances de violet et d'orange s'élevaient au-dessus des sommets des montagnes.

— Waouh ! m'exclamai-je en regardant dehors. C'est magnifique.

— Nous nous sommes levées pour regarder le lever du soleil ces deux derniers jours, déclara Nora avant de déglutir. Maintenant, je suis vraiment contente que nous l'ayons fait.

Il était difficile de penser qu'il pourrait y avoir, dans le futur, un lever de soleil que ma grand-mère ne verrait plus. Ma gorge se gonfla d'émotion lorsque je me rendis compte que cette réalité pourrait arriver plus tôt que prévue. Nora et moi restâmes silencieux, chacun regardant par sa vitre jusqu'à ce que la voiture ralentisse sur un plateau et qu'un hôtel se fasse voir.

— C'est ici, dit Nora. Louise et moi prenons toujours deux clés de chambre et donnons la deuxième à l'autre, en cas de besoin. Donc, j'ai sa clé, si tu veux rester dans sa chambre.

— Je pense que je vais voir s'ils ont quelque chose de disponible. Comme ça, si elle so…

Réalisant ce que j'avais dit, je m'interrompis.

— Quand. *Quand* elle sortira, tout sera comme elle l'a laissé.

Nora se força à sourire et hocha la tête.

L'hôtel s'avéra assez vide, aussi avaient-ils beaucoup de chambres disponibles. Le réceptionniste se souvint du nom de Nora et m'installa dans la chambre voisine. Quand nous sortîmes de l'ascenseur, un sentiment de tristesse nous suivait.

Nous arrivâmes à la chambre de Nora, qui s'arrêta devant sa porte.

— À quelle heure veux-tu retourner à l'hôpital ?

— Pourquoi ne dors-tu pas un peu ? J'y retournerai tout seul dans quelques heures, et tu pourras me rejoindre à ton réveil.

Elle secoua la tête.

— Non, je veux vraiment y aller.

Je regardai ma montre.

— 10 h, ça te va ? Ça nous laissera environ quatre heures.

— C'est bien.

Elle me regarda de haut en bas.

— Je te prêterais bien une chemise ou autre chose, mais je ne crois pas que mes affaires t'iraient.

Je haussai les épaules.

— La dame de l'accueil m'a dit qu'il y avait un kit de toilette dans la chambre. C'est tout ce dont j'ai besoin.

— D'accord. Eh bien, tu sais où me trouver si tu penses à quelque chose.

Je hochai la tête.

— Dors un peu.

La porte de ma chambre était presque fermée quand j'entendis Nora crier.

— Beck, attends !

Je fis un pas en arrière dans le couloir.

— Oui ?

Nora sourit gentiment.

— Je n'ai pas dit bon anniversaire. Je suppose que maintenant c'est un joyeux anniversaire à retardement. Ta grand-mère me l'a dit, et j'avais prévu de t'écrire, mais les choses sont allées de travers.

— Merci. Je te verrai dans quelques heures.

Quand nous étions à l'hôpital, j'avais pensé que je serais trop excité pour dormir, mais un simple coup d'œil au grand lit et je laissai échapper un énorme bâillement – même si j'avais besoin d'une douche rapide avant de pouvoir me coucher. J'enlevai donc le costume que je portais depuis presque vingt-quatre heures et posai les vêtements sur le dossier de la chaise dans le coin. En moins de cinq minutes, j'étais entré et sorti, et il ne me restait plus qu'à me brosser les dents. Mais en fouillant dans la trousse de toilette offerte, je me rendis compte qu'il n'y avait pas de dentifrice, juste une brosse à dents. J'envisageai de dire *tant pis*, mais j'avais bu un nombre incalculable de tasses de café, et cela allait me rendre dingue.

La chambre de Nora n'était pas seulement voisine de la mienne, il y avait une porte attenante. J'enfilai donc le peignoir de l'hôtel et me rapprochai du battant pour écouter afin de déterminer si elle était encore debout. Il y avait bien du mouvement, et je songeai que la télévision était peut-être allumée elle aussi. Aussi frappai-je légèrement.

— Beck ?

On aurait dit qu'elle se tenait de l'autre côté de la porte.

— C'est toi qui as frappé ?

— Oui. Désolé. Je peux t'emprunter du dentifrice ?

— Oh, bien sûr. Attends.

La porte s'ouvrit et Nora me tendit un tube de Crest, les yeux rivés vers le sol. Je voulus le prendre, mais je trouvai étrange qu'elle n'ait pas levé la tête.

— Nora ?

Au bout d'un moment, elle leva les yeux. Son visage était couvert de taches et sa lèvre inférieure tremblait.

Mon cœur ne tenait déjà plus qu'à un fil, et voir à quel point elle était bouleversée me fit perdre le reste de mon contrôle.

— Putain, grognai-je en tendant la main vers elle. Viens ici.

Elle n'essaya même pas de lutter. C'était comme si une vanne s'ouvrait. Nora éclata en un horrible sanglot déchirant. Ses mains empoignèrent mon peignoir et elle cacha son visage contre mon torse tandis que ses épaules tremblaient. Je la soulevai dans mes bras et la portai jusqu'à sa chambre, m'asseyant sur le bord du lit et la berçant sur mes genoux pendant qu'elle pleurait.

— Je ne suis pas encore prête à la perdre, dit-elle en s'étranglant.

Le son brisé de sa voix me déchira. Un goût de sel envahit ma gorge, et je fus reconnaissant pour la boule qui se forma, parce que c'était la seule chose qui m'empêcha de craquer en même temps qu'elle.

Je caressai ses cheveux.

— Ça va aller.

Elle sanglota plus fort.

— Ça ne va *pas* aller. Le monde va simplement continuer à tourner, et tout sera pareil. Et ce n'est pas bien.

Je la serrai plus fort.

— Ce n'est pas vrai. Tout ne sera pas pareil. Tu sais pourquoi ? Parce qu'elle ne quittera pas le monde comme elle l'a trouvé. Louise a changé des vies.

Ma voix se brisa.

— Elle a fait de toi et moi des personnes meilleures.

J'essayai d'aider, mais ce que je dis ne fit qu'empirer les choses. Nora pleura plus fort. Le son venait d'un endroit profond. Je n'avais pas beaucoup d'expérience pour réconforter les autres, en dehors de ma fille, alors j'essayai ce qui fonctionnait le mieux avec Maddie et berçai Nora d'avant en arrière.

Cela sembla l'aider. Ses épaules finirent par trembler moins fort et ses respirations devinrent moins fréquentes. Au bout d'un moment, elle poussa un gros soupir.

— Merci.

— Tu n'as pas à me remercier, ma belle.

Je l'embrassai sur le front.

— Au contraire, c'est moi qui devrais te remercier. Ma grand-mère a de la chance d'avoir quelqu'un qui se soucie autant d'elle.

Elle s'essuya les joues.

— Je crois que je vais aller faire une razzia de vin dans le mini-bar et prendre un bain chaud.

Je souris.

— C'est un bon plan.

Nora quitta mes genoux et se leva.

— Merci, Beck. Ta grand-mère a aussi de la chance de t'avoir.

Je hochai la tête et me levai.

— Je laisserai la porte entrouverte au cas où tu voudrais parler quand tu sortiras du bain.

— Je pense que ça ira. Mais j'apprécie.

Il s'écoula au moins une demi-heure avant que je n'entende du mouvement à côté. La lampe de la chambre de Nora était allumée et un filet de lumière filtrait par la porte qui séparait nos deux chambres. Il y eut un clic lointain, puis cette lueur s'éteignit. Je me réinstallai donc dans mon lit, cédant au lourd poids de mes paupières. Je commençais à m'endormir, mais j'entendis un craquement.

— Beck ?

Je me soulevai sur mes coudes. Les rideaux étaient tirés, mais il y avait encore assez de lumière pour voir la silhouette de Nora. Elle portait le peignoir de l'hôtel et ses cheveux mouillés étaient lissés en arrière comme s'ils venaient d'être brossés.

— Ça va ?

— Non.

Elle marqua une pause.

— Je veux oublier.

Je me figeai. C'était les mots qu'elle avait utilisés à notre première rencontre, le soir de son rencard *Tinder*. J'étais relativement sûr de comprendre ce qu'elle disait, mais je ne voulais pas avoir le moindre doute.

— Qu'est-ce que tu me demandes, Nora ?

Elle répondit en détachant son peignoir et en le faisant glisser de ses épaules.

— Fais-moi oublier, Beck.

Comme je ne disais rien, elle s'approcha de quelques pas. Elle était complètement nue, et comme je n'avais pas de vêtements de rechange, je l'étais moi aussi.

— Je n'ai bu qu'un verre de vin, dit-elle. Et oui, je suis sous le coup de l'émotion. Mais pas au point de prendre une décision irréfléchie. Je pense à toi tous les soirs depuis notre rencontre. Je me suis touchée en me rappelant le son de ta voix grave et en imaginant mes ongles gratter ta belle peau bronzée.

Oh putain.

Elle se rapprocha.

— Nora... tu ne veux pas de ça. Tu me l'as dit toi-même, plusieurs fois.

Elle sourit.

— Non, tu te trompes. J'ai menti. Je t'ai dit que je ne voulais pas de toi parce que j'essayais de me convaincre que c'était vrai. Mais j'ai tellement envie de toi que je n'ai même pas pu me forcer à être avec un homme. Dieu sait que j'ai essayé avec ce cow-boy la dernière nuit dans le Montana.

Toute l'hésitation et l'incertitude que je ressentais furent soudain mises de côté face à une nouvelle émotion : la jalousie. *Un putain de cow-boy.*

Je baissai la couverture.

— Tu l'as laissé te toucher ?

— Non, mais j'ai failli le faire. J'ai envisagé de le sucer en prétendant que c'était toi.

Elle fit un pas de plus pour que nous soyons côte à côte.

— J'ai envie de toi, Beck. Je te veux dans ma bouche.

Je me levai, mon sexe pleinement érigé. Lui et moi étions prêts à lui montrer à qui appartenaient ces lèvres.

— Mets-toi à genoux. Et il n'y aura pas à prétendre quoi que ce soit...

CHAPITRE 15

Nora

Oh, mon Dieu.

Je n'avais jamais été aussi excitée de toute ma vie. Je tombai à genoux sur la moquette. C'était exactement ce que je voulais. Ne pas penser. Qu'on me dise quoi faire. Être désirée comme je l'avais entendu dans le grain de sa voix.

Beck caressa ma joue.

— Lèche.

Mon corps prit vie, saisi de picotements. J'avais hâte de donner du plaisir à Beck. Ouvrant la bouche en grand, je fis glisser ma langue le long de la face inférieure jusqu'à ce que la couronne vienne buter contre le haut de mon palais. Puis j'enveloppai son épaisseur avec mes lèvres et suçai tout en la faisant ressortir lentement.

Beck émit un son – un croisement entre agonie et extase. Il tendit la main vers l'arrière de ma tête et empoigna une mèche de mes cheveux.

— *Putain.* Cette bouche. Elle est à moi, et je vais la prendre. Ouvre plus grand. Je veux être au fond de ta gorge, beauté.

Je lui aurais donné ce qu'il voulait, mais c'était tellement mieux qu'il le prenne. Aplatissant ma langue, je l'aspirai à nouveau, mais m'arrêtai, ne pouvant plus déglutir. Puis je pris une grande inspiration, me préparant à ce que ce soit la dernière avant un bon moment, et levai les yeux.

— Putain, grogna Beck avant de resserrer sa prise sur mes cheveux. Ouvre plus grand. Tu vas me prendre en entier.

J'avalai de l'air par le nez et ouvris ma mâchoire autant que je pus. Beck poussa vers l'avant, remplissant ma gorge si parfaitement que j'étais sûre d'être à vif par la suite. Pourtant, j'agrippai l'arrière de ses cuisses, aimant chaque seconde pendant qu'il prenait le contrôle de ma bouche. Il effaça chaque pensée, chaque souvenir, chaque émotion à laquelle je ne voulais pas penser, jusqu'à ce qu'il n'y ait rien d'autre que du besoin. *Brut. Charnel. Un besoin avide.*

Beck gonfla dans ma bouche, devenant incroyablement épais et dur. J'étais certaine qu'il me suffirait de toucher mon clitoris pour déclencher mon orgasme, mais je voulais que Beck jouisse plus que je ne voulais ma propre délivrance. Ses poussées se firent plus fortes, et je pensais que j'allais obtenir ce dont j'avais le plus besoin, mais Beck grogna et se retira. Il m'attrapa sous les bras et me jeta en l'air, me perchant sur le bord du lit.

J'essayai de reprendre mon souffle.

— Pourquoi tu t'es arrêté ?

Beck s'agenouilla.

— Parce que tu ne peux pas crier mon nom quand je te remplis la gorge, et la première fois que tu jouiras, je veux que tu cries mon nom.

— Oh mon Dieu. Un peu égocentrique ?

Le sourire de Beck était diabolique.

— Allonge-toi et écarte les jambes pour moi.

— Et si je ne veux pas que tu fasses ça ?

Sa réponse fut de m'écarter les jambes et de soulever mes genoux au-dessus de ses épaules.

— Sur le dos, Nora, dit-il d'un ton sévère.

Je levai les yeux au ciel, mais je fis ce qu'on me demandait. Beck ne tarda pas à plonger sur moi. Sa langue passa sur mon bouton déjà gonflé, provoquant une étincelle qui fit jaillir de l'électricité dans tout mon corps. Il lécha de haut en bas mon ouverture, écartant mes genoux tout en enfouissant son visage en moi. Je resserrai ma prise sur ses cheveux et l'attirai contre moi.

— Beck !

— C'est ça. Jouis, bébé. Je veux boire jusqu'à la dernière goutte de toi.

Il enfonça son visage plus profondément, son nez poussant contre mon clitoris tandis que sa langue entrait et sortait. C'était le paradis. Je ne pensais pas qu'il serait possible que ce soit meilleur, mais il glissa deux doigts en moi, et je perdis la tête.

— Oh, mon Dieu.

Ses va-et-vient avec ses doigts se firent plus rapides tandis qu'il aspirait et tourbillonnait.

Mon corps se mit à trembler et mes yeux se révulsèrent.

— Beck. Ne t'arrête pas !

— Pas la moindre chance, bébé.

Ses mots étouffés vibrèrent contre ma chair tendre, et mon corps commença à pulser de lui-même.

— Beck...

Mon dos se cambra sur le lit alors que mon orgasme s'épanouissait.

Beck me maintint d'une main contre le matelas. Puis il suça mon clitoris avec force.

Et il explosa.

Oh, mon Dieu.

Oh mon Dieu.

Qu'il explosa !

Je dévalai les montagnes russes en chute libre. Mon orgasme déchira mon corps et je gémis à chaque instant renversant. Je ne sentais plus mes jambes. Quand mon corps commença à redescendre, j'avais la gorge serrée. Je n'avais jamais pleuré à cause d'un orgasme, mais celui-ci était *tellement* bon.

Ma respiration n'était pas encore revenue à la normale quand Beck remonta le long de mon corps. Ses yeux parcoururent mon visage. Pour une raison que j'ignorais, je crus qu'il envisageait de m'embrasser. Je savais que certaines personnes n'aimaient pas ça après du sexe oral, et peut-être que je n'aimais pas ça non plus habituellement. Mais, à cet instant, je m'en moquais.

— Tu peux m'embrasser, dis-je. Si c'est ce à quoi tu penses.

Les yeux de Beck brillèrent.

— Ce n'est pas le cas. Et je n'avais pas l'intention de demander la permission. Mais merci de me l'avoir fait savoir.

Je lui donnai une tape sur les abdominaux.

— Mon Dieu, tu es un vrai con.

— Un con dont tu viens de gémir le nom, ma belle.

Je levai les yeux au ciel.

— Ne me le fais pas regretter.

Son visage enjoué devint sérieux.

— Je ne veux pas que tu regrettes ce qui se passe entre nous.

— Je te taquinais.

Je lui caressai la joue.

— Je ne regretterai rien.

Beck hocha la tête. J'aimais qu'il puisse montrer un côté vulnérable si peu de temps après avoir été dominant. Il n'avait pas peur d'exprimer ses émotions, ce qui était rare chez un mâle au caractère bien trempé.

— Et même si je n'avais pas l'intention de te demander la permission de t'embrasser, je vais te demander celle de te prendre à nu.

— C'est de ça dont je te voyais débattre ? Tu veux un rapport sans préservatif ?

— Si tu es d'accord. Je n'ai fréquenté qu'une seule femme sans protection, et j'ai eu un check-up récemment et je n'ai couché avec personne depuis.

— J'ai aussi passé un examen médical complet avant notre départ.

Je fis une pause.

— Tu n'as pas de préservatifs sur toi ?

— Si, j'en ai. Dans mon portefeuille. J'en utiliserai un si tu n'es pas à l'aise.

Il y avait vraiment beaucoup de choses à méditer dans cette conversation, mais la question de savoir si je faisais confiance à Beck n'en faisait pas partie.

— Je suis sous contraception. Je suis d'accord sans.

Il sourit.

— Merci.

Beck se redressa sur ses genoux et me souleva, me déplaçant au centre du matelas. Il n'y avait rien de plus sexy qu'un homme confiant qui savait qui il était et ce qu'il voulait – surtout un homme qui n'attendait pas le même comportement de soumission en dehors de la chambre à coucher.

Beck grimpa sur moi, entrelaçant nos doigts avant de tirer mes mains vers le haut, au-dessus de ma tête. Puis il m'embrassa doucement, sa langue explorant ma bouche d'une manière intime et sensuelle, très différente du baiser que nous avions partagé cette nuit-là dans le bar. Il s'enfonça en moi tout en me regardant dans les yeux. J'étais encore tellement mouillée par sa bouche et mon orgasme que cela rendait son épaisseur supportable.

— Putain... Tu es si chaude et si serrée.

Beck entra et sortit doucement, chaque fois un peu plus profondément. Ses yeux se fermèrent brièvement une fois qu'il fut complètement installé.

— Tu m'enveloppes comme un gant. C'est tellement bon.

Il commença à bouger avec plus d'intensité. Les mouvements de va-et-vient se firent plus puissants, et ses poussées devinrent de plus en plus fortes et rapides. Mais son regard ne quitta jamais le mien. La façon dont il me regardait dans les yeux me faisait peur, mais me donnait aussi un sentiment de sécurité. Ce n'était censé être que du sexe, un moyen d'oublier pendant un moment, mais cela semblait être bien plus que ça, quelque chose de magnifique.

Tout le reste du monde s'évanouit. Il n'y avait que Beck et moi, deux personnes se connectant profondément, le son de nos corps se heurtant l'un à l'autre nous engloutissant dans notre propre monde privé. Lorsque je gémis, Beck écrasa ses lèvres contre les miennes. Notre baiser devint chaud et sauvage. Je tirai sur ses cheveux et les respirations de Beck se transformèrent en souffles courts et superficiels. Nous étions tous les deux proches, mais mon corps ne pouvait pas attendre.

— Oh, mon Dieu. Beck ! Je vais...

— Je suis là avec toi, ma belle. Jouis autour de ma queue.

Ses mots me firent basculer. Mon corps se contracta et recommença à pulser. J'entendis le nom de Beck être crié, mais je réalisai à peine que cela venait de moi.

Beck souleva ma jambe, et le changement de position le fit se frotter contre un point qui me fit voir des étoiles. Quand je commençai enfin à redescendre, il s'enfonça profondément et s'immobilisa. Je sentis des spasmes à l'intérieur de moi, mais je ne sus pas avec certitude duquel de nos corps il s'agissait.

Ensuite, j'attendis le moment où il s'effondrerait et roulerait hors de moi. Mais il n'arriva pas. Au lieu de cela, Beck m'embrassa doucement, continuant à glisser langoureusement en moi. Il ôta mes cheveux humides de mon visage et me sourit.

— Ça a fonctionné ? D'oublier pour un moment ?

J'affichai un sourire niais.

— Qui es-tu ? Quel est ton nom déjà ?

Il embrassa mes lèvres une fois de plus.

— Bien. Je suis content que tu aies eu un peu de paix.

Quelques minutes plus tard, Beck se leva pour aller aux toilettes. Pendant son absence, je me précipitai pour prendre mon peignoir. J'étais en train de le nouer lorsqu'il revint, une serviette à la main.

Ses sourcils se froncèrent.

— Qu'est-ce que tu fais ?

— Je, euh...

Je montrai du pouce la porte derrière moi, celle qui reliait nos chambres.

— Je vais retourner dans ma chambre. Essayer de dormir un peu.

— Sérieusement ? Même une pute ne part pas aussi vite.

— Tu viens de me traiter de pute ?

Il s'approcha de moi, face à face.

— Non. Mais retourne dans le lit.

Il indiqua le matelas king-size derrière lui.

— Celui-là, au cas où je ne serais pas clair.

Mes mains s'envolèrent vers mes hanches.

— Ça ressemble à un ordre, pas à une demande.

Beck soupira.

— Je suis fatigué. Et tu m'as ramolli la queue. Est-ce qu'on peut ne pas se disputer ? Parce que le seul moment où j'apprécie ça, c'est pendant les préliminaires, et j'ai besoin de dix minutes pour me recharger.

— *Je* t'ai ramolli la queue ?

Beck me souleva et me prit dans ses bras. Il retourna vers son lit au milieu duquel il me déposa sans cérémonie, me faisant rebondir.

— Mais...

Il grimpa dans le lit à côté de moi.

— Tais-toi et dors.

— Tais-toi ?

Passant un bras autour de ma taille, il ramena mes fesses contre lui.

— Je t'ai donné ce que tu voulais sans rechigner. Maintenant, laisse-moi avoir ce que je veux.

— Ce que je voulais, c'était du sexe ! Tu veux dire que c'était une corvée ?

— Je ne dis rien, parce que j'ai les yeux fermés et que je vais dormir. Laisse-moi me blottir contre toi et tu me crieras dessus plus tard.

Laisse-moi.

Me.

Blottir.

Je clignai des yeux plusieurs fois. Je ne savais pas trop quoi penser de tout cela.

Mais... c'était plutôt agréable.

Son corps était chaud, même à travers le peignoir que j'avais enfilé. Et ses bras me donnaient l'impression que rien de mal ne pouvait arriver tant que je m'y trouvais.

Peut-être devrais-je rester un peu plus longtemps.

Je bâillai.

Oui. Juste dix ou quinze minutes...

CHAPITRE 16

Nora

— Qu'est-ce que tu fais ?

Beck était assis sur le fauteuil à côté du lit, m'observant.

— Je te regarde dormir.

Je remontai les couvertures.

— C'est flippant, Cross.

Sa lèvre tressaillit.

— Comment as-tu dormi ?

Je réfléchis. Je me sentais plutôt bien reposée. Mais *oh merde*, il fallait qu'on retourne à l'hôpital. Je me redressai sur les coudes.

— Quelle heure est-il ?

— 9 h.

Mes sourcils se plissèrent.

— Du matin ?

Beck sembla amusé.

— Oui. 9 h du matin.

— Le samedi ?

— Oui, le samedi.

— Alors je n'ai dormi quoi... que deux ou trois heures ?

Il haussa les épaules.

— À peu près.

— Mais je me sens tellement reposée, comme si j'avais dormi une nuit entière.

Un sourire arrogant se dessina sur les lèvres de Beck.

— Ça doit être les câlins.

Je levai les yeux au ciel, mais je me demandais s'il n'avait pas raison. Cependant, il y avait deux problèmes à l'admettre. Le premier, c'était que j'admettrais que Beck avait raison, et le deuxième, c'était que j'admettrais que j'avais tort.

Je m'assis donc et m'étirai.

— Tu t'es déjà douché ?

Il hocha la tête.

— Oui.

— D'accord. Je vais juste en prendre une rapide pour me réveiller, mais je ne me laverai pas les cheveux, donc je serai prête dans une vingtaine de minutes.

— Prends ton temps. J'ai une conférence téléphonique dans dix minutes qui durera probablement une demi-heure.

De retour dans ma chambre, j'allai directement à la salle de bains. Je fus horrifiée par ce que je vis dans le miroir.

— Oh mon Dieu, marmonnai-je.

Et moi qui pensais qu'il m'avait admirée pendant que je dormais. Il se demandait probablement qui était la folle dans son lit. J'étais allée dans sa chambre avec les cheveux mouillés ; ils avaient donc séché tout seuls, ce qui signifiait qu'ils partaient dans tous les sens à présent. Une ligne de bave séchée s'étendait de ma bouche à mon cou, et bien que je me sois réveillée en me sentant reposée, mes yeux rouges et gonflés racontaient une autre histoire.

Je gémis et fis couler l'eau chaude dans la douche. Il me fallait être encore plus rapide que d'habitude afin de pouvoir poser un chiffon froid sur mes yeux gonflés pendant quelques minutes. Dès que je touchai l'eau, mon cerveau se réveilla et une tonne de questions fusèrent.

Mais qu'est-ce que tu as fait... coucher avec Beck ?

Qu'est-ce qui t'a pris ?

Ne peux-tu pas te contrôler ?

Tu as un vibromasseur dans ta valise, pour l'amour du ciel. Pourquoi ne l'as-tu pas utilisé ?

Toutes étaient d'excellentes questions, et je n'avais pas de réponse à une seule d'entre elles.

Mais mon estomac fit un petit saut périlleux quand je repensai à ce qui s'était passé.

« À genoux. »

« Lèche. »

Et quand je lui avais dit de ne pas s'arrêter...

« Pas la moindre chance, bébé. »

Oh Seigneur. C'était la dernière chose à laquelle je devais penser à cet instant. Ce dont j'avais besoin, c'était de café.

Beaucoup de café.

Je sortis de la douche pour m'habiller, mais quelqu'un frappa à la porte de ma chambre d'hôtel, ce qui m'arrêta. Après avoir enfilé le peignoir de l'hôtel, je jetai un coup d'œil par le judas pour découvrir un employé avec un chariot. Je n'avais pas commandé de service d'étage.

J'ouvris la porte et souris.

— Bonjour, je crois que vous vous êtes trompé de chambre. Je n'ai rien commandé.

Le chariot était joliment préparé, avec du linge blanc, un bouquet de magnifiques fleurs rose vif, un plateau en argent sous cloche, du jus d'orange, des journaux et un pot qui sentait délicieusement le café. J'étais tentée de changer de discours et faire entrer ce type.

Le serveur prit le carnet posé sur la table et l'ouvrit.

— Êtes-vous Mme Sutton ?

— Oui ?

— La commande a été passée par M. Cross de la chambre trois cent quinze. Il a donné des instructions précises pour que ce ne soit pas livré dans sa chambre, mais dans la vôtre.

— Oh.

Je fis un pas de côté.

— Eh bien, alors...

Le serveur fit rouler le chariot dans ma chambre. Je sortis de l'argent pour le pourboire, mais il fit un signe de la main.

— C'est déjà réglé.

— Oh. D'accord, merci.

C'était un très bel hôtel, mais je n'en revenais toujours pas de la beauté de tout ce qui se trouvait sur le chariot. Les fleurs avaient dû coûter plus cher que le repas. La disposition était digne d'Instagram.

— Voulez-vous que je fasse votre café ? demanda le serveur.

— Non, ça ira, dis-je avec un sourire. Je peux m'en charger, même avant la caféine.

Il fit une petite révérence.

— Très bien. Passez une bonne journée.

— Vous aussi.

Il était presque arrivé à la porte quand je l'arrêtai.

— Excusez-moi ?

Il se retourna.

— Oui ?

Je montrai le chariot de petit déjeuner.

— Est-ce que tous les services d'étage sont livrés ainsi ? Avec un gros bouquet de fleurs et tous ces journaux ?

Le serveur sourit.

— Non, madame. Juste le vôtre.

Mes sourcils s'affaissèrent.

— Pourquoi juste le mien ?

— Le monsieur qui a passé la commande a demandé au concierge de s'occuper des fleurs et des journaux. Il a précisé qu'il ne faudrait que du rose.

Je hochai lentement la tête.

— Que du rose ?

— Du rose vif, en fait.

— Vraiment ? Savez-vous quand la commande a été passée ?

Le serveur sortit son carnet de sa poche intérieure.

— On dirait qu'elle a été passée à 6 h 45. Le concierge a probablement mis du temps à trouver un fleuriste ouvert si tôt.

Je ne savais pas quoi penser de cette information, aussi me contentai-je de hocher la tête.

— D'accord. Merci encore.

Une fois seule, je regardai ce qui se trouvait sous le plateau couvert : des œufs Bénédicte et des fruits frais. Je salivai. Puis je humai les fleurs et me penchai pour en apprécier tout l'effet, encore stupéfaite du mal que Beck s'était donné. Je l'entendais parler dans la chambre d'à côté, donc, apparemment, il était encore en réunion, mais je me dis que le moins que je puisse faire pour lui montrer ma gratitude était de lui apporter de la caféine. Je préparai deux tasses, en bus une et me dirigeai vers la porte d'à côté avec la sienne à la main.

Beck était assis au bureau, son ordinateur portable ouvert d'où jaillissaient des voix en pleine conversation, mais ses yeux parcoururent mon corps lorsque j'entrai. Ils prirent leur temps pour remonter, et je me réprimandai en silence de ne pas m'être regardée dans le miroir avant mon arrivée.

Même sa façon de me regarder alors que je lui apportais son café dégageait une impression de domination, comme il l'avait fait au lit. Ses yeux suivirent chacun de mes pas, mais sa tête ne bougea pas. J'en eus la chair de poule.

Je posai le café à côté de son ordinateur portable, en prenant soin de rester hors du champ de la caméra. Pendant tout ce temps-là, Beck garda son sang-froid et sa retenue – son regard me suivait, mais il ne montra jamais la moindre expression à la caméra. Je ne pus donc me retenir. C'était comme un défi silencieux.

Lorsque j'arrivai de nouveau à la porte, je détachai la ceinture de mon peignoir et me retournai, l'ouvrant en grand pour montrer mon costume d'anniversaire en dessous.

Cela fit son effet.

Le contrôle de Beck se rompit. Ses yeux s'écarquillèrent et un immense sourire se dessina sur son visage tandis qu'il secouait la tête.

Satisfaite de voir que ce n'était pas toujours lui qui contrôlait, je retournai dans ma chambre avec un peu plus d'assurance.

ᔈ

— Oh, mon Dieu. Tu es réveillée...

Lorsque nous entrâmes dans le service de soins intensifs une heure plus tard, Louise nous surprit tous les deux. Elle avait l'air mille fois mieux que lorsque nous l'avions quittée quelques heures plus tôt. Le soulagement me noua la gorge et je me rendis à son chevet pour la serrer dans mes bras. Beck fit de même.

— Tu pensais que j'allais rater Harry ?

Beck me regarda.

— Nous avons obtenu des billets pour Harry Styles pour vendredi soir prochain. Troisième rangée du parterre. Il joue à New York. Nous rentrons pour le voir.

— Harry Styles ? Sérieusement ? Il n'est pas pour les adolescentes ?

Je plissai les yeux.

— Harry Styles est pour *tout le monde*.

Beck haussa les épaules et regarda Louise.

— Comment te sens-tu ?

— Comme quelqu'un qui a envie de partir d'ici, voilà comment je me sens.

Il me jeta un coup d'œil.

— Oui, elle se sent mieux.

Quelques minutes plus tard, un groupe de médecins entra. L'un d'eux était le neurologue de la veille, le Dr Cornelius.

— Bonjour, dit-il.

— Bonjour.

Il tapa quelque chose sur son iPad, sourit et fit signe à Louise.

— Comment vous sentez-vous, madame Aster ?

— Très bien. Je suis prête à partir.

Le Dr Cornelius se tourna vers nous.

— Normalement, j'aime demander à la famille si le patient semble être lui-même. En fait, c'est une partie importante de mon examen neurologique. Mais quelque chose me dit que la réponse est oui.

Beck sourit.

— Tout à fait.

— C'est bon signe. Je suis venu voir Mme Aster il y a environ une heure quand les infirmières m'ont dit qu'elle était réveillée. Nous avons discuté de ce qu'il s'est produit et parlé un peu de son état. Mais je ne suis pas oncologue, alors j'ai voulu consulter ses médecins à New York ainsi que mes collègues ici avant de discuter d'un programme de traitement.

Beck hocha la tête.

— D'accord...

— Mme Aster a fait savoir qu'elle avait pris la décision de profiter de la dernière phase de sa vie, plutôt que de la passer à subir des traitements de chimiothérapie et radiothérapie qui ne feront que prolonger un peu sa vie, au détriment de la qualité de ses derniers jours.

— Je ne suis pas forcément d'accord avec cela, déclara Beck. Mais c'est son choix.

Le Dr Cornelius opina.

— Lorsque nous avons affaire à une maladie en phase terminale, j'accepte normalement les souhaits du patient sans poser de questions. Toutefois, à mon avis, la tumeur qui pousse sur l'artère carotide est susceptible de provoquer un nouvel AVC si cela n'est pas traité – assez tôt.

— Assez tôt comment ? demanda Louise.

Le médecin secoua la tête.

— Je ne peux pas vous le dire. Mais je ne serais pas surpris que ce ne soit qu'une question de jours. Au mieux, de semaines. Les anticoagulants ne sont qu'un pansement à très court terme.

— Y a-t-il quelque chose de non invasif à faire ? demandai-je.

Le Dr Cornelius regarda Louise.

— J'ai parlé à votre oncologue à New York, le Dr Ludlow. Il pense qu'une courte radiothérapie serait la meilleure solution. Compte tenu de votre souhait de ne pas subir de traitement supplémentaire qui nuirait à votre qualité de vie, il recommande seulement deux semaines de radiothérapie, soit environ dix séances. La majorité des tumeurs rétrécissent au cours des premières semaines, tout en provoquant le moins d'effets secondaires possible. Nous ne pouvons pas dire avec certitude que cela fonctionnera, ni combien de temps cela vous fera gagner avant que la tumeur redevienne assez grosse pour poser à nouveau un problème, mais le Dr Ludlow pense qu'en dix séances, elle devrait réduire suffisamment pour qu'il faille attendre au moins trois à six mois avant qu'elle ne devienne problématique.

Louise soupira.

— Les rayons m'ont tellement fatiguée la dernière fois que je n'arrivais pas à sortir du lit.

— Oui, intervint Beck. Mais tu faisais de la chimiothérapie en même temps. Il ne s'agirait que de rayons, n'est-ce pas ?

— C'est ça, confirma le Dr Cornélius avec un hochement de tête. Votre oncologue n'essaierait pas de guérir la maladie ; il essaierait seulement de la rendre plus facile à gérer, afin que vous ayez plus de temps pour vivre votre vie en vous sentant bien.

— Je ne sais pas... dit Louise.

Elle se tourna vers moi.

— Qu'est-ce que tu en penses ?

Je sentis le regard de Beck sur moi, mais essayai d'ignorer cette influence.

— Je pense que c'est une décision que tu devrais examiner attentivement.

Louise haussa les épaules.

— J'ai besoin d'y réfléchir.

— Bien sûr, acquiesça le médecin. Mais comme je l'ai dit, les anticoagulants ne sont qu'une solution temporaire. Donc, il vaut mieux que cela ne prenne pas trop de temps.

Les médecins restèrent encore dix minutes, examinant les yeux et la force de Louise. Elle était capable de saisir les doigts du médecin des deux mains, mais un côté était nettement plus faible que l'autre. Lorsqu'ils terminèrent, le Dr Cornelius nous demanda si nous avions des questions.

— Combien de temps devra-t-elle rester à l'hôpital ici, sauf en cas de nouvel épisode ? demanda Beck. Vous avez dit que ce n'était qu'une question de jours avant un nouvel AVC, alors j'aimerais la ramener à New York pour commencer le traitement.

Louise fit la moue.

— *Si* je commence le traitement.

Beck l'ignora.

— Quand pourrions-nous la mettre dans un avion au plus tôt ?

— J'aimerais surveiller Mme Aster aujourd'hui et essayer de la faire se lever et marcher cet après-midi. Que diriez-vous d'en rediscuter pendant les visites du soir ?

— D'accord. Très bien.

Louise retira les couvertures et commença à balancer ses jambes sur le côté du lit.

— Ola ! Attendez un peu, dit le Dr Cornelius. Vous avez besoin d'une infirmière et d'un kiné pour vous lever. Et probablement d'un déambulateur pour commencer.

Le mot *déambulateur* me fit grimacer, car je savais ce qui allait arriver. Et cela arriva.

— Je n'ai pas besoin d'un fichu déambulateur. Je ne peux pas m'empêcher de vieillir, mais je suis loin d'être vieille, fiston. Juste mourante. Je me débrouillerai toute seule.

Le médecin tenta de cacher son sourire.

— Et si nous faisions un compromis et que l'infirmière et le kinésithérapeute vous aident sans déambulateur ?

— D'accord.

Beck secoua la tête tandis que l'équipe médicale quittait la chambre de Louise.

— Il ne fait que s'occuper de toi. Ça ne te tuera pas de lui faire plaisir et d'utiliser le déambulateur pendant quelques minutes pour t'assurer que tu tiens bien sur tes pieds. Tu n'as pas toujours besoin d'être aux commandes.

— Oh vraiment ? C'est quand la dernière fois que *tu* as laissé quelqu'un être aux commandes ?

Je souris. Plus je passais de temps avec ces deux-là, plus je me rendais compte à quel point ils se ressemblaient.

Beck me regarda d'un air renfrogné.

— Pourquoi souris-tu ?

Ma bouche s'ouvrit.

— Qui moi ? Je ne souris pas

Il grommela quelque chose dans sa barbe. Après ça, une infirmière entra et Louise demanda du café.

— Désolée, dit-elle en haussant les épaules. Seulement du déca aujourd'hui.

— C'est comme prendre une douche avec un imperméable. Inutile.

Oui. Louise va très bien. Du moins pour l'instant.

Quelques heures s'écoulèrent, puis un type en blouse bleue frappa à la porte. Il devait avoir à peine vingt-cinq ans et était très mignon. Il sourit.

— Je suis Evan, votre kiné. Vous êtes prête à prendre la route, madame Aster ?

— Bien sûr.

Louise ôta à nouveau les couvertures de ses jambes.

Evan leva les mains.

— Attendez une minute. Nous avons besoin de deux personnes, une de chaque côté. Je vais chercher une infirmière.

— Je n'ai pas besoin de deux personnes.

— Oh, vous n'en avez absolument pas besoin. Je le vois bien. Mais c'est une politique stupide de l'hôpital, et ça m'évitera des ennuis.

Il nous fit un clin d'œil à Beck et à moi en sortant. Il était jeune, mais il savait déjà comment gérer les gens.

— Il l'a cernée, chuchotai-je à Beck.

— Il a dû lire le mot « insupportable » dans son dossier.

— J'ai entendu ! cria Louise.

Après qu'elle eut fini de marcher dans les couloirs – prouvant non seulement qu'elle n'avait pas besoin de déambulateur, mais qu'elle n'avait pas non plus besoin des personnes à côté d'elle –, ils la firent descendre pour un nouveau scanner afin de s'assurer que les choses n'avaient pas changé. Beck et moi allâmes déjeuner à la cafétéria, puisqu'on nous avait dit qu'elle en avait pour une bonne heure. Au centre de notre table se trouvait un œillet triste dans un vase à un dollar. Mais cela me rappela les fleurs sur mon plateau au petit déjeuner.

— Merci pour le service d'étage de ce matin.

Beck fit un bref signe de tête.

— C'était normal.

— Oh... c'était normal, hein ? Je comprends maintenant. Le petit déjeuner de luxe est le geste à faire après avoir passé la nuit avec une femme.

Il plissa les yeux.

— De quoi est-ce que tu parles ?

— Est-ce que j'ai eu droit au traitement *Beck Cross* ? Est-ce que la commande est toujours la même ? Des œufs Bénédicte, du café, du jus de fruit, de jolies fleurs et quelques journaux... Est-ce que tu la fais livrer à domicile quand tu n'es pas à hôtel ? S'agit-il d'une commande standard que tu as paramétrée sur une application et sur laquelle il te suffit de cliquer ? Oh, et est-ce que tu te renseignes toujours à l'avance sur leur couleur préférée pour donner une touche personnalisée ?

Beck inclina la tête.

— Qu'est-ce que je rate, là ?

Je poussai ma salade avec ma fourchette.

— Les fleurs que tu as envoyées ce matin étaient magnifiques. Et de ma couleur préférée.

— Et alors ?

— Je dis juste que c'est bien joué. Je parie que les femmes fondent toutes, le lendemain matin.

— Quelles femmes ?

— Celles à qui tu fais livrer le petit déjeuner avec des fleurs de leur couleur préférée.

Beck avait l'air déconcerté.

— Tu t'es cogné la tête ?

Je levai les yeux au ciel.

— Laisse tomber. Mais merci quand même pour les fleurs. Elles étaient magnifiques.

— Il n'y a pas de quoi. Pour ta gouverne, sache que je t'ai envoyé des fleurs parce que tu es venue dans ma chambre pour oublier la vie pendant un petit moment. J'ai pensé que cela signifiait que tu te sentais déprimée, et tu avais dit que le rose vif t'aidait à être de bonne humeur.

Il s'interrompit et croisa mon regard.

— Ça n'était rien de paramétré, comme tu l'as dit. C'était seulement pour toi.

Mon ventre fit un petit bond. Qui aurait cru que Beck pouvait être aussi gentil ?

Alors que j'essayais de ne pas laisser sa réponse m'affecter, il se pencha vers moi et baissa la voix.

— J'aurais préféré te nourrir à nouveau avec ma queue ce matin pour améliorer ton humeur, mais je me suis dit que tu avais besoin de dormir.

Il fit un clin d'œil.

— Des œufs. C'est la deuxième meilleure chose.

Et... le vrai Beck est de retour.

Comme mon ventre venait de bondir une deuxième fois, je me dis qu'il était temps de changer de sujet.

— Je ne pense pas que tu devrais pousser Louise à faire des rayons.

Il fronça les sourcils.

— Pourquoi ?

— Parce que je pense qu'elle arrivera toute seule à cette conclusion. Mais si ça n'arrive pas, la dernière chose dont elle aura besoin, c'est de se sentir coupable de t'avoir privé de plus de temps avec elle.

Le visage de Beck changea. On aurait dit que j'avais tiré une flèche et que je l'avais touché en plein cœur.

— C'est ce qu'elle ressent ?

— Elle ne le dit pas avec autant de mots, mais oui. Il lui a fallu beaucoup de courage pour prendre la décision de se faire passer en premier. Elle a passé cinquante ans de sa vie à élever une famille – d'abord ta mère, puis ton frère et toi. Je sais qu'elle ne changerait cela pour rien au monde, mais c'est ce qu'elle veut, Beck.

Ses yeux se remplirent de larmes. Il acquiesça.

— D'accord.

Il resta silencieux jusqu'à la fin du déjeuner. Et il le resta jusqu'à ce que le Dr Cornelius revienne à 16 h.

— J'ai entendu dire que vous étiez prête à courir le marathon de New York, déclara-t-il en entrant.

— Pas tout à fait, répondit Louise avec un sourire. Mais je suis prête pour un concert de Harry Styles.

Le Dr Cornelius s'assit sur le bord du lit. Il prit la main de Louise.

— Alors, avez-vous réfléchi au programme de traitement que votre médecin de New York vous a suggéré ?

Elle leva les yeux vers Beck.

— Je vais l'essayer, mais si je me sens malade ou si cela m'épuise trop pour vivre, j'arrêterai. J'ai arrêté tout traitement pour vivre jusqu'à la fin de ma vie, et c'est ce que j'ai l'intention de faire – que ce soit dans trois jours ou dans trois mois.

Beck se tourna vers le Dr Cornelius.

— Quand pourrai-je la mettre au plus tôt dans un avion pour New York ?

— Je vous la confierai dès que vous aurez pris les dispositions nécessaires.

Il désigna Louise.

— Mais vous devez vous rendre directement à l'hôpital de New York et les laisser vous admettre pour une surveillance continue. Ne passez pas par la case départ et ne recevez pas les deux cents dollars, allez directement à l'hôpital depuis l'aéroport. Ensuite, ce sera à votre oncologue de décider si les rayons peuvent être administrés à l'hôpital ou en dehors.

— Très bien, dit Louise.

Beck sortit son téléphone.

— Je vais prendre toutes les dispositions nécessaires et m'assurer qu'elle se rende directement à l'hôpital une fois que nous aurons atterri.

Quatre heures et demie plus tard, nous embarquions dans un avion pour New York. Beck avait prévu un de ces chariots motorisés pour nous emmener de la sécurité à la porte d'embarquement. Louise était faible et, au moment du décollage, elle dormait déjà profondément à côté de lui.

J'étais assise près d'eux, mais de l'autre côté de l'allée. Je me penchai pour murmurer :

— Merci d'avoir payé mon billet de retour. Tu n'avais pas à le faire.

Mais je souris.

— Si je l'avais fait, je serais assise à l'arrière dans les sièges mous au lieu de cette confortable première classe.

— Pas de problème. Et merci d'avoir si bien pris soin de ma grand-mère lorsqu'elle était malade.

Je hochai la tête.

— Je ferais n'importe quoi pour Louise.

Beck me regarda dans les yeux.

— Je le sais.

— Je me disais que, quand nous serons de retour, tu devras sûrement travailler, et tu auras ta fille certains jours, alors pourquoi ne pas prévoir de nous relayer pour garder un œil sur Louise ? Qu'elle soit à l'hôpital ou non, j'aimerais être là.

Beck sourit tristement.

— Ce serait génial. Merci. Tu es une très bonne amie pour elle.

— Ça fonctionne dans les deux sens. Elle donne plus qu'elle ne reçoit.

Il soutint à nouveau mon regard, mais ne répondit rien.

— Je veux profiter de ce moment où nous sommes gentils l'un envers l'autre et où nous nous remercions – ce qui ne durera peut-être pas avec nous – pour te remercier pour ce matin. J'en avais besoin plus que tu ne peux l'imaginer.

— Quand tu veux.

Je baissai les yeux vers son entrejambe et soupirai. Il avait vraiment la plus sexy des bosses dans ce pantalon habillé.

— Aussi tentante que soit la perspective d'un ou deux autres rounds, je pense que ça n'arrivera plus. J'espère que tu comprends.

Il sourit.

— On verra bien.

CHAPITRE 17
Nora

— Oh, pardon. Je n'avais pas vu que vous étiez là.

Un adorable jeune homme afficha un sourire à fossettes et pointa son pouce derrière lui par-dessus son épaule.

— Je crois que je me suis trompé de chambre d'hôpital. Mais...

Il haussa les épaules et leva l'une des gobelets Starbucks qu'il tenait dans ses mains.

— Je vous ai apporté du café.

Je gloussai.

— Vous m'avez apporté du café, et pourtant vous vous êtes trompé de chambre ?

— Je l'ai apporté pour mon frère, mais il ne l'appréciera pas autant que j'apprécierai de prendre un café avec vous.

J'ignorais si c'était le commentaire sur le frère peu reconnaissant ou l'attitude joyeuse et sexy qui me mit la puce à l'oreille.

— Oh mon Dieu, je parie que tu es Jake.

Ses fossettes se creusèrent.

— Vous m'avez cherché toute votre vie, vous aussi ?

Je me levai et tendis la main.

— Je suis une amie de ta grand-mère. Nora Sutton.

— Oh, merde !

Il posa les deux cafés et me surprit en me serrant fermement dans ses bras.

— La femme qui saute en *wingsuit*, mais pas sur ordre de mon frère. Je suis ravi de te rencontrer, Nora. J'ai beaucoup entendu parler de toi.

Je ris.

— Si c'est par Beck, je ne suis pas sûre que ce soit une bonne chose.

Il reprit son café.

— Sérieusement, prends l'autre si tu veux. Je l'ai juste apporté pour passer de la pommade à mon frère parce que j'ai foiré quelque chose au travail.

— Merci. Je crois que je vais accepter. Le café ici est horrible, et il aura meilleur goût en sachant que j'en ai privé Beck.

Le sourire de Jake était contagieux. Les deux frères se ressemblaient, tous deux magnifiques, mais pourtant très différents. Beck était large d'épaules, anguleux et impeccablement habillé. Il était guindé et autoritaire, tandis que Jake était plus fin, avec des traits légèrement plus doux, et il semblait avoir besoin d'une coupe de cheveux et d'un rasage. Pourtant, j'aurais parié mon dernier dollar que les femmes appréciaient tout autant son look. *Surtout* ses fossettes profondes.

Il leva le menton vers le lit vide.

— Où est mamie ? Elle s'est déjà enfuie ?

— Ils l'ont emmenée en radiothérapie il y a peu de temps. En général, ça ne prend qu'une demi-heure, alors elle devrait bientôt être de retour.

— Comment se sent-elle aujourd'hui ?

— Elle n'est pas très contente que le docteur lui ait dit qu'elle ne pouvait pas aller au concert de Harry Styles ce soir.

— J'adore Harry !

Je souris. *Oui, ces frères sont trèèèèès différents.*

— En tout cas, c'est drôle que tu parles de sa fuite, parce qu'elle essaie de me convaincre de la faire sortir en cachette pour quelques heures. Je n'arrête pas de lui dire que je ne peux pas. Mais nous devrions peut-être alerter les infirmières quand nous partirons.

— Eh bien, si tu as besoin d'un remplaçant pour le concert de ce soir...

Jake se balança sur ses talons et glissa ses mains dans ses poches.

— ... je peux annuler mes projets.

J'étais à moitié tentée d'accepter son offre, uniquement parce que je pensais que cela pourrait rendre Beck fou, mais je lui avais déjà donné les billets pour qu'il les vende en ligne pour moi.

— Désolée. Je crois que les billets sont déjà vendus.

— Merde, dit-il avec un sourire. La prochaine fois.

Jake enleva ses chaussures et sauta sur le lit de Louise. Écartant ses longues jambes et s'installant confortablement, il noua ses mains derrière sa tête, les coudes levés.

— Alors... Est-ce que tu as entendu l'histoire sur la raison pour laquelle le chien de mamie déteste Beck ?

Je souris.

— Je ne crois pas. Bien que j'aie vu toutes les traces de morsure sur ses doigts. La première fois que je l'ai rencontré, je crois qu'il portait quatre pansements.

— Oui, ce chien le déteste. Beck aime dire aux gens que c'est parce que mamie parle à Bitsy et pas lui. Mais ce n'est pas du tout la raison.

— Quelle est la vraie raison ?

— Bitsy doit avoir huit ans maintenant, mais elle n'avait qu'un an quand Beck est allé la chercher au toilettage une fois. Mamie était partie pour le week-end et elle lui avait demandé de la garder. Elle avait déposé Bitsy chez le toiletteur, et Beck était censé allé la chercher.

— Il a oublié ?

— Oh non, il y est allé. Et il a aussi ramené un petit chien à la maison. Mais ce n'était pas Bitsy.

— Oh mon Dieu. N'avait-il pas pris, une fois, le mauvais porte-bébé et ne t'avait-il pas laissé à la crèche ?

Le sourire de Jake s'élargit.

— Si. Pour un type qui ne rate rien, il peut être assez étourdi parfois.

— C'est vrai. Combien de temps lui a-t-il fallu pour comprendre qu'il n'avait pas récupéré Bitsy ?

— Il a gardé le mauvais chien chez lui pendant deux jours complets et ne s'en est même pas rendu compte. Et inutile de te dire : *Oh, tous les Poméraniens se ressemblent, donc ça peut être facile de ne pas s'en apercevoir,* parce que le chien qu'il a ramené de chez le toiletteur était un *Yorkshire terrier.*

J'éclatai de rire.

— Tu te moques de moi ?

— Non. Il n'avait aucune idée que le chien que notre grand-mère possédait depuis un an n'était pas celui qu'il avait kidnappé. Je n'étais qu'un adolescent à l'époque, alors je vivais encore avec elle. Mais il passait plusieurs fois par mois.

— Et les propriétaires du yorkshire ? Ils n'ont pas remarqué ?

— Il se trouve que l'autre chien portait le même nom et qu'il était en pension pour le week-end, donc les propriétaires n'ont rien remarqué avant d'arriver pour le récupérer. Ils ont essayé de joindre Louise après avoir compris ce qui avait dû se passer, mais elle était sur le chemin du retour et n'a pas répondu parce qu'elle conduisait. Alors, l'autre propriétaire a appelé la police. Mamie et Beck ont dû se rendre au poste de police, parce qu'il voulait porter plainte pour enlèvement de chien. C'était la chose la plus drôle que j'aie jamais vue se passer.

Je ne pus m'empêcher de rire en imaginant Beck caressant et nourrissant un chien tout le week-end sans remarquer qu'il ne ressemblait pas du tout à celui qu'il était censé garder. Jake éclata de rire en même temps que moi. Ce qui, bien sûr, rendit idéale l'arrivée de Beck.

— Oh merde, dit-il, s'arrêtant quelques pas après avoir franchi le seuil de la porte.

Il secoua la tête.

— Ça ne peut pas être bon.

Jake montra les doigts de Beck, et il y avait des pansements sur trois d'entre eux. Cela nous fit rire de plus belle. Des larmes coulaient sur mes joues.

— Quoi de neuf, kidnappeur de chien ?

Beck leva les yeux au ciel en secouant la tête.

— T'es vraiment un con, Jake.

— Tu as de la chance d'être arrivé si tôt. J'allais lui parler des bananes de la semaine dernière.

— Que s'est-il passé avec les bananes ? demandai-je.

— Il se fait livrer ses courses. Maddie aime les bananes, alors il en a commandé dix, mais il n'a pas lu qu'elles étaient vendues en grappe. Il a reçu soixante-dix bananes. Il les a apportées au travail, et j'en ai mangé six en une journée.

Jake se frotta le ventre.

— Je ne le conseille pas.

Beck mit les mains sur les hanches.

— Il n'est que 16 h 30. Tu ne devrais pas être *encore* au travail ?

— Non, répondit Jake avec un sourire. Je ne travaille que six heures par jour. Trop de travail provoque du stress, ce qui provoque des rides. Je suis trop beau pour me flétrir si jeune.

Beck secoua la tête.

L'infirmière revint avec Louise, poussant son fauteuil roulant. Les yeux de Louise s'illuminèrent lorsqu'elle vit que nous l'attendions tous.

— Trois d'entre vous en même temps ? C'est aujourd'hui que je vais casser ma pipe, et personne ne me l'a dit ?

— Ce n'est même pas drôle, mamie, râla Beck.

Elle balaya son commentaire d'un revers de main.

— Oh... détends-toi, petit coincé.

Beck et Jake embrassèrent leur grand-mère, et Beck surveilla l'infirmière qui aidait Louise à se mettre au lit. Le moins que l'on puisse dire, c'est qu'il était protecteur.

Louise s'installa et me regarda.

— Alors tu as enfin rencontré mon Jake ?

— Oui. Il m'a divertie pendant que j'attendais que tu reviennes.

Ses yeux pétillèrent.

— Il est célibataire, tu sais.

Dès qu'elle eut prononcé ces paroles, son regard se tourna vers Beck. Il était évident qu'elle cherchait à l'énerver. Beck resta silencieux, ne mordant pas à l'hameçon, mais sa mâchoire crispée en disait long.

— Alors, mon petit Jakey.

Louise tendit la main à son petit-fils.

— Tu sais que tu as toujours été mon petit-fils préféré, n'est-ce pas ?

— Bien sûr.

Il sourit et porta sa main à ses lèvres pour l'embrasser.

— Et tu es ma grand-mère préférée.

— Bien, dit Louise. Et si tu me faisais sortir d'ici vers 21 h ce soir ? Il y a un homme avec un boa que je dois aller voir.

— Tu n'iras pas voir Harry Styles, marmonna Beck. J'ai déjà vendu les billets.

Louise tira la langue.

— Je sais que tu as seulement proposé d'aider Nora à les vendre parce que tu avais peur qu'elle change d'avis et qu'elle m'emmène.

Beck haussa les épaules.

— J'essaye juste de te garder en bonne santé.

Durant les deux heures qui suivirent, je fus divertie par une série d'histoires amusantes sur Jake et Beck lorsqu'ils étaient enfants. J'avais dit un jour à Beck que je ne m'étais jamais sentie privée de quoi que ce soit en grandissant avec un seul parent, et regarder ces trois-là interagir me fit comprendre que je n'étais pas la seule à ressentir cela.

Une annonce retentit, mentionnant que les heures de visite dans l'unité se termineraient quinze minutes plus tard. Je regardai ma montre, surprise de voir qu'il était déjà presque 19 h.

— Bon...

Jake fit claquer ses mains sur ses cuisses.

— Je ferais mieux d'y aller. J'ai un double programme ce soir.

— Tu détestes le base-ball, commenta Beck.

Jake sourit.

— Qui a parlé de baseball ? J'ai deux rencards. Un à 20 h pour boire un verre, et l'autre à minuit dans un club.

— Et tu allais renoncer à tout ça pour m'accompagner voir Harry ? le taquinai-je.

Jake prit ma main et la posa sur sa joue.

— Je donnerais ma couille droite pour t'emmener n'importe où, ma belle.

— Peut-être que tu devrais sortir avec lui, grommela Beck. S'il a une couille en moins, il pourrait ne pas être capable de procréer.

Après le départ de Jake, Beck et moi dîmes au revoir à Louise.

— Je reviendrai demain matin, lui dis-je.

— Ou... tu pourrais te garer devant ma fenêtre, et je sauterais vers 21 h. Je ne suis qu'au deuxième étage. Je pense que je peux maîtriser le saut. On peut trouver des billets.

J'embrassai la joue de Louise.

— Repose-toi. Tu t'en sors très bien. Je suis déjà en train de préparer nos prochaines aventures.

Beck et moi nous dirigeâmes vers les ascenseurs.

— Elle supporte bien les rayons jusqu'à présent, dis-je.

Il acquiesça.

— Son humeur aussi est meilleure que ce à quoi je m'attendais. Mais je pense que c'est en grande partie grâce à toi. Tu la rends à nouveau jeune.

Je souris.

— C'est gentil. Mais je suis presque sûre que c'est toi et ton frère qui gardez son esprit en vie.

Les portes de l'ascenseur s'ouvrirent, et Beck et moi entrâmes.

— Tu as déjà mangé ? demanda-t-il.

— Non. Je prendrai quelque chose sur le chemin de la maison.

— Pourquoi ne pas aller grignoter quelque chose ensemble ? Mon restaurant italien préféré se trouve à un pâté d'immeubles d'ici. Ils font les meilleurs gnocchis à la sauce pesto que j'aie jamais goûtés.

Je me mordis la lèvre inférieure. C'était bien mieux que de manger de la nourriture chinoise à moitié froide directement dans le carton devant la télé, mais...

— Je ne pense pas que ce soit une bonne idée.

Les sourcils de Beck se froncèrent.

— Pourquoi ?

— Je ne veux pas te donner de mauvaises idées.

— Je cherchais de la compagnie pour dîner, pas pour m'envoyer en l'air.

L'ascenseur s'ouvrit au rez-de-chaussée. Beck me fit signe d'entrer d'abord dans le hall. Puis il ouvrit la porte qui donnait sur la rue.

— Alors ? Tu viens ou je mange seul ?

— Je suppose que deux amis qui dînent ensemble, c'est bien, non ?

— Bien sûr.

Il posa une main sur mon dos et me guida vers la droite.

— D'ailleurs, une fois m'a suffi.

Je m'arrêtai sur place.

— Qu'est-ce que tu viens de dire ?

Il sourit d'un air satisfait.

— Oh, donc il n'y a que toi pour décider qu'une fois a suffi, et je ne devrais pas m'en sentir insulté ?

— Je n'ai pas dit qu'une fois suffisait, j'ai dit que ce n'était pas une bonne idée. Il y a une différence.

— Oh, donc une fois n'était pas suffisante ?

Je levai les yeux au ciel.

— Tais-toi et nourris-moi.

— Oh, je te nourrirai très bien...

Quelques minutes plus tard, nous entrâmes dans le *Gustoso*. Le maître d'hôtel, un homme d'un certain âge à l'épaisse chevelure argentée, sourit en voyant Beck et se précipita pour lui serrer la main.

— Ah... Beckham. Comment allez-vous, mon ami ? Cela fait trop longtemps.

— Je vais bien, Enzo. Et vous, comment allez-vous ?

L'homme tapota le ventre qui débordait de son pantalon.

— Toujours gros, donc toujours heureux. Les gens ne sont maigres que lorsqu'ils sont tristes, n'est-ce pas ?

Beck sourit.

— Vous allez l'air en forme. Comment va Allesia ?

— Bien. Elle n'est pas là ce soir. C'est la soirée avec son club de lecture. Même si je pense qu'en Amérique, le mot *livre* veut secrètement dire *vin* parce qu'elle rentre à la maison pompette.

Enzo me regarda.

— Mais assez parlé de ma vieille harpie de femme. Dites-moi qui est cette belle créature.

— Voici Nora. Nora, voici Enzo Aurucci. Le propriétaire.

Enzo leva un doigt.

— Seulement propriétaire partiel désormais, hein ?

Beck sourit.

— C'est vrai.

— Donnez-moi une minute. Je vais préparer la meilleure table de la maison.

— Merci, Enzo.

Je jetai un coup d'œil circulaire au restaurant. Des murs en briques et des poutres anciennes donnaient à ce petit endroit une impression chaleureuse. Une grande cheminée occupait la moitié d'un mur, et l'éclairage tamisé jetait une lueur romantique sur ce cadre douillet.

— Je comprends pourquoi c'est ton endroit préféré. C'est très romantique. C'est l'endroit où tu mets d'humeur tes conquêtes ? Tu dois venir ici souvent si elles se souviennent de ton prénom.

— Enzo et sa femme sont des clients, expliqua Beck. Ils possédaient quelques restaurants en ville et voulaient prendre partiellement leur retraite, alors je les ai aidés à vendre à un grand conglomérat. Aujourd'hui, ils partent en Italie pendant deux mois en hiver et ne travaillent que trois jours par semaine. Il n'y a que Jake et mamie que j'ai amenés ici. C'est le restaurant préféré de mamie.

— Oh...

— Tu aimes penser le pire de moi, n'est-ce pas ? Si je t'invite à dîner, c'est parce que je veux m'envoyer en l'air. Je t'emmène dans un endroit dont j'aime la nourriture, et tu penses qu'ils me connaissent parce que j'y emmène des femmes cinq soirs par semaine. Peut-être que tu avais raison... Une fois, c'était suffisant.

Là, je me sentis mal. Je ne faisais que le taquiner, mais je n'avais pas réfléchi à l'impact de mes commentaires.

— Je suis désolée. Je suis conne.

Enzo revint et nous guida jusqu'à une table. Il s'agissait d'un box à dossier haut et incurvé qui faisait face au restaurant, de sorte que nous étions assis épaule contre épaule et non l'un en face de l'autre. Enzo insista pour que nous l'autorisions à nous apporter ses plats préférés. Puis il fut de retour avec une délicieuse bouteille de vin et une corbeille de pain chaud.

Je regardai Beck.

— Chaque fois que je vois des couples assis comme ça, l'un à côté de l'autre et non en face, cela me semble bizarre.

Je suppose qu'en général, c'est parce qu'il y a deux autres sièges et que le couple choisit de s'asseoir ensemble. Mais cela me semble tout de même étrange.

Beck fit un geste vers la cheminée à droite.

— Probablement pour que les deux personnes puissent profiter de l'ambiance.

— Oui, je suppose.

Il prit la corbeille à pain et me la tendit avant d'en prendre un morceau pour lui.

— J'ai eu l'oncologue au téléphone ce matin. Il m'a dit qu'il voyait déjà une certaine diminution, même après seulement quatre séances.

— Je sais. Il est venu parler à Louise juste avant que Jake et toi n'arriviez.

— Il a dit que prolonger pourrait...

Je posai ma main sur le bras de Beck.

— Tu crois qu'on pourrait dîner sans parler de maladie et de traitement ? J'ai passé toute la semaine dans le service d'oncologie de l'hôpital, à voir des enfants malades et tout ça, j'ai besoin de quelque chose de plus optimiste.

— Oui, acquiesça Beck. Je comprends. C'est une bonne idée.

Je coupai mon morceau de pain et le trempai dans le bol de vinaigrette relevée.

— Merci. Uniquement des sujets joyeux. Alors, de quoi devrions-nous parler ?

Beck haussa les épaules.

— On peut parler de mes prouesses au pieu ?

Je gloussai. Je l'avais insulté un peu plus tôt, alors peut-être était-il temps de lui faire un compliment, un compliment facile à faire parce qu'il était vrai.

— Que cela ne te monte pas à la tête, mais tu es *très* doué dans un lit.

Les lèvres de Beck se retroussèrent en un sourire jubilatoire.

— Je sais.

Je levai les yeux au ciel.

— Tu pourrais au moins être courtois...

— Non, ce n'est pas mon genre, ricana-t-il. Mais j'ai une question sérieuse. Si tu as passé un bon moment, et qu'il n'y a personne d'autre dans ta vie, pourquoi tiens-tu autant à ce que cela ne se produise qu'une seule fois ?

Je soupirai.

— Je déménage à l'autre bout du pays dans quelques mois. De plus, je ne suis pas dans cette phase de ma vie en ce moment. Je n'ai pas envie de m'attacher.

Beck baissa la voix et se pencha vers moi en ronronnant.

— Et être attachée ?

Et juste comme ça, la mélancolie générée par l'hôpital, qui m'avait accompagnée toute la journée, disparut, remplacée par les poils de mes bras qui se hérissaient avec intérêt.

— Sois sage... le mis-je en garde.

Ses yeux pétillèrent.

— C'est le contraire de ce que j'ai envie de faire quand je suis si près de toi. Au fait, ta robe est de ma couleur préférée. Bleu layette. Est-ce que tu l'as mise pour moi ?

— Beck...

— Ta bouche dit que ce que nous avons eu n'était qu'une passade, mais ton corps dit quelque chose de très différent.

Il baissa les yeux vers mes tétons, qui pointaient maintenant à travers le tissu de ma robe, puis les remonta vers mes lèvres entrouvertes.

— Je peux te toucher ?

— Me toucher où ?

Il glissa une main sous la table et sur ma cuisse. Je sursautai, bien que cela provoque aussi une bouffée de désir dans mon ventre. Les doigts de Beck descendirent jusqu'à l'intérieur de ma cuisse.

— Dis-moi juste d'arrêter et je le ferai.

Le moindre contact avec cet homme me rendait folle. Mais allais-je vraiment le laisser me toucher dans un lieu public ?

— Où est passé ton sens de l'aventure ? chuchota Beck à mon oreille. Ferme les yeux. Personne ne peut voir. La nappe est assez basse pour te cacher.

Ses doigts glissèrent sous ma robe et remontèrent un peu plus haut sur ma cuisse. Sa main était encore à quinze centimètres du sommet, mais j'avais l'impression qu'il effleurait déjà mon centre. Je le sentais *partout*. Ma respiration se fit aussi irrégulière que les battements de mon cœur.

— C'est bon, n'est-ce pas ?

La voix de Beck était aussi tendue que ma volonté.

Je déglutis et acquiesçai.

Sans prévenir, sa main remonta encore, ses doigts caressant délicatement ma culotte.

— Tu es déjà mouillée pour moi.

Je n'arrivais pas à croire que je faisais ça dans un restaurant. Je n'avais jamais rien fait de sexuel près d'une fenêtre.

— Écarte un peu tes jambes, murmura Beck dans mon cou.

Son souffle chaud me donna la chair de poule.

Comme je n'obtempérai pas immédiatement, il passa son pouce sur mon clitoris par-dessus ma culotte.

— Laisse-moi te faire sentir bien, te faire oublier.

J'étais à bout de souffle.

— N'importe où, sauf ici, serait préférable.

— Alors tu aurais dû répondre à mes messages cette semaine. Crois-moi, j'aurais choisi un endroit où je pourrais t'entendre crier mon nom quand tu jouis, mais c'est ce que tu m'as donné. Alors écarte tes jambes, beauté.

Je savais que je me détesterais probablement le lendemain, mais j'en avais trop envie. Je laissai mes genoux s'ouvrir sans vergogne sous la table. Je regardais toujours droit devant moi, mais, du coin de l'œil, je vis la bouche de Beck se courber en un sourire.

L'air crépita entre nous lorsqu'il toucha le bord de ma culotte, puis glissa en dessous. Il traça une ligne jusqu'à mon entrée, s'en rapprochant et faisant frémir mon corps.

Mon regard était toujours fixé vers le restaurant, mais il fallut que les doigts de Beck s'immobilisent pour que je remarque que quelque chose n'allait pas.

— Enzo arrive avec un plat, dit-il.

— Oh, mon Dieu. Enlève ta main.

— Ne bouge pas.

Enzo arriva à notre table en souriant.

— Mon aubergine parmigiana préférée. En tranches fines, comme il se doit. Avec ma fameuse ricotta maison entre chaque couche.

— Ça a l'air incroyable, dit Beck. Merci, Enzo.

À ma grande horreur, Beck décida que c'était le bon moment pour enfoncer l'un de ses doigts en moi. Je tournai la tête vivement vers lui, et le vis sourire – un masque calme, froid et entièrement contrôlé en place.

— Ce n'est pas génial, Nora ?

Dès qu'il eut dit ça, il enfonça un deuxième doigt en moi. Et il se mit à faire des va-et-vient.

Je déglutis et hochai la tête, incapable de parler.

— Bon appétit, dit Enzo.

S'il avait la moindre idée de ce qui se passait sous la table, cela ne se voyait pas.

— Je reviendrai avec d'autres plats dans un petit moment.

— Merci, Enzo, dit Beck.

Le propriétaire du restaurant était à peine hors de portée de voix que je m'en prenais à l'homme à côté de moi.

— Je ne peux pas croire que tu aies fait ça.

Sa réponse fut de plonger ses doigts plus profondément. Aussi fou que cela puisse être, je pense que je prenais mon pied à l'idée que nous aurions pu nous faire prendre. C'était comme une montée d'adrénaline avant de sauter d'un d'avion, mais en mieux. Et Beck ne tirait pas encore les ficelles du parachute. Ses yeux s'assombrissaient tandis qu'il continuait à bouger ses doigts. Il ne fallut pas longtemps pour que je sente mon orgasme imminent arriver.

— Beck...

— Embrasse-moi, grogna-t-il à mon oreille. Personne ne nous interrompra, et ça étouffera le son quand tu jouiras.

Les doigts de cet homme étaient en moi au milieu d'un restaurant, et l'*embrasser* était ce que j'hésitais à faire ?

Beck lut l'hésitation sur mon visage.

— Oh, pour l'amour du ciel. Donne-moi ta bouche.

Je me penchai à peine, et Beck écrasa ses lèvres contre les miennes. Dès que nous fûmes connectés, il replia ses doigts à l'intérieur de moi et son pouce toucha mon clitoris, dessinant un petit cercle. L'orgasme déferla. Effrayée par le son que je pourrais produire, même étouffé par nos bouches, j'enfonçai mes dents dans la lèvre inférieure de Beck.

Il gémit, et ce gémissement me traversa comme une réplique.

Quelques minutes plus tard, j'étais encore haletante. Beck plaqua sa main sur ma nuque et me maintint contre lui.

— Ça va ?

Je hochai la tête.

Il passa sa langue sur sa lèvre inférieure et la ramena dans sa bouche.

— Tu as fait couler du sang.

— Désolée.

— Non, tu ne l'es pas.

Cela me fit sourire.

— Tu as peut-être raison.

Nous rîmes. Et puis, dans la folie des dix dernières minutes, nous commençâmes simplement à manger. J'étais soudain affamée.

Je pointai du doigt les aubergines au parmesan dans mon assiette.

— C'est peut-être l'euphorie post-orgasmique, mais c'est la meilleure chose que j'aie mangée depuis... peut-être depuis toujours.

— C'est délicieux. Mais je pense à une autre chose que j'ai mangée récemment et qui était meilleure, dit-il en me faisant un clin d'œil.

Enzo apporta ensuite trois autres plats, tous meilleurs les uns que les autres. À la fin, même si j'en avais envie, je ne pouvais plus manger une seule bouchée des pâtes qui se trouvaient dans mon assiette. Je me redressai sur mon siège, la main sur le ventre.

— Je suis gavée. Je suis contente de porter cette robe et pas un jean.

— Je suis content que tu portes cette robe moi aussi, mais ça n'a rien à voir avec le fait d'être gavée.

Je gloussai.

— Je n'en reviens toujours pas d'avoir fait ça. Dommage que nous ne soyons pas venus ici en voiture. Je me sens aventureuse maintenant. Je n'ai jamais taillé de pipe dans une voiture.

— Donc ne pas avoir de voiture est le seul obstacle, pas ta règle de *une fois seulement* ?

Je me mordis la lèvre inférieure.

— Je crois qu'on a déjà enfreint cette règle.

Un peu plus tard, Enzo apporta un chariot rempli de desserts. J'avais dit que j'étais rassasiée, mais il insista pour que je goûte au moins le tiramisu. Beck prit une part de cheesecake *et* un cannoli. Je secouai la tête en le regardant finir ce dernier.

— Je ne sais pas où tu l'as fourré.

Il fronça les sourcils.

— Je sais où j'aimerais la fourrer.

Je ris.

— Je parlais de tout ce que tu as mangé. Chacune de tes portions était deux fois plus grosse que la mienne, et tu avais encore de la place pour deux desserts. Est-ce que tu manges tout le temps comme ça ?

— Seulement si la nourriture est bonne. Sinon, je prends juste de quoi me remplir.

Il sourit.

— Je suppose que l'on peut dire la *même* chose pour d'autres choses. Si je l'aime assez, je veux le dévorer.

Beck tendit la main et enroula une mèche de mes cheveux autour de son doigt.

— Tu es prête à y aller ? En fait, j'ai quelque chose de prévu à 22 h, mais je te déposerai en chemin.

— Oh. D'accord.

Les petites cornes de la jalousie voulaient sortir. Avait-il un rencard ? Je ne voulais pas envoyer de signaux contradictoires, aussi enfouis-je mon envie de l'interroger.

— Bien sûr. Et tu n'es pas obligé de me déposer chez moi. Je peux prendre un Uber ou le métro.

Beck sortit une liasse de billets de cent dollars de son porte-billets et les plaça dans le porte-document.

— Oh non, je *vais* te déposer.

Je trouvai qu'il y avait quelque chose de bizarre dans son ton, mais il se leva et me tendit la main pour m'aider à sortir du box, et cela fut vite oublié. Du moins jusqu'à ce que nous sortions.

Une longue limousine était garée devant le trottoir, et un chauffeur en uniforme était appuyé contre elle. Il se redressa lorsque Beck s'approcha.

— Monsieur Cross ?

— Oui.

L'homme s'apprêta à ouvrir la portière arrière, mais Beck secoua la tête.

— Je m'en occupe. Merci.

Je regardai Beck.

— C'est pour toi ?

— C'est pour nous.

— C'est un peu excessif, non ? Un Uber aurait fait l'affaire.

Ses yeux pétillèrent.

— Peut-être. Mais un Uber n'a pas de panneau de confidentialité. Tu as dit que tu te sentais aventureuse, et ça, techniquement, c'est une voiture.

Mes yeux s'écarquillèrent et ma mâchoire se décrocha.

— Tu veux dire que tu l'as commandée pour que je puisse...

Beck me tapota le menton.

— Exactement comme ça. Tout doux et grand ouvert.

Il ouvrit la portière arrière et me fit signe de monter.

— Tu es vraiment si fou que ça ?

Il me fit un clin d'œil.

— Je préfère être traité d'aventureux. Maintenant, monte.

CHAPITRE 18
Beck

— Gigi !

Maddie se précipita vers le lit d'hôpital de son arrière-grand-mère et y grimpa. Elle portait sa tenue habituelle du samedi, un short et un tee-shirt, avec son écharpe verte de Jeannette en travers du corps, affichant ses dix-sept badges.

— Doucement, bébé. Gigi se sent mieux, mais tu dois faire attention.

Mamie avait également l'air d'aller beaucoup mieux. Le fait qu'elle soit assise dans le lit, déjà habillée en vête-ments de ville et entièrement maquillée aidait.

Ma grand-mère fronça les sourcils.

— N'écoute pas le Capitaine Pas-Drôle. Quoi de neuf, demi-portion ?

Maddie pointa son doigt vers les yeux de son arrière-grand-mère.

— J'aime ton fard à paupières. Il a des paillettes.

— Tout est meilleur quand ça brille. Si je pouvais manger des paillettes au petit déjeuner et étinceler toute la journée, je le ferais.

Maddie afficha un sourire tout en petites dents.

— Moi aussi, je veux briller.

— Vraiment ? Eh bien, prends la trousse de maquillage sur la table de chevet et nous allons t'arranger ça.

Regarder ma grand-mère avec ma fille me rappelait beaucoup ma mère et moi – non pas qu'elle m'ait maquillé le visage avec des paillettes, mais elle avait une façon de transmettre ses expériences sans me donner l'impression d'être un gamin.

— Papa a dit que tu venais habiter chez nous, dit Maddie.

C'était un sujet de dispute récurrent ces derniers jours, depuis que mamie et les médecins avaient commencé à parler de sa sortie de l'hôpital. Elle s'y trouvait depuis deux semaines, aussi n'était-il pas surprenant qu'elle veuille rentrer chez elle. Mais les médecins avaient dit qu'elle ne devait pas rester seule juste après sa sortie, car elle risquait de s'affaiblir et d'avoir des vertiges. J'attendais le retour de la dispute. Étonnamment, cela n'arriva pas.

— C'est vrai, mon amour, dit ma grand-mère en tapotant le nez de Maddie. J'ai hâte.

Le sourire de mamie semblait briller autant que son fard à paupières. Et le fait qu'elle ait accepté l'idée de rester avec moi sans se battre me fit songer que je devrais avoir peur. Mais peut-être commençait-elle à ressentir la faiblesse dont les médecins l'avaient prévenue. Quoi qu'il en soit, je me dis qu'il valait mieux m'en satisfaire et ne pas faire le difficile. Je pris donc place au pied du lit et regardai ma grand-mère colorer les paupières de ma fille de six ans avec un truc violet scintillant.

Une infirmière entra alors qu'elles finissaient.

— Bonjour, madame Aster.

Elle regarda Maddie et sourit.

— Oh, bonjour. Qui avons-nous là ? J'adore ton fard à paupières.

Ma fille rayonna.

— Je m'appelle Maddie. J'ai six ans et c'est ma Gigi.

— Mon Dieu, regardez tous ces badges. Ils sont tous à toi ?

Maddie acquiesça.

— Je vais tous les gagner.

L'infirmière sourit.

— Si tu es aussi déterminée que ton arrière-grand-mère, je n'en doute pas.

L'infirmière s'adressa à mamie.

— Je suis en train de terminer vos papiers de sortie. Donnez-moi un quart d'heure et je viendrai retirer votre cathéter. Puis, nous pourrons passer vos médicaments en revue et les instructions de sortie pour que vous puissiez partir.

— Merci, Lena.

Quand elle sortit, Nora entra.

Je ne l'avais pas revue depuis notre fameux retour en limousine, même si je l'avais rejoué un million de fois depuis. J'avais aussi craqué et l'avais appelée deux fois, mais à chaque fois, mon appel était tombé sur la boîte vocale. Je n'avais pas laissé de message, car les siens avaient été clairs et nets depuis le début.

— Bonjour. Comment ça va, Beck ?

Elle souriait. Elle portait une autre robe d'été, et mon esprit se tourna immédiatement vers ce que je lui avais fait sous la table, au baiser que nous avions échangé pour étouffer son gémissement tandis qu'elle jouissait sur ma main. Ce son était meilleur que du porno.

Nora s'approcha de Maddie et mamie en souriant.

— Tu dois être Maddie.

Maddie hocha la tête et montra ses paupières.

— Gigi a fait mon maquillage.

— Je vois ça. C'est très joli.

— Tu travailles pour papa ?

Nora secoua la tête.

— Non. En fait, je suis une amie de ton arrière-grand-mère.

— Qu'est-ce qui te fait demander ça, Maddie ? demandai-je.

Elle haussa les épaules.

— Parce que la seule fois où je te vois avec des filles, c'est au travail.

C'était drôle d'avoir le point de vue d'une enfant. Maddie avait raison de dire que je ne ramenais jamais à la maison les femmes avec qui je sortais. Je ne voulais la présenter à personne à moins que ce ne soit quelqu'un qui resterait dans les parages pendant un certain temps. Et ce n'était jamais arrivé depuis mon divorce.

Maddie regarda Nora.

— Tu as un petit ami ?

— Maddie, la grondai-je. Ce n'est pas bien de demander ce genre de choses aux gens.

— Pourquoi ça ?

— Tu te souviens que je t'ai dit que certaines questions sont d'ordre privé ?

— Comme la dame à qui j'ai demandé si elle allait avoir un bébé ?

— Oh là là ! gloussa Nora.

Je hochai la tête.

— Oui, elle avait probablement soixante ans et n'était clairement pas enceinte, lui dis-je avant de m'adresser à ma fille. Oui, les questions de ce genre... on en a parlé. On ne pose pas de questions sur l'âge, les bébés, les petites amies et les petits amis, l'argent ou Dieu à des inconnus.

Nora sourit à Maddie.

— Tu devrais écouter ton père. Mais, non, je n'ai pas de petit ami.

— Mon amie Lizzie dit que les jolies filles ont toujours un petit ami.

Nora et moi nous regardâmes.

— Je peux répondre à ça ? demanda-t-elle.

— Je t'en prie.

— Les jolies filles n'ont pas toujours de petit ami. Et si un garçon aime une fille *uniquement* parce qu'elle est jolie, il ne mérite probablement pas d'être son petit ami.

Maddie hocha la tête.

— Tu es jolie.

— Merci. Toi aussi.

— Qu'est-ce que c'est ? demanda alors ma fille en pointant du doigt le *Mason jar* dans la main de Nora.

Cette dernière le posa sur le plateau roulant.

— C'est un pot de gratitude. Celui-ci appartient à ton arrière-grand-mère, mais j'en ai un, moi aussi.

— Il y a quoi dedans ?

— Eh bien, ce sont de bons souvenirs. Lorsque de bonnes choses arrivent, nous les écrivons et les mettons dans le bocal. Comme ça, quand nous passons une mauvaise journée, nous pouvons les lire, et cela nous rappelle tout ce qu'il y a de bon dans notre vie.

— Papa, je veux faire un pot de gratitude !

— Je pense que le tien déborderait, déclarai-je. Parce qu'une personne de ma connaissance est plutôt gâtée et n'a pas beaucoup de mauvais jours.

L'infirmière revint pour prendre les constantes de mamie et retirer son cathéter. Je me dis qu'il fallait lui laisser un peu d'intimité.

— Maddie, il y a un distributeur au bout du couloir. Tu veux aller voir ?

Ses yeux s'écarquillèrent et elle sauta du lit.

— Chocolat !

Je regardai Nora.

— Tu veux quelque chose ?

Elle secoua la tête.

— Je vous accompagne de toute façon.

Le salon des visiteurs était vide. Maddie courut vers le distributeur et se lécha les lèvres tout en étudiant les choix.

— Sa mère ne lui permet pas de manger beaucoup de sucre. Carrie est obsédée par son poids depuis la naissance de Maddie et compte chaque glucide, même ceux de Maddie.

— Oh, ce n'est pas bon.

— Ne te méprends pas, le sucre n'est pas bon pour la santé. Mais je ne veux pas que ma fille devienne obsédée par son poids et développe des troubles alimentaires. Je suis plutôt d'avis que la modération est la clé d'un régime alimentaire.

— Moi aussi. Comme tu peux le constater avec les cinq kilos de pâtes que j'ai mangés la semaine dernière au dîner.

Je l'observai de haut en bas.

— Quoi que tu fasses, ça fonctionne.

— Au fait, merci encore pour le dîner.

— De rien. Merci pour le trajet du retour, ajoutai-je avec un clin d'œil.

Elle rougit.

J'hésitais à en dire plus, mais qui savait quand je la reverrais une fois que ma grand-mère aurait quitté l'hôpital. Il fallait donc que je me lance.

— Je t'ai appelée plusieurs fois la semaine dernière...

Elle sourit, résignée.

— Je sais.

— Tu le sais parce que tu as vu mon nom apparaître dans tes appels manqués, ou parce que tu l'as vu clignoter sur l'écran jusqu'à ce que ça tombe sur la messagerie vocale ?

Son visage répondit à ma question.

— Compris, dis-je.

Nora secoua la tête.

— Je suis désolée. C'est juste que... c'est difficile de te dire non. Alors c'est plus facile d'éviter la question.

— Ça signifie peut-être que tu ne devrais pas dire non.

Maddie revint en courant, sautant sur place.

— Papa, je peux avoir des Skittles ?

— Je vais les chercher, mais tu ne peux en manger que quelques-uns tout de suite. Tu gardes le reste pour après le repas.

— D'accord, papa.

Je me tournai vers Nora.

— Tu veux quelque chose ?

Ses yeux se posèrent sur mes lèvres pendant une milliseconde.

— Non, c'est bon.

Je déboursai deux dollars cinquante pour un sachet de bonbons d'une valeur normale de soixante-quinze cents, puis mon téléphone portable sonna. Je le tendis à ma fille.

— C'est maman.

Maddie répondit à l'appel journalier de mon ex, tandis que Nora et moi sortions de la salle d'attente.

— Ma grand-mère m'a dit que tu étais venue tous les jours cette semaine et que tu lui avais remonté le moral. Elle fait bonne figure, mais j'ai bien vu qu'elle est abattue. Alors, merci de lui rendre visite souvent et de la faire sourire.

Nora haussa les épaules.

— Je n'ai pas fait grand-chose. Nous avons juste parlé de nos aventures et nous avons fini par rire pendant une heure ou deux chaque jour.

— Eh bien, merci quand même.

Elle sourit.

— Il n'y a pas de quoi.

Nos regards se croisèrent. J'aurais pu me perdre dans cette belle nuance de vert. Auparavant, je la désirais quand nous nous disputions, mais maintenant j'avais aussi envie d'elle quand elle était douce et vulnérable. Pour être honnête, j'avais envie d'elle presque tout le temps dernièrement. Heureusement, Maddie jaillit de la salle d'attente et m'empêcha de dire une chose que j'aurais probablement regrettée. Nous retournâmes tous les trois dans la chambre de ma grand-mère. Elle finit de signer tous les papiers de sortie, et Nora et moi passâmes en revue sa nouvelle liste de médicaments, même si mamie affirma que ce n'était pas nécessaire.

Je saisis le sac à dos de Maddie.

— Bon, tu es prête à partir et à emmener mamie chez nous ?

Les sourcils de Nora se froncèrent.

— Chez vous ? Je croyais que Louise rentrait chez elle. Elle m'a demandé de lui tenir compagnie afin de ne pas être seule.

Je regardai ma grand-mère, qui affichait un sourire narquois.

— Oh, fit-elle. J'ai dû oublier de te dire que j'avais décidé de rester quelques jours chez Beck. Voudrais-tu venir me tenir compagnie là-bas, ma chérie ?

Je sentis l'entourloupe.

— Tu as oublié, hein ?

Mamie n'essaya même pas de cacher son sourire complaisant.

— Ça doit être tous les médicaments.

Elle agita la main autour de sa tête.

— Brouillard cérébral.

Brouillard cérébral, mon cul.

Nora sourit poliment.

— Je viendrai te voir dans la semaine. Peut-être quand Beck sera au travail ?

— Ce serait très adorable. Mais pourrais-tu aussi venir aujourd'hui ? Un peu de compagnie me ferait du bien.

Là, je me vexai.

— Et moi, je compte pour du beurre ?

Mamie secoua la tête. Qu'est-ce qui me mettait en colère de toute façon ? Nora refusait de répondre à mes appels, et mamie allait la faire entrer dans mon appartement.

Mais Nora sembla hésitante.

— Je ne sais pas...

— Tu devrais venir. J'ai pris de quoi faire des grillades pour le déjeuner, mais j'avais faim quand je suis allé au magasin ce matin, alors j'ai de quoi nourrir douze personnes, pas trois.

L'infirmière aida ma grand-mère à s'asseoir dans un fauteuil roulant.

— J'insiste, dit-elle. En plus, je veux parler de mes nouvelles idées pour notre voyage. Que penses-tu de l'autoroute allemande ?

Oh, mon Dieu. Nous n'étions même pas encore sortis de l'hôpital qu'elle pensait déjà à d'autres trucs casse-cou qu'elle pourrait faire.

Les yeux de Nora brillèrent.

— J'ai toujours voulu assister à l'Oktoberfest en Bavière.

Ma grand-mère tapa dans ses mains.

— Nous ferons les deux.

— J'espère que l'autoroute arrivera avant le marathon de la bière, grommelai-je.

— Qu'en dis-tu ? dit mamie. Tu passes l'après-midi avec moi ?

Nora nous regarda à tour de rôle. Elle n'était pas du tout enthousiaste, mais elle sourit.

— Bien sûr.

⌒

— C'est absolument incroyable.

Nora sortit sur la terrasse et regarda autour d'elle.

— Est-ce que c'est légal de faire des barbecues ici à New York ?

Je souris.

— Pas dans la majorité des endroits. Il faut être à trois mètres du bâtiment et de tout surplomb. C'était ma seule exigence lorsque je cherchais un endroit à acheter.

— Tu es fan de barbecues ?

— J'aime faire des grillades. Quand j'étais enfant, mes parents m'emmenaient chaque été à Montauk. L'endroit où nous logions avait des grils à charbon, et mon père restait assis dehors pendant des heures à regarder l'océan tout en faisant cuire des travers de porc. Je ne sais pas si c'était l'air salin ou la fumée, mais c'était le meilleur repas de toute l'année. Après la mort de mes parents, j'ai dit à mamie combien j'aimais faire des barbecues. Une année, pour Noël, je crois que j'avais treize ans, elle m'a offert un gril électrique sans fumée. Ce n'était pas la même chose, mais cela m'a donné envie de faire des grillades. Je le branchais près de la fenêtre de la cuisine pour que la brise entre – même en hiver – et je nous faisais griller toutes sortes de choses.

Je haussai les épaules.

— Je trouve ça vraiment paisible, et la nourriture est tellement bonne lorsqu'elle est cuite sur un gril à charbon.

— C'est un très bon souvenir.

Aujourd'hui, j'avais des saucisses, des travers de porc et du poulet sur le gril. Je pointai du doigt la plus grosse saucisse.

— Je t'ai réservé celle-ci. Je sais à quel point tu aimes les grosses saucisses bien chaudes.

Nora leva les yeux au ciel avec un petit rire.

— Tu sais, je t'ai démasqué. Tu laisses échapper une image de mec gentil que tu couvres rapidement avec quelque chose de salace afin que je n'imagine pas que tu es un gros nounours tout doux.

Je haussai un sourcil.

— Je croyais t'avoir déjà montré que je n'avais rien de doux.

— Tu vois ? Tu recommences.

Elle agita son doigt devant moi.

— Mais je vois en toi, Beck Cross. Tu n'es pas le type que tu veux faire croire à tout le monde.

— Ah oui ? Alors qui suis-je ?

— Quelqu'un qui va au concert d'Harry Styles et le diffuse en direct à sa grand-mère parce qu'elle est trop malade pour y aller. Je n'arrive pas à croire que tu aies fait ça après notre retour en limousine.

Mes épaules s'affaissèrent.

— Elle t'en a parlé ?

— Pourquoi ne m'as-tu pas dit ce que tu allais faire ? J'y serais allée avec toi.

— Je n'avais qu'un seul billet. Je les ai vraiment vendus à quelqu'un, une femme de mon bureau. Ils étaient pour sa fille de dix-sept ans et à une amie, mais l'amie est tombée malade, alors sa fille y est allée seule pour retrouver ses autres amies et s'est glissée dans leur section. De plus, je n'étais pas sûr de tenir plus de cinq minutes à ce concert, ni que mamie serait réveillée quand j'appellerais. C'est une noctambule, mais ses horaires de sommeil ont été décalés à l'hôpital. J'ai donc appelé une infirmière pour savoir si elle était encore debout. Quand ils ont dit que oui, je me suis dit que j'allais m'arrêter au concert et retransmettre la fin pour elle.

— Tu es allée voir Harry Styles tout seul...

Je confirmai d'un hochement de tête.

— Et je pense que ce sera mon dernier concert d'Harry. J'étais pris en sandwich entre un milliard d'adolescentes hurleuses portant des boas et trop de parfum.

Nora sourit.

— Ça devait être un sacré spectacle. Je peux l'imaginer. Toi, les bras croisés, comme si tu étais un agent de sécurité, au milieu d'une mer d'adolescentes. Tu devais avoir l'air aussi à ta place qu'une mouche sur un gâteau de mariage.

Je plissai les yeux.

— Une mouche sur un gâteau de mariage ?

— Oui. Qui ne regarderait pas une grosse mouche posée sur un gâteau blanc immaculé ?

Je gloussai et retournai les travers de porc.

— Si tu le dis.

— Bref... le lendemain quand je suis allée la voir, Louise n'arrêtait pas de parler de son streaming privé. Apparemment, quelques infirmières l'ont regardé avec elle. Elles étaient jeunes et jolies, aussi. Si ta grand-mère pas si sournoise n'était pas si occupée à nous pousser l'un vers l'autre, elle aurait pu t'arranger le coup avec l'une d'entre elles. Elles se pâmaient pour le gentil petit-fils qui faisait quelque chose d'aussi attentionné.

Mes yeux rencontrèrent ceux de Nora.

— Je n'ai rien à voir avec ça, mais je suis content que mamie t'ai fait venir ici.

Le visage de Nora s'adoucit, mais elle se reprit rapidement et se renfrogna.

— Arrête de dire des choses gentilles. Ça va me donner de l'urticaire.

Maddie sortit de la maison en sautillant.

— Nora, est-ce que tu veux voir le badge sur lequel je travaille ? Il s'appelle « leadership numérique ». Je fais un site web pour le gagner !

— C'est vrai ? En fait, j'ai aussi un site web. C'est plutôt un vlog.

— C'est quoi un vlog ?

— C'est un blog vidéo. Et tu sais qui en est la star ?

— Qui ?

Nora se pencha et posa ses mains sur ses genoux.

— Ton arrière-grand-mère.

Maddie s'esclaffa.

— Gigi ne sait pas faire de site Internet. Elle m'a dit que la seule toile qu'elle connaissait était celle qui poussait sur son tralala.

Ma fille se tourna vers moi.

— J'ai failli oublier. Papa, c'est quoi un tralala ? J'ai demandé à Gigi, mais elle m'a dit de te le demander parce que tu avais hâte de me le dire.

Je gémis et Nora eut l'air très amusée. Mais elle se redressa et tendit la main.

— Et si je te montrais mon site Internet et que tu me montres le tien ?

Maddie rayonna.

— D'accord !

Je les regardai rentrer dans la maison, main dans la main. Je devais encore faire une petite indigestion, car je me surpris à frotter une douleur juste sous mon sternum.

Ne t'aventure pas sur ce terrain, Cross.

Elle a encore moins que toi envie d'une relation.

De plus, c'était une emmerdeuse. Nous nous chamaillions tout le temps. Même si la faire taire en lui enfonçant quelque chose dans la bouche était l'un de mes passe-temps préférés.

Je jetai un dernier coup d'œil à Nora et Maddie, à présent assises ensemble sur le canapé, et me forçai à me détourner.

Une demi-heure plus tard, nous étions tous assis autour de la table de la salle à manger en train de déjeuner. J'avais préparé beaucoup trop de nourriture, mais au moins tout le monde semblait affamé.

— Papa, Gigi est amie avec une femme qui s'appelle Mad Dog !

Ses yeux étaient remplis de joie.

— Je sais.

— Elle a écrit sur son mur.

Je regardai Nora pour qu'elle traduise.

— Mon blog, expliqua-t-elle. Il y a une zone où les gens peuvent laisser des petits mots et des commentaires à côté de chaque vidéo. Louise est devenue une sorte de célébrité.

— De quoi est-ce que tu parles ?

— Eh bien, lorsque j'ai créé le site, juste avant notre voyage, j'avais un visiteur et commentateur régulier : mon père, William. Mais la vidéo que j'ai faite l'autre jour à l'hôpital a reçu près de deux mille commentaires.

— Tu te moques de moi ?

Elle secoua la tête.

— Non. Je sais que ce que nous faisons ne t'a jamais vraiment plu, mais Louise a touché beaucoup de gens.

— D'où viennent tous ces gens qui commentent ?

Nora haussa les épaules.

— Nous avons rencontré beaucoup de monde au fil de notre voyage. Une fois que nous leur racontons l'histoire de Louise et que nous la documentons pour inspirer d'autres personnes vivant avec une maladie en phase terminale, les gens commencent à suivre le vlog et à en parler à leurs amis. Par exemple, lorsque nous étions dans le ranch du Montana, nous avons rencontré un forgeron. Nous l'avons regardé mettre des fers à quelques vieux chevaux. Il s'avère que sa femme travaille dans une maison de retraite. Lorsque nous lui avons parlé de notre voyage, il l'a raconté à sa femme et, le lendemain, il l'a amenée au ranch. Elle avait montré certaines de nos vidéos à ses résidents, et quelques-uns d'entre eux, qui commençaient à être casaniers, ont demandé à leur famille de sortir davantage, de faire des projets pour des choses qu'ils avaient remises à plus tard. Je pense qu'une centaine de nouvelles personnes nous ont suivis rien que ce jour-là. Les gens entendent parler de Louise – ou mieux encore, la rencontrent – et ils ne peuvent qu'être inspirés.

— Waouh !

— Tu devrais jeter un coup d'œil à mes dernières vidéos et lire les commentaires. Des gens de partout l'encouragent à chaque activité. Louise et moi avons même parlé de créer une fondation parce que beaucoup de gens ont proposé de sponsoriser notre voyage ou simplement d'envoyer de l'argent via Venmo.

Je scrutai le visage de Nora.

— Et si tu me montrais les commentaires après le dîner ?

Son sourire sincère était magnifique. Je me frottai à nouveau le sternum. J'aurais dû prendre un Prilosec ou quelque chose comme ça.

Après le repas, Nora et Maddie insistèrent pour nettoyer puisque j'avais fait toute la cuisine. Nora m'installa dans le salon avec son ordinateur portable, me fit faire un tour rapide de son site web avant de me laisser sur la page avec toutes les vidéos. Bien sûr, je prétendis ne jamais les avoir regardées, surtout celles d'elle en bikini. Mais en réalité, cela faisait quelques semaines que je n'avais pas consulté le site. Je n'avais pas réalisé qu'elle avait continué à poster une fois que mamie avait été admise à l'hôpital.

Je fis défiler la page jusqu'en bas et regardai la première vidéo réalisée à l'hôpital. Le visage de ma grand-mère apparut à l'écran. Je reconnus le fond comme étant l'unité de soins intensifs de Gatlinburg. Elle avait dû l'enregistrer lorsque j'étais sorti une ou deux fois pour passer un appel Zoom, car le reste du temps, Nora et moi avions été ensemble.

Ma grand-mère avait l'air frêle et faible, très différente de ce qu'elle était à présent. Elle parla de ce qui lui était arrivé, donnant des détails sur l'emplacement de la tumeur et sur l'AVC dont elle avait été victime. La dernière partie me noua la gorge.

— Écoutez, je me suis bien amusée. J'ai vécu une belle vie. J'ai aimé très fort. J'ai aidé à élever deux garçons dont je ne pourrais pas être plus fière. Alors si c'est ma dernière vidéo, ne vous inquiétez pas, je ne serai jamais morte, même si mon cœur s'arrête de battre. Parce qu'on ne meurt jamais vraiment quand on vit dans l'âme des gens qu'on laisse derrière soi.

Je ravalai la boule dans ma gorge et lu les milliers de commentaires – des gens de sa nuit en prison, des gens du ranch qu'elle avait visité dans le Montana, son instructeur de parachutisme, des gens qui étaient eux-mêmes malades. Il y avait également un certain nombre de messages provenant de personnes vivant à l'étranger.

Ce fut peut-être la première fois que je compris vraiment ce qu'elles faisaient, pourquoi Nora était si fascinée par ma grand-mère et avait pratiquement mis sa vie entre parenthèses pour voyager avec une femme de quarante-neuf ans son aînée. Ma grand-mère était la définition même de la vie. Et pour beaucoup de ceux qui vivaient au jour le jour en oubliant de vivre – moi y compris peut-être –, elle était une source d'inspiration.

Nora s'approcha en s'essuyant les mains sur un torchon.

— Louise va s'allonger. La journée a été très chargée pour elle.

Je commençai à me lever.

— D'accord, je vais l'aider.

Nora secoua la tête.

— Je m'en occupe. Profite des vidéos.

Je hochai la tête. Mais la dernière vidéo m'avait frappé de plein fouet, et je fermai l'ordinateur portable. Même faire défiler l'écran pour me remonter le moral en regardant une vidéo de bikini ne m'attirait pas. À la place, j'envisageai de boire une autre bière. Alors que je me dirigeais vers la cuisine, quelqu'un frappa à ma porte.

Lorsque j'ouvris, je trouvai une femme qui vivait dans l'immeuble avec sa fille. Maddie et elle avaient le même âge et étaient devenues de bonnes amies. Elles se retrouvaient souvent les jours où j'avais Maddie.

— Bonjour, dit la femme.

— Bonjour.

Elle regarda autour de moi.

— Maddie est-elle prête ?

Mes sourcils se froncèrent.

— Prête pour… ?

— Oh, je suis désolée. J'ai supposé que vous saviez. Maddie a appelé Arianna et lui a demandé si elle pouvait venir jouer avec elle. L'appel provenait de votre portable, alors j'ai pensé que vous étiez d'accord. Elle a dit que son arrière-grand-mère venait de rentrer de l'hôpital et qu'il fallait que l'appartement soit calme.

Ma fille apparut dans le couloir en courant avec son sac à dos.

— Maddie, tu as appelé la mère d'Arianna pour lui demander si tu pouvais aller chez elle, sans me le dire ?

— C'est Gigi qui m'a dit de le faire. Elle a dit qu'elle avait besoin de se reposer.

Sachant que ma fille pouvait jouer tranquillement toute seule pendant des heures, et que ma grand-mère le savait, je sentis qu'il y avait anguille sous roche.

La mère d'Arianna interrompit mes ruminations.

— Nous sommes heureuses de l'avoir. Arianna et moi allons à la bibliothèque pour l'heure du conte et ensuite au parc pour un petit moment.

Maddie joignit ses mains en position de prière.

— S'il te plaît, papa, je peux y aller ? J'adore la bibi-iothèque.

Je lui ébouriffai les cheveux.

— C'est bibli-othèque, et comment pourrais-je dire non quand tu es plus enthousiasmée par la bibliothèque que par le parc ?

Maddie fit des bonds sur place.

— Merci, papa !

— Je la ramènerai à… disons…

La mère d'Arianna regarda sa montre.

— 18 h, ça va ? Comme ça, on aura aussi le temps de s'arrêter pour manger une glace.

Je souris.

— C'est super. Merci beaucoup.

Alors que je fermais la porte, Nora arriva dans le couloir. Elle regarda à gauche et à droite.

— Où est Maddie ?

— Elle vient de partir jouer avec une amie, ce que ma grand-mère a apparemment organisé.

Nora secoua la tête.

— Je suppose que c'est pour ça qu'elle vient de me virer de sa chambre, tout en me demandant de rester jusqu'à son réveil, au cas où elle aurait besoin d'aide pour aller aux toilettes.

Je plissai les yeux.

— Est-ce qu'elle a l'air d'avoir besoin d'aide pour aller aux toilettes ?

Nora rit.

— Certainement pas. Elle recommence.

— J'ai l'impression que nous ne sommes que des marionnettes, vivant dans le petit théâtre de Louise.

— Et je tombe dans le panneau à chaque fois.

Elle soupira.

— Je devrais y aller.

— Non. Reste, s'il te plaît.

— Tu viens de dire qu'elle n'avait pas besoin de mon aide.

Je restai silencieux pendant une minute, me demandant si je devais me montrer honnête. Nora était nerveuse quand j'étais concerné, un peu comme un chien maltraité adopté par une nouvelle famille. Elle me laissait l'approcher quand elle en avait envie, mais gare à moi si j'avançais en premier. Pourtant, je dis la vérité.

— Elle n'a pas besoin d'aide. Mais je veux que tu restes quand même.

— Beck…

— Ne peut-on pas être amis ?

— La dernière fois qu'on a passé quelques heures innocentes ensemble, ça s'est terminé avec toi qui m'as fait jouir en public, et moi qui t'ai rendu la pareille pendant le trajet du retour.

Je souris.

— C'est une putain d'amitié *géniale*, non ?

Nora gloussa.

— Je pensais que nous avions déjà décidé que nous n'étions pas amis. Je crois que tes mots exacts étaient *on ne s'apprécie pas assez*.

— J'ai changé d'avis.

Elle fit une grimace sceptique.

— Ce sont des conneries.

Je commençais à me sentir un peu paniqué, comme si elle n'allait pas rester quoi que je dise. Je fus donc obligé de sortir l'artillerie lourde.

— Un verre. Regarder les vidéos et voir tous les commentaires d'inconnus sur ton mur, ça m'a touché. Je n'ai pas envie d'être seul. Et puis, j'ai quelque chose à te dire.

Nora m'étudia, comme si elle jaugeait ma sincérité. Puis elle hocha la tête.

— D'accord. Mais aucun vêtement ne doit être enlevé.

Je pouvais imaginer mille façons de donner du plaisir à cette femme sans pour autant enlever un seul vêtement. Mais je gardai cette pensée pour moi. À la place, je la traitai comme n'importe quel autre ami qui viendrait chez moi.

— Et si nous prenions des cigares et du whisky sur le balcon ?

Le visage de Nora s'illumina.

— Je n'ai jamais essayé le cigare.

Ce n'était pas mon premier choix d'objet à lui mettre entre les lèvres, mais il faudrait m'en contenter... *pour l'instant.*

CHAPITRE 19

Nora

Je soufflai six ronds de fumée d'affilée.

— Tu as vu ça ?

Les yeux rivés sur mes lèvres, Beck gémit.

— Putain, tu me tues, femme.

— Peut-être que si tu pensais à *autre* chose qu'au sexe, tu serais capable de voir que j'ai un vrai talent de fumeuse de cigares.

— Tu as des talents, c'est sûr...

Je ris et regardai autour de moi.

— Ton appartement est incroyable. Ce balcon est plus grand que la totalité de mon logement.

— Tu as une disposition différente de celle de mamie ? Son appartement n'est pas si petit que ça.

— Oh. Oui, elle a un deux-pièces, et j'ai un studio.

Il hocha la tête.

— Je parie que le coucher de soleil est incroyable vu d'ici.

— C'est le cas. Tu devrais rester pour le regarder.

Le whisky m'avait dénoué les épaules et je profitais de la brise. Je me sentais plus détendue que je ne l'avais été depuis des jours. Je tirai une nouvelle bouffée sur mon cigare et soufflai d'autres anneaux de fumée.

— Peut-être.

— Le lever du soleil est encore mieux. Tu devrais rester pour les deux.

Je gloussai.

— Doucement, Cross. Doucement.

— J'essaie.

Beck tira lui aussi sur son cigare, et mes yeux se fixèrent sur la façon dont ses lèvres s'enroulaient autour de l'extrémité. Je me forçai à détourner le regard avant qu'il ne le remarque.

— Alors, c'est pour ça que tu quittes New York ? demanda-t-il. Parce que ça coûte une petite fortune de louer un appartement de trente mètres carrés ?

— Non. En fait, la petite taille ne me dérange pas. Je veux juste être plus proche de mon père.

— Tu as dit que tu partirais à la fin de ton bail ? C'est quand ?

— À la fin de l'été.

Nous partageâmes quelques minutes de silence. Il était rare que je me sente à l'aise dans le silence. C'était agréable.

— Alors, de quoi voulais-tu me parler ? finis-je par demander.

— Hmmm ?

— Quand tu m'as demandé de rester, tu as dit que tu voulais discuter de quelque chose avec moi.

— Oh.

Il baissa les yeux vers mon verre de whisky presque vide.

— Tu en veux un autre ?

— Oh, oh. Tu essaies de m'enivrer avant d'entamer une conversation. Ça n'a pas l'air bon.

— Je n'essaie pas de t'enivrer. J'essaie juste d'être un bon hôte.

J'étais sceptique, mais curieuse.

— Qu'est-ce qui te préoccupe ?

Je penchai la tête en arrière et tirai une longue bouffée sur le cigare, puis soufflai à nouveau des ronds de fumée.

— J'espérais une meilleure entrée en matière pour cette conversation. Mais comme je n'ai pas l'air d'en avoir, je vais me contenter de tout balancer.

Là, j'étais intriguée.

— D'accord...

— J'ai vraiment besoin de te baiser à nouveau.

J'étais en train de former mon quatrième anneau de fumée et aspirai au lieu de souffler. Je commençai immédiatement à m'étouffer. La fumée de cigare n'était *pas* faite pour être inhalée.

Beck se pencha et posa sa main sur mon dos.

— Ça va ? Tu veux de l'eau ?

Je secouai la tête. Au bout d'une minute, ma gorge brûlait toujours et j'avais des larmes plein les yeux, mais je parvins à bredouiller quelques mots.

— Pourquoi tu dis ça ?

Il parut confus.

— Parce que c'est vrai ?

Je secouai la tête.

— Premièrement, il y a une façon plus sympa de demander à une fille de coucher avec toi, et deuxièmement, tu pourrais prévenir avant de dire une chose pareille ?

— Je t'ai dit que j'espérais une meilleure entrée en matière. Tu m'as forcé à te le dire.

— Oh, donc, maintenant, c'est ma faute si tu es un porc et que tu dis des choses inappropriées ?

Les yeux de Beck se fixèrent sur ma bouche et il se pencha vers moi.

— Putain. Oui, disputons-nous.

Je le repoussai contre le dossier de son fauteuil, mettant un peu d'espace entre nous.

— On a déjà eu cette discussion. Je te l'ai dit, ce n'est pas le bon moment pour moi d'avoir une relation.

— Pour moi non plus.

— Donc tu ne veux pas sortir avec moi, tu veux seulement… quoi, coucher avec moi ?

Il haussa les épaules.

— Exactement.

— Beck…

— Écoute-moi. J'ai plusieurs bons arguments pour ça. Je savais que ce ne serait pas une simple discussion.

— Tu as de bons arguments ?

— Oui. C'est ce que tu fais à 2 h du matin quand tu n'arrives pas à dormir parce que tu n'arrêtes pas de penser au bruit que fait une femme quand elle jouit dans ta main au restaurant.

Beck prit son téléphone sur la table et fit défiler l'écran.

— D'accord, argument numéro un : aucun de nous ne veut de relation. En numéro deux : tu déménages à l'autre bout du pays à la fin de l'été. Il y a une durée assez déterminée à l'arrangement que je propose. En numéro trois : tu m'attires. Très fort. Et je crois que tu ressens la même chose. En numéro quatre : on l'a déjà fait, donc on sait que c'est agréable. Aucun risque d'être déçus. En numéro cinq…

Beck fit une pause et me regarda dans les yeux.

— J'ai vraiment envie de toi. Je dors très mal depuis le restaurant, trop occupé à penser à ce petit miaulement que tu fais quand tu jouis.

Il reposa son téléphone sur la table. Je me penchai en avant et jetai un coup d'œil à son écran. Il avait vraiment une liste numérotée. Même s'il semblait y avoir plus que cinq arguments.

— Qu'y a-t-il d'autre sur cette liste ?

— Rien.

Je tendis la main.

— Laisse-moi voir alors ?

Beck soutint mon regard pendant quelques secondes. Puis, dans un geste rapide, je saisis son téléphone.

— Numéro six : la meilleure pipe de tous les temps.

Je levai les yeux vers lui.

— Tu sembles avoir oublié quelques arguments.

— Tu viens de me dire que j'étais un porc, alors j'essayais de répondre à ta demande d'être poli.

Je gloussai et repris ma lecture.

— Numéro sept : des seins phénoménaux. J'ai besoin qu'elle me chevauche pour pouvoir les regarder ballotter.

Je baissai le téléphone.

— Tu es vraiment un ado de treize ans.

Après les deux derniers arguments, j'aurais probablement dû arrêter de lire. Mais je ne le fis pas. Et ce fut le dernier qui me toucha.

Numéro huit : *elle me fait oublier.*

Je soupirai et me mordis la lèvre inférieure tout en réfléchissant. J'avais été incapable de ne pas penser à lui depuis la soirée au restaurant. Bon sang, peut-être même depuis le premier baiser que nous avions échangé au milieu d'une dispute.

— Je ne peux pas m'attacher à toi...

— On s'en tiendra au sexe. Pas de balade romantique sur la plage.

Pourquoi l'envisageais-je ? Pour tout dire, chaque jour devenait de plus en plus difficile. Et quand j'étais avec Beck, que nous couchions ensemble ou que nous passions simplement du temps ensemble, il n'y avait pas de place pour me souvenir du reste de ma vie – il savait comment me faire oublier.

— J'ai besoin d'y réfléchir.

— D'accord...

— Mais si on décide de le faire, je ne veux pas que Louise le sache. J'ai l'impression que ça lui donnerait de faux espoirs.

— De toute façon, je ne parle pas souvent de sexe avec ma grand-mère.

Je secouai la tête en souriant.

— Je n'arrive pas à croire que j'envisage une telle chose.

Beck se pencha en avant et posa sa main sur mon genou. Son pouce caressa l'intérieur de ma jambe et envoya des ondes de choc dans tout mon corps.

— Que dirais-tu de refaire comme au restaurant ?

Sa main remonta plus haut.

— Tu sais, pour t'aider à te décider.

Je plaquai ma main sur la sienne, stoppant son ascension.

— Je crois que j'aimerais bien prendre cette décision toute seule.

Il fit la moue.

— Dommage.

— En fait, je devrais y aller. J'ai dit à Louise que j'allais organiser le prochain voyage. Je ne sais pas si elle t'en a déjà parlé, mais elle a prévu de reprendre la route le 15, le lendemain de son rendez-vous chez le médecin, à condition qu'il lui donne le feu vert.

Beck fronça les sourcils.

— Je sais qu'elle s'en sort bien, mais je ne pense pas qu'elle soit encore assez forte. C'est à peine dans un peu plus d'une semaine.

— Je suis d'accord. Donc, j'ai suggéré de commencer doucement et de s'attaquer à l'un de ses projets les moins aventureux.

— Qu'est-ce que c'est ? Escalader la tour Sears ?

— Non. Rendre visite à Charles Tote.

— Qui est Charles Tote ?

— Son premier amour.

— Elle a épousé mon grand-père à vingt-deux ans.

— Et ?

— Tu dis qu'elle était amoureuse de quelqu'un d'autre avant ça ?

— Oui.

— Et soixante ans plus tard, dont quarante de mariage avec mon grand-père, elle pense encore à ce type au point d'avoir besoin de lui rendre visite avant de mourir ?

Je haussai les épaules.

— Je pense qu'elle se sent coupable à son égard.

— Pourquoi se sent-elle coupable ?

— Eh bien, ils se sont rencontrés à l'âge de treize ans et ont apparemment été totalement épris dès le début. Mais c'était dans les années 1950, et les choses étaient très différentes à l'époque. Il fallait faire la cour à la fille et obtenir la permission de ses parents. Ils avaient prévu de commencer à se fréquenter à seize ans, mais une semaine avant son anniversaire, Charles a contracté la polio. Le vaccin était nouveau et n'était pas encore largement disponible.

— Merde.

— Oui. Apparemment, ça l'a coincé dans un fauteuil roulant, paralysé de la taille jusqu'aux pieds. Louise s'en fichait, mais son père lui a interdit de fréquenter un homme qu'il ne pensait pas capable de subvenir à ses besoins. Elle est allée lui rendre visite en cachette, mais, tout comme son père, Charles a estimé que ce n'était plus une bonne idée qu'ils soient ensemble. Louise était effondrée et lui a dit qu'elle attendrait qu'il change d'avis. Ils sont restés proches, bons amis, mais un an plus tard, il lui a annoncé qu'il avait rencontré quelqu'un d'autre à son centre de kinésithérapie et qu'il était tombé amoureux. Ça a brisé le cœur de Louise.

— Et elle veut aller voir ce type ?

— Des années plus tard, après avoir rencontré ton grand-père, elle a découvert que Charles n'avait connu personne là-bas. Il savait simplement qu'elle ne le quitterait jamais à moins qu'il fasse quelque chose, alors il a inventé cette relation. Avec le recul, Louise a dit qu'elle s'en doutait un peu, mais qu'elle s'était autorisée à l'accepter et à lui faire porter le chapeau de leur séparation. Et une partie d'elle avait été soulagée lorsque leur relation avait pris fin, après avoir réalisé à quel point il serait difficile de s'occuper de lui.

— Bon sang. C'est lourd.

— Oui. Ton grand-père était l'amour de sa vie, alors, finalement, tout s'est arrangé. Mais elle et Charles se sont retrouvés sur Facebook il y a une douzaine d'années. Il a fini par se marier et a eu une vie agréable, mais ils aimeraient se revoir. Son épouse est décédée il y a presque aussi longtemps que ton grand-père. Il est dans une maison de retraite, et il lui est assez difficile de se déplacer maintenant, alors elle aimerait aller lui rendre visite.

Beck secoua la tête.

— Je n'arrive pas à croire que je n'aie jamais entendu cette histoire.

— Je ne pense pas que ce soit quelque chose à quoi elle pense tous les jours. Mais quand on commence à réfléchir à sa propre disparition, cela fait ressurgir beaucoup de choses du passé.

Il me regarda longuement.

— Je suis heureux qu'elle t'ait. Et je suis content de t'avoir aussi, pour d'autres raisons que le fait que tu lui donnes la pêche.

Il fit un clin d'œil.

— J'avais besoin qu'on me rappelle le peu de temps qui lui reste. Je sais que ça paraît ridicule, mais je ne pense pas l'avoir accepté jusqu'à récemment.

— Ça ne paraît pas ridicule. Nous acceptons tous les choses à notre propre rythme.

— Où vit Charles ?

— Dans l'Utah. Nous avions aussi parlé d'aller à Bryce Canyon. Cela faisait partie de ma liste. Mais nous verrons comment elle se sent.

Beck hocha la tête.

J'éteignis mon cigare dans le cendrier.

— Je vais y aller. Je suis désolée de l'avoir gâché, dis-je en montrant le cigare.

— Pas moi. Je l'allumerai plus tard quand je penserai à toi, et je mettrai ma bouche exactement où se trouvait la tienne.

Je souris.

— Espèce de porc.

— Réfléchis à ce dont on a parlé. Je préférerais avoir la bouche sur le vrai truc.

CHAPITRE 20

Beck

— Pitié, dis-moi que tu es en train de lire une blague.

Mon frère Jake entra d'un pas nonchalant dans mon bureau et me trouva le nez plongé dans mon portable.

— Parce que tu souris comme une écolière amoureuse.

— Qu'est-ce que tu veux, Jake ? J'ai beaucoup de travail.

Comme d'habitude, il m'ignora et s'installa dans l'un des fauteuils d'invité. Il pointa son menton vers mon téléphone.

— À qui écris-tu ?

— Ça ne te regarde pas.

Il sourit.

— C'est cette Nora, n'est-ce pas ? Elle est sexy. Jolie silhouette.

Je serrai les dents. Cela m'agaçait que mon frère l'ait regardée.

Il montra ma mâchoire avec son doigt.

— Ah oui, c'est sérieux, là. C'est bien à elle que tu écris. C'est quoi le truc avec elle d'ailleurs ? Elle est célibataire ?

— Oui.

Je rapprochai mon fauteuil de mon bureau et posai mon téléphone.

— Bon, pourquoi es-tu venu ici ?

— Je t'ai envoyé le nouveau prospectus pour que tu l'examines. L'ancien était dépassé et n'incluait pas certains de nos investisseurs clés. De plus, il était ennuyeux et contenait trop de mots.

— C'est un document qui informe les gens sur l'entreprise. Bien sûr qu'il contient beaucoup de mots. C'est un document d'information.

— Oui, mais il faut moins de mots sur la page et plus d'informations structurées. Les gens de ma génération ont la capacité d'attention d'un moucheron. Nous aimons les informations courtes. Nos cerveaux sont câblés pour TikTok et Snapchat. Toutes les informations ennuyeuses seront là. Mais elles seront plus rapides et plus faciles à digérer. Et nous avons aussi besoin de plus de jolies images.

Il sourit.

— En y repensant, j'aurais dû me mettre sur l'une des pages.

Je secouai la tête.

— Peu importe. J'y jetterai un coup d'œil cet après-midi.

Jake posa ses pieds sur mon bureau et croisa ses doigts derrière sa tête.

— Bon, revenons à cette Nora. Pourquoi n'as-tu encore rien fait, si elle est célibataire ?

Je fronçai les sourcils.

Les yeux de Jake s'écarquillèrent, en même temps que son sourire s'élargit.

— Putain de merde. Elle t'a mis un râteau, c'est ça ?

— Elle ne m'a pas mis de râteau, si tu veux tout savoir. Nous avons... passé du temps ensemble.

— Tu veux dire que vous avez couché ensemble ?

Je levai les yeux au ciel.

— Oui, Jake.

— Mais elle te plaît. Je le vois bien. J'ai vu la façon dont tu la regardais à l'hôpital, et à chaque fois que tu parles d'elle, tu as ce sourire niais.

— Ça aide d'apprécier les gens avec qui tu couches…

Jake secoua la tête.

— Non. C'est plus que ça. Tu l'*aimes* bien. Alors pourquoi juste coucher avec elle ? Pourquoi tu ne l'invites pas à sortir avec toi et voir où ça mène ?

La seule chose que Jake préférait en dehors de se regarder dans le miroir, c'était les ragots. Il n'allait pas laisser passer ça. Je soupirai.

— Elle ne veut pas de relation, ce qui me convient parfaitement. Je suis trop occupé pour ça. Alors on fait simple.

Je n'ajoutai pas que Nora ne s'était même pas encore engagée dans une relation physique suivie. Trois jours s'étaient écoulés depuis notre conversation chez moi. Nous nous étions écrit pour parler de Louise, mais aucun de nous n'avait abordé le sujet. Je ne voulais pas paraître désespéré, même si c'est ce que je ressentais en attendant qu'elle prenne sa décision.

— Oh, merde. Donc tu fais ce que tu détestes que les femmes te fassent.

Je plissai les yeux.

— De quoi est-ce que tu parles ?

— Tu dis clairement aux femmes que tu ne veux pas de relation. Elles sont d'accord pour un arrangement occasionnel, et après quelques rendez-vous, elles veulent plus. C'est de la publicité mensongère.

Je ne faisais pas ça. *Si ?* Accepterais-je davantage si Nora me le proposait ? Oui. Mais ça ne voulait pas dire que je n'étais pas capable de juste coucher avec elle. Bon sang, j'étais le roi des coups d'un soir.

— Ce n'est pas ce que je fais.

Jake secoua la tête.

— Une relation sans attache ne fonctionne pas quand l'un d'entre vous a des sentiments.

— Je l'aime bien, mais elle me rend parfois complètement fou. Je n'ai pas de *sentiments*.

— Bien sûr, monsieur *Je fais des yeux de biche quand je lui écris*. Mais peu importe. C'est à toi de t'étouffer avec ton attache.

— Y a-t-il autre chose dont nous devons discuter, ou l'heure de Dear Abby est-elle terminée ? J'ai des trucs à faire.

— C'est qui, Abby ?

— Bon sang, grommelai-je en montrant la porte. Fous le camp de mon bureau.

Jake partit. Mais ses paroles m'irritèrent toute la matinée. Je m'étais vraiment plaint plus d'une fois auprès de lui à cause d'une femme avec qui j'avais commencé une relation peu sérieuse et qui, tout à coup, n'était pas satisfaite de notre arrangement. Je me souvins d'avoir eu cette conversation quelques mois plus tôt à propos d'une femme nommée Piper que je fréquentais. Lorsque je lui avais dit que je n'étais plus intéressé et que je lui avais rappelé qu'elle m'avait dit la même chose, elle s'était énervée et avait rétorqué qu'elle espérait que je change d'avis. Était-ce ce que je faisais avec Nora ?

Admettons-le, je l'aimais bien. Et pour la première fois depuis plus longtemps que je m'en souvenais, j'aurais aimé en savoir plus – apprendre à la connaître, sortir dîner, me réveiller à ses côtés, peut-être voir où menaient les choses. Être avec elle me semblait juste.

Mon téléphone vibra sur mon bureau et je fus reconnaissant de cette interruption. Je ne l'admettrais jamais, mais Jake avait raison. J'agissais comme une écolière amoureuse. Il fallait que je redevienne sérieux et que je me remette au travail. Peut-être était-ce mieux que Nora semble avoir oublié l'arrangement que j'avais proposé.

Je n'avais pas besoin de ce casse-tête.

Mais je retournai mon téléphone et lus le message que j'avais reçu.

Nora : J'ai réfléchi à ton... arrangement.

Mon cœur se mis à battre la chamade. Cela me mit en colère. Pourtant, j'étais déjà en train de répondre.

Beck : Et...

Nora : Comme tu l'as si bien dit, j'ai moi aussi envie de te baiser. Donc, je suis partante.

Je salivai comme un chien affamé à qui l'on aurait servi un steak sorti du gril.

Beck : Quand puis-je te voir ?

Nora : Est-ce que *te voir* est un code pour *te déshabiller* ?

Beck : C'est un code pour *jusqu'où peux-tu écarter les cuisses ?* J'ai hâte de te manger la chatte.

Les points commencèrent à clignoter, puis disparurent. Il fallut attendre trente bonnes secondes avant qu'ils ne réapparaissent.

Nora : Enrober les choses, c'est pas ton truc, hein ?

J'étais en train de taper que je l'enroberais de sucre si elle le voulait, quand un deuxième message arriva.

Nora : Mais oui, j'ai hâte que tu le fasses aussi...

J'effaçai ce que j'avais tapé, trop impatient pour perdre du temps.

Beck : Qu'est-ce que tu fais maintenant ? Je peux venir te voir.

Nora : LOL. Tout doux, cow-boy. Je suis dans un salon de manucure avec Louise. Je pensais plutôt à demain soir.

Même mentionner ma grand-mère ne calma pas ma faim.

Beck : Pourquoi pas ce soir ?

Nora : Anxieux à ce point-là ?

Beck : TU. N'AS. PAS. IDÉE.

Nora : Je viens d'éclater de rire et j'ai fait peur à la femme qui se fait faire les ongles à côté de moi.

J'imaginai la scène – sa grande bouche boudeuse en train de sourire et à quel point elle était magnifique avec une petite lueur dans le regard, en train de rire devant l'écran.

Beck : Alors, ce soir ?

Nora : Très bien, M. Impatient. Mais j'ai des choses à faire. Alors, ce sera tard.

Beck : Tout ce que tu veux. Dis-moi où et quand, et je serai là.

Nora : En fait, je préfère venir te voir.

Maddie était chez sa mère pour les trois jours suivants. Ma grand-mère allait bien et était retournée chez elle avec Bitsy le matin même. Je n'avais donc même plus cette petite merde cinglée pour m'interrompre pendant que j'accorderais toute mon attention à Nora.

Beck : Ça me va. À quelle heure ?

Nora : Je peux probablement arriver vers 22 h.

Beck : J'ai hâte. À tout à l'heure.

Nora : Oh, et Beck, il faudra qu'on parle d'abord. Je pense que nous devons établir quelques règles de base.

Beck : D'accord. Mais ça va être difficile de parler avec ma queue dans ta bouche. Alors on parlera peut-être après.

Nora : Porc.

Beck : On verra bien qui va couiner quand je te mettrai la main dessus.

Elle renvoya un emoji de cochon, et la discussion s'arrêta là.

Je supposais que j'allais m'arrêter à la pharmacie en rentrant chez moi ce soir-là pour prendre un flacon d'aspirine. Parce que, que cela devienne ou non un vrai casse-tête, il était hors de question que je ne le fasse pas.

～

Le portier sonna pour m'informer que j'avais une invitée, et ma nervosité rendit brusquement mes mains moites. Cela faisait très longtemps qu'une femme ne m'avait pas fait ressentir cela. Et je n'étais pas sûr d'aimer ça. Comme il était tard et que Nora avait probablement déjà dîné, j'avais demandé à mon assistante de commander une planche de charcuterie. Elle m'avait demandé si c'était pour un rendez-vous galant ou si mes amis venaient, car il m'arrivait de jouer aux cartes avec eux et qu'elle commandait souvent ce genre de plateau pour ces soirs-là. Normalement, j'aimais que mon assistante prenne l'initiative. Après sa commande pour notre dernière soirée cartes, j'étais rentré chez moi et y avais trouvé non seulement une livraison de nourriture, mais aussi une sélection de cigares et de whiskies assortis, ainsi qu'une demi-douzaine de repose-cigares en bois combinés à des dessous de verre, pour que les gars puissent poser leurs boissons et leurs cigares tout en tenant leurs cartes. Mais aujourd'hui, en regardant la table de la salle à manger, je me dis que c'était peut-être trop. Gwen n'avait pas seulement fait livrer la planche de charcuterie, mais aussi du vin frais, une composition florale et quelques bougies.

Mon cœur se mit à battre plus vite lorsque j'entendis l'ascenseur s'ouvrir dans le couloir. Mais quand j'ouvris la porte et que je la vis, j'en eus presque le souffle coupé.

C'est juste pour du sexe, Cross. Ce n'est pas un rendez-vous galant.

Heureusement, j'étais passé maître dans l'art de ne pas montrer ma nervosité.

Nora était superbe, bien plus habillée que je ne l'aurais cru. Elle portait une robe moulante verte de type nuisette, d'aspect soyeux, avec des chaussures à talons hauts dont la bride s'enroulait autour des chevilles. Ses épais cheveux blonds, normalement raides, étaient coiffés en boucles lâches, et elle portait plus de maquillage que je ne lui en avais jamais vu. Je ne pus m'empêcher de fixer du regard ses lèvres rouges écarlates. Peut-être était-ce un rendez-vous galant après tout...

— Tout doux, mon garçon, dit-elle. Je ne me suis pas habillée comme ça pour venir chez toi. J'ai eu un rendez-vous avant ça.

Mon exubérance s'arrêta net. *Elle avait eu un putain de rencard avant de venir ?*

Nora jeta un coup d'œil à mon visage et gloussa. Elle se plaça face à moi et me tapota le torse.

— Le rendez-vous était avec mon père, M. Cool.

— Je croyais que ton père vivait en Californie ?

— C'est le cas. Mais il est venu me rendre visite pendant quelques jours. Nous sommes allés voir un opéra au Met à 19 h. C'est pour ça que je suis pomponnée et que je ne pouvais pas venir plus tôt.

Mes épaules se détendirent.

— Oh.

Elle sourit.

— Tu aurais dû voir ta tête. On aurait dit que tu voulais botter le cul de quelqu'un.

— Et tu trouves ça amusant ?

Elle tapota ses ongles contre mon torse.

— Oui.

Je passai une main autour de sa nuque, la serrai doucement et l'attirai contre moi.

— Tu vas payer pour ça, Sutton. Maintenant, donne-moi cette bouche chiante.

Je posai mes lèvres sur les siennes et elle s'ouvrit à moi avec empressement. Le stress de ma journée se dissipa presque instantanément. Ses seins poussèrent contre moi et elle émit ce petit gémissement qui me rendait dingue. On dit que les choses qui éliminent l'anxiété et le stress créent souvent une dépendance, comme le Xanax et l'alcool. Je le comprenais à présent.

Nora arracha sa bouche de la mienne.

— Vas-tu me malmener sur le pas de la porte ou m'inviter à entrer ?

Je pris sa lèvre inférieure entre mes dents et tirai fermement.

— Le pas de la porte, ça me va.

Elle gloussa et poussa mon torse.

— Entrons, homme des cavernes.

J'ouvris la porte à contrecœur et la laissai entrer. Je fus remercié pour mon comportement de gentleman par une vue phénoménale de ses fesses dans cette robe.

Je me demande si elle me laisserait entrer par la porte de derrière.

Je me raclai la gorge et refoulai cette pensée – pour l'instant. Nora posa sa pochette sur la table de la salle à manger, qui hurlait le romantisme avec son vin au frais dans un seau, ses fleurs et ses bougies.

— C'est quoi tout ça ? demanda-t-elle.

— Je ne savais pas si tu aurais dîné. Alors j'ai commandé des choses que tu pourrais grignoter.

— C'est gentil.

Elle se retourna vers la table pendant une minute.

— Et les fleurs et le vin ?

J'enfouis mes mains dans mes poches.

— C'est mon assistante qui a passé la commande.
Nora sourit.

— C'est de la timidité que je vois ? C'est plutôt mignon, même si je n'aurais jamais cru que tu avais une telle expression dans ton arsenal.

— Petit maline. Après avoir tout mis en place, j'ai réalisé que c'était un peu trop pour... tu sais, pour ce qu'on va faire.

— Pour une partie de jambes en l'air, tu veux dire ?

— Oui.

— Eh bien, au moins, tu as une bonne assistante.

— Oui. Veux-tu un verre de vin de mon installation romantique ?

Nora sourit.

— Avec plaisir.

Je pris la bouteille dans le seau à glace et allai la déboucher dans la cuisine.

Nora s'assit sur une chaise de l'autre côté de l'îlot.

— Donc, je pense que nous devrions parler des règles de base avant d'aller plus loin.

Je fis glisser un verre de vin vers elle et remplis le mien.

— Je t'écoute. J'aime les règles.

— Vraiment ?

— Bien sûr. Ce n'est pas drôle de les enfreindre quand on ne sait pas ce qu'elles sont.

— Beck...

— Détends-toi. Je plaisante.

Je bus une gorgée de vin et haussai les épaules.

— Je suis prêt. Dis-moi tout.

— D'accord. Bon, je pense que ce genre d'arrangement est souvent gâché parce que les gens ne cessent de repousser les limites, et l'une des deux personnes se rend compte que la relation s'est déplacée vers un territoire plus intime. Donc, le but de ces règles de base est de nous maintenir fermement dans la zone du simple sexe.

— D'accord. Et quelles sont ces règles ?

— D'abord, je pense qu'à moins d'être avec Louise, le temps qu'on passera ensemble se résumera au sexe.

— Donc tu entres, je te déshabille et tu te tires d'ici quand on a fini ?

Elle rit.

— Peut-être pas de manière si dramatique, mais plutôt dans le sens où nous ne devrions pas regarder de films ensemble avant ou passer la nuit ensemble après.

Je n'aimais pas ça, mais je comprenais aussi pourquoi elle établissait cette règle. C'était peut-être là que j'avais fait fausse route avec mes précédentes relations prétendument sans attaches.

— D'accord. Quoi d'autre ?

— Pas de rendez-vous amoureux. Pas de restaurants, de films ou autres.

— D'accord.

— Pas de bavardage au téléphone ni d'échange de SMS, sauf si c'est en rapport avec Louise ou pour fixer un rendez-vous.

Ça craignait. Ses SMS étaient devenus le point culminant de ma journée.

— D'accord.

— Je pense qu'on devrait aussi essayer de limiter les signes d'affection. On ne se tient pas la main, on n'envoie pas de fleurs. Pas de gestes doux du tout.

— Attends, est-ce que lâcher ta tête assez longtemps pour que tu puisses reprendre ton souffle pendant que je baise ton visage est considéré comme un geste doux ? Chez moi, la frontière est mince entre prévenance et douceur.

— Qui est le petit malin maintenant ?

— On a fini ?

— Une dernière chose. Je pense que, normalement, ce genre de situation n'implique pas de monogamie. C'est plutôt *don't ask, don't tell*. Mais nous avons déjà couché ensemble sans préservatif, alors à moins que tu ne veuilles recommencer à en utiliser, je pense que nous devrions renoncer au sexe avec quelqu'un d'autre. Sortir avec d'autres personnes ne pose pas de problème, bien sûr.

L'idée qu'elle puisse baiser n'importe qui, ou même sortir avec un autre homme, me mettait hors de moi, donc c'était la règle la plus facile à accepter.

Je hochai la tête.

— D'accord.

Elle but une gorgée de vin, puis posa son verre et passa son doigt sur le bord. Elle leva le regard sous d'épais cils.

— C'est tout. Alors... on peut commencer quand tu veux.

Je soutins son regard tout en avalant le reste de mon vin et en faisant le tour de l'îlot. Je la soulevai de sa chaise, la jetai sur une épaule et me dirigeai vers ma chambre. J'avais brièvement envisagé de la baiser sur le comptoir, mais l'idée de la voir étalée dans mon lit était trop belle pour y résister. Elle gloussa, et le son m'alla droit au cœur.

Dans ma chambre, je le reposai debout au bord de mon lit, puis je marchai jusqu'à un fauteuil à trois mètres de là et m'installai dessus.

— Qu'est-ce que tu fais ? demanda-t-elle en riant.

— Déshabille-toi pour moi.

Le sourire sur son visage se transforma en quelque chose de très différent. Elle *aimait* que je prenne le contrôle dans la chambre à coucher.

Nora passa sa main dans son dos et tira lentement la fermeture Éclair de sa robe. Le bruit de chaque dent se détachant me donna envie de déchirer le tissu en lambeaux. Je dus m'agripper aux bras du fauteuil pour ne pas bouger pendant qu'elle faisait glisser les fines bretelles de ses épaules et laissait le tissu soyeux s'étaler sur le sol. Debout, portant seulement ses chaussures à talons qui lui enveloppaient les jambes, un soutien-gorge sans bretelles en dentelle noire et une culotte assortie, elle n'aurait pas pu être plus sexy. Mais à ce moment-là, elle leva le menton, défiant le malaise qui s'insinuait probablement dans son corps de se manifester, et mon sexe en berne se mit au garde-à-vous.

— Tu es magnifique.

Ma voix était crispée et tremblait un peu.

— Tourne-toi. Je veux voir l'arrière.

Elle pivota lentement. Bon sang, j'avais envie d'être ce bout de ficelle coincé dans la fente de son cul fantastique. Je me léchai les lèvres, qui étaient devenues sèches.

— Assieds-toi sur le bord du lit.

Je pouvais presque jouir en regardant cette femme recevoir mes ordres. C'était un cadeau qu'elle m'offrait.

Nora s'assit sur le bord du matelas, les jambes jointes.

Je frottai ma lèvre inférieure avec mon pouce.

— J'aimerais ajouter une règle à ta liste.

— Laquelle ?

— Ne pas te toucher à moins que nous ne soyons ensemble. Je ne veux pas que tu satisfasses tes propres besoins. Je veux que tu m'appelles. Souvent.

Elle déglutit et acquiesça.

— Merci, dis-je. Maintenant, écarte les jambes.

Ses yeux s'écarquillèrent et s'assombrirent, mais elle fit ce qu'on lui demandait.

— Plus grand.

Elle se servit de ses mains pour pousser ses genoux jusqu'à ce qu'ils ne puissent plus aller plus loin.

— Maintenant, touche-toi. Frotte ton clitoris. Par-dessus ta culotte.

Elle releva vivement les yeux et croisa mon regard. On aurait pu croire qu'elle allait se rebiffer, mais au lieu de cela, elle passa une main sur sa culotte en soutenant mon regard et commença à décrire de petits cercles autour de son clitoris. En quelques secondes, ses yeux se fermèrent. Ses lèvres s'écartèrent et je vis sa poitrine se soulever de plus en plus vite.

Putain.

De.

Merde.

Comment aurais-je pu ne pas tomber amoureux de cette femme ? Elle avait tout ce qu'il fallait là où il fallait, avec un gros nœud sexuellement ouvert sur le dessus.

Je la regardai tout en caressant mon sexe par-dessus mon pantalon. Le dos de Nora se cambra et sa tête retomba en arrière. Lorsque ses cercles s'accélérèrent et qu'elle se mit à gémir, je sus que ça n'allait pas durer longtemps. Alors, je m'approchai d'elle. M'agenouillant entre ses cuisses, je baissai sa culotte et plongeai dans son corps, la bouche ouverte, comme si c'était mon premier repas depuis des mois. Je lapai et suçai, enfonçai ma langue dans son trou sucré et bus jusqu'à la dernière goutte de ses fluides.

Nora planta ses doigts dans mes cheveux, ses ongles s'enfonçant dans mon cuir chevelu.

— Beck...

Je levai la main et maintint Nora en place, enfouissant mon visage en elle. J'aurais pu me noyer ici et mourir en homme heureux. Je la dévorai pendant son orgasme, pendant qu'elle se tordait et tremblait, jusqu'à ce qu'elle retombe en arrière et s'effondre sur le lit. Je n'allais pas laisser une seule goutte de sa douceur se perdre dans les draps.

Quand j'eus fini, je m'essuyai la bouche du revers de ma main et libérai mon sexe tendu. Je savais à quel point elle était chaude et humide, et j'avais hâte de plonger à l'intérieur pour trouver mon nirvana.

Alors que je grimpais sur elle, les yeux de Nora s'ouvrirent. Un sourire satisfait et stupide illumina son beau visage.

— Salut, dit-elle.

Ma lèvre tressaillit.

— Salut.

— Tu es *vraiment* doué pour ça.

— Eh bien, merci

— J'ignore si je vais beaucoup participer maintenant.

Elle bougea la tête pour regarder son bras droit, qui est étalé sur le lit.

— Mes membres sont comme de la gelée.

— Ce n'est pas grave. Je vais prendre le relais.

Elle sourit.

— Merci. Je te revaudrai ça.

— Et je me ferai un plaisir de réclamer mon dû dans un avenir proche.

Je baissai la main pour empoigner mon sexe, l'alignant avec son ouverture et je poussai à l'intérieur. Alors que seul le gland était en elle, je fus content qu'elle ait déjà joui, parce que ça allait être très rapide. J'avais oublié à quel point elle était serrée.

Mes yeux se fermèrent tandis que je m'enfonçais davantage, ses douces parois se resserrant autour de ma verge. Au vu de ce que je ressentais, je me dis que cette nuit pourrait figurer en haut de la liste de mes meilleures expériences sexuelles, et je n'étais même pas encore complètement installé et je n'avais pas encore joui. Ce n'était pas peu dire.

Je m'enfonçai plus profondément, l'étirant centimètre par centimètre, jusqu'à ce que mes testicules reposent contre ses fesses. Nora leva les yeux vers moi, le regard vitreux, les lèvres entrouvertes en un halètement, et je décidai de rester là. Sans bouger. Peut-être pour toujours.

Mais Nora se redressa, amenant ses lèvres à rencontrer les miennes, et je me perdis dans son baiser. Au risque de passer pour une vraie mauviette, tout le reste s'évanouit. Et je retrouvai mon second souffle. Mon bassin se mit au travail, allant et venant. Elle était si mouillée. Si glissante, et phénoménale. Mais je voulais d'abord qu'elle jouisse à nouveau. Peu importe qu'elle ait eu un orgasme cinq minutes plus tôt et que je sois déjà prêt à me décharger comme un canon. J'avais besoin de la satisfaire, de lui faire plaisir.

Je saisis donc l'un de ses genoux, le soulevant pour frapper à l'intérieur d'elle sous un nouvel angle. L'expression de son visage passa de la satisfaction à *oh, merde, c'est reparti*. Sur la bonne voie, je glissai une main entre nous et massai son clito tout en faisant des va-et-vient en elle. Les muscles de Nora commencèrent à pulser – elle se serra si fort autour de moi que je pouvais la sentir se contracter, pressant sur mon sexe.

Elle gémit lorsque son orgasme naquit, disant mon nom encore et encore.

Et…

Le Nirvana.

Le paradis.

Il allait falloir que je règle l'enregistrement sonore de mon téléphone pour pouvoir me repasser ça tout au long de la journée. Surtout si je n'étais pas autorisé à lui parler.

Bizarrement, je n'avais jamais joui au son d'une femme qui criait mon nom pendant le sexe. Mais quelque chose dans le fait que Nora le fasse était presque meilleur que ma jouissance elle-même. Je me sentais chaud et doux à l'intérieur, et en même temps, j'avais l'impression d'être le roi de la jungle.

Une fois qu'elle retomba, toute molle, j'accélérai la cadence et me libérai à mon tour, la remplissant de ce qui me parut être un flot infini de sperme. Après cela, mon corps se mit à trembler et à se contracter au plus profond d'elle. La réalité commença à s'infiltrer à nouveau et je levai les yeux pour m'assurer que Nora allait bien. Une fois de plus, je la trouvai avec un grand sourire niais.

Je lui rendis son sourire.

— Salut.

Son sourire s'élargit.

— Re-salut.

Je gloussai et me retirai, même si je n'avais aucune envie de bouger.

— Une minute. Je vais te chercher une serviette.

Je revins avec une serviette humide et une autre sèche. Nora n'avait pas bougé d'un poil. Puisque c'était elle qui m'avait laissé mettre le désordre, je me dis que le moins que je pouvais faire était de nettoyer. Mais quand je regardai entre ses jambes, je vis mon sperme couler.

— Oh putain, gémis-je. Je n'ai jamais rien vu de plus torride de toute ma vie.

Nora se redressa sur ses coudes, mais je l'arrêtai.

— Non, ne bouge pas. Je veux le voir sortir naturellement.

Elle rougit.

— Oh mon Dieu, s'exclama-t-elle. C'est vraiment bizarre, et je devrais probablement me sentir gênée. Mais ta façon de me regarder est tellement sexy que je m'en fiche.

Mon sexe ne s'était pas encore complètement ramolli, et je commençai à durcir en la regardant. Je n'arrivais pas à détacher mes yeux alors que mon excitation dégoulinait de son intimité et s'insinuait le long du creux menant à ses fesses. Quand il arriva près de son trou, je tendis un doigt et l'étalai autour. Les yeux de Nora s'écarquillèrent quand je poussai mon sperme à l'intérieur et taquinai son ouverture.

— Est-ce qu'ici, c'est interdit ? ai-je demandé.

Elle se mordit la lèvre inférieure.

— Je ne l'ai jamais fait. Pas complètement en tout cas. Mon ex et moi, nous... Il a essayé une fois, mais ça m'a fait trop mal.

— Ça ne ressemble pas à un non…

Je plongeai mon doigt mouillé, juste le bout. Nora sursauta, mais se détendit quand je commençai à l'enfoncer et à le retirer doucement.

— Ça fait mal ?

Elle secoua la tête.

— Pas ce soir. Il n'y a pas d'urgence. Nous prendrons notre temps. Peut-être juste un petit massage de temps en temps, pour te préparer.

Je poussai un peu plus loin, pas même jusqu'à l'articulation. Elle se crispa autour de moi… mais se détendit au bout d'une minute.

— Tu dois apprendre à me faire confiance. Sache que j'irai doucement et que je prendrai soin de toi.

Elle hocha la tête.

— D'accord.

Je continuai pendant une minute de plus, entrant et sortant délicatement. Son corps se détendait suffisamment pour que je puisse aller plus loin, mais je ne voulais pas aller trop vite. Je retirai donc mon doigt et la nettoyai correctement. Quand j'eus fini, je retournai dans la salle de bains. Mais quand j'en ressortis, Nora était debout avec sa robe à moitié remise.

— Qu'est-ce que tu fais ?

— Je m'habille…

— Tu n'es là que depuis une demi-heure.

Elle sourit sans enthousiasme.

— Je sais. Mais ce n'est que du sexe, alors…

— Sérieusement ? Tu vas partir en courant comme ça ? Dois-je te jeter de l'argent aussi ?

Nora plissa les yeux.

— Ne sois pas con, Beck. C'était notre arrangement.

Oui, nous étions d'accord pour que ce ne soit que du sexe, mais cela ne m'empêchait pas de penser que c'était mal. Cependant, je me retins de râler, de peur de la faire fuir dès le premier jour.

— D'accord, grognai-je. Laisse-moi au moins te raccompagner chez toi.

Elle referma le dos de sa robe.

— Ça ira. Je vais prendre un Uber.

Je me passai une main dans les cheveux. C'était la première fois de ma vie que je me sentais utilisé. Je n'aimais pas trop ça. Je pris une grande inspiration.

— Quand est-ce que je pourrai te revoir ?

— Bientôt.

— Et si tu me donnais une réponse plus définitive ?

— Mon père n'est en ville que pour quelques jours, alors je serai avec lui.

Elle passa ses doigts dans ses cheveux comme un peigne.

— Nous avons beaucoup de projets. Des musées, une pièce de théâtre, un restaurant français avec un menu dégustation de sept plats... Nous allons même déjeuner avec Louise un jour. J'ai hâte qu'ils se rencontrent.

Génial. Ma grand-mère pouvait partager un repas avec Nora, mais pas moi.

Elle s'approcha et se hissa sur la pointe des pieds pour m'embrasser sur les lèvres.

— Tu boudes.

— Non, pas du tout.

Oh si, je boude.

— Je t'appelle, d'accord ?

Même pas une minute plus tard, elle était sortie. J'appuyai mon front contre la porte et écoutai le bruit de l'ascenseur qui allait et venait.

Cette histoire de relations sans attaches ne va pas être aussi facile que je le pensais.

CHAPITRE 21
Beck

— N ?

Nora plissa les yeux.

— Pourquoi suis-je persuadée que tu devines mal juste pour que je continue ?

Parce que tu es une femme intelligente.

Qu'elle trace un mot sur mon dos était devenu un nouveau jeu auquel nous jouions. Bon, c'était *sa* version d'un jeu que j'avais commencé une semaine plus tôt quand je l'avais maintenue sous moi et épelé DELICIEUX entre ses cuisses avec ma langue. Elle avait essayé de me rendre la pareille en dessinant un mot sur mon sexe, mais je n'avais jamais pu dépasser la première lettre sans lui enfoncer ma queue dans la gorge. Elle s'était donc mise à épeler des mots sur mon dos avec son ongle. C'était génial, mais ce n'était pas pour cette raison que je faisais semblant de ne pas pouvoir identifier les lettres. C'était parce que je savais que, une fois que nous aurions fini, elle filerait par cette fichue porte. Je devais prendre tout ce que je pouvais obtenir de Nora.

— J'aime trop la compétition pour te laisser gagner, déclarai-je. Recommence.

Elle n'eut pas l'air de me croire, mais traça la lettre M sur mon dos une troisième fois.

— O ? proposai-je.

Elle me donna une claque dans le dos et rit.

— Là, je sais que tu racontes n'importe quoi. Il est impossible de confondre un M avec un O.

Je passai un bras autour de sa taille et nous fis rouler pour qu'elle se retrouve au-dessus. Nora poussa un petit cri, mais un sourire ornait ses lèvres. Je retirai une mèche de cheveux sur sa joue.

— Je veux te voir demain.

— Je serai dans l'Utah.

— Tu sais ce que je veux dire.

Il était plus de minuit, donc techniquement, mamie et elle partaient le lendemain. Mais je voulais la revoir avant qu'elle s'en aille.

— Ce soir alors.

— Je dois faire mes valises. On a un vol très tôt et on doit être à l'aéroport à 5 h du matin.

— Faire ses valises prend une heure au maximum. J'ai envie de sortir quelque part avec toi.

Nora tenta de s'éloigner de moi.

— J'ai trop de choses à faire.

— Je vais envoyer Gwen faire tes valises à ta place.

— Gwen ? Ton assistante ?

J'acquiesçai.

— Elle peut aussi faire toutes les courses dont tu as besoin. Nous pourrons aller dans ce restaurant français où tu as mangé avec ton père et que tu as tant aimé.

— Beck...

Je connaissais ce ton. Je connaissais aussi cette expression. C'était celle que j'obtenais chaque fois que j'essayais d'enfreindre les règles d'un millimètre ou deux – lui faire passer la nuit chez moi au lieu de s'enfuir avant même que ma queue soit complètement flasque, la faire se joindre à moi pour un déjeuner qui impliquait de la nourriture et pas seulement un coup rapide, s'écrire sans raison particulière.

— Un seul dîner. Tu pars pour deux semaines. À ton retour, il ne te restera plus beaucoup de temps avant de déménager en Californie.

Putain... mes brûlures d'estomac revenaient. Il fallait que j'aille chez le médecin pour un contrôle. Ces derniers temps, elles étaient assez fréquentes.

Nora se mordilla la lèvre inférieure. Pour la première fois, elle semblait envisager d'enfreindre ses règles stupides.

— J'ai vraiment aimé ce restaurant. Mais tu ne pourras jamais avoir de réservation. J'avais dû faire la mienne presque trois mois à l'avance.

— Si je peux nous trouver une table, tu viendras ?

— Est-ce que le propriétaire est un client ou quelque chose comme ça, et tu sais déjà que tu peux nous faire entrer ?

— Non. Aucune idée de qui est le propriétaire.

— D'accord. Mais j'accepte uniquement parce que tu ne pourras jamais obtenir de table.

J'achèterais ce putain de restaurant s'il le fallait.

— Je passe te prendre à 20 h, dis-je en souriant.

— Tu n'as même pas encore essayé de réserver.

— Ce ne sera pas un problème.

Nora leva les yeux au ciel.

— Tellement arrogant.

— Confiant, pas arrogant.

— Peu importe. Tu ravaleras ces mots quand tu n'auras pas obtenu de table. Je te le dis, c'est impossible d'y entrer. Et notre accord pour ce dîner ne concerne que *ce* restaurant. Pas de *Chez Coucou*, pas de dîner ensemble.

Je souris.

— La seule chose que j'avalerai plus tard, c'est un repas composé de sept plats et toi pour le dessert.

— Je viens de parler à John Morlin, m'informa Gwen en secouant la tête. Pas de chance. Il n'a pas non plus de contact chez *Chez Coucou* pour vous obtenir une table.

— Bon sang. Essayez Alan Fortunato. Il possède un tas de clubs. Il doit avoir des relations.

— En fait, je l'ai fait. Et j'ai aussi essayé Trey Peterson. Il peut vous obtenir une table à *La Mer*. C'est étoilé au Michelin. L'un des propriétaires est un partenaire silencieux dans l'un de ses clubs.

Je me passai une main dans les cheveux et regardai l'heure sur l'écran de mon ordinateur. Il était déjà presque 16 h.

— *La Mer* n'ira pas. Passez en revue tous nos anciens clients. Voyez s'il n'y a pas quelqu'un à qui je ne pense pas et qui aurait un contact.

Gwen haussa les épaules.

— D'accord. Voulez-vous que je fasse la réservation à *La Mer*, juste au cas où ?

Je fronçai les sourcils.

— Non. Il faut que ce soit à *Chez Coucou*.

— Qui va à *Chez Coucou* ? demanda mon frère Jake en entrant dans mon bureau alors que mon assistante en sortait.

Je secouai la tête.

— Personne. Je suis occupé. Qu'est-ce qu'il y a ?

Comme d'habitude, mon frère posa ses fesses sur l'un des fauteuils d'invité. Il s'appuya en arrière, faisant se soulever les deux pieds avant.

— Est-ce que tu sais que, chaque fois que je viens dans ton bureau, tu me dis que tu es occupé ?

— C'est parce que je suis toujours occupé.

— Tu vas te provoquer une crise cardiaque si tu n'apprends pas à te détendre. Je viens de m'inscrire à un nouveau cours de méditation. Tu devrais venir.

Cela me rappela que je devais prendre rendez-vous chez un cardiologue pour mes brûlures d'estomac.

— Je n'ai pas besoin de méditation. Ce dont j'ai besoin, c'est que tu me dises pourquoi tu es venu, afin que je puisse me remettre au travail. Je me détends en faisant des choses, pas en fermant les yeux pendant qu'un hippie frappe un gong.

— Est-ce que tu savais que mamie allait voir un de ses anciens petits amis ?

Je soupirai. Il n'allait pas quitter mon bureau.

— Oui, je le savais.

— Nora a dit qu'il vivait près de Bryce Canyon. J'ai skié dans l'Utah et j'ai vu l'endroit depuis l'avion une fois. Ça avait l'air magnifique.

Mes yeux se rétrécirent.

— Quand as-tu parlé à Nora ?

— Pendant le déjeuner.

— Tu as déjeuné avec Nora ? Avec mamie et Nora, tu veux dire ?

Jake sourit et leva son doigt.

— J'ai vraiment envie de dire qu'il n'y avait que Nora. Mais je pense que tu sauterais par-dessus le bureau pour me casser la gueule, alors je ne vais pas te faire chier. Oui, j'ai déjeuné avec mamie et Nora aujourd'hui.

Suis-je la seule personne de cette fichue famille avec qui Nora ne veut pas manger ?

— Tu l'aimes vraiment bien, hein ? dit Jake.

— Je n'ai pas dit ça.

— Tu n'as pas besoin de le dire. Je peux le voir sur ton visage.

Mon téléphone sonna sur le bureau. C'était un client que j'avais appelé plus tôt dans la matinée pour savoir s'il pouvait me faire entrer chez *Chez Coucou*. Son assistante m'avait dit qu'il était à l'étranger. Je fis glisser mon doigt sur l'écran pour répondre.

— Bonjour, Robert. Merci de m'avoir rappelé.

— Pas de problème. Je suis sur le point d'embarquer pour un vol, alors je n'ai pas beaucoup de temps.

— Ce n'est pas si important que ça. Mais puisque je vous ai, y a-t-il une chance que vous ayez un contact chez *Chez Coucou* ? J'essaie d'obtenir une réservation, mais l'endroit est aussi verrouillé que Fort Knox.

— Je n'en ai pas. Mais avez-vous essayé Alan Fortunato ?

— Oui, sans succès.

— Désolé, mon vieux.

— D'accord. J'apprécie que vous m'ayez rappelé pendant votre voyage.

— Si vous parvenez à entrer là-bas, faites-moi savoir si ça vaut le coup.

— Je le ferai.

Je jetai mon téléphone sur le bureau et soupirai.

Jake n'était toujours pas parti.

— Pourquoi as-tu besoin d'entrer dans *Chez Coucou* ce soir ?

— Ça ne te regarde pas.

Jake haussa les épaules.

— D'accord. Mais je peux probablement te faire entrer.

Je plissai les yeux.

— Comment ?

— Je suis allé à l'université avec le manager, Brett Sumner.

Il tapa son poing sur son torse.

— Fraternité Phi Sigma Kappa. Il ferait n'importe quoi pour moi.

— Mais pourquoi tu ne l'as pas dit ? Tu ne m'as pas entendu en parler à Gwen quand tu es entré ?

Je pointai du doigt le portable que Jake tenait perpétuellement dans sa main.

— Appelle et vois si je peux avoir une table pour 20 h 30.

— Pour combien de personnes ?

— Deux.

— Quel est le nom de l'autre personne avec qui tu vas dîner ?

— Contente-toi de mettre la réservation à mon nom.

Jake sourit.

— Je vais avoir besoin de connaître le nom de l'autre personne si tu veux que je passe l'appel.

— Pour quoi faire, bordel ?

— Parce que tu sembles vouloir absolument obtenir cette réservation. Tu refuses des clients ces jours-ci, alors je sais que tu ne cherches pas désespérément à en impressionner un. Je suppose que c'est une femme. Et je suis curieux de savoir qui tu as dans la peau.

Je pointai mon doigt en direction de son portable.

— Passe juste ce putain d'appel.

Son sourire s'étira.

— Pas sans me dire qui tu essaies d'impressionner.

— Je n'essaie d'impressionner personne. J'ai juste... besoin de la réservation. Peux-tu faire ça pour moi ?

— C'est Nora, n'est-ce pas ?

Je n'avais pas le temps pour les conneries de mon frère.

— Oui, c'est Nora. Maintenant, passe ce putain de coup de fil.

— Elle m'a dit au déjeuner qu'elle allait peut-être y aller dîner avec un ami.

— *Alors pourquoi m'as-tu fait dire qui c'était ?*

Son sourire illumina tout son visage.

— Je voulais juste t'entendre l'admettre.

— Passe ce fichu coup de fil.

Jake leva le téléphone et fit défiler l'écran pendant quelques secondes avant de le porter à son oreille.

— Hey, Brett. Quoi de neuf, mec ?

J'écoutai un bout de la conversation pendant quelques minutes avant qu'il n'en vienne enfin à poser la question concernant ma réservation.

— Écoute, mon frère aîné essaie d'impressionner une femme. Il a besoin d'une résa chez toi ce soir à 20 h 30. Tu crois pouvoir m'aider à faire en sorte que ça arrive ?

J'étais bien trop impatient de savoir ce qu'il en était. Jake sourit.

— Tu es le meilleur, mec. Je te revaudrai ça.

Il écouta, puis gloussa.

— Compris. Je vais faire en sorte que ça arrive bientôt.

Mon frère raccrocha et afficha un sourire suffisant.

— Et voilà !

— Merci.

— J'en déduis donc que vous gardez pour vous ce qui se passe entre vous ? Puisque Nora n'a pas mentionné que *son ami* était toi, et que tu essayais de garder le nom de ta cavalière secret. Les choses ont évolué, je suppose ?

Je ne répondis pas, pas verbalement en tout cas.

Jake lut sur mon visage.

— Oh. Désolé. Ça craint.

Mon frère était la dernière personne à qui je parlais habituellement des femmes. Mais dans un moment de faiblesse, je baissai ma garde.

— Oui, ça craint.

— Elle déménage à la fin de l'été, c'est ça ?

— Oui.

— Certaines personnes peuvent faire fonctionner une relation longue distance.

— C'est un peu plus que ça.

Jake acquiesça. Il finit par poser les quatre pieds de la chaise sur le sol.

— Je te laisse travailler.

Je l'arrêtai alors qu'il arrivait à la porte.

— Hé, Jake ?

Il se retourna.

— Merci d'avoir obtenu la réservation.

— Pas de problème. Amuse-toi bien.

Je hochai la tête.

— Hé, pourquoi es-tu venu dans mon bureau d'ailleurs ?

Il afficha son sourire juvénile.

— Pour te mettre sous le nez le fait que j'avais déjeuné avec Nora. Je sais qu'elle te plaît énormément, je l'ai même su avant toi.

CHAPITRE 22

— Je n'arrive toujours pas à croire que tu nous aies obtenu une table.

Beck fit un clin d'œil, et un autre morceau du givre qui protégeait mon cœur fondit. Heureusement que je partais le lendemain matin, parce que tout ceci était agréable – un gentleman qui ouvrait la porte, tirait ma chaise, me disait que j'étais belle. Ne vous méprenez pas, j'aimais aussi l'autre facette de Beck – celui qui n'était pas un gentleman : qui ouvrait ma fermeture Éclair plutôt que la porte, tirait mes cheveux plutôt que ma chaise, me disait de me caresser plutôt que de me dire que j'étais belle. Mais cela faisait longtemps que je n'avais pas eu de rendez-vous galant, et c'était agréable d'être traitée de façon spéciale en dehors de la chambre à coucher.

— Bon, j'ai l'impression que nous avons passé beaucoup de temps ensemble ces dernières semaines.

Je bus une gorgée de vin et regardai Beck par-dessus le bord. Il était toujours attentif, mais ce soir, il y avait quelque chose de différent dans sa façon de me regarder, quelque chose d'encore plus intense que d'habitude, si c'était possible.

— Que vas-tu faire pour t'occuper pendant mon absence ?

— Tout d'abord, nous n'avons pas passé tant de temps que ça ensemble.

— On s'est vus cinq soirs sur sept ces deux dernières semaines.

— Oui, mais seulement une heure à chaque fois. Additionne le temps, et tu verras que ça fait moins qu'une de mes journées de travail au bureau.

— Oh. Eh bien, songe à tous les rencards à durée normale que tu pourras avoir quand je ne serai pas là.

Alors même que je disais cela, mon estomac se retourna.

Le verre de vin de Beck était presque arrivé à ses lèvres quand sa main se figea.

— Je ne prévoyais pas de sortir avec quelqu'un.

Son front se plissa.

— Toi, si ?

La vérité était que je n'avais envie de fréquenter personne. Ces dernières années, sortir avec quelqu'un n'avait été qu'un moyen d'arriver à mes fins. J'aimais le sexe de temps en temps. Alors je papotais pendant l'apéritif ou j'écoutais un agent de change me raconter pendant un dîner hors de prix combien il gagnait. Toutefois les rendez-vous amoureux ne me manquaient pas. Mais, encore une fois, aucun des hommes que j'avais fréquentés ne ressemblait à Beck.

Je haussai les épaules, essayant de paraître décontractée.

— Non, mais... tu sais, ce qui doit arriver arrive. Je ne veux pas que tu aies l'impression que cette soirée – le fait que nous sortions dîner ensemble – change quoi que ce soit.

Beck fit la moue.

— Comment pourrais-je avoir cette impression-là, alors que tu m'as rappelé cinq cents fois que je ne suis rien d'autre qu'un bon coup pour toi ?

— C'est ce qu'on avait convenu.

— Oui, je sais. Mais je ne suis pas un chien qui baise tout ce qui a des jambes. Je pense pouvoir tenir les deux semaines de ton absence.

— Tu n'as pas besoin de t'énerver comme ça. Je voulais juste te dire clairement que je ne serais pas fâchée si tu... tu sais.

Les yeux de Beck parcoururent mon visage comme s'il cherchait quelque chose. Puis il plissa les yeux.

— Tu ne serais pas fâchée si je... quoi, Nora ? Dis-le, si ça ne te dérange pas.

Je levai les yeux au ciel.

— Je pense que nous savons tous les deux de quoi je parle. Je n'ai pas besoin d'être grossière et de le dire.

Beck se pencha en avant.

— Mais je veux que tu le fasses. Ça ne te dérangerait pas si je, quoi, baisais une autre femme ? Peut-être enfouir mon visage entre ses jambes, comme je le fais avec toi ? Ça ne te dérangerait pas, n'est-ce pas ?

Ma mâchoire se crispa.

— Ça me va.

— Vraiment ? Peut-être que je pourrais inviter quelqu'un ici. La ramener chez moi. Lui donner ma queue en guise de dessert.

Je serrai mon verre de vin.

— Fais ce que tu veux.

— D'aaaaaccord.

Il hocha la tête.

— Bien sûr. Parce que tu te fiches de ce que je fais. Tout ça, c'est juste, tu sais, décontracté.

Je haussai les épaules et détournai le regard. L'air crépita entre nous. Je sentis le regard furieux de Beck sur moi, mais je n'arrivais pas à tourner la tête. Pas encore en tout cas.

Il finit par rompre le silence tendu.

— Nora, regarde-moi.

Mes yeux revinrent rencontrer les siens. De longues secondes s'écoulèrent pendant qu'il soutenait mon regard. Au bout d'une minute, il secoua la tête.

— Et puis, merde. Je suis beaucoup de choses, mais pas un menteur. Alors je vais prendre des risques et être honnête, peut-être pour la première fois depuis que tu m'as embrassé ce soir-là dans le bar.

Il se pencha davantage.

— Je ne veux pas que tu baises avec quelqu'un d'autre. Ni que tu suces quelqu'un d'autre. Et l'idée qu'un autre homme te touche…

Il détourna le regard pendant quelques secondes avant de croiser à nouveau le mien.

— Ça me donne envie d'être violent, Nora. Et je ne suis pas un homme violent. Alors reste là et fais semblant de te foutre de ce que je fais quand tu n'es pas là. Mais je vais être sincère. Parce que même si ça va à l'encontre de tes règles d'en avoir rien à cirer, je préfère que tu m'en veuilles d'être honnête plutôt que d'être heureuse que je te mente.

J'ouvris la bouche et la refermai, ne sachant que dire.

Beck jeta sa serviette sur la table et se leva.

— Je vais aux toilettes. Finis ton vin, et quand je reviendrai, nous pourrons recommencer à faire semblant.

Avant que je puisse dire quoi que ce soit, il s'éloigna de la table. Il resta absent près de dix minutes. Je commençais à me dire qu'il m'avait peut-être abandonnée ici. Mais alors il revint. Son visage colérique s'était adouci, et je me sentis idiote.

— Je suis désolé, dit-il en tirant sa chaise. Je n'aurais pas dû dépasser les bornes.

Je levai la main.

— Non, c'est moi qui suis désolée. Tu as raison. Cela me contrarierait que tu sois avec une autre femme.

— Ce qui est drôle, c'est qu'en général, je suis à ta place dans ce genre de situation – à avoir l'impression de m'être fait avoir dans l'accord que j'ai passé.

Je secouai la tête.

— Je ne verrai personne pendant mon absence. Et je ne veux pas que tu voies quelqu'un non plus.

— Merci.

Son sourire s'illumina.

— Nous devrions officialiser ce nouvel accord d'une manière ou d'une autre. Et si je te doigtais sous la table ?

Lorsqu'il fit un nouveau clin d'œil, je le sentis au creux de mon ventre. Après cela, nous redevînmes en quelque sorte normaux. Nous mangeâmes sept plats de la taille d'une bouchée, sans la moindre pause dans notre conversation. Je parlai à Beck de mon voyage imminent dans l'Utah avec Louise, de mon déjeuner avec son frère insouciant, et du fait que j'avais approuvé les corrections finales de mon dernier livre cet après-midi-là. Il me parla de quelques affaires sur lesquelles il travaillait. Après avoir payé l'addition, il se leva et me tendit la main pour m'aider à me relever. Une fois que je fus debout, il m'attira contre lui, juste à côté de la table.

— La soirée a été si mauvaise que ça ? Ça t'a tuée de partager un repas avec moi ?

— Non, dis-je en souriant. En fait, j'ai passé un très bon moment.

— Bien !

Il écrasa ses lèvres sur les miennes de la même manière possessive qu'il le faisait en privé. Cela fit flancher mes genoux.

Dehors, Beck leva le bras pour appeler un taxi.

— Et si on allait chez toi pour que tu n'aies pas à rentrer ensuite, puisque ton vol est si tôt ?

— Hmm... Tout est en désordre.

Il me prit la joue.

— Quand tu es sous moi, l'endroit pourrait brûler et je ne le remarquerais probablement pas.

— Une autre fois, peut-être ?

Beck me jeta un regard.

— Quand j'essaie de passer te prendre, tu ne me laisses pas faire non plus. Je commence à croire que tu caches quelque chose. Tu es sûre que tu n'es pas mariée ?

Merde. Je me forçai à sourire et passai mes bras autour de son cou.

— Absolument pas mariée. C'est juste que... pas chez moi ce soir, d'accord ?

Il eut l'air sceptique, mais accepta.

— Et quand tu reviendras ?

Ne voulant pas gâcher la soirée en disant non maintenant, je décidai de faire face à cet obstacle quand il se présenterait.

— Bien sûr, c'est un bon plan.

CHAPITRE 23
Beck

Cinq jours plus tard, je regardai pour la quatrième fois la même vidéo de *Bryce Canyon* sur le blog de Nora et vérifiai mon téléphone pour la dixième fois de la journée.

Toujours pas de réponse de sa part. Nous nous étions écrit tous les jours depuis son départ, mais elle n'avait plus dit un mot depuis la veille au matin. Au début, mes messages indiquaient qu'ils avaient été reçus, mais pas lus, mais à présent, ils n'indiquaient même plus qu'ils avaient été reçus. Peut-être son téléphone était-il tombé en panne. De toute façon, il était temps pour moi de prendre directement des nouvelles de mamie, alors, après avoir couché Maddie, je me servis un verre de whisky et m'installai sur le canapé.

Mamie répondit à la troisième sonnerie.

— Hé, m'exclamai-je. Comment va ma nana préférée ?

— Oh, juste très, très, très occupée.

Je n'arrivais pas à mettre le doigt dessus, mais quelque chose dans sa voix sonnait faux.

— Occupée, hein ? Qu'est-ce que tu as fait ces deux derniers jours ?

— Juste un peu de ci et un peu de ça.

Ma grand-mère n'était pas timide. De plus, elle restait rarement plus de cinq secondes au téléphone sans qu'un sarcasme ou une boutade ne soit lancé.

— Tu te sens bien ? demandai-je.

— Oh oui. Très bien. Plus que jamais.

Silence à nouveau.

— Et Nora ? Tout va bien pour elle ? Je lui ai écrit, mais elle n'a pas répondu.

— Elle se sent juste... un peu patraque.

Je me redressai d'un bond.

— Elle est malade ?

— Probablement trop de vin hier soir, rien de plus.

Mes épaules s'affaissèrent. *Génial. Maintenant, je l'imagine au bar en train d'attendre un crétin de Tinder.*

Ma grand-mère redevint silencieuse. Mais cette fois, cela me permit de capter le bruit de fond de son côté. On aurait dit une sorte d'annonce, comme dans un aéroport.

— Où es-tu ?

— Dans ma chambre d'hôtel.

— Dans ta chambre ? C'était quoi cette annonce ?

— Oh, ça doit être la télévision.

Pourquoi avais-je l'impression qu'elle racontait des conneries ?

— Il faut que j'y aille, mon chéri, dit mamie.

— Où est l'urgence si tu es juste dans ta chambre ?

— J'ai besoin d'un sommeil réparateur.

Je n'arrivais pas à me débarrasser du sentiment qu'il se passait quelque chose. Mais je connaissais ma grand-mère. Si j'insistais, elle me raccrocherait au nez.

— Tu veux bien me rendre un service ?

— Lequel ?

— Envoie-moi un message demain matin pour me dire que Nora et toi vous sentez bien.

— Ne t'inquiète pas pour nous. Nous allons bien, mon chéri.

— Tu peux le faire pour moi, s'il te plaît ?

Elle soupira.

— Bien sûr. Bonne nuit, Beck.

Après avoir raccroché, je finis le whisky dans mon verre et m'en servis un deuxième. Je me sentais agité et j'espérais que cela m'aiderait à me détendre. Mais ce ne fut pas le cas.

Je passai la nuit à tourner et me retourner, et vérifiai mon téléphone une douzaine de fois le lendemain. Mamie n'avait pas envoyé le message comme elle était censée le faire. À l'heure du dîner, je perdis patience et envoyai d'abord un message à Nora.

Beck : Hé. Mamie m'a dit que tu ne te sentais pas bien hier. Je viens juste voir si ça va mieux aujourd'hui ?

Je fixai mon écran, attendant que le message passe de « envoyé » à « reçu ». Mais cela n'arriva pas. *Bordel !* À quel point un excès de vin peut-il rendre quelqu'un malade pour l'empêcher de recharger son téléphone pendant deux jours ? Plutôt que de jouer à d'autres jeux, je fis défiler mon carnet d'adresse jusqu'au contact de mamie et appuyai sur « appeler ». Cela sonna deux fois avant de tomber sur la messagerie vocale, ce qui signifiait que c'était ma grand-mère qui m'y avait redirigé, car si elle n'avait pas été près de son téléphone, il aurait sonné plusieurs fois encore. Et si son téléphone avait été éteint, je serais directement tombé sur la messagerie vocale.

Je grognai contre le téléphone avant de le jeter sur le comptoir. Malheureusement, je n'avais pas remarqué que ma fille arrivait dans le couloir.

— Qu'est-ce qu'il y a, papa ?

— Rien, ma chérie.

Elle fit une tête qui ressemblait exactement à celle que faisait sa mère quand elle devinait mes conneries. Cela me fit sourire. Je soulevai Maddie du sol et la mis la tête en bas.

Elle éclata de rire.

— Papa, qu'est-ce que tu fais ?

— J'essaie de transformer ta moue en sourire.

Je la secouai plusieurs fois, comme si la gravité pouvait faire tourner les coins de ses lèvres dans la direction opposée. Et cela fonctionna, car ma fille souriait quand je la reposai par terre.

— Qu'est-ce que tu veux manger pour le dîner ? demandai-je.

Nous commandions toujours le samedi soir.

Elle fit des bonds sur place.

— Des sushis et un bol d'açai.

Je m'esclaffai. Quand j'étais petit, McDonald's était un plaisir. Les enfants d'aujourd'hui, c'était autre chose.

— Tu veux la même chose que la dernière fois ?

— Oui, s'il te plaît.

Je tapotai le bout de son nez avec mon index.

— Compris.

— Papa, peux-tu charger les photos que j'ai prises aujourd'hui sur ton ordinateur portable ? Je veux en choisir quelques-unes pour les envoyer à Nora.

Ma fille travaillait à présent sur l'obtention de son badge de photographie. Aujourd'hui, nous nous étions promenés dans toute la ville pour qu'elle puisse prendre des photos de graffitis, comme le projet de Nora.

— Bien sûr, mais je vais te montrer comment faire. J'ai déjà gagné mon badge de photographe des Jeannettes.

Maddie gloussa.

— Papa, tu n'as jamais été Jeannette.

— Comment le sais-tu ?

— Parce que tu es un garçon !

Je souris.

— Va chercher ton appareil photo, ma puce. Je vais t'apprendre à les télécharger, puis tu pourras regarder les photos après le dîner, avant que ta mère ne vienne te récupérer.

— D'accord, papa !

Elle partit en sautillant dans le couloir.

Après avoir commandé notre dîner, j'essayai à nouveau d'appeler ma grand-mère. La même chose se produisit : deux sonneries, puis boîte vocale. J'envoyai donc un message.

Beck : Comment vous sentez-vous aujourd'hui, Nora et toi ?

Près de deux heures s'écoulèrent avant que mon téléphone n'indique l'arrivée d'un nouveau message. Maddie et moi avions déjà fini de manger, et elle était dans sa chambre en train de préparer ses affaires pour aller chez sa mère.

Mamie : On va bien.

Je regardai à nouveau mon téléphone, les sourcils froncés.

Beck : Alors pourquoi tu m'envoies toujours sur la boîte vocale ? Et pourquoi le téléphone de Nora est-il éteint ?

Je regardai les points commencer à sauter, puis disparaître pendant quelques minutes. Puis réapparaître.

Mamie : Tu ne devrais pas venir. Mais je sais que tu ne m'écoutes jamais.

Mais c'était quoi, ce bordel ?

Beck : Es-tu en train de me dire de prendre un avion pour vous rejoindre ? Qu'est-ce qui se passe ?

Mamie : Je ne te dis rien du tout. Mais je sais comment tu peux être.

Quelque chose n'allait pas.

Beck : Où est Nora en ce moment ?

Il y eut un autre long silence avant une réponse.

Mamie : Elle se repose.

Toujours en train de se remettre d'une gueule de bois ? Depuis deux jours ?

Et puis, merde. Au lieu de répondre par un autre message, j'appuyai sur « appeler ». Cela sonna une fois avant d'aller sur la boîte vocale. Son téléphone était clairement dans sa main deux secondes plus tôt. Je commençai à taper un « Mais qu'est-ce qui se passe ? » un peu énervé, quand un autre message arriva de ma grand-mère.

Mamie : Je ne peux pas parler pour l'instant.

Beck : POURQUOI ? QU'EST-CE QUI SE PASSE ?

Mamie : Je te verrai demain, si tu viens.

Je n'avais aucune idée de ce qui se passait, mais j'étais sur le point de le découvrir puisque ce que je fis ensuite fut de réserver le premier vol pour l'Utah que je pus obtenir.

— Avez-vous des voitures disponibles ?

Je me trouvais au comptoir de location de l'aéroport régional de Cedar City, dans l'Utah.

— Vous n'avez pas de réservation ? me demanda le gars de l'autre côté.

— Non.

— Laissez-moi vérifier.

Il cliqua sur son clavier pendant une minute avant de relever la tête.

— Je n'ai que des SUV disponibles.

— C'est parfait.

— D'accord. Et quand allez-vous le rendre ?

Je n'en avais pas la moindre idée.

— Puis-je le réserver jusqu'à demain et appeler pour prolonger si nécessaire ?

— Bien sûr.

J'avais l'itinéraire dactylographié de ma grand-mère, aussi savais-je où elle logeait. Mais, dans l'avion, je m'étais souvenu qu'elle m'avait aussi donné accès à sa localisation grâce à l'application Find My. Alors, une fois dans la voiture de location, je réglai le GPS sur sa position exacte, au lieu de chercher l'adresse de l'hôtel. Elle se trouvait à cent trente kilomètres de là où j'étais, mais les routes étaient dégagées, aussi ne fallut-il qu'un peu plus d'une heure avant que le GPS m'indique la sortie de l'autoroute. Quelques kilomètres plus loin, sur une route très fréquentée, il me fit tourner à gauche... pour entrer sur le parking du Cannon Memorial Hospital.

Quoi ?

Mon cœur se mit à battre la chamade. Ma grand-mère était à l'hôpital ? Mais pourquoi ne me l'avait-elle pas dit ? Le GPS m'indiqua que j'étais arrivé à destination, mais je n'avais aucune idée de la direction à prendre. Je me garai donc près de l'entrée principale et marchai jusqu'au bureau d'information.

— Bonjour, je viens rendre visite à une patiente, mais je ne connais pas son numéro de chambre.

Une femme d'un certain âge portant un blazer rose avec la mention « Bénévole » sur le devant me sourit.

— Quel est son nom ?

— Louise Aster.

Elle tapa sur le clavier de l'ordinateur.

— Je ne vois personne au nom d'Aster. Mais il est plus de 11 h. Aurait-elle déjà pu sortir aujourd'hui ?

J'ouvris l'application Find My sur mon téléphone et l'actualisai. Ma grand-mère était bien là, quelque part. Peut-être était-elle en train d'être déplacée de l'étage où elle se trouvait. Je haussai les épaules et indiquai la porte par laquelle je venais d'entrer.

— Peut-être. Est-ce que c'est par là qu'elle sortirait si elle était libérée en ce moment même ?

La femme hocha la tête.

— Habituellement, oui.

Je jetai un coup d'œil circulaire dans le hall. Il n'y avait aucun signe de ma grand-mère.

— D'accord. Merci, dis-je.

Je commençai à m'éloigner, mais...

— En fait, qu'en est-il de Nora Sutton... Eleanor Sutton ?

La femme tapa à nouveau sur son clavier.

— Mme Sutton est dans le lit numéro 4 des soins intensifs.

Ce fut comme un coup de poing dans le ventre.

— Pouvez-vous me dire comment y aller ?

Elle pointa du doigt une rangée d'ascenseurs.

— Prenez les ascenseurs jusqu'au troisième étage et tournez à droite. Vous ne pouvez pas les rater.

— Merci.

Je sentais mon cœur battre dans ma gorge tandis que je montais les étages. Cela dura moins de trente secondes, mais j'avais les tripes nouées au moment où je sortis de l'ascenseur. Je tournai à droite et me dirigeai rapidement vers un ensemble de doubles portes marquées « Soins intensifs ».

L'unité était une grande pièce ouverte, avec un poste d'infirmières au milieu et des chambres vitrées alignées tout autour. Je me dirigeai vers la première personne en blouse que je vis. Il était au téléphone, mais cela ne m'arrêta pas.

— Nora Sutton. Lit quatre ?

Le type me le montra du doigt avant de reprendre sa conversation. Je vérifiai deux fois tout en marchant dans la direction qu'il m'avait indiquée. Bordel de merde. C'était vraiment Nora ? Je fis quelques pas de plus pour m'en assurer. Nora ne ressemblait pas du tout à Nora. Elle était pâle et semblait si petite, et il y avait un million de fils et de moniteurs branchés sur elle. Une infirmière était en train d'en ajuster un lorsque j'entrai.

Elle me sourit poliment.

— Bonjour.

Je ne pus quitter Nora des yeux pour donner à l'infirmière la courtoisie de la regarder pendant que je parlais.

— Elle va bien ?

— Mme Sutton va aussi bien que possible vu son état.

— Son état ? Quel état ?

L'infirmière me dévisagea de haut en bas, et son sourire amical se fit prudent.

— Je suis désolée. Qui êtes-vous ? Quel est votre lien avec Mme Sutton ?

Un panneau rouge sur le mur au-dessus de la tête de Nora attira mon attention. *NPR. Ne pas réanimer ? Mais pourquoi cela se trouvait-il là ?*

Je haussai le ton.

— Qu'est-il arrivé à Nora ?

— Monsieur, je vais devoir vous demander de sortir.

Une voix familière se fit entendre derrière moi.

— Bea, voici mon petit-fils. Il est avec moi.

Je me tournai vers ma grand-mère qui tenait une tasse de café. Son visage était solennel et des cernes creusaient la peau sous ses yeux. On aurait dit qu'elle n'avait pas dormi depuis longtemps.

— Mamie, qu'est-ce qui se passe ? Qu'est-il arrivé à Nora ?

Ma grand-mère et l'infirmière échangèrent un regard avant que ma grand-mère ne pointe son doigt par-dessus son épaule.

— Pourquoi n'irions-nous pas nous asseoir dans la salle d'attente pour parler quelques minutes ?

Je regardai le corps immobile de Nora pendant un long moment avant de suivre ma grand-mère hors de l'unité de soins intensifs jusqu'à une pièce vide au bout du couloir.

Mamie s'assit sur une chaise en plastique orange et tapota le siège à côté d'elle. Mais j'étais trop excité pour m'asseoir. Je me passai une main dans les cheveux.

— Mais qu'est-ce qui se passe, mamie ? Nora va bien ? Et toi, tu vas bien ?

Elle sourit tristement.

— Je vais bien, mon chéri.

— Vous avez eu un accident ou quelque chose comme ça ?

Elle secoua la tête.

— Non, pas d'accident. Nora ne va pas bien, Beck. Ce n'est pas à moi de te le dire. Elle ne voulait pas que quelqu'un soit au courant de son état. Mais puisque tu es là... je suppose que tu le découvriras de toute façon.

— Son état ? Quel état ?

— Nora est atteinte d'un rhabdomyosarcome cardiaque, des tumeurs malignes récurrentes qui s'infiltrent dans son cœur.

— A ? Elle m'a dit qu'elle avait *eu* une tumeur, mais qu'on l'avait enlevée et qu'elle était guérie. J'ai vu la cicatrice sur sa poitrine.

— Elle a subi plusieurs opérations. Son état est récurrent, tout comme l'était celui de sa mère. Mais les tumeurs actuelles sont inopérables.

Mamie fronça les sourcils.

— Elle allait très bien, mais il y a deux jours, elle a eu une crise cardiaque.

Mes yeux s'écarquillèrent.

— Une crise cardiaque ?

Mamie hocha la tête.

— Elle s'accroche. Mais ils l'ont plongée dans un coma artificiel. Ils vont probablement la garder ainsi pendant quelques jours encore.

Ma grand-mère tendit la main vers moi. Comme la tête me tournait, je la saisis et m'assis.

— Pourquoi ne m'a-t-elle rien dit ?

— Probablement parce qu'elle voulait préserver son intimité. Je sais que vous croyez le cacher, mais je vois que quelque chose s'est développé entre vous. Elle s'illumine quand elle envoie des messages ces derniers temps, et il y a dans son regard un éclat qui n'était pas là avant. Mais je sais que ce n'était pas quelque chose qu'elle avait prévu. Nora ne voulait s'attacher à personne de nouveau, pour ensuite le blesser quand...

Je déglutis.

— Quand quoi ? Tu veux dire qu'elle est mourante ?

Ma grand-mère me serra la main.

— Nora n'habite pas dans mon immeuble, mon petit. Nous nous sommes rencontrées lors d'une réunion du groupe « Vivre à la fin de sa vie ».

Je ne pouvais plus respirer. Les murs marron fade se refermèrent sur moi. Je tirai sur le col de ma chemise, bien qu'il ne soit pas serré autour de mon cou.

— J'ai besoin d'air.

Le visage de ma grand-mère se vida de ses couleurs.

— Je vais aller chercher une infirmière.

— Non. J'ai juste besoin d'air, déclarai-je en me levant. Je reviens.

Ma grand-mère se mit debout.

— Je viens avec toi.

— Non.

Je secouai la tête.

— J'ai besoin de quelques minutes.

Elle hésita, mais acquiesça.

— Je t'attends ici.

Je ne me souvins pas d'être monté dans l'ascenseur ni d'avoir traversé les couloirs, mais je me retrouvai soudain dehors. Plié en deux avec les mains sur les genoux, j'aspirai l'air à grandes gorgées, comme si j'en avais été privé pendant des heures.

Ma tête tournait à tel point que je crus que le yaourt que j'avais mangé dans l'avion allait ressortir. Je devais avoir l'air mal en point, car une femme en blouse s'approcha.

— Monsieur, vous allez bien ? Avez-vous besoin de soins médicaux ?

Je parvins à secouer la tête.

— Je vais bien. J'avais juste besoin d'air.

— Vous êtes sûr ?

Non, et comme elle ne semblait pas prête à s'en aller facilement, je me forçai à me redresser. Je hochai la tête.

— Je vais bien. J'ai juste reçu de mauvaises nouvelles.

— Je suis désolée. Il y a une chapelle au bout du couloir, au premier étage, si ça peut vous aider.

— Merci.

Une fois qu'elle fut rentrée, je décidai d'aller faire quelques pas. Je ne voulais pas que quelqu'un s'arrête pour me demander si j'allais bien. Heureusement, il y avait un chemin qui faisait le tour du bâtiment, parce que je n'étais pas dans l'état d'esprit de savoir tout seul où j'allais.

Au fur et à mesure que j'avançais, de nombreuses choses se mirent en place.

Nora ne me laissait jamais aller dans son appartement. À présent, c'était logique, puisqu'elle n'avait pas vraiment rencontré ma grand-mère dans son immeuble.

Nora ne voulait pas de relation. Elle donnait, elle ne prenait pas. Elle ne s'était jamais engagée avec quelqu'un de nouveau parce qu'elle ne voulait pas le blesser quand…

Je déglutis.

La cicatrice sur sa poitrine.

Son désir de rencontrer son père biologique pour la première fois de sa vie.

Son amitié avec ma grand-mère n'avait jamais été logique. Nora avait dit que certaines des choses qu'elles faisaient étaient aussi ses idées à elle. Ce n'était pas seulement la liste des choses à faire de ma grand-mère. C'était aussi celle de Nora.

Il y avait tellement de signes que je n'arrivais pas à croire que je n'avais pas fait le rapprochement. Comment avais-je pu ne pas voir qu'il y avait plus que de l'amitié dans leur lien ?

Une fois toutes les réponses en place, une toute nouvelle série de questions se mirent à envahir ma tête.

Combien de temps lui reste-t-il ?

N'y a-t-il aucun traitement disponible ?

A-t-elle consulté tous les experts possibles ?

S'est-elle rendue au Mass General ? À Londres, à Berlin ? J'avais lu récemment un article qui disait que leurs soins cardiaques étaient à la pointe du progrès.

Puis-je obtenir un hélicoptère médicalisé pour nous ramener à New York ? Ou ai-je besoin d'un avion ?

L'allure de mes pas autour de l'hôpital s'accéléra au fur et à mesure que je retrouvais un second souffle. Ne connaissant pas les détails, je me rendis compte que le temps que je prenais à cet instant pouvait être du temps dont Nora avait besoin. Aussi me mis-je à trottiner en direction de l'entrée. Après quelques secondes, cela se transforma en un véritable sprint. Je franchis la porte d'entrée en courant, ignorant l'agent de sécurité qui me disait de ralentir, et traversai le hall jusqu'aux ascenseurs. Appuyer trois fois sur le bouton ne servit à rien, alors je trouvai l'escalier le plus proche et montai les marches deux à deux.

Ma grand-mère attendait devant la petite pièce où nous avions discuté. Je m'arrêtai et montrai les portes de l'unité de soins intensifs.

— Combien d'experts a-t-elle consultés ? Qui est son médecin traitant à New York ? On doit la faire transférer là-bas le plus tôt possible. Ce petit hôpital minable ne peut pas lui offrir ce dont elle a besoin et...

Ma grand-mère posa son doigt sur mes lèvres, me faisant taire.

— Ce dont elle a *besoin*, c'est de paix. Peu importe où elle se trouve. Les médecins d'ici ont été très conciliants et la mettent à son aise.

— Son aise ? Non. Elle a besoin d'experts.

— Beck...

— N'essaie pas de me raisonner. Elle n'a même pas trente ans. Elle est jeune et en bonne santé. Il doit bien y avoir quelque chose qu'ils peuvent faire pour elle.

Mamie fronça les sourcils.

— Elle a subi trois opérations à cœur ouvert en dix ans, et tout autant de séances de chimiothérapie. Les tumeurs sont revenues en force, et elles sont à un endroit où elles ne peuvent pas être réséquées.

— D'après qui ? Quelqu'un doit être capable de réparer ça.

— Tout n'est pas réparable dans la vie, mon chéri. Et Nora a exprimé ses souhaits très clairement. Elle ne veut plus de traitements. Elle veut partir comme elle l'entend.

J'eus l'impression que quelqu'un avait ouvert mes côtes et arraché *mon* cœur. Je secouai la tête et sortis mon téléphone portable de ma poche.

— Je dois passer quelques coups de fil. Trouver quelqu'un qu'elle n'a jamais vu, quelqu'un qui peut l'aider.

— La seule chose que tu dois faire, c'est être *là* pour elle. Soutenir ses décisions.

— Non.

J'étais déjà en train de chercher sur Google le chef de la chirurgie cardiaque du Mass General.

— Je ne peux pas rester sans rien faire et laisser deux personnes que j'aime mourir parce qu'elles pensent qu'il est temps de rendre leur tablier !

Le visage de ma grand-mère s'adoucit. Pendant une seconde, je ne sus pourquoi.

Elle leva la main et se couvrit le cœur.

— Tu n'étais pas censé tomber amoureux d'elle, Beck.

Je me figeai. Étais-je amoureux d'elle ?

Oh, merde.

CHAPITRE 24
Beck

Quelques heures plus tard, j'avais envie de m'arracher les cheveux. J'avais trouvé deux médecins qui avaient accepté de jeter un coup d'œil sur le dossier de Nora, mais personne ne voulait m'aider ici, dans l'Utah.

Ni l'infirmière.

Ni le médecin.

Ni le connard d'administrateur qui menaçait de me faire escorter hors des lieux par la sécurité si je n'arrêtais pas de harceler le personnel.

Pire encore, même ma grand-mère ne voulait pas m'aider.

Je me sentais impuissant. Inutile. Faible.

Sans savoir comment, j'étais entré dans la chapelle une demi-heure plus tôt. J'étais assis au dernier rang, fixant du regard une statue de Jésus sur la croix suspendue au-dessus de l'autel, quand un homme interrompit mes pensées.

— La place à côté de vous est-elle occupée ? demanda-t-il.

J'étais seul dans cette fichue chapelle. Il y avait six ou huit bancs vides et deux côtés d'allée. Je me retournai, agacé.

— Allez vous asseoir ail...

Je m'interrompis en voyant le col.

— Merde. Pardon, mon père.

Je secouai la tête.

— Et pardon, d'avoir dit merde.

Il sourit.

— Ce n'est pas grave. Mais je peux m'asseoir à côté de vous ?

Je n'étais pas d'humeur à discuter, surtout avec quelqu'un pour qui je devrais réfléchir avant de parler. Malgré tout, je me décalai pour qu'il n'ait pas à m'enjamber.

Il s'assit avec un soupir et me tendit la main.

— Je suis le Père Kelly. Kelly est mon prénom, pas mon nom de famille.

Je lui serrai la main.

— Comment allez-vous, mon père ?

— Mes genoux me font mal, j'ai besoin d'une prothèse de hanche, et ma secrétaire utilise encore une machine à écrire alors qu'il y a un ordinateur en parfait état de fonctionnement sur son bureau.

Il sourit.

— Mais, si j'en crois ce que je vois, je pense aller mieux que vous en ce moment.

Je souris à moitié, mais ne dis rien, espérant toujours qu'il comprendrait l'allusion.

Ce ne fut pas le cas.

— Avez-vous perdu quelqu'un ? demanda-t-il.

Je secouai la tête.

— Quelqu'un de malade ?

J'opinai du chef.

Nous restâmes silencieux pendant un long moment. J'avais été élevé dans la religion catholique, mais n'étais plus pratiquant. La dernière fois que j'étais allé à l'église, en dehors d'un mariage, c'était pour l'enterrement de ma mère. J'étais presque sûr que cela avait aussi été la dernière fois de ma grand-mère. La petite chapelle de l'hôpital était paisible, mais alors que j'étais assis près du prêtre, je me sentis de plus en plus agacé. Je tournai sur mon siège pour lui faire face.

— Comment conciliez-vous l'œuvre de Dieu et la mort de gens jeunes ?

— Je ne le fais pas. La foi ne peut pas tout expliquer ou justifier. Mais elle peut apporter du réconfort, si on la laisse faire.

— Comment ?

— Eh bien, votre foi vous donne l'assurance que vos proches iront bien. Heureux même, après leur départ.

— Comment pourraient-ils être heureux s'ils ne sont pas avec les gens qu'ils aiment ?

Il sourit.

— Nous serons tous réunis un jour. Si vous pouvez accepter cela, si vous vous fiez vraiment à votre foi, cela peut vous aider à guérir après la perte d'un être cher.

— J'ai toujours eu le sentiment que les gens qui s'appuient trop sur la croyance d'une vie après la mort le font parce qu'ils ne savent pas très bien faire face à leur propre vie.

Plutôt que de se sentir insulté, le prêtre sourit davantage.

— Et j'ai toujours soupçonné que beaucoup de ceux qui ne croient pas en la vie après la mort ont peur de le faire parce qu'ils craignent d'aller de l'autre côté.

Il pointa ses deux pouces vers le bas.

Je gloussai.

— C'est un bon argument.

— Parlez-moi de votre proche qui est à l'hôpital.

Je regardai l'autel.

— Elle est belle et têtue. Intelligente. Créative. Un peu casse-cou. Elle ne juge pas les autres et se lie d'amitié avec des gens un peu bizarres. C'est une bonne personne, très protectrice de ceux auxquels elle tient.

— Elle a l'air merveilleuse.

Je soupirai et me passai une main dans les cheveux.

— Elle l'est. Et, bêtement, je n'ai pas réalisé à quel point elle était géniale, jusqu'à ce qu'il soit trop tard.

— Mais elle est toujours avec nous ?

Je hochai la tête.

— Alors il n'est pas trop tard. Peut-être que vous êtes ici maintenant pour lui apporter le réconfort dont elle besoin. Il peut être effrayant pour les gens d'avancer seuls lors de leurs derniers jours. Peut-être pouvez-vous l'aider dans cette étape, ce qui vous apportera du réconfort un jour quand vous y repenserez.

— Je ne sais pas trop comment faire.

— Concentrez-vous sur ses besoins. Qu'il s'agisse de lui tenir la main quand elle a peur ou d'aller voir son film préféré que vous n'aimez vraiment pas. Essayez de ne pas l'accabler avec vos peurs. Et surtout, faites en sorte qu'elle sache ce que vous ressentez pour elle.

Je déglutis. Tout ceci était ce que Nora avait fait pour ma grand-mère – se concentrer sur ses besoins, lui montrer qu'elle n'avait pas peur. Bon sang, et tout ce que j'avais fait, c'était lui reprocher de faire ça. J'avais complètement foiré. J'avais laissé mon égoïsme m'empêcher de soutenir les décisions de ma grand-mère. Je ne l'avais pas fait passer en premier, comme Nora l'avait fait.

Mes yeux se remplirent de larmes. Le père Kelly posa sa main sur mon épaule.

— Il n'est jamais trop tard pour être l'homme que vous devez être.

∽

— Il est presque minuit, dis-je à ma grand-mère.

Nous étions assis sur des chaises de part et d'autre du lit de Nora depuis que j'étais revenu de la chapelle dans l'après-midi.

— Pourquoi ne dormirais-tu pas un peu ?

Elle se redressa comme si elle s'apprêtait à rouspéter, aussi étouffai-je la dispute dans l'œuf.

— C'est à son tour d'avoir besoin de toi. Et tu ne lui seras d'aucune utilité si tu te retrouves dans le lit voisin parce que tu es épuisée et que tu ne prends pas soin de toi.

Mamie fronça les sourcils, mais acquiesça.

— Je te dépose et je reviens. Ils ont dit qu'ils n'allaient pas l'extuber ni essayer de la réveiller avant la fin des visites du matin. Il n'y a donc pas grand-chose qui puisse changer d'ici là.

— Et toi ?

— Je peux dormir n'importe où. Et ce n'est pas moi qui suis malade.

— D'accord.

Mamie prit la main de Nora et ferma les yeux un instant. J'étais presque sûr que cette femme qui n'était pas allée à l'église depuis vingt ans venait de dire une petite prière. Apparemment, nous étions tous les deux plus pieux aujourd'hui que nous ne l'avions été depuis des années. Ma grand-mère mit son sac à main sur son épaule, puis s'arrêta.

— Attends une seconde.

Elle posa son sac à main au pied du lit et fouilla dedans, avant de sortir un objet enveloppé dans du papier journal qu'elle me tendit.

— C'est son pot de gratitude. Juste au cas où elle se réveillerait avant mon retour et aurait besoin d'un rappel.

Ces deux femmes extraordinaires transportaient des récipients en verre remplis de souvenirs auxquels s'accrocher lorsqu'il n'y avait plus rien à saisir. J'eus du mal à lutter contre mes larmes.

Lorsque je revins après avoir déposé ma grand-mère à l'hôtel, il était presque 1 h du matin. L'infirmière de nuit était en train de manipuler les machines lorsque j'entrai.

— Du changement ? demandai-je.

Elle sourit poliment.

— Non. Mais dans ce genre de situation, l'absence de nouvelles est une bonne nouvelle. Demain sera un grand jour pour elle, quand ils arrêteront les médicaments et lui permettront de se réveiller.

Je hochai la tête.

Après avoir pris quelques constantes, l'infirmière fit rouler son bureau et sa chaise mobiles jusqu'à la chambre du patient suivant. Je me remis à faire ce que j'avais fait la majeure partie de la journée – quand je ne discutais pas avec à ma grand-mère ou que je ne regardais pas Nora –, à savoir des recherches sur le rhabdomyosarcome cardiaque. J'avais appris beaucoup de choses sur ce cancer rare, notamment qu'il était parfois héréditaire. La mère de Nora était décédée de cette maladie alors qu'elle avait une trentaine d'années. J'avais également lu que le taux de survie à cinq ans n'était que de onze pour cent, et Nora avait été diagnostiquée plus de dix ans auparavant – elle avait déjà déjoué les pronostics. Mais trois opérations à cœur ouvert avaient affaibli son cœur, et les tumeurs qui étaient revenues cette fois étaient inopérables.

Quelques heures supplémentaires s'écoulèrent et mes yeux se brouillaient à force de lire sur mon téléphone, aussi le posai-je sur le plateau de nourriture. Le pot de gratitude posé tout près attira mon attention et me fit sourire. Je le pris et le soulevai.

L'infirmière qui était passée plus tôt revint pour changer la poche de perfusion de Nora. Elle fit un geste vers le *Mason jar* que je tenais dans mes mains.

— Qu'est-ce que c'est ?

Je souris tristement.

— Juste des choses dont Nora veut se souvenir.

L'infirmière hocha la tête comme si elle comprenait. Peut-être était-ce le cas, à force de travailler ici et d'être entourée de personnes gravement malades. Elle finit d'accrocher les fluides au trépied et me regarda.

— Elle ne peut pas répondre, mais je pense qu'elle peut vous entendre.

Mes sourcils se froncèrent.

Son regard se tourna à nouveau vers le bocal.

— Cela pourrait lui apporter du réconfort.

Après son départ, je repensai à ce que le père Kelly avait dit : *Peut-être êtes-vous ici pour lui apporter le réconfort dont elle a besoin.*

Ouvrir le pot me donna l'impression de m'immiscer dans les pensées intimes de Nora. Mais quand je sortis le premier morceau de papier plié, j'oubliai vite ce sentiment.

1er juin – Je suis reconnaissante d'avoir pu obtenir deux billets pour Harry Styles aujourd'hui.

Je gloussai et pris la main de Nora. Je le lus à haute voix pour elle avant d'en prendre un autre.

20 juin – Lever de soleil sur les Smoky Mountains

9 juin – L'odeur des gardénias frais

17 juin – La possibilité de trouver les réponses à tout sur Google. Au fait, Google avait raison, et Tequila Tuesdays a les meilleurs tacos de Virginie.

Je souris.

9 juin – Je suis reconnaissante à William Sutton, le meilleur père qu'une fille puisse souhaiter.

Une boule se forma dans ma gorge quand je me rendis compte qu'elle avait écrit ce mot le jour où nous étions allés rencontrer son père biologique aux Bahamas.

Je sortis les mots de gratitude et les lus pendant près d'une demi-heure. Quelques-uns, simples, me firent l'effet de coups de poing dans le ventre, comme celui qui parlait de flaques d'eau et de bottes de pluie. D'autres me firent rire, comme celui qu'elle avait écrit à l'occasion de Thanksgiving l'année précédente et qui disait qu'elle était heureuse de ne pas être une dinde. Mais l'un d'eux me stoppa net.

22 mai – Je suis reconnaissante d'avoir eu la chance de rencontrer un homme qui m'a rappelé ce qu'est l'amour.

Le 22 mai était le jour de notre rencontre.

CHAPITRE 25
Beck

— Combien d'heures sont passées maintenant ?

Mamie me tapota la main.

— Ne tenons pas de compte. Le médecin a dit que certaines personnes pouvaient mettre jusqu'à une journée entière pour se réveiller après l'arrêt des médicaments.

Je regardai Nora. Elle n'avait pas bougé depuis qu'ils avaient retiré le tube respiratoire et arrêté la sédation. Cela s'était produit vers 8 h le matin même, et à présent, il faisait déjà nuit dehors. Ma grand-mère essayait d'être positive, mais je pouvais voir l'inquiétude dans son regard au fur et à mesure que les heures s'écoulaient. Elle n'avait rien mangé non plus depuis qu'elle était revenue vers 10 h.

— Il faut que tu manges quelque chose, lui dis-je.

— Je n'ai pas d'appétit.

Moi non plus, mais si je devais forcer ma grand-mère à prendre soin d'elle, je devais faire de même.

— Que dirais-tu d'une soupe ? J'ai vu un Panera à quelques rues d'ici.

Mamie hocha la tête.

— D'accord.

— Poulet et nouilles ?

— Oui.

— Je reviens dès que possible.

Ce qui aurait dû être une course de quinze minutes finit par prendre près d'une heure parce que la borne de paiement du garage de l'hôpital ne fonctionnait pas et qu'une file de voitures s'était accumulée devant la barrière en bois qui ne se levait qu'une fois le ticket payé. Ensuite, l'intérieur du Panera était fermé pour cause de rénovations, et je dus faire une longue queue au drive-in. Pour couronner le tout, lorsque je fus de retour à l'hôpital, il n'y avait plus d'endroit où se garer nulle part, le garage ayant été fermé à cause de la borne en panne.

J'étais encore en train de râler quand j'entrai dans la chambre de Nora, mais mes plaintes cessèrent quand je vis une paire de beaux yeux verts.

— Tu es réveillée.

Ma grand-mère sourit.

— Elle s'est réveillée quelques minutes après ton départ.

La voix de Nora était groggy.

— Pourquoi es-tu là ?

Je me penchai et lui embrassai le front.

— Parce que tu y es.

— Beck... soupira-t-elle.

Mamie nous regarda à tour de rôle et se leva.

— Je dois aller aux toilettes.

Je posai le sachet de soupe et pris le siège près de Nora.

— Comment te sens-tu ?

— Fatiguée.

Je souris.

— Eh bien, tu ne devrais pas l'être. Tu as dormi pendant trois fichus jours.

— Je suppose que je n'ai pas à m'inquiéter que tu me traites différemment juste parce que je suis malade...

Je fis un clin d'œil.

— Jamais.

Nora m'étudia un moment.

— Que sais-tu exactement ?

— Assez pour savoir épeler rhabdomyosarcome après l'avoir tapé tant de fois sur Google.

J'ôtai une mèche de cheveux de son visage.

— Pourquoi ne m'as-tu rien dit ?

— Au début, c'était parce que je voulais me sentir normale, avoir un amant d'un soir qui me regarde comme une femme, et non comme une femme malade.

— Et plus tard ? Une fois que nous sommes devenus plus qu'un coup d'un soir ?

Elle déglutit.

— Je ne voulais pas te blesser. Je pensais que cette histoire finirait avant que tu ne le découvres. Tu étais censé te lasser de moi, comme tu l'as fait avec toutes les autres depuis ton divorce.

Je fronçai les sourcils.

— Mais tu n'es pas comme les autres, donc ton plan était bancal dès le départ.

Les larmes s'accumulèrent dans les yeux de Nora.

— Je suis désolée.

— De quoi ?

— Je n'aurais pas dû m'impliquer. Ça aurait été plus facile quand...

Elle détourna le regard.

Je déglutis.

— Nora ?

Ses yeux revinrent sur les miens. Je pris ses joues entre mes mains pour m'assurer qu'elle m'entendait bien.

— Je préférerais tomber amoureux de toi et être blessé plutôt que de ne m'être jamais impliqué.

Les larmes qu'elle avait combattues coulèrent sur son visage. Je les essuyai avec mes pouces et me rapprochai d'elle, de sorte que nous étions presque nez à nez.

— Et pour que les choses soient claires, dis-je, je *suis* tombé amoureux de toi.

D'autres larmes dévalèrent sur ses joues, mais plutôt que de perdre du temps à les essuyer, je m'efforçai de changer son humeur. Je pressai mes lèvres contre les siennes jusqu'à ce que je sente toute tension quitter son corps.

Quand je m'écartai, elle sourit.

— Tu as dit que j'étais inconsciente pendant trois jours, ce qui signifie que je ne me suis pas brossé les dents depuis tout ce temps.

— Je n'en ai rien à foutre, mon cœur. Ne te brosse pas les dents. Ne te rase pas. Ne te douche pas. J'aurai toujours envie de toi.

Je pris sa main, la faisant glisser hors du lit et la guidant pour qu'elle épouse mon érection croissante. Les yeux de Nora s'écarquillèrent. Mais l'étincelle qu'elle avait toujours eue était de retour.

— Vraiment rien à foutre, bébé, ajoutai-je.

— Ta grand-mère peut entrer d'une seconde à l'autre.

— Ma grand-mère ne sera pas de retour avant un moment. Elle n'avait pas besoin d'aller aux toilettes. Je la connais. Elle nous laisse un peu de temps pour nous.

J'agitai mes sourcils.

— Je pourrais me glisser sous ces couvertures avec toi pour un petit coup rapide.

— Ne t'avise pas de le faire, dit-elle en souriant.

Le père Kelly avait dit que ma raison d'être était peut-être d'apporter du réconfort à Nora, mais je sus à cet instant-là que ce n'était pas le cas. Mon travail consistait à faire en sorte que son visage ressemble à celui qu'elle avait en ce moment jusqu'à la fin, quel que soit le moment où cela arriverait.

Malheureusement, nous fûmes interrompus par une infirmière qui voulait prendre ses constantes. Puis ma grand-mère revint et, quelques minutes plus tard, le cardiologue nous rejoignit.

— Bon retour parmi nous.

Il sourit et tendit la main à Nora.

— Je suis le Dr Wallace. Je suis venu vous voir plusieurs fois par jour, mais vous n'avez pas été une très bonne hôtesse. Vous n'étiez pas très bavarde.

Nora sourit.

— Enchantée, Docteur Wallace.

Il fit un examen rapide et tapa sur son iPad.

— Vos constantes sont bonnes. En me basant sur les chiffres, je ne devinerais pas que vous avez subi une crise cardiaque massive il y a quelques jours. Mais encore une fois, la plupart des personnes ayant subi ce type d'incident cardiaque ont trente ans de plus que vous.

Nora se redressa dans son lit.

— Quand puis-je sortir ?

— Eh bien ! Je viens à peine de vous rencontrer, et vous avez déjà hâte de partir.

Il sourit.

— J'aimerais vous garder en observation au moins un jour ou deux. Nous vous ferons lever et marcher dans les douze prochaines heures, si vous êtes prête, et nous verrons ensuite à quelle vitesse vos forces reviendront. Pendant ces évaluations, nous pourrons parler de vos options de traitement.

— Oh...

Nora secoua la tête.

— Je ne veux pas de traitement.

Le Dr Wallace hocha la tête.

— Mme Aster nous a donné vos directives avancées lorsque vous êtes arrivée, et j'ai parlé à vos médecins à New York pour avoir une meilleure idée de vos antécédents. Mais vous devez savoir que votre crise cardiaque et votre hospitalisation ont fait évoluer votre statut sur la liste des transplantations.

— Elle est candidate à une transplantation ? dis-je.

Le médecin nous regarda Nora et moi.

— Pardon. C'est une conversation que nous devrions avoir en privé. Je voulais simplement suggérer que nous devrions en discuter quand vous vous sentirez prête à le faire.

Nora se força à sourire.

— Je me sens un peu fatiguée.

Mon instinct me disait qu'elle racontait des bobards et qu'elle voulait juste mettre fin à cette conversation, mais cela fonctionna.

Le Dr Wallace acquiesça à nouveau.

— Bien sûr. Je vais demander un échocardiogramme et un électrocardiogramme, ainsi que de nouveaux examens sanguins. Cela nous donnera une meilleure idée de la situation de toute façon. Je repasserai dans la matinée pour voir si vous êtes d'accord pour parler.

Après un murmure de remerciements et d'au revoir, nous nous retrouvâmes tous les trois. Le silence se fit de plus en plus pesant. Je n'en pouvais plus.

Je levai les mains vers le ciel.

— Quelqu'un peut-il m'expliquer pourquoi vous arrêtez de vous battre alors qu'il reste encore des options ? Parce qu'apparemment, je suis le seul dans cette pièce à ne pas faire partie du club.

Ma grand-mère plissa les yeux.

— N'élève pas la voix. Je me fiche que tu aies plus de trente ans et que je sois mourante. Je vais te botter les fesses.

Je soufflai deux fois et secouai la tête.

— J'ai besoin d'une minute. Je vais faire un tour.

～

— Salut.

J'ouvris les yeux et vis Nora en train de me regarder. J'avais dû m'assoupir pendant qu'elle dormait. Je me redressai et m'essuyai la joue.

Nora sourit.

— De l'autre côté.

Merde. Je me frottai l'autre joue, mais le sourire en coin de Nora m'indiqua que je perdais mon temps.

— Il n'y a pas de bave, n'est-ce pas ?

— Non.

Je gloussai.

— Quelle heure est-il ?

Les yeux de Nora se tournèrent vers l'horloge accrochée au mur en face de son lit. Je n'étais même pas sûr de l'avoir déjà remarquée.

— Presque 3 h du matin.

Je regardai autour de moi. Les chambres de l'unité de soins intensifs étaient toutes en verre, mais le rideau de Nora était partiellement tiré à présent. C'était la première fois que je n'avais pas l'impression que nous étions assis dans un aquarium.

— Beaucoup plus confortable, dis-je.

— L'infirmière m'a dit que mon petit ami était beau et a ensuite tiré les panneaux d'intimité.

— Ah oui ?

Je m'étirai, puis me levai.

— Je vais devoir lui apporter des fleurs. Pousse-toi. Tu monopolises le lit.

Nora sourit et se décala. Le lit d'hôpital pourri était probablement un lit simple ou un lit jumeau, si bien que mon épaule droite pendait du bord. Mais c'était la meilleure place que j'avais occupée depuis des jours. Je poussai Nora à se redresser un peu et l'entourai de mon bras, la faisant se blottir contre moi.

— Viens ici.

Elle posa sa tête sur mon torse et me regarda.

— Merci d'être venu, murmura-t-elle.

— De rien.

Elle sourit tristement.

— Je crois que je vais avancer la date de mon déménagement en Californie.

— À quand ?

— Dès que je me sentirai la force de le faire.

Un sentiment de panique m'envahit.

— Pourquoi partir ? Tous tes médecins sont à New York.

— Je pense que c'est mieux.

— Mieux pour qui ? Moi ou toi ?

Elle détourna le regard.

— Moi.

Je n'étais pas sûr de la croire, mais ce n'était pas le moment de discuter. Je soupirai.

— Je peux te poser des questions sur ta santé ? Je veux dire... j'ai l'impression d'être presque qualifié pour opérer moi-même après toutes les lectures que j'ai faites ces derniers jours. Mais j'aimerais la comprendre de ton point de vue.

Nora acquiesça.

— Je t'ai dit que ma mère était morte quand j'étais petite. Elle avait un rhabdomyosarcome cardiaque. Certaines personnes n'ont qu'une tumeur une seule fois, mais d'autres, comme nous, en ont beaucoup et elles reviennent. La plupart des cas ne sont pas héréditaires, mais certaines personnes ont des facteurs génétiques comme nous.

— Quand as-tu été diagnostiquée ?

— Après mon bal de fin d'année du lycée. J'avais beaucoup de mal à respirer. J'avais l'impression que quelqu'un était assis sur ma poitrine, mais comme j'avais bu le soir du bal, je n'ai rien dit pendant quelques jours. Je pensais que c'était la pire gueule de bois du monde. Quelques jours plus tard, j'étais tellement épuisée que je ne pouvais même pas marcher. Mon père, William, m'a emmenée aux urgences, où l'on m'a admise. Le diagnostic a été posé le lendemain matin. J'ai subi une chimiothérapie et une radiothérapie, et je suis entrée en rémission quelques mois plus tard. La majorité des patients atteints d'un rhabdomyosarcome localisé peuvent être guéris. Mais le mien est revenu deux ans plus tard. Et la tumeur est venue avec des amies. C'est là que j'ai été opérée pour la première fois... à cœur ouvert, à vingt ans. Les tumeurs ont dû être réséquées, coupées. Après ça, j'ai été en bonne santé pendant trois ans, je crois. Puis une autre opération. Et un an plus tard, c'était revenu. J'ai eu trois opérations à cœur ouvert ces dix dernières années, et trois séries de chimio et de rayons.

— Bon sang.

— La dernière récidive a eu lieu seulement six mois après la dernière opération, et les tumeurs ne sont pas résécables. Mes chirurgiens les ont décrites comme du lierre s'enroulant autour d'un treillis, sauf que le treillis est mon cœur. Elles se sont infiltrées d'une manière qui les rend inopérables.

— Le Dr Wallace a parlé d'une transplantation. Tu remontes dans la liste ?

Nora soupira.

— Je suis du groupe sanguin O, qui a le temps d'attente le plus long pour un donneur. Pour le groupe AB, en moyenne, l'attente est de moins d'un mois. Pour le groupe O, c'est bien plus d'un an. Même avec un statut plus élevé sur la liste, il est peu probable que cela se produise un jour. De plus, en moyenne, le taux de survie des personnes atteintes de mon type de lésions n'est que de seize mois après une transplantation.

— Tu dis toujours *en moyenne*, mais y a-t-il des gens qui vivent une vie entière ? Qui arrivent en bonne santé à soixante-dix ou quatre-vingts ans ?

Nora prit ma joue dans sa main.

— J'ai accepté mon destin. Je veux profiter du temps qu'il me reste. Je suis désolée que cela devienne difficile pour toi. Mais je ne regrette pas de t'avoir rencontré, Beck.

Ma voix se brisa alors que je la regardais dans les yeux.

— Nora, je suis amoureux de toi. Je ne peux pas te perdre.

— Oh, Beck. Tu n'étais pas censé faire ça.

Je secouai la tête.

— Je ne pouvais pas l'arrêter. Ce n'était pas une option. Tomber amoureux de toi était une nécessité.

CHAPITRE 26
Nora

— Je vais bien. Je peux le faire.

Je repoussai la main de Beck et me levai de mon fauteuil roulant une fois arrivée à l'extérieur des portes du hall d'entrée. Quatre jours étaient passés et je me sentais faible, mais je n'avais jamais été aussi prête à quitter l'hôpital. J'avais passé bien trop de temps dans ce genre d'établissement au cours des dix dernières années. Je fermai les yeux et respirai profondément. *De l'air frais.* Quelque chose que j'avais pris pour acquis durant la majeure partie de ma vie.

Beck se tenait consciencieusement à mes côtés pendant que je marchais vers la voiture qui nous attendait. Il ouvrit la portière et m'observa tel un faucon pendant que je m'installais sur le siège passager. Une fois que je fus assise, il tira la sangle de la ceinture de sécurité et commença à m'attacher.

— Peux-tu faire comme si je n'avais pas eu de crise cardiaque ? Tu me traites comme une enfant de cinq ans. Je peux le faire moi-même.

Beck sourit avec suffisance.

— Tu sais qu'on ne te retirera pas ta carte de féministe pour avoir permis à un homme de t'aider, surtout quand cet homme *veut* s'occuper de toi parce qu'il est amoureux de toi.

Et c'était reparti – *amoureux de moi*. C'était comme si le bouchon avait sauté de la bouteille et que, à présent, il ne rentrait plus dans le goulot. Je n'avais pas dit à Beck que je l'aimais moi aussi, mais il me l'avait dit au moins une demi-douzaine de fois ces derniers jours.

Je tirai la langue. Beck la regarda et gémit.

— Cette bouche me manque. Les quatre à six semaines prochaines vont être longues.

Beck enclencha ma ceinture de sécurité et je saisis sa chemise quand il fit mine de se redresser.

— Le médecin a dit pas de sexe pendant quatre à six semaines, mais il y a d'autres choses que le sexe...

— Bien essayé. J'ai outrepassé mes droits et demandé au médecin de définir ce qu'il entendait par *sexe*. Cela inclut toute activité qui accélère le rythme cardiaque. En ce qui nous concerne, cela signifie probablement qu'il ne faut pas se disputer non plus, puisque c'est ce qui constitue nos préliminaires.

Je fis la moue.

Beck gloussa, mais il ferma ma portière et se dirigea vers le côté conducteur en trottinant. L'hôtel n'était qu'à vingt minutes de route. Quelques jours plus tôt, j'avais demandé à Louise de faire libérer ma chambre et de mettre ma valise dans la sienne. Il était inutile de payer un hôtel alors que j'étais à l'hôpital. J'avais demandé à Beck de voir si une nouvelle chambre était disponible avant de venir me chercher. Il m'avait répondu que oui. Mais lorsque nous arrivâmes à l'hôtel, Beck se dirigea vers la cage d'ascenseur, alors que je devais me rendre à la réception.

— Je dois m'enregistrer et récupérer mon sac chez Louise.

— Non, ce n'est pas la peine. Ton sac est déjà dans ma chambre. Je nous ai demandé une suite. Et nous déjeunons avec mamie.

J'arrêtai de marcher.

— Je ne pense pas que ce soit une bonne idée, Beck.

— Eh bien, tu ferais mieux de t'y habituer rapidement, parce que je n'accepterai aucun refus.

— Beck...

Il posa ses mains sur mes épaules.

— J'en ai assez de tes règles. J'ai compris que tu essayais de me protéger. Tu ne voulais pas que nous devenions proches pour ne pas me blesser. Mais c'est fini maintenant. Peu importe que nous soyons dans des chambres séparées ou que tu sois dans mon lit. Je suis avec toi, et je ne vais nulle part.

— Mais...

Beck me coupa la parole en pressant ses lèvres contre les miennes. Il fallut moins de deux secondes pour que je me fonde en lui. Nous restâmes au milieu du hall comme ça pendant un long moment. Lorsque notre baiser prit fin, je regrettai le fauteuil roulant de l'hôpital parce que j'avais des vertiges. Comme s'il l'avait senti, Beck me serra dans ses bras.

— Une seule chambre, déclara-t-il fermement. Je te veux à côté de moi. Et si tu penses que c'est parce que je veux te surveiller, m'assurer que tu vas bien, alors tu me donnes trop de crédit. Je te veux nue à mes côtés, ton corps pressé contre le mien, même si je ne peux pas encore t'avoir.

Face à une telle déclaration, comment pouvais-je refuser ? Je pris donc une grande inspiration et hochai la tête.

— Bien ! Alors montons à l'étage. Parce que ma grand-mère attend que nous nous joignions à elle pour le déjeuner, et je te veux rien qu'à moi pendant un moment avant ça.

Beck avait dit qu'il avait demandé une suite, mais il n'avait pas précisé qu'il s'agissait de la suite présidentielle. Notre chambre occupait tout le dernier étage de l'hôtel. Elle offrait une vue imprenable sur la chaîne de montagnes, un piano à queue, une table de salle à manger pouvant accueillir au moins une douzaine de personnes et un ascenseur interne permettant d'accéder à la chambre principale située au-dessus.

— Merde alors !

Je m'approchai des fenêtres.

— Je ne pense pas vouloir savoir ce que coûte cette chambre.

Beck arriva derrière moi. Il repoussa mes cheveux sur le côté et m'embrassa l'épaule.

— Ça n'a pas d'importance. Tu en vaux la peine.

Je me retournai et passai mes bras autour de son cou.

— Merci. Pas d'avoir tout laissé tomber pour venir à l'hôpital, ni d'avoir dépensé une fortune pour cette chambre insensée. Merci d'être toi et de toujours sentir quand il faut insister et quand il faut capituler.

Beck fit glisser ses mains le long de ma colonne vertébrale.

— Allez, viens. Montons à l'étage et mettons-nous au lit pour une heure ou deux avant le déjeuner. Le médecin a dit que tu avais besoin de te reposer.

Je levai un sourcil.

— Se reposer n'est pas ce qui se passe normalement quand on est dans un lit ensemble.

— Crois-moi, ça ne va pas être facile, gémit-il.

Cependant, le simple fait de m'habiller et de quitter l'hôpital pour venir dans cette chambre luxueuse m'avait vidée. Beck m'entoura de ses bras et me serra si fort que j'eus l'impression que je n'avais plus à me soucier de rien. Ou peut-être que si, mais que Beck s'occupait de tout pendant que je faisais une pause. Je sombrai dans le pays des rêves presque immédiatement. Quand je me réveillai, Beck n'était plus à côté de moi. Je l'entendis parler quelque part au loin et me redressai sur les coudes pour l'écouter.

— D'accord, très bien. Et contactez Phillip Matthews. C'est le PDG de *Sloan Kettering*. Sa fille possède une entreprise de fournitures médicales. Son père était l'un des investisseurs. Je l'ai aidée à engloutir ses deux plus gros concurrents il y a quelques années. Son père est quelqu'un de bien. Il a apprécié tout le travail que nous avons accompli et m'a dit de ne pas hésiter à l'appeler si j'avais besoin de quoi que ce soit. Il faut que j'en profite. Voyez si vous pouvez m'avoir un entretien téléphonique, et je prendrai la relève.

Il y eut un moment de silence, puis...

— Je travaille toujours à la faire revenir au plus vite. Je vous tiendrai au courant. Et bravo pour avoir obtenu une consultation avec ce médecin britannique. J'ai hâte de lui parler demain.

Je fermai les yeux. J'aurais dû savoir que Beck n'abandonnerait pas facilement. Il était trop déterminé pour accepter de ne pas pouvoir trouver un moyen de me guérir. Je m'étais laissé aller à croire qu'il accepterait que je ne veuille plus de traitement, parce qu'alors je n'aurais plus eu à le repousser de nouveau. Mais il ne l'accepterait jamais. Je me rallongeai et regardai fixement le plafond.

J'avais pensé qu'abandonner mes espoirs et mes rêves d'avenir était la chose la plus difficile que j'avais jamais eu à faire. Mais laisser partir Beck pourrait être plus difficile. Des larmes piquèrent mes yeux et mon cœur se fit lourd.

Beck revint dans la chambre dix minutes plus tard. Il était torse nu, et c'était douloureux de songer que je ne pourrais plus faire courir mes doigts sur les bosses et les creux de ses tablettes de chocolat.

Il sourit.

— Tu es réveillée. Comment te sens-tu, l'endormie ?

J'étirai mes bras au-dessus de ma tête, faisant comme si je n'avais pas entendu sa conversation.

— Bien. Où étais-tu ?

— J'avais quelques appels professionnels à passer.

Je me forçai à sourire.

— Oh. D'accord. À quelle heure est le déjeuner avec Louise ?

— Je lui ai dit que je lui enverrais un message quand tu serais prête.

— D'accord.

Je repoussai les couvertures.

— Je vais prendre une douche.

— Tu veux de la compagnie ?

Je secouai la tête.

— Pas aujourd'hui.

Le sourire s'effaça du visage de Beck, mais il accepta sans sourciller.

— Laisse la porte ouverte pour que je puisse entendre si tu as besoin de quelque chose, d'accord ?

— Merci.

Je me mis à déplorer la perte de Beck sous la douche, avant même d'avoir échafaudé un plan pour le perdre. Un profond sentiment de vide m'envahit alors que l'eau chaude coulait sur mon corps. Des sanglots obstruaient ma gorge, mais je refusai de les laisser sortir, de me laisser pleurer. J'avais déjà versé bien assez de larmes. Mais surtout, Beck avait appris à me lire correctement. Et je ne voulais pas expliquer mes yeux gonflés et mon visage rouge. Je parvins donc à les retenir.

Mais Beck était plus observateur que jamais. Pour un homme qui pouvait ramener le mauvais bébé de la crèche et garder le mauvais chien dans son appartement pendant deux jours, il ne manquait rien désormais.

— Ça va ? me demanda-t-il quand je sortis enfin de la salle de bains près d'une heure plus tard.

J'avais séché mes cheveux, mais je n'avais pas la force de me maquiller.

— Oui. Je suis juste fatiguée. Ma batterie se vide beaucoup plus vite que d'habitude, même après une bonne charge.

— C'est normal. Ton corps a besoin de temps pour guérir. J'ai dit à Louise que nous la retrouverions au restaurant de l'hôtel à 13 h. Mais nous pouvons commander quelque chose à livrer dans la chambre pour nous trois si tu ne te sens pas en état de sortir... ou même annuler tout simplement.

— En fait... ça te dérange si je déjeune seule avec Louise ?

Le visage de Beck se décomposa.

— Pardon. Je ne veux pas te fâcher. Mais je veux prendre de ses nouvelles, et elle sera plus ouverte avec moi si tu n'es pas là. Elle veut te protéger.

Beck fit la moue.

— Bien sûr. Comme tu veux.

— Je te rapporterai quelque chose pour déjeuner.

Il secoua la tête.

— C'est bon. Je commanderai quelque chose au service d'étage. J'ai du travail à faire de toute façon.

Je posai mes lèvres sur les siennes.

— Merci d'être aussi compréhensif. Je ne serai pas trop longue.

En bas, au restaurant de l'hôtel, Louise attendait déjà. Elle fit un grand sourire et se leva quand je m'approchai de la table.

— Enfin, je peux avoir un vrai câlin. Tous ces foutus fils et moniteurs m'ont gênée.

J'enlaçai mon amie. À ce stade, aucune de nous deux ne savait quand un câlin pourrait être le dernier, et je voulais que ce soit un bon câlin.

Les yeux de Louise étaient humides lorsque nous nous séparâmes enfin.

— Eh bien, on l'a encore fait, dis-je. Défié les probabilités.

Elle hocha la tête.

— On ne peut pas nous garder à terre.

Je gloussai pendant que nous nous asseyions.

Louise souleva la serviette de table et la posa sur ses genoux.

— Je croyais que Beck se joignait à nous ?

— Il voulait le faire. Mais je lui ai demandé si nous pouvions déjeuner seules.

— Il te tape déjà sur les nerfs ? Il a toujours été un garçon autoritaire.

Je souris. Son côté autoritaire était l'une des choses que j'aimais chez lui.

— Je voulais prendre de tes nouvelles. Quand tu étais à l'hôpital, ça m'a touchée personnellement. Quand on voyage et qu'on fait nos bêtises, c'est facile de prétendre qu'on n'est pas en sursis. Mais quand on voit notre amie à l'hôpital, branchée à toutes sortes de machines, cela nous fait regarder notre avenir en face d'une manière vraiment alarmante.

— Je vois ce que tu veux dire. Ça n'a pas été facile de voir une jeune femme aussi dynamique, ayant toute la vie devant elle, allongée là et de savoir à quel point elle est malade...

Louise secoua la tête.

— C'était bien plus difficile que je ne l'avais imaginé. En fait, cette expérience m'a permis de mieux comprendre ce que ressent mon petit-fils. Parce que je ne suis pas sûre que, si je ne vivais pas la même chose que toi, au même moment, mon instinct ne serait pas de me dire que tu devrais te battre pour obtenir plus de temps. Ça semble tout simplement injuste que ce soit tout ce que tu aies. Même moi, j'ai eu presque quatre-vingts ans de vie.

Je tendis la main par-dessus la table pour serrer la sienne.

— C'est pour ça nous devons profiter au maximum du temps qu'il nous reste. Je devrais me sentir d'attaque pour aller voir Charles d'ici demain.

— Je n'ai pas besoin de voir Charles maintenant. Je lui ai déjà dit que nous pourrions faire un zoom dans quelques jours quand je serai de retour à New York. Même moi, je pense que tu as besoin de te reposer plus qu'une journée.

— Non, je peux y aller...

— C'est déjà annulé. Je n'ai plus le cœur à ça de toute façon.

— Je suis désolée.

Je la regardai dans les yeux.

— Mon heure arrive, Louise. La crise cardiaque était un avertissement. Je vais retourner en Californie plus tôt que prévu, pour être avec William pour la fin. C'est la seule chose qu'il m'ait demandée, de le laisser s'occuper de moi quand ce sera le moment.

Je déglutis.

— C'est presque le moment.

— Oh, ma chérie...

Louise se leva de sa chaise et me serra dans ses bras. Quand elle se rassit, nous pleurions toutes les deux.

— C'est nul, déclara-t-elle.

La façon dont elle le dit me fit rire. J'essuyai les larmes sur mes joues.

— Tu es la seule personne au monde qui puisse me faire rire alors que je dis que je ne pense pas avoir beaucoup de temps à vivre.

— Je considère que c'est un honneur d'être cette personne pour toi, Eleanor.

Le serveur vint prendre notre commande, et cette interruption apporta un peu de la légèreté dont nous avions bien besoin. Nous avions à peine jeté un coup d'œil au menu, aussi commandai-je une salade, surtout par habitude.

Louise m'arrêta.

— Tu préfères vraiment cette nourriture pour lapin aux travers de porc ou aux macaronis au fromage ?

Je haussai les épaules.

— Non. Mais j'essaie de garder un certain équilibre et de prendre un repas sain pour le déjeuner et ce que je veux pour le dîner.

— Je dirais qu'en ce moment, tu devrais arrêter de t'inquiéter de manger sainement et profiter de chaque repas.

Je regardai le serveur.

— Pouvez-vous changer ma commande pour des macaronis au fromage ?

Il sourit.

— Bien sûr.

Je tendis le menu pour qu'il le prenne.

— En fait... puis-je aussi avoir les travers de porc ?

— Bien ! s'exclama Louise.

J'avais eu les yeux bien plus gros que le ventre, et je ne pus finir aucun des deux plats. Mais ils étaient tous les deux délicieux, bien meilleurs qu'un lit de laitue. Lorsque le serveur apporta l'addition, je décidai de me confier à Louise sur l'évolution de ma relation avec Beck.

— Louise, je tiens beaucoup à ton petit-fils.

— Je suis presque sûre qu'il ressent la même chose. Cela fait longtemps que cet homme n'a pas ouvert son cœur à quelqu'un.

Je soupirai.

— C'est bien le problème. Je n'ai jamais voulu qu'il se passe quelque chose, qu'il soit blessé.

— L'amour ne se planifie pas.

— Non, certainement pas. Et dans une autre vie, j'aurais été aux anges. Mon attirance pour Beck a été là dès notre rencontre, mais je suis tombée amoureuse de l'homme qu'il est sous toute cette pompe et cette arrogance. Beck est le contraire de ce à quoi je m'attendais lorsque je l'ai rencontré. J'ai baissé ma garde parce que je pensais qu'il était sûr – un homme que je n'aimerais jamais.

Louise sourit.

— Certains hommes sont des loups déguisés en agneaux. Mon petit-fils est un agneau déguisé en loup.

— C'est une très bonne analogie.

— Je connais bien mon petit-fils. Il ne laisse pas entrer beaucoup de gens, mais quand il le fait, il aime fort. Il se donne corps et âme et offre tout ce qu'il a.

Je fronçai les sourcils.

— C'est exactement pour cette raison que je dois m'éloigner maintenant. Je ne sais pas combien de temps il me reste, mais chaque jour ne fera que rendre les choses plus difficiles à la fin. Il ne devrait pas avoir à regarder notre histoire mourir.

— J'apprécie que tu t'inquiètes pour lui. Mais je pense qu'il est trop tard pour sauver son éventuel cœur brisé.

— Peut-être. Mais un peu de temps et de distance entre nous nous aidera.

Louise hocha la tête.

— Je te soutiendrai quoi que tu fasses ou dises.

— Merci. Une fois que je serai en Californie, ce sera plus facile. Mais je pense devoir mettre fin à notre relation quand nous serons rentrés à New York.

— Ne t'inquiète pas. Tu as ma parole que je veillerai sur lui à ce moment-là, dit Louise.

Je souris tristement.

— Et tu as ma parole que je veillerai sur lui, dis-je en levant le regard vers le ciel. Pour toujours.

CHAPITRE 27

Beck

Je détestais impliquer ma grand-mère. Mais après quatre jours à New York, les choses avaient changé entre Nora et moi. Je n'avais donc pas d'autre choix que de l'appeler pour creuser.

— Hé. Comment te sens-tu ?

— Si j'avais une queue, je la remuerais.

Je souris.

— Des projets pour aujourd'hui ?

— Boire et peindre. J'ai hâte.

— Ça consiste en quoi ?

— C'est un cours de peinture où l'on boit du vin. Mon amie Lucille et moi y allons. Elle a trouvé un endroit où le sujet est un modèle masculin nu. Du vin, des hommes nus qui ne sont pas des pruneaux ridés, et mon amie... Pas sûre qu'il y ait mieux que ça.

Une ouverture s'offrait à moi.

— Lucille ? Comment se fait-il que Nora ne vienne pas avec toi ? Ça a l'air d'être son truc à elle aussi.

— Elle avait d'autres projets.

— Quels projets ?

Dès que les mots sortirent de ma bouche, je sus que j'avais fait une erreur. Mamie se refermerait plus vite qu'une huitre si elle comprenait que je cherchais des informations et que je ne faisais pas seulement la conversation.

— C'est une question pour Nora, pas pour moi.

Je passai une main dans mes cheveux.

— C'est difficile de poser une question à quelqu'un qui ne te rappelle pas.

— Elle est probablement occupée.

— À faire quoi ?

— Beck…

— Très bien, grommelai-je. Amuse-toi bien avec ton homme nu.

— Oh, ce sera le cas. C'est certain.

Lorsque j'eus raccroché, mon frère entra dans mon bureau. Je ne l'avais pas encore mis au courant de tout ce qui s'était passé dans l'Utah, à propos de la santé de Nora.

— Écoute ça…

Comme d'habitude, il s'installa dans mon fauteuil d'invité, s'y affalant comme s'il était chez lui sur un fauteuil inclinable.

— Une femme m'a appelé à 1 h du matin, il y a quelques nuits, pour m'engueuler.

— Qu'est-ce que tu as fait ?

— Rien. C'était un faux numéro. Mais nous avons fini par discuter pendant quatre heures.

Je secouai la tête.

— Quelque chose ne va pas chez toi.

— Quoi ? Elle m'a maudit en italien. C'était très sexy.

Mon frère plissa les yeux. Son regard parcourut mon visage.

— Est-ce que tu as perdu du poids ? Tes yeux ont l'air d'être enfoncés dans ta tête.

— Merci.

— Non, vraiment. Tu n'as pas l'air très sexy.

Il montra du pouce la porte par-dessus son épaule.

— Tu es malade ? Parce que je n'ai pas envie de l'attraper et de rater mon rencard de demain soir avec mon interlocutrice grognon.

Je soupirai.

— Non, ce n'est pas moi qui suis malade.

Jake fronça les sourcils.

— Mamie ne va pas bien ? Je lui ai parlé hier soir et elle avait l'air en pleine forme.

— Non, elle va bien.

— Je suis perdu. Qui est malade, alors ?

J'avais vraiment besoin de parler à quelqu'un d'autre que ma grand-mère. Jake était plus jeune et n'était pas la personne la plus mature du monde, mais je ne savais pas du tout comment gérer les choses avec Nora, et l'avis d'une personne extérieure me serait utile. J'indiquai la porte de mon bureau.

— Va la fermer, d'accord ?

— Avec moi de l'autre côté, tu veux dire ?

Cela me fit sourire.

— Non, crois-le ou pas, je veux bien dire avec toi de ce côté-ci.

— Oh merde.

Il se leva.

— Mon grand frère a un secret à partager avec moi. Je ne crois pas que ce soit arrivé depuis que tu m'as fait jurer de garder le secret après que j'ai été mordu par le chien du voisin – le secret étant que j'étais désormais mi-chien mi-humain.

Je secouai la tête.

— Tu as pissé en tenant une jambe en l'air pendant un mois et tu as commencé à renifler de la merde. Tu es tellement crédule.

Jake ferma la porte et revint s'asseoir. Cette fois-ci, il se tint bien droit, m'accordant même peut-être toute son attention.

— Qu'est-ce qu'il y a ? demanda-t-il. Qu'est-ce qui se passe ?

Il n'y avait pas de bon endroit pour commencer, aussi me lançai-je.

— Nora n'a pas rencontré mamie parce qu'elles vivent dans le même immeuble. Elles se sont rencontrées lors d'une réunion de « Vivre à la fin de sa vie ». C'est un groupe de soutien. Elles en sont toutes les deux membres.

Ses sourcils se froncèrent et, quelques secondes plus tard, ses yeux s'écarquillèrent.

— Nora est mourante ?

Pendant les vingt minutes suivantes, je racontai toute l'histoire à Jake : les opérations, le diagnostic et la crise cardiaque qu'elle avait eue dans l'Utah.

— Merde. Et ils ne peuvent rien faire ? Elle est si jeune.

— J'ai discuté avec six médecins, des experts de renommée mondiale dans leur domaine. Ils disent tous que sa seule chance est une transplantation cardiaque. Mais l'attente est longue et le taux de survie post-opératoire est faible pour une personne atteinte de sa maladie. Lorsque j'ai pris rendez-vous, j'espérais que ce serait Nora qui parle aux médecins, mais elle est comme mamie. Elle a pris la décision de profiter du temps qui lui reste et de ne plus subir d'opérations ou de traitements.

— Bon sang...

Jake secoua la tête.

— Je suis vraiment désolé. Je savais que tu l'aimais beaucoup, et elle et mamie ont l'air très proches.

Je regardai mon frère dans les yeux.

— On se fréquente. Je suis amoureux d'elle.

— Oh putain.

Nous restâmes assis en silence pendant quelques minutes. Jake avait besoin d'un peu de temps pour digérer tout ça, et moi j'avais besoin d'un peu de temps pour refouler mes émotions.

— Quoi qu'il en soit, elle fait comme si je n'existais plus maintenant, dis-je. Quand nous sommes rentrés de l'Utah, elle a commencé à s'éloigner. Elle pense qu'il ne lui reste plus beaucoup de temps et elle ne veut pas me blesser. Je lui laisse de l'espace parce que j'ai peur que, si je ne le fais pas, elle coupe complètement les ponts. Mais je ne sais pas comment gérer les choses. Je veux dire, si elle a raison et qu'elle ne...

Je fis une pause pour déglutir.

— Si elle n'a plus beaucoup de temps, je veux passer celui qui reste avec elle.

— Alors qu'est-ce que tu fiches assis ici ?

— Je viens de te le dire. J'ai peur que, si j'insiste, elle me ferme complètement la porte.

— Quand l'as-tu vue pour la dernière fois ?

— Il y a quatre jours, quand la voiture l'a déposée chez elle. J'ai essayé de la convaincre de venir chez moi. Elle est encore faible. Mais elle voulait aller chez elle. Je l'ai appelée le lendemain matin, et elle m'a dit qu'elle était occupée à rattraper son travail. Le lendemain, c'était une autre excuse. Ces deux derniers jours, elle n'a même pas répondu à mes appels.

Je tirai sur mes cheveux.

— Je suis en train de perdre la tête.

— On dirait qu'elle a déjà fermé la porte. Alors qu'est-ce que tu as à perdre en insistant ?

Il n'avait pas tort. Je hochai la tête.

— Tu sais ce que je pense ? dit-il.

— Quoi ?

— Tu es bien plus intelligent que moi. Tu sais que la seule solution est d'insister. Mais tu as peur que, si tu le fais et qu'elle ne bouge toujours pas, ce sera la fin. En restant assis ici, malheureux, tu n'as pas à affronter cette possibilité. Tu peux prétendre que ce n'est pas terminé.

Putain. Il avait raison. Bien sûr que je savais ce que je devais faire. J'étais juste trop peureux parce que j'avais peur qu'elle confirme ma pire crainte, à savoir que c'était fini.

Mon frère étudia mon visage et fit un grand sourire.

— Tu viens de comprendre que j'ai raison, n'est-ce pas ?

— Tais-toi.

Il gloussa.

— Je prends ça pour un oui.

Mon frère se pencha en avant. Son visage se fit grave.

— Je suis désolé, mon vieux. J'étais content de voir que tu t'intéressais vraiment à quelqu'un. Si je peux faire quoi que ce soit, dis-le-moi. Je m'occuperai davantage de mamie pour que tu puisses passer du temps avec Nora. Tu es le petit-fils en or et tout, mais je suis plus divertissant de toute façon.

— Merci, Jake.

En sortant, Jake s'arrêta à la porte.

— Entre mamie et Nora, la route ne va pas être facile.

Je confirmai d'un hochement de tête.

— Je sais. Mais toutes les deux valent tous les jours difficiles à venir, et même plus.

Je me tenais devant le petit immeuble de Nora, regardant les noms sous les sonnettes. Heureusement, Google savait où elle vivait, parce que, moi, je l'ignorais. La maison de ville en grès rouge de West Village semblait mieux lui correspondre que la tour de ma grand-mère.

Je secouai les mains, prenant quelques respirations apaisantes. J'avais toujours détesté passer à l'improviste chez les gens et je ne me souvenais pas de l'avoir déjà fait à l'âge adulte. Mais j'avais appelé Nora deux fois de plus après ma conversation avec mon frère, et elle ne m'avait pas laissé d'autre choix. Je n'étais même pas sûr qu'elle soit chez elle. Pire encore, je n'étais pas sûr que, si elle était là, elle me laisserait entrer.

Néanmoins, j'appuyai sur la sonnette du 2D. Un flot d'adrénaline afflua dans mes veines pendant que j'attendais.

— Oui ?

Je poussai un soupir de soulagement.

— C'est Beck.

— Oh. Hmmm... D'accord.

Un bruit de buzzer retentit et la porte extérieure se déverrouilla. Nora attendait au deuxième étage, la porte de son appartement entrouverte.

Je souris.

Elle, non.

— Je suis désolé, dis-je. Moi aussi, je déteste que les gens viennent sans prévenir. Mais tu n'as pas répondu à mes appels.

Nora soupira.

— J'ai été occupée.

Quand j'arrivai en haut des marches, elle ne bougea pas de l'embrasure de la porte.

— Je peux entrer ?

Elle hésita, mais finit par acquiescer.

Je ne fis que deux pas dans son appartement avant de me figer. Sa cuisine était jonchée de cartons.

— Qu'est-ce que c'est que tout ça ?

Elle baissa les yeux.

— Je fais mes cartons. J'ai avancé la date de mon déménagement.

— À quand ?

Nora ne me regardait pas, alors je savais que la réponse allait me poignarder en plein cœur.

— Lundi.

— Lundi ? Dans trois jours ?

Elle acquiesça.

J'avais l'impression de ne plus pouvoir respirer.

— Est-ce que tu allais me le dire, au moins ?

— Bien sûr que j'allais le faire.

— Quand ?

Nora continua à regarder vers le sol.

J'étais tellement en colère et blessé qu'il me fut difficile de me contenir. Je pris ses joues entre mes mains, l'obligeant à relever la tête jusqu'à ce que nos yeux se rencontrent.

— Quand, Nora ? Quand allais-tu me le dire ? Après ton départ ? Allais-tu m'envoyer une putain de carte postale ?

Ses yeux se remplirent de larmes.

— Je ne sais pas. Je n'avais pas encore décidé.

— Pourquoi ? Pourquoi pars-tu si tôt ?

— Ça a toujours été le plan. Tu le savais depuis le début.

— Mais pourquoi partir si tôt ?

— Parce que c'est l'heure.

Les larmes roulèrent sur son visage, laissant des traces.

— J'ai promis à mon père d'y retourner quand viendrait la fin.

— Mais ce n'est pas forcément la fin, Nora. J'ai parlé à des médecins, et tu as une chance. Au moins, inscris-toi sur la liste.

Nora recula. Mes mains se détachèrent de ses joues.

— Tu devrais partir, Beck.

— Non.

— *S'il te plaît*, Beck. C'est déjà assez difficile comme ça.

Je tombai à genoux devant elle. Des larmes ruisselaient sur mon visage.

— S'il te plaît, Nora.

Ma voix se brisa.

— Inscris-toi sur la liste. Si tu ne veux pas le faire pour toi, fais-le pour moi. Fais-le pour Louise. Fais-le pour William.

Elle secoua la tête.

— S'il te plaît, va-t'en.

— Nora, je t'en *prie*. Je trouverai les meilleurs médecins, le meilleur chirurgien. Est-ce que c'est légal d'acheter un cœur n'importe où ? Je m'en fiche. Je t'en achèterai un au marché noir s'il le faut. Ne m'abandonne pas. Je ferai tout ce que tu veux, suppliai-je. *S'il te plaît, mon cœur.*

Elle se mit à sangloter. Cela me tuait de lui causer de la peine, mais je ne connaissais pas d'autre moyen de m'en sortir. Cependant, je ne pouvais pas non plus rester à deux pas d'elle et la regarder s'effondrer. Alors, je la pris dans mes bras. Elle se débattit pendant quelques secondes, puis céda, s'écroulant presque dans les miens. Ses épaules tremblèrent et la pièce devint étrangement silencieuse. Je savais exactement ce qui allait se passer. Mais cela ne m'aidait pas du tout à m'y préparer. Le silence fut rompu par le son le plus atroce que j'aie jamais entendu de ma vie. C'était plus qu'un gémissement, c'était l'épanchement déchirant d'une agonie pure et simple. Mon cœur éclata en mille morceaux, comme du verre est capable de se briser lorsqu'il est frappé par le bon son.

— Ne pleure pas, Nora. Je t'aime. S'il te plaît, ne pleure pas.

Mais elle ne s'arrêta pas. Et moi non plus. Nous restâmes dans cette cuisine pendant ce qui me sembla être une éternité, pleurant à chaudes larmes. Cependant, nos pleurs finirent par se réduire à des reniflements et les tremblements de nos corps s'atténuèrent. Je me sentais tellement égoïste.

— Je suis désolé de t'avoir bouleversée. Je ne sais pas comment m'en sortir, c'est tout.

Je me forçai à la regarder dans les yeux.

— Je suis désolé, Nora.

Elle déglutit et se racla la gorge.

— Tu étais sincère quand tu disais que tu ferais tout ce que je voudrais ?

— Bien sûr.

Nora me regarda dans les yeux.

— Alors j'ai besoin que tu me laisses partir.

CHAPITRE 28

Nora

— Votre rythme cardiaque est lent, mais c'est normal à ce stade de votre maladie et après ce que vous avez vécu le mois dernier. C'est probablement la raison pour laquelle vous vous sentez un peu léthargique, déclara le Dr Hammond. Bon, ça et le smog de Los Angeles.

Je souris.

— D'accord.

— L'infarctus date de quand ?

— Cela fera six semaines demain.

Le Dr Hammond griffonna des notes dans mon nouveau dossier. Quand il eut terminé, il le referma et me regarda en souriant.

— Vous êtes vraiment le portrait craché de votre mère.

— Mon père dit la même chose.

— Comment va votre père ?

— Il va bien. Il fait comme si de rien n'était, mais je sais que ça doit être dur pour lui de voir quelqu'un qui ressemble à ma mère vivre ce qu'elle a vécu.

Le Dr Hammond acquiesça.

— J'en suis sûr.

Il avait été le cardiologue de ma mère quand j'étais enfant. Même si je ne suivais aucun traitement, j'avais besoin de renouveler la douzaine de médicaments que je prenais pour continuer à respirer. Je m'étais dit de ce serait plus facile d'aller voir quelqu'un qui connaissait bien ma maladie. Tous les cardiologues n'avaient pas l'expérience nécessaire parce qu'elle était très rare.

— Tout le reste semble bon, déclara le Dr Hammond en fermant mon dossier. Vos poumons sont dégagés, votre tension artérielle est stable grâce aux médicaments que vous prenez et votre électrocardiogramme n'a pas changé depuis le dernier que votre médecin de New York vous a envoyé.

— Super.

— Vous pouvez reprendre vos activités normales. Ne faites pas trop d'exercice et veillez à ne pas vous essouffler. Vous pouvez également reprendre une activité sexuelle et retourner au travail.

La mention du sexe me laissa une sensation de vide. Cela faisait un bon quart d'heure que je n'avais pas pensé à Beck.

— D'accord, merci.

— Et je vous revois dans trois mois pour voir si nous avons besoin d'ajuster les médicaments.

Trois mois.

Dernièrement, toute référence à une date future pesait lourd. Serais-je encore là à ce moment-là ?

Arrivée à la maison, je constatai que mon père n'était pas encore rentré du travail. Il avait laissé du linge dans le sèche-linge, aussi le pliai-je, puis allai dans sa chambre pour le ranger. Je regardai autour de moi. Cette pièce n'avait pas beaucoup changé depuis mon enfance : mêmes meubles en noyer foncé, mêmes stores en bois blanc, un peignoir marron foncé toujours accroché au dos de la porte qui menait à la petite salle de bains attenante. Le dessus de la commode était tapissé de photos encadrées qui n'avaient pas changé depuis vingt ans. Je saisis la première qui attira mon attention. C'était une photo de ma mère en train de rire, prise le jour de son mariage avec William. Une petite couronne de perles reposait sur sa tête, le voile qui y avait été attaché ayant disparu depuis longtemps puisque la photo avait été prise à la fin de la réception. Elle avait du gâteau étalé sur le visage. J'avais feuilleté leur album de mariage des dizaines de fois après la mort de maman. Il y avait des photos d'eux coupant un gâteau à trois étages et de maman écrasant un énorme morceau sur le visage de papa.

Les larmes obstruèrent ma gorge tandis que je regardai la photo. Je la reposai sur la commode et en pris une autre. Celle-ci montrait maman et William en train de marcher sur la plage, avec moi, âgée de deux ans, sur les épaules de William. Ils avaient l'air si heureux. Grandir sans sa mère n'était pas facile, mais j'étais heureuse que la mienne ait pu fonder une famille, même si cela avait été de courte durée. J'avais toujours rêvé d'avoir une ribambelle d'enfants, probablement parce que j'avais grandi en tant que fille unique. Mais ce n'était pas au programme.

— Tu m'as fait pipi dans le cou ce jour-là.

La voix de mon père me fit sursauter. Je ne l'avais pas entendu entrer. Il était appuyé nonchalamment contre l'encadrement de la porte de la chambre, un sourire aux lèvres.

— Nooon...

— Oh si ! Nous étions en train de marcher, et tout à coup, j'ai senti une sorte de chaleur humide. J'ai d'abord cru que c'était de la sueur. Il faisait plutôt chaud ce jour-là.

— Pourquoi n'en as-tu jamais parlé ?

Papa haussa les épaules.

— Je ne sais pas trop. Je suppose que nous n'avons jamais parlé de cette photo. Mais tu n'avais que deux ans et demi et tu avais appris à aller sur le pot très tôt. Ce n'était pas très grave. Je suis juste allé me baigner et nous avons terminé notre promenade.

Je regardai la photo quelques secondes de plus avant de la reposer.

— Je peux te demander quelque chose, papa ?

— Tout ce que tu veux.

— Est-ce que tu as fréquenté des femmes depuis la mort de maman ?

Il hocha la tête.

— Çà et là. C'est agréable d'avoir de la compagnie de temps en temps, d'aller au cinéma ou au restaurant.

Je souris.

— Je suis contente.

Je repensais beaucoup à la mort de ma mère depuis que j'étais rentrée chez moi. Mais je m'interrogeais aussi sur les conséquences pour William. J'avais été si petite quand c'était arrivé. Je ne me souvenais pas de ce qu'il avait vécu.

— Ça a dû être dur pour toi après la mort de maman...

Papa entra dans la pièce. Il s'assit sur le bord du lit et tapota la place à côté de lui.

— Qu'est-ce qui te préoccupe vraiment, ma chérie ?

— Qu'est-ce que tu veux dire ?

Il tapota ma tempe avec son doigt.

— Depuis ton arrivée, tu broies du noir, tu es perdue dans tes pensées. Je sais que ce que tu vis est lourd à porter, mais il y a plus que ça. Je le vois bien.

Je posai ma tête sur l'épaule de mon père.

— Tu es toujours aussi doué pour me lire.

— Est-ce que ça concerne cet homme, Beck, dont tu m'as parlé ?

Je soupirai.

— Il me manque beaucoup.

— Alors va le voir. Ou fais-le venir ici. Nous avons beaucoup de place. Je pense que je serais enfin d'accord pour abolir la politique de la porte de chambre ouverte quand un garçon est là.

Je souris.

— Je ne peux pas. Je ne veux pas lui rendre les choses plus difficiles.

Papa se décala pour me regarder.

— Lui rendre les choses plus difficiles ? Je t'en prie, ne me dis pas que tu t'éloignes d'un homme qui tient à toi parce que tu penses que ça l'aidera à guérir plus facilement un jour.

Comme je ne répondais pas, papa secoua la tête.

— Nora, je prendrais toute une vie de tristesse pour une minute de plus avec ta mère. La vie n'est pas une équation mathématique simple à résoudre. Parfois, quarante-deux bons jours l'emportent sur des centaines de mauvais.

— Je sais... mais si toi et maman n'étiez jamais tombés amoureux, tu serais probablement marié aujourd'hui et tu aurais quelqu'un pour te tenir compagnie. Tu aurais vécu ta vie plus pleinement.

— Et si je pouvais tout recommencer – choisir aujourd'hui d'avoir quatre années avec ta mère et un peu de solitude dans les suivantes, ou pas d'années avec ta mère mais ne jamais être seul –, je choisirais ta mère. La question ne se pose même pas. Je la choisirais à chaque fois. Ta mère était l'amour de ma vie. Tout le monde n'a pas la chance de le trouver. Moi, je l'ai eue, et sur ce point-là, je me sens veinard, pas empli de regrets.

— Oh, papa...

Des larmes s'accumulèrent dans mes yeux et je passai mes bras autour de ses épaules pour le serrer contre moi.

— Ton amour pour maman est une source d'inspiration pour moi. C'est magnifique.

— Alors laisse cette inspiration guider tes actions, ma chérie.

— Je ne peux pas. C'est différent pour Beck et moi. Tu étais déjà marié à maman et éperdument amoureux d'elle quand elle est tombée malade pour la dernière fois. C'était trop tard pour toi. Il n'est pas trop tard pour Beck.

Mon père secoua la tête.

— Je suis tombé éperdument amoureux de ta mère le jour où je l'ai rencontrée.

Il me caressa les cheveux.

— Tu as fait des choix difficiles et tu t'attendais à ce que tout le monde les respecte. Mais tu ne permets pas à ce Beck de faire son choix. Tu le fais à sa place.

Le soir suivant, mon téléphone sonna à 20 h. Je souris en voyant le nom apparaître sur l'écran.

— Hé, Louise. Comment vas-tu ?

— Mon palpitant palpite toujours. Donc, je suppose que c'est une bonne journée.

Sa voix avait sa fougue habituelle, mais quelque chose d'autre n'allait pas. Louise semblait presque essoufflée.

— Est-ce que ta respiration est sifflante ?

— Ce ne sont que mes allergies, répondit-elle. Maddie et moi avons travaillé sur son badge de jardinage aujourd'hui. Le taux de pollen devait être élevé.

— Oh.

Je soupirai.

— Comment va Maddie ?

— Eh bien, aujourd'hui, elle est rentrée de l'école avec un dessin. Elle avait dessiné un tas de personnes, mais avait uniquement mis un nom pour elle : « Princesse Maddie ». Comme devoir pour la maison, la maîtresse lui a dit de nommer les autres. Donc je l'ai aidée. J'ai montré celle qui se tenait à côté d'elle sur le dessin. Elle était deux fois plus grande que son dessin d'elle, alors j'ai supposé que c'était son père. Je lui ai dit : *Si tu es une princesse, qui est-ce ?* Elle m'a répondu que c'était son père. Je lui ai alors demandé quel était son titre si elle était une princesse. Est-ce que cela faisait de lui un roi ? Elle a réfléchi longtemps. Puis elle a répondu d'un air sérieux : *Cela fait de lui un serviteur.*

— Oh mon Dieu.

— J'ai tellement ri que j'ai failli faire pipi. Puis je l'ai aidée à épeler *serviteur* pour qu'on puisse le nommer correctement.

J'éclatai de rire.

— Évidemment !

Je restai silencieuse pendant quelques instants.

— Et comment va Beck ?

— Il s'accroche, dit Louise. Il s'est remis à trop travailler. Quand il n'est pas au bureau ou sur son ordinateur portable, il broie du noir. Je pense que tu lui manques plus qu'il ne le dit.

Le sentiment était réciproque.

— Je suis désolée qu'il souffre, Louise.

— Pas besoin de t'excuser, chérie. Je comprends.

Elle se mit à tousser, une toux sèche qui dura un bon moment.

— Ça n'a pas l'air bon, Louise.

— Ce sont juste des allergies.

— Peut-être. Mais si ça ne s'améliorait pas d'ici demain matin, je pense que tu devrais aller te faire examiner.

Elle changea de sujet sans me répondre.

— J'ai reçu un e-mail de Frieda, notre amie bahaméenne. Elle a écrit pour prendre des nouvelles, mais elle m'a aussi donné une recette pour les biscuits sucrés que nous avons aimés là-bas. Cela s'appelle des *Johnny cakes*. Il faut que tu les essaies. Je t'enverrai la recette par mail.

Je souris.

— D'accord, je les ferai.

Nous discutâmes encore pendant une demi-heure, mais au moment où l'appel se termina, on aurait dit que Louise avait couru un marathon.

— Je pense vraiment que tu devrais faire vérifier ta respiration sifflante, lui dis-je.

— On verra. J'ai un cancer du poumon, tu sais.

— Tu pourrais avoir besoin de quelque chose de simple, comme un stéroïde.

Il était difficile de pousser quelqu'un à aller voir le médecin quand on refusait soi-même tout traitement. Mais je fis de mon mieux. Après nous être dit au revoir, je m'apprêtai à appuyer sur le bouton pour raccrocher, mais j'entendis Louise crier mon nom.

— Eleanor !

Je ramenai le téléphone à mon oreille.

— Oui ?

— Aucune de nous ne sait quand sera la dernière fois que nous nous parlerons, alors je voulais juste te dire que je t'aime.

Je déglutis.

— Je t'aime aussi, Louise.

Le lendemain matin, je décidai d'aller me promener sur la plage. Je n'arrivais pas à me débarrasser du sentiment de mélancolie qui m'habitait depuis que j'avais quitté New York, et j'espérais qu'un peu de soleil et l'océan me feraient du bien. Je marchai plusieurs kilomètres avant de tomber sur une jetée de rochers. Il était temps que je fasse demi-tour, mais j'envisageai d'abord de m'asseoir un moment.

Je fixai l'océan Pacifique et fermai les yeux, me forçant à penser à toutes les bonnes choses que j'avais dans ma vie tout en écoutant l'océan s'écraser contre le ressac. En général, cela m'aidait, mais à cet instant, je n'arrivai pas à me débarrasser d'un sentiment de malheur imminent. Au bout de quelques minutes, je me levai et me remis à marcher. Alors que j'étais presque revenue à mon point de départ, mon téléphone portable sonna, l'écran affichant un indicatif de Manhattan. Je ne reconnus pas le numéro, mais je décrochai quand même.

— Allô ?

— Bonjour. Nora ?

La voix m'était familière, mais je n'arrivais pas à la situer.

— Oui ?

— C'est Jake Cross.

Je m'arrêtai de marcher.

— Salut, Jake. Comment ça va ? Tout va bien ?

Il resta silencieux suffisamment longtemps pour que mon cœur s'emballe.

— Jake ?

— Mamie a eu un autre AVC, Nora. Un mauvais.

— Oh non.

Je serrai ma poitrine.

— Ce n'est pas bon. Les médecins ont dit qu'il n'y avait plus de fonctions cérébrales. Ils la maintiennent en vie pour que nous puissions lui dire au revoir. Nous allons le faire ce soir, si elle ne... tu sais. Le prêtre dira quelques mots et ensuite...

Des larmes dévalèrent mes joues.

— Oh mon Dieu. Je suis tellement désolée, tellement, tellement désolée.

— Merci. Je sais que les choses entre Beck et toi sont... ce qu'elles sont, mais je me suis dit que tu voudrais venir, pour faire tes adieux et être là pour lui. Et pour elle.

— Tu crois que Beck serait d'accord ?

— Je ne pense pas que Beck soit en état de savoir ce dont il a besoin. C'est lui qui l'a trouvée. Il ne sait même pas que je t'appelle, Nora. Il est dans un sale état, et je pensais...

Il soupira dans le téléphone.

— Je ne sais pas ce que je pensais. Mais j'avais le sentiment que je devais t'appeler.

— Je suis contente que tu l'aies fait. Dans quel hôpital est-elle ?

— Lenox Hill.

Je hochai la tête.

— Je ferai de mon mieux pour être là.

CHAPITRE 29

Beck cligna des yeux quand il leva la tête et me trouva debout dans l'embrasure de la porte.

— Nora ? Qu'est-ce que tu fais là ?

Je souris tristement et tournai mon regard vers son frère, qui était assis de l'autre côté du lit.

— Un petit oiseau a appelé.

Beck passa une main dans ses cheveux.

— Je ne savais pas.

Je m'approchai et enlaçai d'abord Jake, puis je fis le tour du lit. Il y eut un moment de gêne, puis Beck me laissa le serrer dans mes bras.

— Je suis vraiment désolée, Beck.

— Je vais descendre chercher du café, annonça Jake. Vous voulez quelque chose ?

— Non, merci, répondis-je.

Beck secoua la tête.

Lorsqu'il ne resta que nous deux, je regardai les moniteurs.

— Y a-t-il un changement par rapport à ce matin, quand Jake a appelé ?

— Non.

Je scrutai mon amie.

— Elle a l'air en paix.

Beck acquiesça.

— C'est vrai.

Il jeta un coup d'œil sur le côté et croisa mon regard.

— Comment est la Californie ?

Je me forçai à sourire.

— Ensoleillée.

— Comment te sens-tu ?

— Plutôt bien.

Il hocha de nouveau la tête. Quelques longues secondes s'écoulèrent durant lesquelles nous ne fîmes que regarder Louise.

— Quand ma mère est morte, dit Beck avec douceur, j'avais beaucoup de colère refoulée. Je ne voulais pas en parler, alors ma façon de l'extérioriser était de me battre. En deux mois, je me suis bagarré quatre fois après l'école. Mamie a décidé que j'avais besoin d'un exutoire. La plupart des gens inscriraient leurs enfants à des cours de karaté ou de boxe pour canaliser leur colère.

Il secoua la tête et sourit.

— Mais pas mamie. Elle a ramené à la maison une souche d'arbre, un marteau et des clous. Rétrospectivement, je ne sais même pas où elle a trouvé cette énorme souche – elle devait faire un mètre de diamètre – ni comment elle l'a fait monter jusqu'à notre appartement du centre de Manhattan, d'ailleurs. Mais elle m'a dit que si je me réveillais à nouveau en colère, je devais prendre un clou dans la boîte et le planter dans la souche jusqu'à ce que je me sente mieux. Je crois que nous avons utilisé trois ou quatre grandes boîtes de clous. Mais j'ai fini par arrêter de les planter. Un jour, en rentrant de l'école, j'ai constaté que tous les clous avaient été retirés de la souche. Mamie m'a fait asseoir juste à côté et m'a fait passer le doigt sur les trous. Elle m'a dit que c'était ce que faisait la colère quand on la passait sur les autres : ça laisse des cicatrices. Et celles qu'on laisse sur les gens ne disparaissent pas si facilement. Ce matin, elle ne répondait pas au téléphone, alors je suis allé la voir. Elle devait se douter que ça allait arriver, parce que, quand je l'ai trouvée, il y avait un *Mason jar* plein de clous rouillés sur sa table de nuit, avec un mot en dessous. *Juste au cas où tu en aurais encore besoin.*

Les yeux de Beck brillaient.

— Il n'y a pas assez de clous dans le monde pour m'aider à me remettre d'elle.

— Oh, Beck.

Je ne pus retenir mes larmes. Je joignis mes doigts aux siens et les serrai.

— Je ne la connais que depuis peu, mais elle a eu un énorme impact sur ma vie. Je ne peux pas imaginer combien c'est difficile pour toi.

— Je suis content que tu sois venue, murmura-t-il. Elle aurait voulu que tu sois là.

J'appuyai ma tête sur son épaule.

— Moi aussi, je suis contente d'être venue.

Il sourit malgré la douleur qui se lisait sur son visage et baissa les yeux vers Louise.

— Les médecins et les infirmières semblent tous surpris qu'elle ait tenu aussi longtemps. Maintenant, je sais pourquoi elle l'a fait.

— Pourquoi ?

— Elle t'attendait.

Moins d'une heure après mon arrivée à l'hôpital, Louise May Aster mourut à 22 h 04. Les médecins n'eurent pas à intervenir, la respiration de Louise se ralentit jusqu'à s'arrêter complètement, et elle partit.

L'infirmière nous suggéra de prendre un moment pour lui dire au revoir, un par un. Je passai en premier, tandis que Beck et Jake sortaient.

Je fis une petite prière, puis tint la main de Louise tout en lui parlant.

— La mort met fin à une vie, pas à une amitié. Alors, j'espère que tu m'attendras de l'autre côté, dans un *wingsuit* en latex ou avec un parachute accroché dans le dos, prête à faire du grabuge. Je t'aime, Louise.

Jake passa ensuite. Beck et moi le regardâmes à travers la vitre, parler pendant un moment, puis se pencher et embrasser la joue de sa grand-mère avant de ressortir.

Je savais que le tour de Beck ne serait pas facile. C'était un homme tellement grand et fort, quelqu'un qu'on ne pouvait pas imaginer perdre le contrôle. Mais il le fit. Et je sentis sa douleur dans ma poitrine tandis que je regardais à travers la vitre. Les épaules de Beck tremblaient, mais il semblait essayer de se maîtriser, de se ressaisir. Ce fut une bataille qu'il perdit, et tout commença à sortir. Beck se pencha et serra le corps de sa grand-mère dans ses bras, sanglotant pendant un long moment. Lorsqu'il se redressa enfin et sortit, je me sentis aussi brisée qu'il en avait l'air.

— Putain.

Jake serra son frère dans ses bras, et Beck fut à peine capable de lui rendre la pareille. Quand ils se séparèrent, ce fut mon tour. J'entourai Beck de mes bras et le serrai fort. Il tenta de se libérer au bout de quelques secondes, mais je refusai de le lâcher. Il finit par céder et, brusquement, se remit à pleurer, tout son poids reposant sur moi.

Je le tins dans mes bras tout du long – comme si nos deux vies en dépendaient – jusqu'à ce qu'il soit impossible de savoir à qui appartenaient les larmes répandues sur le sol, parce que nous avions tous les deux beaucoup pleuré.

— Qu'est-ce que je peux faire ? demandai-je.

M'écartant, j'utilisai la manche de mon chemisier pour essuyer l'humidité de ses joues.

— Tu veux aller faire une tour ? Peut-être qu'un peu d'air frais te fera du bien ?

Beck regarda le sol en secouant la tête.

— Peut-être un verre ?

— Je vais bien.

— Non, tu ne vas pas bien, Beck. Laisse-moi t'aider. De quoi as-tu besoin ?

Il garda la tête baissée pendant un long moment. Quand il la releva, ses yeux étaient injectés de sang et gonflés.

— Que tu m'aides à oublier.

La boucle était bouclée. C'était ce que je lui avais dit la première fois que nous avions couché ensemble, et maintenant ce serait la dernière. Je hochai la tête et pris sa main.

— Allons oublier ensemble.

Lorsque nous entrâmes, l'appartement de Beck était plongé dans l'obscurité. Il n'essaya pas d'allumer la lumière. Au lieu de cela, il écrasa ses lèvres sur les miennes alors que nous étions encore dans le hall d'entrée. Il avait gardé le silence pendant tout le trajet, et tout ce que je voulais, c'était qu'il se sente mieux. Alors, lorsque notre baiser s'interrompit, je me mis à genoux. Beck me surprit en me relevant.

— Pas comme ça. Je ne veux pas d'un coup rapide. Je veux te faire l'amour.

Je fis un pas en arrière.

— Beck...

Il tendit la main vers moi.

— Je sais ce que tu es prête à me donner. Je ne demande pas plus. Je veux juste te donner tout ce que j'ai.

— Oh, Beck.

J'hésitai à prendre sa main tendue, mais il était hors de question de refuser à cet homme ce dont il avait besoin. Même si cela me briserait le cœur de la prendre et de m'en aller à la fin. Aussi la saisis-je et le suivis-je jusqu'à la chambre.

Beck ne me quitta pas des yeux pendant qu'il m'enlevait mes vêtements. À sa façon de me regarder – avec tant d'intensité –, je sus avant même de commencer que ce qui allait se passer allait me détruire.

Il me souleva dans ses bras et me porta jusqu'au lit, me déposant délicatement au centre. Normalement, Beck était dominateur, très effronté, mais ce soir, il était différent. Presque doux. Il grimpa au-dessus de moi, embrassa la cicatrice sur mon cœur et me regarda dans les yeux pendant une éternité avant de se glisser à l'intérieur. Lorsqu'il fut complètement installé, mes yeux se fermèrent.

— Non. S'il te plaît, regarde-moi.

Je les rouvris.

Les yeux de Beck débordaient d'émotion.

— Putain, je t'aime, Nora. Je me fiche du nombre de jours que j'aurai, ou du chagrin que cela causera à la fin, je ne regretterai *jamais* de t'avoir aimée.

Personne ne m'avait jamais dit quelque chose d'aussi beau ni ne m'avait regardée de cette façon. Des larmes perlèrent au coin de mes yeux tandis que Beck allait et venait, sans jamais briser notre contact visuel. J'avais entendu le terme *faire l'amour* des milliers de fois dans ma vie, mais jusqu'à cet instant, je ne les avais jamais compris. Beck n'était pas seulement à l'intérieur de mon corps, il avait atteint mon âme.

La pièce était si calme que je n'entendais rien d'autre que nos respirations et le bruit de nos corps claquant l'un contre l'autre. Très vite, la mâchoire de Beck se fit rigide, et je sus qu'il était proche.

— Je t'aime, grogna-t-il. Je t'aime, putain.

C'en fut assez. Je ne pouvais pas en supporter plus. J'enroulai donc mes jambes autour de sa taille et écrasai mes lèvres contre les siennes. Ensuite, les choses devinrent frénétiques. Beck accéléra, butant contre moi à mesure que ses poussées augmentaient en intensité. Mon orgasme me coupa le souffle lorsqu'il me frappa. Mes muscles pulsant, je gémis à chaque vague, à chaque réplique. Beck dut sentir que j'étais sur le point de redescendre, car il commença sa propre ascension. Son bassin ondula avec force et rapidité, et il laissa échapper un gémissement sonore.

Après, j'étais complètement vidée – émotionnellement, physiquement et mentalement. Je ne pouvais imaginer à quel point la journée avait été éprouvante pour Beck. Pourtant, il continua ses va-et-vient en moi, toujours à moitié dur.

— Waouh. C'était...

Beck se pencha vers moi et pressa ses lèvres contre les miennes.

— Faire l'amour, avec la femme que j'aime.

Je ne savais pas quoi dire, alors j'acquiesçai.

— Merci. Je ne pense pas avoir réalisé à quel point j'en avais besoin ce soir.

— Juste ce soir ?

— Beck...

Il sourit tristement.

— Je sais. Mais, juste pour ce soir, est-ce qu'on peut prétendre que tu ne vas pas m'abandonner quand le jour se lèvera ?

CHAPITRE 30

Beck

— Tu es louche...

Un sourire paresseux étira les lèvres de Nora avant que ses yeux ne s'ouvrent.

— Tu sais que l'Étrangleur des chambres à coucher avait aussi l'habitude de regarder ses victimes dormir.

— Qui ?

— J'ai regardé des documentaires sur des tueurs en série.

— Bonne utilisation de ton temps dans cette Californie ensoleillée.

J'effleurai ses lèvres des miennes.

— Bonjour.

Nora étira ses bras au-dessus de sa tête.

— Quelle heure est-il ?

— Un peu plus de 11 h.

Ses yeux s'écarquillèrent et elle se redressa sur ses coudes.

— Vraiment ? Je n'arrive pas à croire que j'ai dormi aussi longtemps.

— Eh bien, il n'est que 8 h du matin sur la côte Ouest. Tu ne t'es probablement pas encore adaptée.

— Oh, oui, acquiesça-t-elle. C'est vrai. Depuis combien de temps es-tu réveillé ?

Je n'étais pas sûr d'avoir vraiment dormi. Je haussai les épaules.

— Un moment.

— Tu m'as regardée pendant tout ce temps ?

Ma lèvre tressauta.

— Je me suis levé pour faire du café, puis j'ai discuté des dispositions avec mon frère.

— Oh.

Elle retomba sur le lit et se tourna sur le côté, coinçant ses mains sous sa joue.

— Est-ce que Louise… t'a parlé de ce qu'elle voulait ?

— Non, nous n'en avons pas discuté. Mais elle nous a laissé une lettre, à Jake et moi. Elle a dit qu'elle ne voulait pas de veillée funèbre. Elle trouve que c'est morbide. À la place, elle veut que nous organisions une fête de célébration de la vie pour le premier anniversaire de sa mort.

Je secouai la tête.

— Je crois qu'elle savait que je lui donnerais du fil à retordre si elle me disait tout ça de vive voix, alors elle l'a gardé pour le moment où je ne pourrais plus argumenter.

La lèvre de Nora se recourba en un sourire sournois.

— C'est exactement pour ça qu'elle ne t'a rien dit.

— Donc tu savais ?

Elle confirma d'un hochement de tête.

— Vas-tu respecter ses souhaits ?

— Bien sûr. Quel choix ai-je maintenant ? Même si j'ai l'impression qu'il faut que je fasse *quelque chose*. Je ne sais pas encore quoi, c'est tout.

— Ça te viendra tout seul.

Elle se couvrit la bouche et son petit nez se fronça.

— J'ai vraiment besoin d'une brosse à dents. Et d'un café après. Il y en a encore ?

J'avais craint qu'au moment où ses yeux s'ouvriraient, elle se précipiterait vers la porte. Mais elle n'avait pas l'air pressée. Pas encore en tout cas.

— Je viens de préparer un nouveau pot. Extra fort, comme tu l'aimes.

— Merci.

— Est-ce que tu as déjà réservé ton vol de retour ?

Elle hocha la tête.

— 21 h.

Super, plus que dix heures pour la convaincre de rester.

Nora se brossa les dents et avala deux tasses de café comme s'il s'agissait d'un médicament dont elle avait besoin pour aller mieux. Ensuite, elle demanda si elle pouvait utiliser la douche. Pendant qu'elle était dans la salle de bains, je m'assis sur le canapé avec la feuille de papier que j'avais prise dans l'appartement de mamie la veille. Sa liste de choses à faire. Elle était posée sur sa table de chevet, à côté du *Mason jar* rempli de clous rouillés. Je ne savais même pas pourquoi je l'avais fourré dans ma poche, mais je l'avais lue cinq fois depuis. Ce n'était vraiment rien d'autre qu'une liste de choses qu'elle avait voulu faire, toutes barrées au stylo sauf une.

Les Rainbow Falls de Watkins Glen

Cela m'attristait qu'elle n'ait pas pu terminer sa liste, qu'après le déménagement de Nora en Californie, je n'aie pas pris le temps de la compléter avec elle. Je le regrettais. Mais je m'étais jeté dans mon travail pour enterrer ce que le départ de Nora m'avait fait, et égoïstement, je n'étais pas remonté à la surface pour prendre de l'air assez tôt. *On pense toujours qu'on a plus de temps...*

Nora arriva du fond de la maison, toute douchée et les cheveux séchés. J'avais toujours la liste dans ma main. Je regardai Nora, puis baissai les yeux sur le papier, et une idée jaillit dans mon esprit – une idée qui résoudrait plus d'un problème.

— Je crois que j'ai trouvé ce que je vais faire pour honorer la mort de mamie.

— Quoi ?

Je brandis la liste.

— Je vais la terminer.

Nora prit le papier et le parcourut.

— Sa liste de choses à faire ?

Je hochai la tête et me levai.

— Oh waouh ! Je trouve que c'est une superbe idée, Beck.

Je souris.

— J'en suis heureux. Parce que je veux que tu m'accompagnes.

Elle secoua la tête.

— Oh. Ce n'est pas une bonne idée.

— Pourquoi ? Ta santé ne te le permet pas ?

— Si... mais...

— Tu as été sa complice pour tout le reste de la liste. N'aurais-tu pas aimé que vous la terminiez ensemble ?

— Bien sûr, mais...

Elle nous désigna de la main.

— Je ne veux pas te blesser, Beck.

— Pourquoi me blesserais-tu ? J'ai tourné la page.

Ses yeux se rétrécirent.

— Oh vraiment ?

Je haussai les épaules.

— Tu n'étais pas si difficile à oublier après tout.

— Vraiment ? Alors c'était quoi hier soir ?

— J'avais besoin de ne plus penser pendant un moment. D'oublier. Tu comprends ce besoin, n'est-ce pas ?

— Tu m'as fait l'amour, Beck. Ce n'était pas que du sexe.

— C'était une journée émotionnellement éprouvante.

Elle me regarda de travers.

— Je ne te crois pas.

— C'est parce que tu es égocentrique.

Son regard s'enflamma.

— *Je* suis égocentrique ?

— Eh bien, tu penses qu'il est impossible de t'oublier.

Elle secoua la tête.

— Beck...

Je posai mes mains sur ses épaules.

— Accompagne-moi. Ce n'est qu'à quatre heures et demie de route. Nous pourrions aller là-bas une journée et revenir le lendemain. Ce ne sera pas long. J'ai le sentiment que c'est ce que je dois faire – pour moi et pour mamie. Mais je pense que tu devrais aussi terminer cette liste, Nora.

Elle se mordilla la lèvre inférieure.

— Je ne suis jamais allée dans le nord de l'État...

— Alors faisons-le. On peut partir demain ou après-demain.

Elle eut l'air d'y réfléchir.

— Ça ne changera rien entre nous, Beck. Je retournerai en Californie à notre retour.

Je haussai les épaules et mentis.

— Ce ne sera pas un problème.

Ses lèvres se tordirent.

— Je pense que mamie serait heureuse que nous ayons pris le temps de faire ça, ajoutai-je.

Nora plissa les yeux.

— Ce n'est pas fair-play. Tu sais que je ne peux pas refuser quand tu le présentes comme ça.

Mon sourire s'étira d'une oreille à l'autre. Je ne pus le retenir.

— Je vais prendre les dispositions nécessaires.

CHAPITRE 31

Nora

— Cela doit être une cascade très spéciale pour figurer sur la liste de Louise.

Beck me jeta un coup d'œil avant de reporter son regard sur la route. Nous avions déjà roulé pendant quatre heures environ.

— Je pense que ce n'est pas tant la cascade elle-même que les souvenirs qu'elle y a créés.

— Je n'avais pas réalisé qu'elle y était déjà allée. Nous avons beaucoup discuté des autres éléments de nos listes, car la plupart nécessitaient beaucoup de préparatifs. Comme celui-ci était d'accès rapide en voiture, nous n'en avons jamais vraiment parlé.

— Watkins Glen était un endroit spécial pour mes grands-parents. Ils ont un petit chalet là-bas. C'est là que nous nous rendons.

— Vraiment ? Oh, mon Dieu. Pourquoi Louise ne l'a pas mis en haut de sa liste ?

— Parce qu'elle n'y est pas retournée depuis la mort de papi. Ses cendres sont dans la cascade. Même s'il y a beaucoup de bons souvenirs, je pense que certains ont été difficiles. De plus, je crois qu'elle pensait avoir plus de temps. Je sais que, moi, je le pensais.

Je soupirai.

— Oui, je comprends.

Beck resta silencieux pendant un moment.

— Mon grand-père a demandé ma grand-mère en mariage à la cascade. *Deux fois.*

— La première fois, elle a refusé ?

Il secoua la tête.

— Non. Elle a accepté sa demande les deux fois. La première, quand ils avaient vingt-deux ans, et la deuxième, quand ils en avaient soixante-deux.

— Tu veux dire qu'il lui a demandé de renouveler leurs vœux ?

— Je suppose que, techniquement, c'est ce qu'ils ont fait. Mais papi pensait qu'il faisait sa demande pour la première fois. Il était atteint d'un Alzheimer précoce.

— Je savais qu'il était mort de la maladie d'Alzheimer, mais je n'avais pas réalisé qu'il l'avait eue si jeune.

Beck hocha la tête.

— Il n'avait que cinquante-huit ans lorsque le diagnostic a été posé. À soixante et un ans, il vivait dans un établissement parce que mamie ne pouvait pas le surveiller vingt-quatre heures sur vingt-quatre comme cela était devenu nécessaire. Il errait et quittait leur appartement au milieu de la nuit, pendant qu'elle dormait, ou laissait la cuisinière allumée. Mamie lui rendait visite tous les jours et le sortait souvent. Le jour du quarantième anniversaire de sa demande en mariage, elle l'a emmené à la cascade. Il ne se souvenait plus qu'elle était sa femme, mais il appréciait toujours ses visites. Il disait aux gens de la maison de retraite qu'elle était sa petite amie.

Beck regarda au loin, un sourire aux lèvres.

— Quoi qu'il en soit, quand elle l'a emmené à la cascade, il lui a dit qu'il était tombé amoureux d'elle. Puis il s'est agenouillé et l'a demandée en mariage.

— Oh mon Dieu, Beck, dis-je en tendant les bras devant moi. J'en ai la chair de poule. C'est la chose la plus adorable que j'aie jamais entendue.

Il sourit.

— Je n'avais qu'onze ou douze ans à l'époque. Mais je me souviens que, le lendemain, mamie a invité au chalet tous ses amis et sa famille. Elle a fait venir un pasteur et ils se sont mariés dans le kiosque de la cour. Papi n'avait aucune idée qu'il épousait celle qui était sa femme depuis quarante ans, mais il n'a pas cessé de sourire toute la journée.

Beck gloussa.

— À l'époque, j'ai trouvé tout ça un peu étrange. Des années plus tard, j'ai réalisé à quel point cette journée avait été spéciale et combien leur mariage était vraiment exceptionnel. Un homme qui ne se souvenait pas de sa femme était tombé amoureux d'elle une seconde fois.

— Waouh. C'est une histoire incroyable. Mais si quelqu'un pouvait faire en sorte que le même homme tombe amoureux d'elle deux fois, c'était bien Louise. Elle était très spéciale.

Beck acquiesça.

— Oui. Elle l'était.

Nous arrivâmes au chalet un peu plus tard. Il était rustique et petit, fait en réalité de rondins, ce à quoi je ne m'attendais pas, mais n'importe quoi d'autre aurait été déplacé au milieu du murmure des ruisseaux, des grands arbres et de l'environnement luxuriant. Beck m'informa que cela faisait longtemps que personne n'était venu, ce qui expliquait le volet qui pendait de la maison, les deux fauteuils à bascule renversés sur le porche et la collection de lierre qui commençait à pousser au-dessus de la porte d'entrée. L'allée était faite de petits cailloux qui crissèrent sous nos roues lorsque nous nous garâmes.

Je remplis mes poumons d'une grande bouffée d'air frais.

— Ça sent incroyablement bon ici.

Beck regarda autour de lui et acquiesça.

— J'avais oublié à quel point cet endroit était isolé.

L'intérieur semblait sortir d'un film. Les meubles étaient recouverts de draps et des toiles d'araignée se développaient sur les poutres. Une gigantesque cheminée en pierre occupait un bon pan de mur du salon, et une échelle menait à un grenier à l'étage.

— Je suppose que ça fait vraiment longtemps, dit Beck. Est-ce que tu es partante pour aller voir la cascade aujourd'hui, ou tu préfères te reposer et y aller demain matin ?

— Allons-y aujourd'hui. On peut peut-être retirer les draps sur les meubles, ôter la poussière et les toiles d'araignée, et laisser les fenêtres ouvertes pour aérer pendant notre absence.

— C'est un bon plan.

Beck et moi nous mîmes au travail. Quand nous eûmes terminé, nous nous entassâmes dans la voiture pour faire le court trajet jusqu'au Watkins Glen State Park. Il y avait une bonne marche depuis le parking jusqu'aux chutes d'eau, mais chaque pas en valut la peine. Je m'étais attendue à une cascade, pas à plusieurs. Dix-neuf chutes d'eau distinctes plongeaient dans une gorge naturelle à couper le souffle. Des marches en pierre serpentaient jusqu'au fond et des ponts naturels reliaient les différentes zones. On aurait dit un conte de fées.

— Comment te sens-tu ? Tu veux t'arrêter faire une pause ? demanda Beck.

Il avait déjà insisté pour en faire deux sur le sentier de randonnée pour arriver jusqu'ici.

Je n'étais pas fatiguée, mais je vérifiai quand même mon rythme cardiaque sur ma montre Apple.

— Ça va. On peut continuer.

Tout au fond de la gorge, Beck pointa du doigt une alcôve naturelle.

— C'est là que papi l'a demandée en mariage la première fois. La deuxième fois, c'était au sommet. Il ne pouvait plus descendre.

— Je comprends pourquoi cet endroit est si spécial. C'est magique, Beck.

Il me regarda et prit ma main, tissant nos doigts ensemble.

— C'est vrai. Je suis heureux que nous soyons venus.

Je serrai ses doigts.

— Moi aussi.

— Viens, dit-il avec un signe de tête. Allons nous asseoir là-bas un moment.

Nous nous assîmes côte à côte au sommet d'un mur de pierre, regardant les cascades et montrant du doigt toutes sortes de choses, jusqu'à ce que Beck regarde sa montre.

— Nous devrions probablement commencer la randonnée de retour, dit-il. Il va bientôt faire nuit, et j'ignore totalement jusqu'à quelle heure le petit magasin en ville reste ouvert. Il faut qu'on prenne quelque chose à manger.

— D'accord.

Je regardai autour de moi une dernière fois, puis vis mon reflet dans l'eau en dessous de nous.

— Attends, on doit faire un vœu.

Le front de Beck se plissa.

— Un vœu ?

J'opinai.

— Louise dit qu'il faut faire un vœu chaque fois que de l'eau s'éclaircit et que l'on voit son reflet, indiquai-je en montrant l'eau. Regarde.

La cascade principale avait un peu ralenti, rendant l'eau lisse. Le soleil radieux nous renvoyait notre reflet, clair comme le jour.

Beck sourit.

— C'est bien un truc que dirait mamie.

Je fermai les yeux et pris une profonde inspiration, souhaitant quelque chose que j'avais cessé de souhaiter depuis longtemps. Quand j'ouvris les yeux, Beck me regardait fixement.

— Tu es censé faire un vœu.

— Je l'ai fait.

Il me regarda dans les yeux.

— Je sais exactement ce que je veux, alors ça n'a pas pris longtemps.

Mon cœur se serra. J'avais l'impression que nous avions tous les deux souhaité la même chose impossible.

~

— Qu'y aurait-il sur ta liste ? demandai-je.

Beck avait allumé un feu quand nous étions rentrés au chalet. Nous étions tous les deux étalés sur le sol devant la cheminée, la tête appuyée sur des coussins tandis que les bûches crépitaient. Il avait été plutôt silencieux depuis que nous avions quitté les cascades.

— Pardon. Qu'est-ce que tu disais ?

— Je t'ai demandé ce qu'il y aurait sur ta liste de choses à faire, si tu en faisais une.

Beck se redressa. Il attrapa la bouteille de vin sur la table basse et remplit nos verres.

— J'ai besoin d'un autre verre pour réfléchir à cette question.

Je souris.

— C'est une question assez difficile.

Il but une gorgée de vin.

— Je ne pense pas qu'elle serait aussi aventureuse que la tienne et celle de mamie, mais elle contiendrait probablement beaucoup de voyages. J'ai visité beaucoup d'endroits pour le travail, mais pas beaucoup pour le plaisir.

Je bus un peu de vin.

— Tu voudrais aller où ?

— En Espagne, courir devant des taureaux. Visiter les îles grecques. Déguster du vin en Toscane.

— Intéressant. Continue.

— Avoir des places pour un match Knicks-Celtics, où les Knicks gagneraient. De préférence un match éliminatoire. Des places sur la ligne des cinquante mètres lors d'un Superbowl entre les Giants et les Patriots, où les Giants gagneraient.

Je souris.

— Tu es vrai un New-Yorkais. Au fond, tu veux juste que les équipes de New York battent toutes celles de Boston ?

Le coin de sa lèvre tressaillit.

— À peu près.

— Quoi d'autre ?

— Traverser l'Amérique en camping-car. Voir les aurores boréales en Islande.

Il sourit.

— Fumer un joint avec Snoop Dogg.

J'éclatai de rire.

— Est-ce que tu fumes de l'herbe au moins ?

— Non, mais avec Snoop Dogg, je le ferais.

— Autre chose ?

Il haussa les épaules.

— Faire un safari en Afrique. Prendre des leçons de pilotage. Faire le Chemin de l'Inca au Machu Picchu, au Pérou.

— Ce sont toutes de bonnes idées.

— Mais tu sais quoi ? demanda Beck en regardant le feu.

— Quoi ?

— Je les abandonnerais toutes pour passer le reste de mes jours avec toi.

— Beck...

— Je sais. Je sais. Ce voyage ne change rien, et tu partiras à notre retour. Mais tu as demandé, et c'est la putain de vérité.

Je souris tristement et appuyai ma tête sur son épaule.

— J'espère que tu trouveras quelqu'un, Beck.

Il appuya sa tête contre la mienne.

— C'est déjà fait, mon cœur. C'est déjà fait.

Un peu plus tard, il se leva.

— Je veux voir quelque chose.

— Quoi ?

— Mes grands-parents se sont écrit des lettres le soir de leurs premières fiançailles. Mamie a lu celle qu'elle avait écrite à mon grand-père lors de sa cérémonie commémorative. Elles étaient cachées au dos de leur photo de mariage, qui est accrochée dans le grenier à l'étage. Je me demande si celle que mon grand-père a écrite est encore là.

Beck grimpa l'échelle jusqu'au grenier et redescendit avec une photo de mariage poussiéreuse en noir et blanc, dans son cadre.

Je le pris. Je n'avais jamais vu de photo de Louise aussi jeune.

— Elle était belle. Et tu ressembles tellement à ton grand-père – la même mâchoire virile et carrée.

— Retourne-la. Voyons si elle est toujours là.

Je retournai le cadre et pliai les pinces qui tenaient le support en bois en place. Bien sûr, il y avait une enveloppe avec *Louise* écrite au recto. Je la saisis et passai mon doigt dessus.

— Elle a été écrite il y a soixante ans.

— Ouvre-la, dit Beck.

— Devons-nous le faire ? C'est une lettre intime d'un homme à la femme qu'il aime.

— Je pense qu'on doit le faire. Mamie a lu la sienne à une centaine de personnes lors de sa commémoration. Elle voudrait que quelqu'un la lise si elle ne pouvait pas le faire.

— Tu es sûr ?

Il hocha la tête.

— Je suis sûr. Elle était fière de leur amour.

— D'accord.

Je tendis l'enveloppe à Beck.

— Mais tu le fais.

Il prit une grande inspiration et acquiesça. À l'intérieur, le papier était jauni et l'encre délavée, mais la lettre était encore lisible.

Beck se racla la gorge.

« Ma très chère Louise,

Aujourd'hui, j'ai essayé de me souvenir du moment exact où je suis tombé amoureux de toi. Mais rétrospectivement, je ne peux pas. Parce que ce n'est pas arrivé une seule fois. Cela se produit tous les jours, et je retombe amoureux comme un bienheureux. Alors, plutôt que de te dire quand c'est arrivé, je vais te dire pourquoi je t'aime.

J'aime que la seule chose qui rivalise avec ta grande gueule soit la taille de ton cœur. J'aime que tu n'aies peur de rien et que tu ne vives pas ta vie en redoutant ce qui pourrait arriver, mais plutôt en te réjouissant de conquérir les choses qui essaient de se mettre en travers de ton chemin. Je t'aime parce que tu es belle, mais que tu oublies parfois de regarder dans le miroir. Je t'aime parce que, où que nous soyons, tu fais en sorte que nous nous sentions chez nous. Mon amour pour toi est si grand qu'il déborde sur moi – je t'aime parce que tu fais de moi un homme meilleur.

Tu es, ma chérie, tout. Et même cela me semble être un mot trop petit.

À toi pour toujours,

Henry »

Je recouvris mon cœur de ma main.

— C'est tellement romantique.

— Oui.

Beck secoua la tête.

— Bon sang. C'était magnifique.

Je levai le regard vers le ciel.

— J'espère que Louise l'a entendu.

Beck hocha la tête.

— Elle a entendu. Tu sais, avant qu'on vienne ici, je me sentais mal que mamie n'ait pas pu venir une dernière fois, qu'elle n'ait pas pu finir sa liste. Mais elle aurait pu venir n'importe quand. Tu sais ce que je pense ?

— Quoi ?

— Qu'elle savait qu'on viendrait. Et qu'elle voulait que nous ayons ce moment. Pour nous rappeler ce qu'est l'amour. Je sais que tu m'aimes, même si tu refuses de le dire.

Mon cœur se serra douloureusement. Je voulais dire à Beck que je l'aimais de tout mon cœur et que je n'avais pas besoin de ce rappel. Mais en quoi cela aiderait-il ? Cela ne ferait que rendre les choses plus difficiles à la fin.

La fin.

Qui se rapprochait de plus en plus chaque jour.

Beck me regardait encore avec de l'espoir dans les yeux. C'était physiquement douloureux d'écraser cet espoir une fois de plus. Mais je le fis, parce qu'un peu de souffrance maintenant valait mieux que de le savoir assis à mes côtés quand je serais sur mon lit de mort. Je ne voulais pas qu'il finisse seul comme William – peu importe que William dise qu'il n'avait aucun regret.

— Je suis désolée, je ne t'aime pas.

— Si, tu m'aimes. Tu es juste trop lâche pour l'admettre.

CHAPITRE 32
Beck

Les jours se transformèrent en semaines et les semaines en mois. Cela faisait quatre-vingt-quatre jours que je n'avais pas vu Nora, que je n'avais pas entendu sa voix ni même lu un message de sa part. Cela n'était toujours pas devenu plus facile. Mais ma perte était double, mamie et Nora. Parfois, j'oubliais que mamie était morte. Rien qu'une fraction de seconde, comme lorsque Maddie faisait ou disait quelque chose qui aurait plu à mamie et que j'envisageais de l'appeler pour le lui dire. Mais ensuite, la réalité me frappait et le souvenir revenait.

À chaque fois, cela me laissait un sentiment de vide qui ne pouvait être comblé, peu importe à quel point je me noyais dans le travail ou l'alcool quand je rentrais enfin chez moi au milieu de la nuit.

Et puis il y avait Nora, qui avait une emprise si forte sur mon cœur que j'avais l'impression de devoir consulter un cardiologue. J'avais cessé de lui en vouloir d'être partie. À présent, j'en voulais au monde en général.

Mon frère apparut dans mon bureau. Il portait sa sacoche en bandoulière, la lanière de son sac en cuir lui barrant le torse.

Je jetai un coup d'œil à l'horloge sur le mur.

— Il est tôt, même pour toi, non ?

Il entra et s'appuya sur le dossier d'un de mes fauteuils d'invité.

— Je vais à l'imprimerie.

Je hochai la tête.

— Passe une bonne soirée.

Mon frère ne comprit pas l'allusion. Il ne le faisait jamais. Il inclina la tête sur le côté.

— Tu devrais venir avec moi ce soir.

Mon sourcil se leva.

— Où ça ?

— Boire un verre. Je rejoins quelques potes de l'université. Ryan et Big Ed. Tu te souviens d'eux ?

Vaguement. Je secouai la tête.

— Merci. Mais j'ai beaucoup de travail.

— Tu travailles dix-huit heures par jour depuis que tu es rentré de ton voyage dans le nord de l'État. Tu dois avoir rattrapé ton retard.

— C'est une période chargée.

Jake fit une grimace qui signifiait *foutaises.*

— *Un* verre.

— Je ne crois pas.

Il soupira et sortit quelque chose de sa poche arrière.

— Je ne voulais pas avoir à faire ça. Mais tu ne me laisses pas le choix.

Jake tendit une enveloppe vierge par-dessus mon bureau.

— Qu'est-ce que c'est ?

— Un mot de mamie.

— Qu'est-ce que tu racontes ?

— Tu te souviens de ces lettres qu'elle a laissées à chacun d'entre nous ?

J'acquiesçai.

— La mienne en contenait une pour toi. Elle m'a demandé de te la donner si je le jugeais nécessaire.

— Qu'est-ce que ça dit ?

— Je ne sais pas. Je ne l'ai pas ouverte.

J'ouvris l'enveloppe. Voir l'écriture de mamie provoqua de nouveau ce sentiment de vide dans ma poitrine. Le mot ne faisait qu'un paragraphe.

Mon très cher Beckham,

Sors-toi la tête du cul. Si tu lis cette lettre, c'est que tu te morfonds, que tu travailles trop et que, probablement, tu bois trop. En soixante-dix-huit ans, je pensais avoir appris toutes les leçons que j'avais besoin d'apprendre. Mais il s'avère qu'il y en a une que j'aurais aimé apprendre plus tôt : VIVRE. Les merdes, ça arrive. Les affaires tombent à l'eau. Les gens meurent. Nous n'avons qu'une seule vie, alors il ne faut pas la gâcher en ressassant le passé. Prends sur toi et crée un nouvel avenir. Pas d'excuses. Si tu ne le fais pas pour toi, fais-le pour moi.

Je t'aime, espèce d'entêté.

Maintenant, lève-toi et va faire quelque chose de stupide avec ton frère. Il est doué pour ça.

Pour toujours, mamie

P.S. Scelle cette lettre et rends-la à Jake. J'ai l'impression qu'il aura besoin de te la donner plus d'une fois.

À la fin de ma lecture, je secouai la tête, mais je souriais. *Même morte, elle continue à me casser les couilles.*

Jake attendait, toujours debout.

— Qu'est-ce que ça dit ?

— Ça dit qu'elle veut que je veille sur ton cul.

Je me levai et attrapai ma veste sur le dossier de mon siège.

— Viens. Allons boire un verre.

~

Tout ce que je voulais, c'était rentrer chez moi et dormir, même après qu'une magnifique brune se soit approchée de moi au bar et ait posé son verre de vin.

— Bonsoir, je suis Meghan.

— Beck, la saluai-je d'un mouvement de tête.

Elle inclina la tête d'un air coquin.

— Je peux t'offrir un verre, Beck ?

Je levai mon verre déjà plein.

— J'en ai un. Merci.

La femme baissa les yeux vers ma main gauche.

— Marié, mais sans alliance ?

Je bus une gorgée de mon whisky.

— Non.

— Gay ?

— Cent pour cent hétéro.

Elle fronça les sourcils.

— Oh… d'accord. C'est moi, alors. Je suis capable de comprendre le message.

Elle reprit son verre, et je me rendis compte que j'étais un imbécile, aussi l'empêchai-je de partir.

— Pas du tout. Ce n'est pas toi.

Et c'était vrai. Elle était petite, avec une peau bronzée, de grands yeux bleus, des lèvres pleines et des courbes dangereuses.

— Tu es belle.

Elle se retourna avec un sourire.

— Merci. Ça réconforte mon ego meurtri, un peu en tout cas.

Meghan but une gorgée de vin.

— Je ne suis généralement pas du genre à aborder les hommes dans un bar. Ça a tendance à donner une image trompeuse. Mais tu avais l'air triste, alors je me suis dit *tant pis pour mon image.*

— Je suis désolé. Ça n'a pas été facile ces derniers temps.

Elle appuya ses coudes sur le bar.

— Rupture récente ?

Je n'étais pas sûr d'avoir un jour été *avec* Nora pour décrire ce qu'il s'était passé entre nous comme une rupture. Pourtant, j'acquiesçai.

— Oui.

— Que s'est-il passé ?

Hors de question que je parle à quelqu'un de la maladie de Nora. Je dis donc la moitié de la vérité, celle qui ne me ferait pas brailler comme un bébé.

— Elle a déménagé en Californie.

Meghan hocha la tête.

— Les relations longues distances sont difficiles. Mon ex-mari a essayé avec sa maîtresse. Mais ça a fini par devenir trop dur, alors il a fait ses valises et a déménagé à Miami.

Elle fit un clin d'œil et je souris.

— Désolé.

— Il n'y a pas de quoi l'être. Notre mariage était terminé de toute façon. Mais merci.

Meghan soupira.

— Ma rupture remonte à deux ans. Et la tienne ?

— Quatre-vingt-quatre jours.

Elle arqua un sourcil.

— Mais tu ne comptes pas, hein ?

Je souris.

— Non.

Mon frère Jake s'approcha. Il se redressa en remarquant Meghan.

Il passa un bras autour de mon cou et tendit la main en avant.

— Bonsoir. Je suis Jake, le frère qui ne rumine pas. Et tu es ?

Meghan gloussa et lui serra la main.

— Meghan. Ravie de te rencontrer, Jake.

Elle se tourna vers moi.

— Je n'avais pas réalisé que tu étais ici avec quelqu'un. Laisse-moi deviner, il t'a traîné dehors ?

Ma lèvre se retroussa.

— Quelque chose comme ça.

Peu de temps après notre arrivée, Jake et ses amis avaient rejoint une table de femmes qui semblaient être encore à l'université. J'avais refusé de me joindre à eux, espérant pouvoir m'éclipser rapidement. Je m'étais dit que j'avais assez respecté la lettre culpabilisante de mamie.

— Nous allons descendre au Next pour aller danser, dit Jake à Meghan. Pourquoi ne venez-vous pas tous les deux ?

Le visage de Meghan se fit pensif.

— Je vais supposer que ton frère n'est pas partant pour ça ?

Jake me donna une tape sur le torse.

— Bien sûr qu'il l'est. N'est-ce pas, mon petit Becksy ?

— Pas vraiment, *Jakesy*.

— Oh, allez. Ne sois pas tout le temps rabat-joie. *Souviens-toi de la lettre...*

J'entendis la voix de mamie dans ma tête.

Arrête tes conneries et vas-y. Arrête de jouer les rabat-joie. On n'a qu'une vie. Ne la gâche pas en ressassant le passé. Prends sur toi et crée un nouvel avenir.

Putain. Je soupirai.

— D'accord.

— Ce n'est pas une façon d'inviter ta nouvelle amie, Meghan, n'est-ce pas, grand frère ?

Les yeux de Meghan pétillèrent. Notre interaction l'amusait.

— Voudrais-tu te joindre à nous dans un club stupide avec mon frère chiant ?

Elle sourit.

— Ça m'a l'air super.

Dix minutes plus tard, j'étais dans une boîte de nuit. La musique était si forte que j'avais du mal à m'entendre penser. Jake et sa bande étaient déjà sur la piste de danse, tandis que Meghan restait avec moi au bar.

Je pointai du doigt la bande d'idiots et me penchai vers Meghan, mais je dus quand même crier.

— Va danser avec eux !

— Tu viendras aussi ? cria-t-elle en retour.

— Je n'ai pas assez d'alcool dans le sang pour bouger mes fesses jusque là-bas.

Elle sourit et leva la main vers le barman.

— Arrangeons ça !

Meghan commanda des boissons appelées *Mind Erasers*, les effaceurs d'esprits. Bien que le nom semble malfaisant, ils avaient seulement un goût de café sucré. Cependant, après le troisième, je me demandai si je ne devais pas ralentir. J'aimais bien siroter un whisky, mais je n'avais pas l'habitude de prendre des shots ni de boire trois verres en une soirée.

— Qu'est-ce qu'il y a là-dedans ? demandai-je en montrant le verre vide.

— Vodka, liqueur de café et un peu de club soda. C'est délicieux, non ?

— C'était bon. Mais je crois que je commence à le sentir. Je ne suis pas vraiment un gros buveur.

Elle sourit.

— Est-ce que ça veut dire que tu es prêt à danser ?

Ma première réaction fut de refuser, mais pourquoi pas ? Qu'était une danse ? J'acceptai donc et pris sa main.

— Et puis merde, allons-y.

Une danse se transforma en deux, et deux se transformèrent en plus d'une heure. Meghan et moi riions et transpirions lorsque nous quittâmes la piste de danse.

— Tu sais bouger, le broyeur de noir, dit-elle.

— Toi aussi, répliquai-je avec un sourire.

Nous nous étions un peu frottés l'un contre l'autre en dansant, mais une fois en-dehors, lorsqu'elle poussa ses seins contre moi, ce fut différent.

— J'ai toujours trouvé que les hommes qui savent danser sont très bons au lit.

La langue de Meghan sortit, et elle la passa le long de sa lèvre supérieure. Elle était vraiment très sexy.

— Ah oui ?

Elle passa ses bras autour de mon cou.

— Tu es amusant quand tu te détends. Mais j'aime aussi ton côté sombre. Pourquoi ne pas partir d'ici ? Je sais que, émotionnellement, tu n'es pas disponible, mais tu me plais. Ça n'a pas à aller plus loin qu'une soirée amusante.

Une telle offre de la part d'une femme ayant le physique de Meghan était presque impossible à refuser. Six mois plus tôt, nous aurions déjà été en train de danser dans les draps. Et je *voulais* avoir envie de coucher avec elle. Mais j'aurais eu l'impression d'être infidèle. C'était idiot, bien sûr, parce que Nora ne me parlait même plus. Je n'avais aucune idée de ce qu'elle faisait en Californie. Si ça se trouvait, elle était de nouveau en train de draguer sur Tinder pour un coup d'un soir. Mais je n'y arrivais toujours pas.

Je pris la main de Meghan et la portai à ma bouche pour l'embrasser.

— Tu es incroyable. Et si je n'étais pas encore accroché à quelqu'un, j'aurais l'impression d'avoir gagné à la loterie.

Je secouai la tête.

— Mais je ne peux pas.

— Waouh, dit Meghan avec un sourire. C'est la première fois qu'on me rejette.

— J'en suis sûr. Et je suis aussi sûr d'être un putain d'idiot et de le regretter plus tard.

Je lui embrassai la joue.

— Mais je rentre chez moi.

— C'était sympa de te rencontrer, Beck.

— Toi aussi.

J'avais fait quelques pas quand Meghan cria mon nom. Je me retournai.

— Si tu es d'accord, je te retrouve ici dans trois mois à partir d'aujourd'hui.

Je souris.

— Prends soin de toi, Meghan.

Un peu plus tard, je grimpai dans mon lit. Je venais de fermer les yeux lorsque mon téléphone portable sonna sur la table de nuit. Il était 1 h du matin, aussi me dis-je que c'était probablement Jake, qui me cassait les pieds parce que j'étais parti sans dire au revoir. Plutôt que de culpabiliser à nouveau, je me retournai et ignorai l'appel. Mais quand mon téléphone sonna une deuxième fois, je l'attrapai.

Le numéro n'était pas local, aussi répondis-je.

— J'espère que c'est important, dis-je.

— Bonjour. Euhhh… Vous êtes Beck Cross ?

— Oui. Qui est-ce ?

— Je m'appelle William Sutton.

Je me redressai d'un bond, tout mon corps en alerte.

— Que s'est-il passé ? Nora va bien ?

Il y eut quelques douloureuses secondes de silence durant lesquelles mon cœur s'arrêta de battre.

— Elle est en soins intensifs. Je n'étais censé vous appeler que si…

Il marqua une nouvelle pause.

— Mais je pense qu'elle a besoin de vous.

Je sautai du lit et enfilai mon pantalon.

— Où est-elle ?

— Au Cedars-Sinai, à Los Angeles.

— Pouvez-vous rester avec elle jusqu'à ce que j'arrive ? Je ne sais pas trop quand je vais trouver un vol rapidement, mais je file à l'aéroport maintenant.

— Je ne vais nulle part, mon garçon. Je vous verrai à votre arrivée.

CHAPITRE 33

Beck

Un homme m'arrêta dans le couloir tandis que je me précipitais vers les doubles portes de l'unité de soins intensifs.

— Beck ?

— William ?

Il hocha la tête et tendit la main vers moi.

— Merci d'être venu.

— Bien sûr.

Bêtement, je n'avais pas demandé son numéro plus tôt lorsqu'il avait appelé. J'avais composé celui qui s'était affiché sur mon écran, mais il avait dû appeler de l'hôpital, car j'avais été dirigé vers le standard du Cedars-Sinai, et personne ne m'avait rien dit, malgré mes nombreuses tentatives. Inutile de dire que j'étais dans tous mes états durant les neuf heures qui s'étaient écoulées entre l'appel de William et mon arrivée. Je n'arrêtais pas de penser que le pire se produirait avant que je n'arrive. Et maintenant qu'il était dans le couloir et pas avec elle... Je déglutis.

— Elle va bien ?

William hocha la tête.

— Elle est à peu près dans le même état que lorsque j'ai appelé. Les infirmières sont en train de changer l'un de ses cathéters, alors elles m'ont demandé de sortir pendant quinze minutes.

Je passai une main dans mes cheveux, mon regard se posant sur les doubles portes, puis revenant vers lui.

— D'accord.

Il fit un geste vers l'unité de soins intensifs.

— Le café du distributeur est buvable. Et si j'allais nous en prendre ?

J'acquiesçai. Il me fallut rassembler toute ma volonté pour patienter pendant qu'il entrait des chiffres dans le distributeur et nous obtenait deux gobelets de café. Mais William avait l'air aussi épuisé que moi, aussi me dis-je qu'il avait peut-être besoin de quelques minutes de calme.

Il me tendit un gobelet en papier.

— Voilà. De la boue avec du lait.

— Merci.

— Donc… soupira-t-il. Comme je l'ai dit au téléphone, ma fille a été très précise dans ses instructions quand elle m'a donné votre numéro. Je n'avais le droit de l'utiliser que si elle…

Je posai ma main sur son épaule.

— J'ai compris. Vous n'avez pas à le dire. Je ne pense pas que je pourrais le faire non plus.

Il sourit tristement.

— Merci.

— Que s'est-il passé ? A-t-elle eu une nouvelle crise cardiaque ? Ou son état s'est-il simplement détérioré au cours des deux derniers mois et demi ?

Les sourcils de William se froncèrent.

— Vous n'êtes pas au courant pour l'opération ?

— L'opération ?

Il ferma les yeux.

— Je vais tuer ma fille.

— Quelle opération a-t-elle subie ?

— Nora a eu une transplantation cardiaque il y a quatre jours. Avant d'y aller, elle m'a affirmé vous l'avoir dit. J'ignorais totalement que vous n'étiez pas au courant.

Mon cerveau resta bloqué sur la première phrase.

— Nora a eu une transplantation ?

Il confirma d'un hochement de tête.

— Mais elle n'était même pas sur la liste, m'étonnai-je.

— Elle ne l'était pas jusqu'à il y a quelques semaines. Un jour, elle a reçu un courrier FedEx avec une lettre à l'intérieur. Elle a passé toute la journée enfermée dans sa chambre à pleurer, mais le lendemain matin, elle est sortie et m'a dit qu'elle avait changé d'avis et qu'elle avait rendez-vous avec son cardiologue pour s'inscrire sur la liste.

Mamie. C'était forcément ça.

— Savez-vous de qui provenait la lettre ?

— Je pensais que c'était de vous. Mais je me suis trompé.

Cela n'avait plus d'importance aujourd'hui.

— Alors ils ont fait la transplantation ? Elle a un nouveau cœur ?

William sourit.

— Un cœur sain qui bat fort. Elle a survécu à l'opération, qui était la partie la plus risquée. Au départ, ses chances de s'en sortir étaient de l'ordre de 50-50. Le rattachement des vaisseaux était compliqué en raison de l'ancien emplacement des tumeurs. Mais elle s'est battue.

— Que s'est-il passé ensuite ?

— Un caillot de sang s'est coincé dans l'artère près de ses poumons. Ils l'ont placée en coma artificiel pendant deux jours pour permettre à son corps de guérir après l'opération. L'après-midi où ils allaient diminuer les sédatifs, elle a commencé à avoir du mal à respirer seule. Elle est maintenant sous respirateur.

Il se frotta la nuque.

— Et une infection s'est déclarée. Ça ne se présente pas très bien.

Putain.

Putain.

Putain !

— Vous pensez qu'on peut vérifier si on peut y retourner ? Je veux vraiment la voir.

— Bien sûr.

Son père posa sa main sur mon bras.

— Mais je dois vous prévenir, mon garçon, elle n'est pas jolie à voir. Elle a gonflé de partout à cause du caillot de sang, et elle a des machines avec des sonneries et des sifflets qui font tout le travail pour elle. Ça fait beaucoup à voir.

Je déglutis.

— D'accord.

Tous les avertissements du monde n'auraient pu me préparer à ce que je trouvai dans la chambre de Nora. Si William ne m'y avait pas conduit et pris la main de sa fille, j'aurais probablement pu passer à côté et me dire que c'était quelqu'un d'autre. Nora avait une mine épouvantable. Sa peau était pâle, un gros tube était enfoncé dans sa gorge et maintenu en place sur son visage par du scotch, et un autre tube plus petit remontait le long de son nez.

Je fus incapable de quitter le pas de la porte. William finit par s'approcher de moi. Il posa sa main sur mon épaule.

— Si c'est trop, je comprends.

— Non. Non. Je suis désolé. C'est juste que…

— Je voulais parler aux infirmières, de toute façon.

Il fit un geste vers le lit.

— Je vais vous laisser seuls quelques minutes. Ils disent qu'elle peut nous entendre, alors je lui parle.

Je me forçai à prendre la place de William au chevet de Nora. Que ne donnerais-je pas pour échanger nos places à cet instant. Pourquoi les femmes que j'aimais devaient-elles toujours endurer autant alors que je n'étais que rarement enrhumé ?

Je me penchai et embrassai son front avec douceur.

— Salut, ma belle.

Je secouai la tête.

— Je n'arrive pas à croire que tu te sois fait opérer et que tu ne me l'aies pas dit. Je devrais t'en vouloir, mais je suis bien trop heureux que tu aies pris le risque.

J'ôtai les cheveux de son visage.

— Je savais que tu étais intrépide. Tu es la personne la plus forte que je connaisse. Une femme qui nage avec les requins et saute d'un avion ne va pas se laisser abattre par un petit caillot de sang. Tu vas t'en sortir, mon cœur. Je vais être honnête, j'étais terrifié en venant ici, ne sachant pas ce qui se passait. J'ai laissé mon esprit s'égarer dans des endroits plutôt sombres. Mais un ange veille sur toi maintenant. Et même si j'avais des doutes sur la capacité des médecins à te ramener à moi, je n'ai *aucun doute* sur le fait que Louise puisse le faire.

William revint quelques minutes plus tard.

— Vous allez bien ?

— Maintenant, oui.

Je souris et pris la main de Nora.

— Je n'ai jamais été aussi sûr de quelque chose de toute ma vie. Elle va s'en sortir.

William sourit à son tour.

— Elle va me botter les fesses quand elle saura que je vous ai appelé.

— Ce n'est pas grave. Je parie que vous seriez très heureux de la voir en colère.

Il gloussa.

— Oui, en effet.

— Moi aussi.

Durant les quarante-huit heures qui suivirent, rien ne changea. Nora était sous anticoagulants puissants pour prévenir la formation de nouveaux caillots et sous une forte dose d'antibiotiques pour traiter l'infection. À un moment donné, elle eut une nouvelle poussée de fièvre, mais son équipe médicale parvint à l'en débarrasser. Les médecins avaient cependant prévenu que son rythme cardiaque s'était ralenti – probablement à cause de l'infection – et que, chaque jour, ses chances de s'en sortir s'amenuisaient.

J'avais convaincu William de rentrer chez lui et de se reposer un peu, mais à la seule condition que je fasse une pause à son retour. Je n'en avais pas envie, mais je ne voulais pas non plus revenir sur la parole donnée à son père, que je venais à peine de rencontrer. J'envisageais de dormir un peu dans ma voiture de location, histoire d'être encore à proximité.

William revint, l'air un peu plus réveillé, et juste au moment où j'allais partir, une femme d'un certain âge entra. Elle avait un maquillage éclatant et un sourire qui illuminait tout son visage. Cela allait de pair avec son blazer rose et les autocollants sur le chariot qu'elle poussait.

— Bonjour, dit-elle en restant dans l'embrasure de la porte. Je suis l'un des anges bénévoles.

William et moi hochâmes la tête.

— Bonjour.

— J'ai un chariot plein de bonnes choses, si vous voulez quelque chose, messieurs. J'ai des échantillons de déodorant, des brosses à dents, du dentifrice, même un rasoir et de la mousse à raser, si vous en avez besoin. J'ai aussi des livres et des journaux. Nous savons que les familles n'aiment pas partir trop souvent, alors nous vous apportons le nécessaire. Que puis-je vous offrir aujourd'hui ?

William secoua la tête avec un sourire poli.

— Rien pour moi. Mais merci.

— Moi non plus.

— D'accord.

Elle fouilla dans une boîte posée sur le dessus de son chariot et en sortit un petit objet enveloppé dans du plastique.

— Mais je vous laisse avec ça. Il n'y a jamais trop de gens qui veillent sur nous.

Elle entra dans la pièce et tendit la main.

William prit l'objet.

— Merci.

— Je suis là jusqu'à 15 h. Si vous changez d'avis et que vous avez besoin de quelque chose, appuyez sur zéro sur n'importe quel téléphone de l'hôpital et dites-leur de faire monter Thelma.

Elle dit au revoir d'un mouvement de main et s'éloigna en poussant son chariot.

Je regardai William.

— Que vous a-t-elle donné ?

Il ouvrit le poing.

— Un petit pin's doré. C'est un ange qui tient un cœur.

Il la retourna.

— Il y a une prière au dos, la prière pour la sainte patronne des malades, sainte Louise.

— Sainte... Louise ?

William confirma d'un hochement de tête.

Je levai le visage vers le ciel et fermai les yeux. Le pin's de l'ange aurait suffi à me faire croire, mais Thelma et Louise ? C'était bien le sens de l'humour de ma grand-mère.

CHAPITRE 34

Beck

— Et puis, je n'aime pas la Californie. C'est trop ensoleillé. C'est comme une personne qui sourit tout le temps. On ne peut pas faire confiance à quelqu'un comme ça.

Deux jours plus tard, j'avais décidé de changer d'approche. Nora ne s'était toujours pas réveillée. Ils avaient retiré le tube respiratoire et supprimé tous les sédatifs, mais elle restait simplement allongée là, inerte. Il était 3 h du matin, et je m'étais installé sur le lit, à ses côtés, commençant à faire la liste de toutes les choses pour lesquelles je n'étais pas d'accord avec elle. Lui dire à quel point je l'aimais n'avait pas fonctionné. La supplier non plus. Aussi avais-je fini par essayer de la réveiller en l'énervant.

— Et les femmes de soixante-dix-huit ans ne devraient pas sauter dans le vide en *wingsuit*.

Je regardai le moniteur, espérant je ne savais quoi – un bip, un sursaut... *quelque chose*. Mais rien ne changea.

— Et les Yankees sont la meilleure équipe de base-ball. Ça ne se discute pas. La seule chose que tes Dodgers réussissent, c'est ce petit tee-shirt sexy que tu portes au lit.

Je continuai pendant au moins une heure, énumérant des choses qui, je le savais, l'exaspéreraient. Aucun changement. Alors, quand je me mis à bâiller, je laissai mes yeux faire une pause.

J'ignorais depuis combien de temps je dormais lorsque je fus réveillé par quelqu'un qui chuchotait.

— Candy fax, dit la voix.

Mes yeux s'ouvrirent et faillirent sortir de ma tête lorsque je vis Nora me regarder.

— Putain de merde. Tu es réveillée.

— Dandy fax, chuchota-t-elle à nouveau. Du sidère.

Elle déglutit et se toucha la gorge.

— Sec.

— Bien sûr. Tu as eu un tube dans la gorge pendant presque une semaine. Bordel de merde. Je rêve ou tu es vraiment réveillée ?

Elle plia l'un des doigts de sa main posée sur sa gorge, aussi me rapprochai-je.

— Sandy, murmura-t-elle à mon oreille.

Je reculai pour la regarder.

— Samedi ?

Elle secoua la tête et plia de nouveau le doigt. Je me penchai donc à nouveau.

— Koufax.

Mon front se plissa.

— Sandy Koufax ? L'ancien joueur des Dodgers ?

Elle hocha la tête et se remit à chuchoter.

— Jackie Robinson. Duke Snider.

Ma mâchoire se décrocha. Elle était en train d'énumérer les plus grands joueurs des LA Dodgers pour contrer mes commentaires sur le fait que les Yankees étaient la meilleure équipe de l'histoire. *Elle m'avait entendu.*

Elle plia à nouveau son doigt et chuchota à mon oreille.

— Faire du *wingsuit* est plus sûr que se promener dans la rue la nuit à Manhattan.

Je commençai à pleurer comme un bébé.

— Tu es réveillée. Tu es vraiment réveillée.

Elle sourit.

— Je ne suis pas une lâche.

— Non, mon cœur. Tu n'en es pas une. Tu es la femme la plus courageuse du monde. Mais comment te sens-tu ? Tu as mal ?

— Comme si un éléphant était assis sur ma poitrine.

— C'est probablement normal, mais laisse-moi appeler le médecin.

Je me retournai pour rouler hors du lit, mais Nora attrapa ma chemise.

— Cinq minutes.

— Tu veux que j'attende cinq minutes avant d'aller chercher le médecin ?

Elle acquiesça.

Je roulai sur le côté, face à elle, les yeux grands ouverts.

— Je n'arrive pas à croire que tu sois réveillée. Tu as survécu à une putain de transplantation cardiaque.

Nora fronça les sourcils.

— Beaucoup de choses peuvent mal tourner.

— Beaucoup de choses peuvent mal tourner n'importe quand. C'est la vie. Elle est remplie d'occasions, de hauts et de bas.

— Même si je m'en sors là, je vais mourir jeune, Beck.

Je pris ses joues entre mes mains.

— Je prendrai chaque jour que nous pourrons avoir. Nous ferons en sorte que chacun d'eux soit de qualité, pas en quantité. Je préfère être heureux pour un petit moment avec toi que malheureux toute une vie sans toi.

Des larmes coulèrent sur son visage.

— C'est ce qu'a dit mon père à propos de ma mère. Je t'aime, Beck. Je suis désolée de ne jamais te l'avoir dit en retour, mais je t'aime depuis presque le début.

— Je le savais même sans que tu le dises, mon cœur.

Je souris.

— Mais l'entendre est sacrément agréable.

Je portai ma main à mon oreille et me penchai davantage.

— Peut-être que tu devrais le redire.

— Je t'aime, Beck. Je t'aime, je t'aime, je t'aime.

— C'est vraiment mieux de l'entendre.

— Je suis désolée de t'avoir blessé. Je le suis vraiment.

— Je m'en fiche. Mais j'aurais aimé que tu me parles de ta décision de t'inscrire sur la liste et de te faire opérer. J'aurais été là depuis le début.

— Je le sais. C'est pour ça que je ne t'ai rien dit. Je ne voulais pas te donner de faux espoirs et te blesser à nouveau si je ne m'en sortais pas.

— Nous parlerons de ça quand tu iras mieux. Si tu veux que j'accepte tes décisions, tu dois accepter *ma* décision d'être avec toi, contre vents et marées.

Elle sourit tristement.

— Mon père a dit ça aussi.

— William est un homme intelligent.

Elle jeta un coup d'œil dans la pièce.

— Est-ce qu'il est ici ?

— Il est parti vers minuit pour dormir un peu. Il sera probablement bientôt de retour. Nous avons commencé à faire des tours de garde. Mais je devrais lui téléphoner. Il voudrait que je le réveille pour pouvoir revenir ici.

— D'accord.

— Je devrais probablement appeler l'infirmière maintenant aussi, dis-je. Encore une chose : qu'est-ce qui t'a fait changer d'avis ? Pour t'inscrire sur la liste de transplantation ?

— Louise.

— Quelque chose qu'elle a dit ?

Nora secoua la tête.

— Quelque chose qu'elle a fait. Environ dix minutes après l'appel de Jake pour me dire que Louise était décédée, un médecin de l'UNOS m'a contactée. Louise a essayé de me laisser son cœur.

Mes sourcils se froncèrent.

— Qu'est-ce que tu veux dire ?

— Apparemment, elle est allée voir un cardiologue pour discuter de la possibilité d'un don dirigé de son cœur. Elle avait un cancer, donc ce n'était pas l'organe idéal pour une transplantation, mais elle s'est inscrite à l'UNOS comme donneuse, juste au cas où nous serions compatibles.

— Vous l'étiez ?

Nora secoua la tête.

— Non. Mais le fait que Louise ait voulu me donner son cœur m'a vraiment touchée. Après mon départ de New York, j'ai aussi reçu une lettre. Elle devait savoir que la fin était proche, parce qu'elle l'avait écrite quelques jours avant de mourir et avait demandé à l'une de ses amies de me la poster après son décès. Ta grand-mère m'a donné son cœur, au sens propre comme au sens figuré. Ce jour-là, j'ai appelé mon médecin et je me suis inscrite sur la liste.

— Putain de merde.

Nora acquiesça.

— C'est beaucoup à assimiler.

— Non, ce n'est pas ça. Je parlais de la bénévole.

— Quelle bénévole ?

Je me redressai et attrapai le plateau de nourriture, qui était devenu notre table de nuit improvisée. Je pris le petit ange que la femme avait laissé quelques jours plus tôt : il tenait un cœur devant lui.

— Une bénévole est passée. J'étais très nerveux ce matin-là, parce que c'était la première fois que j'allais quitter l'hôpital depuis mon arrivée. Mais je savais que si je ne prenais pas le temps de me reposer, ton père ne le ferait pas non plus, et il avait besoin de sommeil. La bénévole a laissé ce pin's pour toi et a dit qu'il n'y avait jamais trop d'anges qui veillaient sur nous. Au dos se trouve la prière de sainte Louise. Je ne savais pas que sainte Louise était la patronne des malades. Cela m'a donné le réconfort dont j'avais besoin pour m'absenter quelques heures. Mais ce petit ange te tend littéralement son cœur.

Nora porta sa main à sa bouche.

— Louise m'a donné son cœur quand nous nous sommes rencontrées, et à la fin, elle a essayé de me le laisser. C'est elle. C'est notre Louise.

— Waouh !

Je passai une main dans mes cheveux.

— Si ce n'est pas un message de l'au-delà, je ne sais pas ce que c'est.

Sept semaines plus tard, Nora et moi nous rendîmes chez le médecin pour un nouveau check-up. C'était le plus important, celui pour la *reprise de toutes les activités régulières*. Et il y avait une activité que j'attendais de reprendre avec impatience.

Au cours des deux mois précédents, j'avais passé trois jours d'une semaine et quatre jours de la suivante en Californie, ne rentrant à New York que les jours où j'avais Maddie. Le médecin de Nora voulait qu'elle reste près de chez elle jusqu'à ce qu'elle ait le feu vert, et le grand jour était peut-être aujourd'hui. J'accompagnai Nora jusqu'au côté passager de la voiture et lui ouvris la portière, puis contournai le véhicule en courant jusqu'au côté conducteur. Dès que j'eus grimpé dans la voiture, j'appuyai sur le bouton pour baisser la capote. Quelques jours après la sortie d'hôpital de Nora, j'avais échangé ma voiture de location pourrie contre une décapotable. Nora avait besoin de beaucoup se reposer, mais nous devenions fous à rester enfermés tous les deux dans la maison, alors nous avions commencé à faire de longs trajets en voiture, et garder la capote baissée nous donnait l'impression d'être vivants et libres.

Je mis mes lunettes de soleil et Nora me donna un coup de coude.

— Quelqu'un s'habitue au soleil quotidien, me dit-elle.

— Ce n'est pas aussi mauvais que je le pensais, mais j'aime ma ville un peu moins joyeuse, plus cynique.

— Comme ta personnalité, s'esclaffa Nora.

Le cabinet de son médecin se trouvait au Cedars-Sinai, aussi déposai-je Nora devant l'entrée principale avant d'aller garer la voiture. Le parking était bondé et cela prit un moment. Le temps que je monte à l'étage, elle se dirigeait déjà vers la porte menant aux salles d'examen. Je trottinai pour la rattraper.

— Enfin, dit-elle. Je croyais que tu m'avais abandonnée.

— Non, je ne manquerais aucun rendez-vous. Ma partie préférée, c'est quand tu enfiles la blouse.

Elle sourit.

— Pervers.

Je me rapprochai.

— Tu n'as pas idée ! Tu devrais avoir un peu peur que le médecin te donne le feu vert pour du sexe aujourd'hui. J'ai beaucoup de choses perverses refoulées que j'ai hâte de te faire.

Une infirmière passa, alors Nora me fit taire.

— Plus bas.

— C'est aussi ce que tu diras plus tard. Parce que je m'occuperai longtemps de ton bas une fois que je t'aurai mise sous moi, dis-je avec un sourire satisfait.

Dans la salle d'examen, une infirmière brancha Nora à plusieurs sondes et lui fit un rapide électrocardiogramme. Puis son chirurgien, le Dr Meachum, entra et procéda à une échographie de son cœur, suivi d'un bref examen. Il passa plus de temps que d'habitude avec son stéthoscope sur sa poitrine, ce qui me fit un peu paniquer. Lorsqu'il eut terminé, il le posa autour de son cou.

— Tout semble parfait. L'électrocardiogramme est normal, l'échographie ne montre aucun gonflement ni aucune anomalie post-opératoire.

Je laissai échapper un soupir audible, et ils se tournèrent tous les deux vers moi.

— Désolé, dis-je en levant la main. Je crois que j'étais un peu anxieux.

Le cardiologue sourit et reporta son attention sur Nora, prenant son dossier.

— Alors, on en est à sept semaines maintenant ?

— Depuis la sortie, corrigeai-je. Huit semaines et demie après l'opération.

Le Dr Meachum sourit à nouveau.

— C'est vrai. Bon, j'ai regardé les données du moniteur cardiaque que vous portiez la semaine dernière. Vous avez fait de la marche et des exercices légers durant cette période, n'est-ce pas ?

Nora acquiesça.

— Oui.

— Très bien. Tout avait l'air parfait ici aussi.

Nora aimait prétendre que j'étais le seul à être nerveux lors de ces visites, mais je vis ses épaules se détendre.

— Alors, je peux reprendre une activité normale ? demanda-t-elle.

Le Dr Meachum hocha la tête.

— Je ne vois pas pourquoi vous ne le pourriez pas.

Ils discutèrent encore quelques minutes, puis il lui demanda si elle avait des questions. Nora secoua la tête, mais je levai la main.

— Puis-je en poser quelques-unes ?

— Bien sûr.

Le Dr Meachum ferma son dossier et le mit de côté.

— Donc, l'activité normale, ça inclut le sexe, c'est ça ? Il sourit.

— Oui.

— Je ne veux pas être trop explicite, mais je veux m'assurer que Nora est en sécurité.

— Oh mon Dieu, dit Nora.

— Il n'y a pas de question inappropriée quand il s'agit de la sécurité d'un patient. Qu'est-ce qui vous préoccupe ?

— Je me demandais si le sexe devait se limiter à la position du missionnaire – vous savez, avec Nora en dessous pour qu'elle ne dépense pas trop d'énergie ?

— Non. Nous avons déjà testé l'activité légère, donc vous pouvez faire tout ce que vous voulez. Un peu d'exercice pendant l'amour est tout à fait acceptable.

— Et les seins ? Dois-je rester à l'écart de sa poitrine ?

Le Dr Meachum sourit.

— Tant que Nora ne ressent aucune gêne au niveau de ses côtes ou de sa cicatrice, vous pouvez visiter les zones que vous aimez.

Je souris.

— Je les aime vraiment toutes.

— Beck !

Le médecin rit.

— Ce n'est rien. Ces huit semaines ont été longues. Je comprends.

— Huit semaines *et demie*, insistai-je.

— Amusez-vous tous les deux. Une transplantation cardiaque est une deuxième chance de vivre. Profitez de chaque instant.

Une fois le médecin sorti, je verrouillai la porte derrière lui. Nora releva la tête en entendant le cliquetis.

— Oh non...

Elle tendit sa main.

— N'y pense même pas, Cross. On ne le fera *pas* ici.

J'enroulai ma main autour de sa nuque.

— Je voulais juste un baiser pour fêter la bonne nouvelle. Mais j'aime ta façon de penser, petite coquine.

J'écrasai mes lèvres sur les siennes, oubliant pendant une minute où nous étions. Ce n'était pas facile de me contrôler. Mais je m'écartai avant qu'elle ne le fasse. J'essuyai la lèvre inférieure de Nora avec mon pouce et fis un signe de tête vers la porte.

— Sortons d'ici pour que je puisse t'embrasser à d'autres endroits.

Le regard de Nora se voila. Elle se mordit la lèvre inférieure.

— Ce serait bizarre de prendre une chambre d'hôtel à une demi-heure de chez moi ? Mon père va bientôt rentrer.

Je sortis mon portable de ma poche et parcourus mes e-mails jusqu'à ce que je trouve ce que je cherchais. Je tendis mon téléphone à Nora.

Son front se plissa, puis se lissa lorsqu'elle lut le message.

— Tu as déjà réservé ?

— Oui. Un petit endroit sur la plage à environ une demi-heure d'ici. Je me suis dit qu'on pourrait se disputer sur le chemin en guise de préliminaires, déclarai-je en faisant un clin d'œil.

ÉPILOGUE

— J'ai un cadeau pour toi.

Beck posa le balai et afficha un sourire coquin.

— Ah oui ? J'ai eu hâte de le déballer toute la journée.

— Désolée de te décevoir, mais j'ai un *vrai* cadeau.

Il bouda, ce qui me fit rire.

— Attends ici. Je vais te l'apporter.

Beck et moi avions travaillé dans le nouveau bureau tous les soirs de la semaine précédente, préparant les lieux pour le grand jour du lendemain. Mais Beck n'était pas au courant de l'autre projet sur lequel je travaillais depuis des mois. Ce qui n'était au départ qu'une petite idée avait pris beaucoup plus d'ampleur que prévu, si bien que mon cadeau reposait sur un chariot dans le placard, recouvert d'un drap, puisque je ne pouvais plus le porter. Je fis basculer le support en acier vers l'arrière et poussai l'œuvre d'amour de quatre-vingt-dix kilos jusqu'à la pièce voisine.

Les sourcils de Beck se levèrent.

— Qu'est-ce que c'est que ça ?

— C'est ton cadeau. Ne te réjouis pas trop vite. C'est fait maison.

— Ça m'intrigue...

En installant le chariot devant lui, je fus soudain nerveuse. Et s'il était fâché que je ne lui aie pas demandé son avis avant d'utiliser ses affaires ? Je supposais qu'il était trop tard pour s'en préoccuper à présent. Je pointai du doigt le mur du fond qui était vide.

— Je pensais que ça pourrait aller là... enfin, si tu l'aimes.

Le lendemain, ce serait l'ouverture de la *Liste de Louise*, un programme à but non lucratif de type « Faites un vœu » qui offrirait financement et aide concrète aux adultes en phase terminale qui voudraient réaliser leur liste de choses à faire. Beck et moi organisions une collecte de fonds dans les nouveaux locaux le lendemain soir. Le lundi suivant, le site web serait mis en ligne et le personnel du bureau commencerait à travailler.

— Si c'est toi qui l'as fait, je suis sûr que je vais adorer, déclara Beck.

Le plus drôle, c'était qu'il y avait beaucoup de vérité dans cette déclaration. Beckham Cross m'aimait d'une manière que je n'aurais jamais crue possible –désintéressée et de tout son cœur. Parfois, cela me rendait nerveuse, car même si ma santé était excellente depuis mon opération de l'année précédente, j'étais déjà en train de déjouer les pronostics.

J'inspirai profondément avant de soulever le drap pour révéler ce que j'avais fait. Le panneau était posé sur le côté, aussi fallut-il quelques secondes à Beck pour le lire et tout assimiler. Ses yeux s'écarquillèrent.

— Ce sont les clous... ?

Je hochai la tête.

— J'espère que ça ne te dérange pas que je les aie utilisés.

J'avais pris les clous rouillés du *Mason jar* – ceux que Louise avait encouragé Beck à planter dans une souche d'arbre plus de vingt ans auparavant pour lui donner une leçon – et les avais utilisés pour fabriquer une enseigne en bois pour la *Liste de Louise*. Le bord de l'enseigne et les grands mots au centre étaient faits de têtes de clous rouillés. L'ensemble avait un aspect rustique, mais je trouvais que le résultat était assez incroyable.

Beck l'observait, les larmes aux yeux.

— C'est parfait. Ses leçons de vie doivent être exposées ici. Elle serait tellement fière de toi pour tout ce que tu as fait pour ouvrir cet endroit, mon cœur.

— Elle serait fière de *nous*. Je n'aurais rien pu faire sans toi.

Beck prit mes joues en coupe.

— Ma grand-mère m'a donné beaucoup de cadeaux au cours de sa vie, mais le plus beau qu'elle m'ait offert, c'est *toi*.

Le lendemain soir, nous inaugurâmes la *Liste de Louise* avec une grande fête. Beck alla au bureau de bonne heure avec Jake pour accrocher l'enseigne avant que les gens ne commencent à arriver. Il me fallut une éternité pour trouver un Uber un peu plus tard, si bien que j'arrivai en même temps que certains des invités. Comme la fête d'inauguration était aussi une collecte de fonds, Beck avait invité certains de ses clients. C'était certainement avec eux qu'il discutait à mon arrivée, caché dans un coin avec deux hommes plus âgés que je n'avais jamais vus auparavant. Je profitai de l'instant pour apprécier mon homme en smoking avant qu'il ne me remarque. Étant donné que nous vivions presque ensemble depuis mon opération, j'aurais pensé que le fait de l'observer aurait fini par me lasser. Mais ce n'était pas le cas. Beckham Cross me coupait encore le souffle.

De l'extérieur, il était un régal pour les yeux : une mâchoire anguleuse et saillante, des lèvres pleines, un homme grand, brun et indéniablement beau. Un vrai dix sur dix au premier coup d'œil. Mais c'était tout le reste qui l'élevait à la note de douze – la façon dont il se tenait, si grand et si sûr de lui, la façon raffinée dont il parlait pendant la journée au travail, la bouche salace qu'il n'avait que pour moi la nuit. Et la façon dont les deux se fondaient dans la chambre à coucher – y penser me procura des frissons.

Comme s'il sentait des yeux sur lui, Beck se détourna de la conversation dans laquelle il était plongé. Il balaya la pièce du regard jusqu'à ce qu'il croise le mien. Je vis ses yeux descendre jusqu'à ma robe bleu roi et remonter comme une caresse. Ses lèvres se retroussèrent en un sourire diabolique, et je sus qu'il me disait silencieusement que j'avais porté cette robe pour lui. Bien sûr, c'était le cas.

Beck quitta la conversation et traversa la pièce à grands pas. Sa façon de marcher avec une telle détermination, se concentrant sur moi comme si personne d'autre n'existait, était toujours un préliminaire pour moi. Surtout lorsqu'il posa sa grande main sur ma nuque et rapprocha mes lèvres des siennes.

Je fus étourdie lorsque notre baiser prit fin.

— Tu es magnifique, déclara Beck en appuyant son front contre le mien. Merci de porter cette couleur, aujourd'hui plus que jamais.

Je souris.

— Je me suis dit que tu ne pouvais pas être déprimé quand j'étais en bleu. Surtout quand je n'ai rien en dessous.

Beck gémit.

— Je savais que j'aurais dû insonoriser les toilettes.

Heureusement, nous fûmes interrompus. Jake passa son bras autour du cou de son frère, sans se soucier du fait que nous étions toujours intimement serrés l'un contre l'autre.

— Qu'est-ce que vous faites, tous les deux ?

Il coinça son visage souriant entre nous.

— Va-t'en. Je suis occupé, grogna Beck.

— Ça ne marche même pas au bureau, gloussa Jake. Ça ne marchera certainement pas ici.

Je ris et fis un pas en arrière.

— Bonjour, Jake. Tu es très élégant ce soir.

Il afficha son sourire à fossettes.

— Plus que Beck, n'est-ce pas ?

— Tu sais que je n'emprunterai pas cette voie-là. Mais je dois dire que la chef des Jeannettes de Maddie m'a interpellée lorsque je l'ai récupérée après la réunion de la troupe hier pour me demander si le superbe oncle qui l'avait récupérée la semaine dernière était célibataire.

Après avoir obtenu vingt-six badges par elle-même, Maddie avait finalement décidé de rejoindre les Jeannettes quelques mois plus tôt. Autant elle avait aimé gagner des badges avec son père, autant elle adorait le faire avec des filles de son âge.

Beck leva les yeux au ciel et la poitrine de Jake se gonfla un peu plus.

— La rousse ?

— Oui. Mlle Rebecca.

— Je suppose que je vais aller récupérer ma nièce préférée chez les scouts la semaine prochaine.

— Ta *seule* nièce, grommela Beck.

Jake tapa sur l'épaule de son frère.

— On dirait que quelqu'un est jaloux que la jolie chef scoute ne le mate pas. Ne sois pas amer. Ça ne fera que te causer de nouvelles rides, mon vieux.

D'autres invités arrivèrent et, rapidement, la fête battit son plein. J'étais contente d'avoir confié à Jake la coordination de l'animation, car un DJ et quelques jeunes danseurs étaient exactement ce qu'il fallait pour maintenir l'ambiance dans ce qui aurait pu être une journée morose. À 22 h, l'alcool coulait presque aussi librement que les stylos sur les chéquiers que les gens avaient apportés. Je n'arrivais pas à croire que tant d'argent avait déjà été donné. Plus tôt dans la semaine, Beck m'avait demandé si je voulais faire un discours ce soir. Il était bien plus doué que moi pour ce genre de choses, aussi avais-je refusé et suggéré qu'il le fasse. Alors, quand la musique s'arrêta et que Beck s'avança au milieu de la salle, je crus que c'était ce qui allait se passer.

— Puis-je avoir l'attention de tout le monde, s'il vous plaît ? demanda-t-il.

Les invités formèrent un cercle autour de lui et le grondement des voix se tut.

— Je tiens à remercier tout le monde d'être venu ce soir. Comme la plupart d'entre vous le savent déjà, la *Liste de Louise* a été inspirée par ma défunte grand-mère, Louise Aster. Lorsqu'elle a appris que son cancer était de retour et qu'un traitement ne pourrait plus la guérir, elle a décidé de passer le temps qui lui restait à vivre pleinement sa vie. Ma grand-mère était ainsi. Rien ne pouvait l'arrêter.

Beck regarda son frère et sourit.

— Dieu sait que j'ai essayé, n'est-ce pas, Jake ?

— C'est vrai, répondit Jake. Et pendant un moment, j'ai apprécié d'être le préféré de mamie à cause de ton entêtement.

Des rires résonnèrent dans la pièce.

Beck acquiesça et leva son pouce vers son frère.

— Il ne plaisante pas. Quoi qu'il en soit, quand mamie est décédée, elle nous a laissé, à mon frère et à moi, un mot disant qu'elle ne voulait pas de veillée funèbre ni de service funéraire triste. À la place, elle voulait une fête en son honneur, une célébration de sa vie le jour du premier anniversaire de sa mort.

Il fit une pause et sourit.

— Je crois que ses mots exacts étaient : « Quand tu seras capable de te sortir la tête du cul et de te souvenir de moi sans t'apitoyer sur mon sort ». Eh bien, aujourd'hui, cela fait un an, et je ne crois pas qu'il y ait de meilleure façon de célébrer Louise Aster que par l'ouverture de cette fondation à laquelle vous avez tous si gracieusement contribué ce soir. Mais ce n'est pas moi le responsable de la réalisation de ce projet. C'est une femme très spéciale.

Il se tourna vers moi.

— Nora, pourrais-tu venir ici, s'il te plaît ?

Je détestais être sous les feux de la rampe, mais tout le monde regardait, alors je m'avançai au centre de la pièce avec Beck. Il me prit la main.

— Merci d'avoir créé ce bel héritage pour ma grand-mère. Je sais qu'elle nous regarde en ce moment et qu'elle sourit. En fait, à bien y réfléchir, probablement pas. Elle doit se demander pourquoi je ne l'ai pas fait plus tôt...

Tout ce qui se passa ensuite sembla se dérouler au ralenti. La foule qui nous entourait s'estompa tandis que

Beck posait un genou à terre. Je couvris ma bouche d'une main tremblante, réalisant ce qui allait se passer.

— Eleanor Rose Sutton, tu es entrée dans ma vie à un moment où j'avais l'intention d'être malheureux. Je ne voulais rien d'autre que m'apitoyer sur mon sort et bouder, mais c'était impossible quand j'étais près de toi. Même un simple texto égayait ma journée et me redonnait le sourire. Et ça... Eh bien, ça m'énervait encore plus.

Je ris.

— C'est vrai.

— Tu es la personne la plus gentille, la plus aimante et la plus passionnée que j'aie jamais rencontrée. Tu es aussi belle à l'intérieur qu'à l'extérieur. Tu m'as fait comprendre ce qu'est la vie, et maintenant que je sais ce qui est important, je ne sais pas comment j'ai pu traverser mes trente-quatre premières années sans toi.

Il fouilla dans sa veste de costume et en sortit un écrin en velours noir.

— J'ai passé plusieurs semaines à chercher la bague parfaite pour toi. Je voulais trouver le plus gros et le meilleur diamant possible. Mais rien ne semblait convenir. Et puis j'ai réalisé que c'était parce que rien n'allait. Tu étais censée avoir *cette* bague.

Beck ouvrit l'écrin et je reconnus immédiatement ce qu'il contenait. *La bague de fiançailles de Louise.* J'en eus les larmes aux yeux.

— Tu es ma meilleure amie, mon amante et mon univers, Nora. Je suis absolument certain de ne pas mériter que tu sois ma femme, mais je te promets que si tu m'épouses, je passerai chaque jour à essayer d'être un homme digne de toi. Tu m'as appris à quel point la vie est précieuse, et je ne veux pas perdre une minute de plus sans toi à mes côtés. Veux-tu m'épouser, Nora ?

Je me penchai et appuyai mon front contre le sien.

— Je ne sais pas combien de temps nous aurons.

— Si nous vivons tous les deux jusqu'à cent ans, ce ne sera pas suffisant, déclara-t-il. Une éternité avec toi ne serait pas suffisante. Mais je prendrai tout ce que je pourrai obtenir.

Des larmes coulèrent sur mes joues tandis que j'acquiesçai.

— D'accord.

— D'accord, tu vas m'épouser ?

Le sourire qui illumina son visage fut peut-être la partie la plus douce de sa proposition – mon homme toujours confiant avait besoin d'être rassuré.

— Oui, je vais t'épouser. Comment pourrais-je ne pas le faire ? Cela fait *deux* cœurs qui tombent amoureux de toi.

Chers lecteurs,

J'espère que vous avez aimé l'histoire de Beck et Nora ! Afin d'être informés de mon actualité, n'hésitez pas à rejoindre mon groupe Facebook qui réunit déjà plus de 26 000 lecteurs !

Rejoignez le groupe des lectrices de Vi Keeland

www.facebook.com/groups/ViKeelandFanGroup/

Suivez Vi sur Instagram
www.instagram.com/vi_keeland/

Inscrivez-vous à sa liste de diffusion pour en savoir
plus sur ses prochaines parutions !

www.subscribepage.com/i6h3o5

REMERCIEMENTS

À vous, les *lecteurs*. Vous m'avez offert une carrière dont je ne pouvais que rêver il y a quelques années. Merci pour cette décennie de soutien et d'enthousiasme. Je suis honorée que tant d'entre vous soient encore à mes côtés et j'espère que nous aurons encore de nombreuses décennies ensemble !

À Pénélope – La femme qui supporte mon côté névrosé plus que mon mari ! Merci d'être le yin de mon yang.

À Cheri – Merci pour ces années d'amitié et de rire.

À Julie – Vernis tes orteils ! Fire Island, nous voilà ! Enfin !

À Luna – Merci pour ton amitié et ta loyauté inébranlable.

À mon incroyable groupe de lecteurs sur Facebook, le *Vi's Violets* – plus de 26 000 femmes intelligentes – et quelques hommes géniaux – qui aiment les livres ! Vous êtes tout pour moi et vous m'inspirez chaque jour. Merci pour votre soutien.

À Sommer – Merci de comprendre ce que je veux, souvent avant moi.

À mon agent et amie, Kimberly Brower – Merci d'être ma partenaire dans cette aventure !

À Jessica, Elaine et Julia – Merci d'aplanir toutes les aspérités et de me faire briller !

À Kylie et Jo de *Give Me Books* – Je ne me rappelle même pas comment je me débrouillais avant vous, et j'espère que je n'aurai jamais à le faire ! Merci pour tout ce que vous faites.

À tous les blogueurs – Merci d'être toujours présents.

Je vous aime

Vi

VI KEELAND est une auteure de best-sellers n° 1 au classement du *New York Times*, n° 1 au classement du *Wall Street Journal* et figurant au classement de *USA Today*. Avec des millions d'exemplaires vendus, ses titres sont mentionnés dans plus d'une centaine de listes de best-sellers et sont actuellement traduits en vingt-cinq langues. Avec son mari et ses trois enfants, elle habite à New York où elle vit son propre conte de fées avec le garçon qu'elle a rencontré à l'âge de six ans.